EIN LICHT DER HOFFNUNG

MARION KUMMEROW

EIN LICHT DER HOFFNUNG

bookouture

Herausgegeben von Bookouture, 2023

Ein Imprint von Storyfire Ltd.
Carmelite House
50 Victoria Embankment
London EC4Y 0DZ

www.bookouture.com

ISBN: 978-1-80314-591-4
eBook ISBN: 978-1-80314-588-4

*An all die mutigen Menschen, die sich für Gerechtigkeit und
Menschlichkeit einsetzen*

Margarete bereitete gerade das Abendessen vor, als der Fliegeralarm loskreischte. Sie schaltete den Herd aus und eilte zur Treppe, die in den Keller hinunterführte, als sich ihr Arbeitgeber an ihr vorbeidrängte.

»Dieser verdammte Engländer!«, rief er und stieß Margarete grob zur Seite. Sie stolperte und konnte sich gerade noch am Geländer festhalten. Er hingegen war so damit beschäftigt, sich selbst zu retten, dass er keine Sekunde ins Stocken geriet. Seine Frau war kurz vor ihm und hatte den Schutzraum schon fast erreicht. Doch sie drehte sich kurz um und rief ihrer Tochter zu sie solle sich beeilen.

Als Margarete sich wieder aufgerichtet hatte, explodierte mit einem Mal die Welt um sie herum. Sie wurde hart am Kopf getroffen und warf im Fallen die Arme nach oben, um sich vor dem Aufprall zu schützen.

Lähmender Schmerz, dann Dunkelheit.

Einige Zeit später kam Margarete wieder zu sich. Mühsam öffnete sie die schweren Augenlider und versuchte sich zu erinnern, was geschehen war. Überall lag Staub und Schutt. Die Sirenen heulten immer noch. Vorsichtig bewegte sie ihren Kopf, was einen stechenden Schmerz verursachte. Sie strich sich mit einer Hand über ihre Schläfe und keuchte erschrocken auf, als sie das Blut auf ihren Fingerspitzen bemerkte.

Der dicke Staub erschwerte ihr das Atmen, und sie musste husten, wobei sie jedes Mal pochende Schmerzen in Kopf und Nacken verspürte. *Oh ja, etwas hat mich getroffen.* Langsam verschaffte sie sich einen Überblick über ihre Lage, bewegte nach und nach ihre Gliedmaßen. Glücklicherweise ging das ohne Probleme, obwohl ein Arm höllisch weh tat und sie vor Schmerzen die Hand kaum bewegen konnte. Ansonsten schien sie jedoch unverletzt zu sein.

Mit einem Blick zur bröckelnden Decke zog sie langsam die Knie an und drückte sich mit ihrem guten Arm in eine sitzende Position. Allmählich legte sich der Staub, und sie konnte erkennen, wo sie sich befand: unter einem Teil der Treppe eingeklemmt.

Diese schien bei der Explosion in zwei Teile geborsten zu sein, die nun einen kleinen Hohlraum formten, in dem Margarete kauerte. Sie verbrachte endlose Minuten damit, heruntergefallene Backsteine mit den Füßen wegzuschieben, damit sie sich aus ihrer Höhle befreien konnte. Dabei verursachte jede Bewegung ein unerträgliches Stechen in ihrem Kopf, doch sie gab nicht auf.

Als sie endlich unter der Treppe herauskroch, bot sich ihr ein Bild der völligen Zerstörung. Das gesamte Haus war eingestürzt, die Dachziegel lagen verstreut wie Kieselsteine herum. Es war gespenstisch still. Sie hievte sich über eine eingestürzte Wand und schluckte krampfhaft, als sie die Leichen ihrer Arbeitgeber, Herr und Frau Huber, nur wenige Meter vom Eingang in den Schutzkeller entfernt liegen sah.

Sie wandte ihren Blick ab und krabbelte auf eine klaffende Öffnung in der Außenwand zu, um diese Ruine zu verlassen, als sie plötzlich in die leblosen Augen von Annegret Huber blickte. Ihr Leichnam versperrte den einzigen Weg nach draußen, und Margarete musste abermals schlucken.

Dieses grausame Mädchen hatte sie mit antijüdischen Beleidigungen und Anfeindungen gequält, seit dem Tag als Margarete angefangen hatte, für deren Eltern zu arbeiten. Jetzt war sie tot. Trotz der schrecklichen Situation, erschien der Anflug eines Lächelns auf ihrem Gesicht. Ohne Annegret Huber war die Welt ein besserer Ort.

Gerade als sie all ihren Mut zusammengenommen hatte, um über die Tote zu klettern, hörte sie das Wimmern eines Kindes. Sie drehte den Kopf, um nach der Quelle des Geräusches zu suchen. Ein kleiner Junge, etwa sechs Jahre alt, rüttelte an den Brettern, die sein Bein gefangen hielten, während ihm die Tränen in Strömen über die Wangen liefen.

Margarete hatte den Sohn des Gärtners schon oft vom Fenster aus draußen spielen gesehen, aber sie war nicht geneigt, jemandem außer sich selbst zu helfen. Schon gar nicht einem kleinen Nazi.

Sie war bereits halb über den Trümmerhaufen mit Annegrets Leiche gekrochen, als ihr Gewissen sie stoppte. *Verflucht!* Sie blickte zurück zu dem wimmernden Knaben, dem panische Angst und Schmerz ins Gesicht geschrieben standen. Seufzend ging sie zu ihm hinüber und begann, die Bretter zu entfernen, die sein Bein eingeklemmt hatten. Dieser Krieg war nicht seine Schuld, er war nur ein Kind.

Als sie das letzte Brett entfernte, hörte sie den Rettungstrupp kommen. »Hier drinnen. Wir leben«, schrie sie so laut, wie sie konnte.

»Können Sie das Haus ohne Hilfe verlassen?«, rief eine Stimme zurück.

»Ich glaube ja«, antwortete sie und hielt sich den verletzten Arm vor die Brust. Nachdem sie beide Hände gebraucht hatte, um das letzte Brett wegzuräumen, pochte er heftig. Für eine Sekunde schloss sie die Augen und atmete tief durch, bevor sie auf den Trümmerhaufen mit Annegrets Körper zeigte und den Jungen fragte: »Kannst du mit mir darüber klettern?«

Er nickte, immer noch schluchzend, das Gesicht von Schmutz und Tränen verschmiert. Margarete schenkte ihm ein schiefes Lächeln und nickte in Richtung des Schuttberges, der zwischen ihnen und der Außenwelt lag. »Prima, dann lass uns von hier verschwinden.«

Vorsichtig bahnten sie sich ihren Weg über die heruntergefallenen Balken, die einst das Dach gestützt hatten. Der Junge klammerte sich an ihrem Rock fest und folgte ihr dicht auf den Fersen. Annegrets Gesicht starrte sie an, ihr Körper war von einer Staubschicht bedeckt und ihre Beine waren unnatürlich verdreht. Bei dem Gedanken, über die Leiche zu klettern, musste Margarete würgen, doch es war der einzige Weg nach draußen. So schrecklich es auch war, sie und der Knabe mussten über den Leichnam klettern, oder sie riskierten, zwei weitere Opfer dieses Krieges zu werden.

Sie zog und schob den Jungen und beschwor ihn, er solle nur das Loch in der Mauer im Auge behalten und an nichts anderes denken. Es war gar nicht so einfach, ihren eigenen Rat zu befolgen, und sie schaute unwillkürlich nach unten, während sie über die Tote kroch. Etwas lugte aus deren Handtasche hervor. Ein Stück Papier.

»Geh schon vor. Die Rettungsmannschaft wartet auf dich. Sag ihnen, sie sollen sich dein Bein ansehen.«

»Was ist mit dir?«, fragte der Junge und warf dann einen entsetzten Blick auf Annegrets Gesicht. »Ist sie …?«

»Ich kümmere mich um sie und komme gleich nach. Jetzt geh.« Sie wartete, bis er sich wieder in Richtung Ausgang bewegte, dann griff sie nach dem Papier. Es war Annegrets Kennkarte. *Annegret Huber, geboren am 28. Juni 1921 in Berlin.* Zwei Jahre jünger als Margarete. Lange, hellbraune Haare und haselnussbraune Augen, genau wie sie selbst.

Sie steckte den Ausweis in ihre Rocktasche, bevor sie sich

abwendete und wieder auf allen Vieren in Richtung Außenmauer krabbelte. Statt weiterzukriechen, wie sie ihm befohlen hatte, war der Knabe stehen geblieben, um auf sie zu warten.

»Was ist mit ihr?«, fragte er ängstlich.

»Ich konnte ihr nicht mehr helfen. Sie war schon tot. Komm, jetzt nichts wie raus hier.«

Doch er weigerte sich, auch nur einen weiteren Schritt zu tun und starrte sie mit großen Augen an. »Warum bist du so nett zu mir? Du bist doch Jüdin.« Er zeigte auf die Wolljacke, die sie sich auf dem Weg zum Schutzraum übergeworfen hatte. Margarete schaute an sich hinunter und ihr Blick fiel auf den gelben Stern.

In den Fingerspitzen spürte sie noch das Ausweispapier und ihr wurde klar, dass dies ihre Chance war, zu überleben. Sie musste dem Rettungstrupp nur sagen, dass sie die Tochter der Hubers war. Aber damit die Täuschung funktionierte, musste sie den gelben Stern loswerden.

Sie zog sich die Jacke mit dem verhassten Zeichen von den Schultern und stotterte: »Es ... es war ein dummes Spiel. Dieser Judenstern gehört dem toten Mädchen. Sie war unsere Dienstmagd.«

Erschrocken über ihre eigene Dreistigkeit stand sie fassungslos da, bis der Junge sie anstupste. »Dann solltest du dir eine eigene Jacke holen, sonst glaubt dir keiner.«

Ob er verstand, dass sie sich aus der Sache herauslügen wollte oder nicht, spielte keine Rolle. Er hatte sie gerade auf eine hervorragende Idee gebracht. »Du hast recht. Warte einen Moment. Ich hole nur schnell meine Jacke.«

Zurück bei Annegrets Leiche zog sie deren Jacke und Handtasche hervor, die halb unter ihr begraben lagen, dann legte sie ihre eigene Wolljacke mit dem gelben Stern und ihrer Kennkarte in der Tasche in Annegrets Armbeuge.

Jetzt ist sie Margarete Rosenbaum und ich bin Annegret Huber. Gott, bitte vergib mir.

2

DEZEMBER 1941, PARIS

Wilhelm Huber starrte geringschätzig auf das klingelnde Telefon. Es war zwei Minuten vor fünf, und er hatte nicht die Absicht, einen Anruf anzunehmen, der nur seinen Feierabend verzögern würde. Schon gar nicht heute, wo er endlich Karten für die begehrte neue Vorstellung im Moulin Rouge ergattert hatte. Seitdem der Besuch einer der Aufführungen mit Can-Can-Tänzen und schlüpfrigen Liedern auf der Liste der Pflicht-veranstaltungen für deutsche Soldaten bei einem Erholungsbe-such in Paris stand, war es fast unmöglich geworden, an Reservierungen zu kommen.

Er ignorierte das penetrante Klingeln, erledigte die letzte Korrespondenz von dem großen Stapel, an dem er gearbeitet hatte, und lehnte sich dann seufzend in seinem Stuhl zurück, während er wünschte, der hartnäckige Anrufer würde auflegen. Einen Moment lang war Wilhelm versucht, den Hörer doch abzunehmen, aber das Läuten einer Kirchenglocke rettete ihn. Fünf Uhr. Die Öffnungszeit war vorbei, und der Anrufer würde es eben morgen früh noch einmal versuchen müssen.

Er stand auf, legte die Korrespondenz in den Karteischrank, schloss ihn ab, legte den Schlüssel in die Schublade seines

Schreibtisches, schloss auch diese ab und steckte den Schlüssel in seine Hosentasche. Bevor er durch die Tür ging, warf er noch einen letzten Blick in das Büro, um sich zu vergewissern, dass alles tadellos aufgeräumt war. Dann verließ er den tristen Ort mit federndem Schritt.

»Ein schönes Wochenende«, wünschte er dem französischen Angestellten im Vorzimmer, bevor er auf dem Weg nach draußen halbherzig vor dem Hitler-Porträt salutierte.

Als er auf die belebte Straße trat, atmete er den typischen Geruch der Stadt ein. Andere mochten sich beschweren und wären lieber auf einem Kriegsschauplatz, wo sie Orden und Beförderungen einheimsen konnten, aber für ihn war Paris ein wahr gewordener Traum. Seit er vor etwa einem Jahr zum ersten Mal am Gare de l'Est aus dem Zug gestiegen war, hatte er sich in die französische Hauptstadt mit ihrem reichlichen Angebot an Wein, gutem Essen und schönen Frauen verliebt.

Abgesehen von all den Annehmlichkeiten, war der größte Vorteil einer Stationierung in Paris die Tatsache, dass er endlich der strengen Aufsicht seines ehrgeizigen Vaters entkommen war. Ganz zu schweigen von seiner Mutter, deren oberstes Ziel es war, ihn zu verheiraten, und die ihm daher unablässig geeignete, wenn auch gähnend langweilige Frauen präsentierte. Wie viel mehr Spaß machte es doch, der Hahn im Korb zu sein, inmitten von atemberaubend schönen Französinnen, die erpicht darauf waren, ihren neuen Herren auf jede erdenkliche Weise zu gefallen.

Das ausschweifende Nachtleben bereitete ihm so viel mehr Vergnügen als der langweilige Dienst in der Schreibstube des SS-Hauptquartiers. Wenn es nach ihm gegangen wäre, hätte er auf den ganzen Militärkram verzichtet und sprichwörtlich wie Gott in Frankreich gelebt. Aber leider ging das eine nicht ohne das andere.

Während er den kurzen Weg zu seiner Wohnung im Zentrum von Paris zurücklegte, dachte er über das Einzige nach, was in seinem Leben nicht perfekt war: seine finanzielle Situation. Die pulsierende Stadt bot alles, was er sich nur erträumen konnte, doch dieser Luxus ging mit Ausgaben einher, für die sein Gehalt als SS-Oberscharführer nicht ausreichte. Er würde noch einmal mit seinem Vater über eine höhere Apanage sprechen müssen. Obwohl diesem Wilhelms extravaganter Lebensstil ein Dorn im Auge war, würde er ihm das Geld geben. Das tat er immer.

Wilhelm begrüßte die Concierge, Madame Badeaux, die den ganzen Tag in ihrem Kabuff zu lauern schien, um sich mit einer unangemessenen Anzahl neugieriger Fragen auf ihre Mieter zu stürzen, sobald diese einen Fuß in das Gebäude setzten. Wenigstens war sie nicht so feindselig oder unfreundlich wie das alte Weib in seinem vorigen Wohnhaus. Er wechselte einige Belanglosigkeiten mit ihr, bevor er sich entschuldigte. Drei Stufen auf einmal nehmend, eilte er die Treppe zu seiner Zweizimmerwohnung im dritten Stock hinauf. Er hätte den Aufzug nehmen können, hatte es sich aber zur Gewohnheit gemacht, seiner Form zuliebe zu Fuß zu gehen.

Die repräsentative Architektur des Art Nouveau – wie die Franzosen den Jugendstil nannten – mit ihren Stuckornamenten, meisterlich geschnitzten Geländern und bunten Wandmalereien hatte definitiv schon bessere Zeiten gesehen.

Doch aufgrund des Kriegs und ihres unverantwortlichen Widerstands gegen die deutsche Regierung hatten die Franzosen ihr kulturelles Erbe vernachlässigt. Wenn sie doch nur einsehen würden, wie viel besser das Leben sein könnte, wenn sie mit ihren neuen Herren zusammenarbeiteten, statt gegen sie.

In seiner Wohnung angekommen, ging er schnurstracks ins Schlafzimmer, wo seine frisch gebügelte Ausgehuniform hinter der Tür hing. Wenigstens seine Zugehfrau arbeitete perfekt. Er hatte Glück gehabt, dass er sie gefunden hatte, denn ein tadelloses Aussehen war in seiner Position von größter Bedeutung.

Gerade als er dabei war seine Uniformjacke zuzuknöpfen, klingelte das Telefon im Wohnzimmer und er ging hinüber, um abzunehmen.

»Wilhelm Huber«, sagte er mit einem Blick in den vergoldeten, mit geschnitzten Hortensien und Lilien verzierten Spiegel, der über dem passenden Schränkchen hing, worauf das Telefon stand. Wilhelm war fünf Zentimeter größer als der Rest seiner Familie, und das blonde Haar, die grün-braunen Augen und die markante Nase übten eine magnetische Kraft auf die Frauen aus, die sich ihm in Scharen zu Füßen warfen. Selbst das kleine rote Muttermal unter seinem linken Auge konnte sein gutes Aussehen nicht schmälern, sondern gab ihm im Gegenteil eine geheimnisvolle, grüblerische Aura. Die Uniform verlieh ihm Autorität und verstärkte seine Anziehungskraft auf das andere Geschlecht.

Es war sicherlich nicht der Mangel an willigen potenziellen Ehefrauen, der ihn zum Junggesellen machte, was übrigens ein weiterer Punkt war, in dem anderer Meinung war als seine Eltern. Sie glaubten, dass es für einen Mann mit vierundzwanzig Jahren längst überfällig war, zu heiraten und Kinder für den Führer zu zeugen. Das Kinderzeugen war nicht sein Problem, dachte er mit einem Grinsen. Heute Abend nach der Vorstellung im Moulin Rouge hatte er geplant, in dieser Hinsicht für sein Vaterland »hart zu arbeiten«.

»Wilhelm, Gott sei Dank habe ich dich endlich erreicht«, kam durch den Hörer eine leicht verstörte Frauenstimme, die er sofort erkannte.

Er stöhnte innerlich auf und schaute auf seine Armbanduhr. Wenn er sie nicht sofort abwürgte, riskierte er zu spät zur Vorstellung zu kommen. Seine Schwägerin Erika hatte die lästige Angewohnheit, selbst die alltäglichste Nachricht in eine langatmige Geschichte über Gott und die Welt zu verwandeln.

»Erika. Ich war gerade auf dem Weg zu einem Treffen mit

meinem Vorgesetzten.« Er hoffte, dass dieser Hinweis ausreichte, damit sie sich kurz fasste.

Statt der erwarteten schnippischen Antwort sagte sie: »Ich habe im Büro angerufen, aber du warst schon weg.«

Sie war also die lästige Anruferin gewesen. Seine Neugierde war geweckt. »Ich habe den ganzen Tag in Besprechungen verbracht.«

»Es gab einen Unfall.«

»Was für einen Unfall?« Die Tatsache, dass sie anrief und nicht Reiner, ließ ihn automatisch vermuten, dass seinem älteren Bruder etwas zugestoßen sein musste. Reiner war der Lieblingssohn ihres Vaters und trat mit seiner steilen Karriere bei der SS in dessen Fußstapfen.

»Letzte Nacht wurde Berlin schwer bombardiert ...«

Die Telefonleitung knisterte und Wilhelm konnte seine Ungeduld kaum noch beherrschen. »Erika, kannst du bitte zum Punkt kommen?«

»Wenn du aufhören würdest, mich ständig zu unterbrechen«, schimpfte sie empört.

»Tut mir leid.« Er knirschte mit den Zähnen, denn er wusste aus Erfahrung, dass jede weitere Unterbrechung nur dazu führen würde, dass sie den Faden verlor und sich das Gespräch noch länger hinzog. »Du hattest die Bombardierung letzte Nacht erwähnt.« Er rollte seinem eigenen Spiegelbild mit den Augen zu und hoffte, dass Erika ihm die Neuigkeiten mitteilen würde, bevor seine französische Geliebte Florence eintraf, um mit ihm gemeinsam ins Moulin Rouge zu gehen.

»Ja.« Erika hielt inne, und er stellte sich die schlanke, brünette Frau seines Bruders vor, die ihr Haar wie Brezeln über den Ohren geflochten trug und ein imaginäres Staubkorn von ihrem knöchellangen Rock zupfte. Er hatte keine Ahnung, was Reiner in ihr sah, aber manchmal täuschte der Schein, und vielleicht war sie eine Kanone im Bett. Angesichts der Vorstellung wie die langweilige Erika seinen Bruder in Ekstase ritt, musste er ein lautes Prusten unterdrücken. Und schon sprangen seine Gedanken zu den Plänen, die er für Florence und sich nach der Vorstellung hatte.

»Sieh mal, es ist nicht leicht, das zu sagen ... die Bombardierung ... weißt du, wie diese abscheulichen Engländer ihre Angriffe auf Wohngebiete konzentrieren, während unsere eigene Luftwaffe nur militärische Ziele in London angreift? Ich meine, was sind das für Unmenschen? Erst ziehen sie es nicht einmal in Betracht, sich mit Hitler zu verbünden, obwohl er es ihnen so großzügig angeboten hat, und jetzt ...«

Ein weiterer Blick auf seine Armbanduhr ließ seinen Geduldsfaden reißen. »Erika. Komm endlich zur Sache. Ich kann meinen Vorgesetzten nicht warten lassen.«

»Seit wann bist du so erpicht darauf, Überstunden zu machen?«

Ihre Worte kränkten ihn, vor allem, weil sie der Wahrheit entsprachen. Nur dank des Einflusses seines Vaters war er in die SS aufgenommen worden, obwohl es ihm sowohl an Ehrgeiz als auch an Eifer mangelte. Ganz im Gegensatz zu Reiner, der das Paradebeispiel eines ehrgeizigen, bissigen und gehorsamen Soldaten war. Alles Eigenschaften, die ihm erst kürzlich die Beförderung zum SS-Obersturmführer eingebracht hatten, während Wilhelm immer noch ein lausiger Oberscharführer war.

»Ich bin immer bereit, meinem Land zu dienen. Wolltest du mir etwas Wichtiges mitteilen?«

»Nun, du willst es offensichtlich nicht anders. Deine Eltern sind tot«, schnauzte sie ins Telefon.

Er legte den Kopf schief und blickte grimmig in den Spiegel. Was für eine dumme Frau, glaubte sie wirklich, dass sie ihm Angst einjagen konnte? »Hör zu, Erika, jetzt ist nicht der richtige Zeitpunkt für morbide Witze.«

»Es ist die Wahrheit.«

»Was ist die Wahrheit?«

»Deine Eltern sind beide tot. Der Engländer ...«

Seine Hand umklammerte den Hörer und er lehnte sich mit wackligen Knien gegen die Wand. »Nein.«

»Doch.«

»Das kann nicht sein.«

»Ist es aber.«

»Aber wie?«

»Ich habe ja versucht, es dir zu erzählen, aber du hast mich ständig unterbrochen ...« Erika fing von vorne an und erzählte von dem Bombenangriff und davon, dass nicht nur das Haus seiner Eltern, sondern das halbe Viertel eingestürzt war, dass Menschen blutend aus den Trümmern krochen, dass die Rettungskräfte immer noch Verletzte und Tote ausbuddelten, aber er hörte gar nicht zu. Er hatte eine klare Vorstellung von dem, was geschehen sein musste, denn er hatte genug Bombardements miterlebt.

Als seine zitternden Beine das Gewicht seines Körpers nicht mehr tragen konnten, sank er langsam zu Boden, wobei er den Telefonhörer wie eine Rettungsleine umklammerte.

Es stimmte, er war mit seinen Eltern in vielen Dingen nicht einer Meinung gewesen und hatte Gott jeden Tag für seinen Einsatz in Paris gedankt, weit weg von ihren Einmischungen, aber das bedeutete nicht, dass er ihnen den Tod wünschte. Sie waren seine Eltern, verdammt noch mal!

»Wie können sie es wagen?«, schrie er ins Telefon und war sich nicht sicher, wem er mehr Schuld am Ableben seiner Eltern gab: den englischen Bomberpiloten, Hitler, der diesen Krieg begonnen hatte, oder seinen Eltern selbst, weil sie zu selbstgefällig gewesen waren, um Berlin zu verlassen und in die vergleichsweise Sicherheit ihres Landhauses in Plau am See, etwa zwei Stunden nördlich der Hauptstadt, zu ziehen.

»... Ich bin sicher, unser Führer wird den Tod deines Vaters rächen und diesen bösartigen Engländern eine Lektion erteilen.«

»Das wird er?« Wilhelms Hirn hatte aufgehört, kohärente Gedanken zu formen, so groß war die unerwartete Trauer, gemischt mit Wut, die ihn überkam.

»Der arme Reiner ist am Boden zerstört. Er hat bereits begonnen, die Aufgaben deines Vaters zu übernehmen«, sagte Erika.

»Zweifellos hat er ein Auge auf Vaters Position geworfen.« Es wäre Reiner zuzutrauen, die Gelegenheit mit beiden Händen zu ergreifen und sich für das Rennen im Beförderungskarussell, das unweigerlich folgen würde, zu positionieren, noch bevor die Leiche kalt war.

»Wie kannst du es wagen, so etwas zu sagen? Alles, was er tut, ist zum Wohle unserer Familie. Auch zu deinem!«

Er wollte nicht mit ihr streiten, denn die schreckliche Nachricht hatte ihm alle Kraft geraubt. Deshalb schwieg er und versuchte zu verarbeiten, was er gehört hatte. Dann kam ihm ein beunruhigender Gedanke.

»Was ist mit Annegret?« Seine zwanzigjährige Schwester hatte bei den Eltern gelebt, nach Strich und Faden von ihrem Vater verwöhnt.

»Ich bin sicher, es geht ihr gut.« Erikas Stimme klang viel zu künstlich.

»Was soll das heißen, du bist dir sicher?«

»Man hat ihre Leiche nicht gefunden, und da der Bombenangriff kurz vor dem Abendessen stattfand, war sie vermutlich unterwegs. Du weißt doch, wie sie ist.« Das vernichtende Urteil über Annegrets Charakter war laut und deutlich.

Seine Schwester liebte das Leben. Sie ging oft in Nachtklubs und trotz der Versuche ihrer Mutter, eine gute deutsche Ehefrau und Mutter aus ihr zu machen, legte sie sehr undamenhafte Verhaltensweisen an den Tag, von denen das Rauchen noch die harmloseste war. Aber da Vater seiner einzigen Tochter nie etwas abschlagen konnte, tat sie, was sie wollte.

»Bis du hier bist, wird sie schon aufgetaucht sein.«

»Bis ich wo bin?« Wilhelm hatte Mühe, ihr zu folgen.

»In Berlin, natürlich. Reichsführer Himmler hat ein Staatsbegräbnis zu Ehren deines Vaters und seines heroischen Todes für unser Vaterland angeordnet.«

»Ich kann nicht einfach in den nächsten Zug steigen und wegfahren. Ich habe zu tun.«

Erika seufzte theatralisch. »Das ist der Grund, warum ich dich anrufe. Damit du genug Zeit hast, deine Reise zu organisieren. Die Beerdigung findet heute in einer Woche statt, und es sähe nicht gut aus, wenn du nicht dabei bist.«

Er hatte sich darauf gefreut, die Weihnachtsfeiertage in Paris zu verbringen, in das pulsierende Nachtleben einzutauchen, zu viel zu essen und zu trinken, und das mit einer oder mehreren schönen Frauen im Arm. Die Feiern, die von SS- und Wehrmachtsoffizieren veranstaltet wurden, waren legendär. Aber wer wollte nach dem Tod seiner Eltern schon feiern? Er konnte genauso gut nach Berlin fahren und dort alte Freunde treffen.

»Ich kümmere mich darum.« Er beendete das Gespräch und starrte ausdruckslos auf die Wand. Wie schnell sich das Leben ändern konnte. Innerhalb eines Wimpernschlags war er zum Waisen geworden, obwohl ... ein tröstlicher Gedanke kam ihm in den Sinn. Wenn er seinen Anteil an Vaters riesigem Vermögen erbte, wäre er seine Geldprobleme ein für alle Mal los. Wenigstens etwas Gutes würde aus dieser Tragödie hervorgehen. Er versank in Erinnerungen und zuckte zusammen, als es an der Tür läutete.

Seufzend stand er auf und öffnete. Zu jeder anderen Gelegenheit hätte der Anblick von Florences prallem Busen, der vom tiefen Ausschnitt ihres Abendkleides unanständig zur Schau gestellt wurde, seine Lenden erregt, aber heute schenkte er ihr nur ein müdes Lächeln und sagte: »Wir können nicht gehen.«

Ihre schönen braunen Augen füllten sich mit Enttäuschung, aber er zuckte nur mit den Schultern und drehte sich um, in der Erwartung sie verschwände. Dann besann er sich eines Besseren, holte die beiden Moulin-Rouge-Karten aus seiner Brusttasche und hielt sie ihr hin. »Geh mit einer Freundin.«

Schnell nahm sie die angebotenen Karten, drückte ihren kurvenreichen Körper an den seinen und verschwand so schnell wie sie gekommen war. Sein Herz wurde noch trauriger. Er hatte zwar nie erwartet, dass sie ihn liebte, aber im Moment hätte er nichts gegen die Gesellschaft einer mitfühlenden Seele einzuwenden gehabt.

3

LEIPZIG

Margarete zupfte nervös an ihrer Jacke. Es war das schönste Stück, das sie je besessen hatte, obwohl es streng genommen nicht ihr gehörte. Sie gehörte dem toten Mädchen, dessen Identität sie angenommen hatte.

Annegret wäre nicht nervös, sagte sie sich. Mit hoch erhobenem Kopf und dem hochmütigen Blick, den sie so oft auf Annegrets Gesicht gesehen hatte, schob sie sich durch die Türen der Universitätsbibliothek und blieb vor Ehrfurcht wie angewurzelt stehen.

Die Bibliotheca Albertina, wie die Leipziger Universitätsbibliothek zu Ehren König Alberts von Sachsen genannt wurde, war schon von außen beeindruckend, doch die majestätische Eingangshalle raubte ihr den Atem. Der Boden war mit dunkelbraunem Parkett ausgelegt, das einen eleganten Kontrast zu den cremefarbenen Wänden und den weißen Säulen bildete. Zu beiden Seiten des Flurs lagen Glastüren, während in der Mitte eine geschwungene Freitreppe in den ersten Stock führte, der vollständig von einer Galerie umgeben war.

Margarete hatte noch nie eine so schöne Architektur gesehen. Es erinnerte sie ein wenig an Bilder von griechischen

16

Tempeln. Es war erstaunlich, dass es in Hitlers Deutschland noch Gebäude von solch unschuldiger Schönheit gab. Doch sie war nicht hier, um die Bibliothek zu bestaunen, deshalb ging sie in das Büro hinter der ersten Tür auf der linken Seite.

»Was kann ich für Sie tun?«, fragte die ältere Frau mit dem ergrauten Haar, das im Nacken zu einem Dutt gebunden war.

»Ich bin Annegret Huber. Ich soll hier arbeiten.«

Sie und Tante Heidi wussten, dass es ein Risiko barg, aber sie mussten Annegret beim Meldeamt registrieren, um Lebensmittelkarten für sie zu bekommen. Als sie das getan hatte, hatte sie sich gedacht, dass sie auch gleich zum Arbeitsamt gehen und nach einer Arbeit fragen könnte. Da Margarete jedoch nie etwas anderes gelernt hatte als Hausmädchen zu sein, gab es nicht viele Möglichkeiten. Zum Glück hatte die Frau auf dem Arbeitsamt ein Einsehen mit dem zierlichen Mädchen und bot ihr die Stelle als Bibliotheksassistentin an.

»Oh wunderbar, Sie sind das Fräulein, das uns das Arbeitsamt geschickt hat. Ich kann Ihnen gar nicht sagen, wie dringend wir Hilfe brauchen.«

Margarete war an harte Arbeit gewöhnt, denn sie hatte zwei Jahre lang wie eine Sklavin im Haushalt der Hubers geschuftet. Unwillkürlich hob sie den Arm, um den gelben Stern auf ihrer Brust zu verdecken, als ihr einfiel, dass sie keine Jüdin mehr war. Zumindest nicht nach außen hin. Sie war jetzt eine Arierin namens Annegret Huber, ein Mädchen, das in seinem Leben noch keine einzige Minute gearbeitet hatte.

Irgendwie musste sie einen Mittelweg finden zwischen der glaubhaften Verkörperung der verwöhnten Annegret und der Notwendigkeit, die Stelle in der Bibliothek zu behalten. Tante Heidi riskierte ihr Leben, indem sie Margarete bei sich wohnen ließ. Sie konnte mit ihrem bescheidenen Gehalt in einem Lebensmittelladen nicht auch noch zwei Personen verpflegen. Margarete vertraute darauf, dass weit weg von Berlin, niemand Annegret – oder sie – kannte.

»Ich habe noch nie in einer Bibliothek gearbeitet«, sagte sie.

»Nun, wir werden Sie in kürzester Zeit einarbeiten. Übrigens, ich bin Frau Merz.« Die Frau streckte ihre Hand aus und Margarete brauchte ein paar Sekunden, um zu begreifen, was sie wollte. Als Jüdin war es ihr nicht erlaubt gewesen, Ariern die Hand zu schütteln.

»Vielen Dank, ich werde mein Bestes tun«, sagte Margarete und nahm die dargebotene Hand. Es war ein seltsames Gefühl, gewürdigt zu werden. Normalerweise konnte sie höchstens darauf hoffen, dass die Leute sie ignorierten, anstatt sie zu verspotten oder zu beleidigen. Als sie noch den gelben Stern getragen hatte, hatten Passanten ihr Beleidigungen, hasserfüllte Blicke und manchmal sogar Schmutz oder Steine an den Kopf geworfen. Sie biss sich auf die Lippe und rief sich zur Ordnung. Wenn jemand Verdacht schöpfte, würde sie verhaftet und an einen Ort verfrachtet werden, den sie sich nicht in ihren schlimmsten Albträumen vorstellen wollte.

Frau Merz stellte ein Schild mit der Aufschrift »In fünf Minuten zurück« auf den Empfangstresen und führte Margarete durch die atemberaubende Eingangshalle in einen der Lesesäle, der mit Gemälden grimmig dreinblickender alter Männer gesäumt war, vermutlich Professoren, die seit der Eröffnung der Universität Leipzig im Jahr 1409 hier gelehrt hatten. Ein paar Dutzend Studenten saßen im Lesesaal vor Schreibtischen, die mit turmhohen Bücherstapeln beladen waren.

Margarete hatte kaum Zeit, den Anblick zu genießen, denn Frau Merz durchquerte den Saal zügig, bis sie eine weitere Tür erreichte, auf der »Nur für Mitarbeiter« stand.

Sie gingen durch die Tür hinunter in den Keller, der sich direkt unter dem Lesesaal befand und wahrscheinlich ebenso groß war. Doch statt eines riesigen leeren Raums mit Schreibtischen für die Studenten war der Keller mit Hunderten von Regalen bestückt, von denen jedes einzelne vom Fußboden bis zur Decke reichte und mit Büchern gefüllt war. Auf dem Fußboden türmten sich Bücherstapel, die gerade so viel Platz ließen, dass eine schlanke Person zwischendurch schlüpfen konnte.

»Gefällt Ihnen unser Bücherlager?« Der Stolz einer echten Bibliothekarin leuchtete in den Augen von Frau Merz.

»Es ist ... überwältigend.« Um die Wahrheit zu sagen, hatte Margarete noch nie so viele Bücher auf einem Fleck gesehen. Sie erinnerte sich dunkel an ihren ersten Besuch in einer Bücherei an der Hand ihrer Mutter. Es war eine aufregende Einführung in eine neue Welt gewesen. Später, als sie auf die weiterführende Schule kam, hatte sie ganze Nachmittage damit verbracht, die wunderbaren Geschichten in den Büchern aufzusaugen. Aber das war vor Jahren gewesen, bevor die Nazis den Juden die Benutzung öffentlicher Bibliotheken verboten hatten. Automatisch hob sie die Hand, um mit dem Finger auf den verhassten gelben Stern auf ihrer Brust zu tippen, bis ihr wiederum bewusst wurde, dass er nicht da war. Dieses Zeichen ihrer Identität hatte sie in den Trümmern des zerstörten Hauses in Berlin zurückgelassen.

»Wir haben gerade eine Lastwagenladung mit Büchern von zwei jüdischen Besitzern erhalten.« Die Stimme von Frau Merz zeigte keinerlei Gefühlsregung. »Ihre erste Aufgabe wird es sein, diese Bücher in drei Stapel aufzuteilen: die wertvollen, volkstümlichen Bücher, die später in die Regale einsortiert werden, während die Bücher, die auf dem Index stehen, zur Vernichtung beiseitegelegt werden müssen. Zersetzende Literatur muss sekretiert werden, das heißt wir bewahren sie in einem gesonderten Raum auf, wo nur politisch zuverlässige Leute sie zu wissenschaftlichen Zwecken ansehen dürfen.«

Margarete schaute sie mit großen Augen an. Wer hätte gedacht, dass die Verachtung der Nazis für Literatur, die nicht ihrer Ideologie entsprach, sich auch auf wissenschaftliche Bibliotheken wie diese erstrecken würde und die physische

Vernichtung ebendieser Bücher erforderte? Sie hatte fast Mitleid mit den armen Bänden, die bald auf dem Scheiterhaufen landen würden, auf dass ihre papiernen Seiten im wütenden Feuer verbrannten und die wunderbaren Worte, Kapitel, ja ganze Welten unwiederbringlich verloren gingen.

»Wenn Sie Probleme haben, eines der Bücher einzuordnen, können Sie mich jederzeit fragen.« Frau Merz drückte ihr einen riesigen Katalog mit der Aufschrift »Liste des schädlichen und unerwünschten Schrifttums« in die Hand. »Sortieren Sie alle Bücher aus, die hier drin stehen. Und«, sie hielt einen Moment inne und musterte Margarete eingehend, »ich weiß, die Versuchung ist groß, aber Sie dürfen auf keinen Fall in die verbotenen Schriften hineinschauen. Sie sind nicht ohne Grund verboten, und ein junges Mädchen wie Sie, das in seiner geistigen Entwicklung noch nicht gefestigt ist, könnte sich von den Lügen, die darin verbreitet werden, verleiten lassen oder sie sogar für bare Münze nehmen.«

»Ich danke Ihnen, Frau Merz. Es besteht kein Grund zur Sorge, denn so etwas Abscheuliches will ich sicher nicht lesen.« Margarete bemühte sich, keine Miene zu verziehen. Sie hatte immer über ihr Alter hinaus gelesen, und viele ihrer Lieblingsbücher aus der Zeit vor der Machtergreifung der Nazis waren mittlerweile auf die schwarze Liste gesetzt worden. Was für schreckliche Dinge sollte ein Leser aus einem Buch lernen, das den Krieg verurteilte, wie »Im Westen nichts Neues« von Erich Maria Remarque? Sicher nichts, was schlimmer wäre als der Krieg, den Hitler angezettelt hatte, oder die erbarmungslose Verfolgung eines Teil des deutschen Volkes: der Juden.

»Deshalb hat unser allwissender Führer das klugerweise verboten.« Mit diesen Worten ging Frau Merz die Treppe hinauf und ließ Margarete allein im Keller zurück. Allein unter Tausenden von Büchern.

Seit sie als Dienstmagd bei der Familie Huber arbeitete, hatte sie kein Buch mehr angerührt, außer um es abzustauben.

Herr Huber hatte immer gesagt, dass Untermenschen wie sie besser daran täten zu arbeiten, um überhaupt einen Nutzen zu haben. Sie hätte ohnehin keine Zeit zum Lesen gehabt, denn Frau Huber ließ sie bis zum Umfallen schuften. Margarete stand um fünf Uhr morgens auf, um das Frühstück für ihre Herrschaften vorzubereiten, bevor sie den Tag damit verbrachte, Böden zu putzen, Wäsche zu schrubben, Geschirr zu spülen, einzukaufen, zu fegen, zu kochen und was sonst noch anfiel. Erst weit nach Mitternacht, nachdem die Familie zu Bett gegangen war, durfte sie sich auch zurückziehen. Dann fiel sie erschöpft auf die schäbige Matratze in dem fensterlosen Kämmerchen hinter der Küche, das sie ihr Zimmer nannte.

So sehr sie die Hubers auch verabscheute, vor deren Tochter hatte sie am meisten Angst gehabt. Die schöne, energiegeladene und lebenslustige Annegret konnte das liebreizendste Mädchen sein, wenn sie mit Freunden zusammen war oder wenn sie ihren Vater um den Finger wickelte, der ihr jeden Wunsch von den Augen ablas. Aber sie hatte auch eine dunkle Seite, die sie der nur zwei Jahre älteren Margarete bei jeder Gelegenheit zeigte. Annegret hatte nicht nur Hitlers Rassenideologie verinnerlicht, sondern auch noch ihre eigene Grausamkeit dazugegeben, wie erst letzte Woche, als sie »aus Versehen« über den Wassereimer gestolpert war, während Margarete auf den Knien den Boden schrubbte.

»Nutzloser Abschaum, sieh nur, was du angerichtet hast! Du suhlst dich im Dreck wie ein Schwein.« Sie war durch die Pfütze gestapft und mit ihren schmutzigen Schuhen durch alle Zimmer des Hauses gelaufen. Nach vollbrachter Gemeinheit war sie mit diesem hämischen Grinsen im Gesicht zurückgekehrt, das Margarete so sehr hasste. »Das wird dich lehren, zu trödeln, du jüdische Schlampe. Ich werde meinem Vater sagen, er soll dich in ein Lager schicken, wo du hingehörst!«

Und jetzt bin ich sie. Das hinterhältigste Mädchen der Welt. Margarete schauderte und machte sich schnell daran, die

Bücherstapel zu sortieren, denn sie wollte Frau Merz keinen Grund zur Beschwerde geben.

»Fräulein Huber, haben Sie schon Mittagspause gemacht?« Frau Merz stand plötzlich neben ihr und warf einen anerkennenden Blick auf die Stapel. »Die haben Sie alle schon sortiert?«

»Ja. Der kleine Stapel da drüben sind Bücher, die weder im Katalog noch auf der Liste der verbotenen Bücher standen. Ich wollte Sie nicht jedes Mal mit Fragen belästigen, also habe ich sie gesammelt. Ich hoffe, das war in Ordnung?«

»Ich bin begeistert. Anscheinend hat das Arbeitsamt dieses Mal einen guten Griff getan. Sie können sich nicht vorstellen, wen die mir schon alles geschickt haben. Dumme, verwöhnte Gören, die nicht arbeiten wollen.«

Margarete hielt es für besser, nicht zu antworten.

»Sie können jetzt Ihre Mittagspause machen und wir gehen die Bücher später durch. Kommen Sie, ich zeige Ihnen die Kaffeeküche.«

Dort angekommen, holte Margarete den Henkelmann, den Tante Heidi ihr am Morgen gepackt hatte, aus ihrer Handtasche. Die Thermoskanne bestand aus zwei übereinander gestapelten Behältern: Der untere enthielt Suppe, der obere zwei Scheiben Brot, was mehr war, als sie normalerweise an einem Tag im Haushalt der Hubers gegessen hatte. Während die Familie reichlich speiste, musste sie von den Resten satt werden, die sie von den Tellern kratzte.

Ihr Magen knurrte und sie setzte sich hin, um das harte Brot in die Suppe zu tunken, bevor sie das Ganze in den Mund löffelte. Vor dem Krieg hätte Tante Heidi so unfeine Tischsitten nie erlaubt. Doch ihr jüdischer Mann, Margaretes Onkel Ernst, war vor fast einem Jahr wegen eines angeblichen Verbrechens verhaftet und kürzlich deportiert worden. Seither musste Heidi die Miete ganz allein bezahlen und kam gerade so über die Runden. Wenigstens konnte Margarete bald mit ihrem Gehalt als Hilfsbibliothekarin zum Haushaltseinkommen beitragen, auch wenn sie ihrer geliebten Tante mit ihrem Auftauchen eine ganze Reihe anderer Probleme beschert hatte.

Am Nachmittag bat Frau Merz sie, das Sortieren der Bücher vorübergehend zu pausieren und erklärte ihr die Arbeit an der Ausleihtheke. »Wir haben einen kleinen Bestand an öffentlich zugänglichen Büchern für die Studenten, aber für die meisten Werke müssen sie uns nach dem Autor oder dem Titel fragen und wir gehen dann in den Lagerraum, um das Buch zu holen. Wenn ein Buch als verboten oder sekretiert klassifiziert ist, dann muss der Ausleiher Ihnen seinen Universitätsausweis vorlegen und auf einer Liste unterschreiben, auf der Name, Position und der wissenschaftliche Zweck, zu dem er dieses ... Werk lesen muss, vermerkt sind.« Frau Merz schien angewidert von der Vorstellung, dass jemand tatsächlich die vom Naziregime als zersetzend eingestuften Bücher öffnen und sogar lesen könnte.

Margarete nickte.

»Leider gibt es manchmal dubiose Elemente, die versuchen, diese volksschädlichen Schriften ohne triftigen Grund in die Hände zu bekommen. Wie ich schon sagte, der Reiz des Verbotenen ist groß, und junge Menschen lassen sich so leicht verführen. Sie müssen in jedem Fall zuerst Namen und Adresse aufnehmen und dann mitteilen, dass das Buch derzeit nicht erhältlich ist.«

»Was passiert mit diesen Informationen?«, fragte Margarete.

»Nichts. Wir geben die Liste einmal pro Woche zur Nationalbibliothek, wo eine Dienststelle der Gestapo die Sekretierung der Bestände und deren rechtmäßige Nutzung überwacht.«

Margarete schluckte schwer. Die Liste ging direkt an die Gestapo, und Frau Merz gab sich der Illusion hin, diesen Leuten würde nichts passieren? Wenn sie Glück hatten, kamen sie mit einem Verhör und einer Verwarnung davon, dass es beim nächsten Mal nicht so angenehm werden würde – zumindest hatte Herr Huber das immer behauptet, wenn er vor seinen Freunden damit prahlte, wie die SS die Gestapo benutzte, um Leute loszuwerden, ohne sich selbst die Hände schmutzig zu machen.

Ein eiskalter Schauer lief ihr über den Rücken, als sie an die Konsequenzen dachte. Sie wollte auf keinen Fall einen unschuldigen Studenten in die Klauen der Gestapo treiben. Die echte Annegret würde vermutlich vor Freude tanzen, wenn sie noch am Leben wäre und die Gelegenheit bekäme, unerwünschte Elemente der Gesellschaft zu verraten; Margarete hingegen konnte das nicht mit ihrem Gewissen vereinbaren.

Am Abend kehrte sie schwermütig zu ihrer Tante nach Hause zurück.

»Wie war dein Tag?«, fragte Heidi.

»Gut.« Es gab keinen Grund, Heidi in diese Sache hineinzuziehen.

Aber beim Abendessen, einem leckeren Kartoffelauflauf mit Möhren, stocherte Margarete trotz ihres Hungers lustlos in ihrem Essen herum.

»Es sieht nicht so aus, als ob alles in Ordnung ist.«

Margarete stieß einen langen Seufzer aus. »Ist es auch nicht. Am Anfang war die neue Stelle in Ordnung. Ich habe die meiste Zeit des Tages im Keller verbracht und Bücher in gute, unerwünschte und gefährliche sortiert.« Sie legte den Kopf schief und suchte den Blick ihrer Tante. »Genauso wie die Nazis uns Menschen in gute, unerwünschte und gefährliche sortieren.«

Heidis Hand legte sich auf ihre und sie spürte die Wärme, die Liebe, aber auch die Verzweiflung. Ihre Tante war eine gesprächige, freundliche Frau von fünfundvierzig Jahren. Als junges Mädchen hatte sie sich in einen ebenso jungen Mann verliebt. Sie hatten 1915 geheiratet, drei Monate bevor er in den Ersten Weltkrieg geschickt worden war, aus dem er nie mehr zurückkehrte.

Durch den Verlust ihres ersten Mannes am Boden zerstört, hatte Heidi erst mehr als ein Jahrzehnt später wieder Liebe gefunden, als sie den jüngeren Bruder von Margaretes Vater kennenlernte. Heidis Familie war strikt gegen die Heirat mit einem Juden gewesen, obwohl Ernst seine Religion schon lange nicht mehr ausübte. Aber im Alter von dreißig Jahren hatte sie sich nicht mehr um den Segen ihrer Familie geschert und Ernst trotzdem geheiratet.

Schwache Erinnerungen an die Hochzeit tauchten in Margaretes Kopf auf. Die schöne Braut, die fröhliche Stimmung und ihr eigenes prinzessinnenhaftes Kleid, in dem sie zum Altar schritt und Blumen für das Brautpaar streute.

Ernst und Heidi waren das glücklichste Paar, das Margarete kannte, aber leider waren sie nie mit eigenen Kindern gesegnet worden. Obwohl viele Paare, die erst spät heirateten, keine Kinder bekamen, wurde in Heidis Familie und unter ihren so genannten Freunden böswillig getratscht, es sei die Strafe Gottes dafür, dass sie außerhalb ihrer Rasse geheiratet hatte. Später, als die Nürnberger Gesetze eingeführt wurden, wurde ihre Kinderlosigkeit als ein Beweis für die Sinnhaftigkeit, ja sogar Notwendigkeit, dieser schändlichen Gesetze angesehen.

Natürlich hatte Margarete damals von all dem nichts mitbekommen und ihre häufigen Besuche bei Tante Heidi und Onkel Ernst in vollen Zügen genossen. Die Aufenthalte dort waren ihre schönsten Kindheitserinnerungen, oft durfte sie sogar alleine bei ihnen bleiben und musste die Aufmerksamkeit der Erwachsenen nicht mit ihren drei älteren Geschwistern teilen.

»Es sind nur Bücher, Liebes«, sagte Heidi und ließ ihre warmen blauen Augen auf Margarete ruhen.

»Aber das ist es nicht! Von mir wird erwartet, dass ich jeden aufschreibe, der nach einem der verbotenen Bücher fragt, und am Ende der Woche wird diese Liste der Gestapo zur Überprüfung übergeben.«

Heidi wurde blass, zweifellos in Gedanken an ihren geliebten Mann, aber ihre Stimme war fest, als sie wieder sprach. »Die Albertina ist eine wissenschaftliche Bibliothek, also wird jeder, der nach verbotenen Werken fragt, einen triftigen Grund haben, sie zu lesen, und es wird ihm nichts passieren. Das ist nur eine Formalität.«

Margarete schüttelte den Kopf. »Eine Formalität, die für einige Leute auf der Liste bestimmt zu Problemen führen wird. Und ich werde es sein, die diese Menschen ihrem Henker übergibt.«

»So darfst du nicht reden. Jeder, der ein bisschen gesunden Menschenverstand besitzt, weiß, dass man nicht ohne triftigen Grund nach einem verbotenen Buch fragt.«

»Und was, wenn nicht?«

»Dann muss diese Person in den letzten acht Jahren geschlafen haben. Du und ich, wir können dieses System nicht umstürzen.«

»Aber ich will kein Handlanger dafür werden!« Margarete stand auf und schob ihre halb gegessene Portion über den Tisch. Heidi sollte sie haben.

Aufgewühlt schnappte sie sich ihren Mantel – eigentlich Heidis Mantel, denn Margarete war mit nichts als den Kleidern am Leib in Leipzig angekommen – und ging hinaus in die kalte Dezembernacht. Sie musste dringend nachdenken, aber die Wohnung war zu klein, um ihrer Tante aus dem Weg zu gehen. Margarete hatte nicht einmal ein Zimmer für sich allein, sondern schlief auf dem Sofa im Wohnzimmer.

Als sie zügig durch die verdunkelte Stadt ging, spürte sie nicht, wie ihr der eisige Wind ins Gesicht schnitt und an ihrer Kleidung zerrte. Sie spürte nicht einmal, wie ihre Beine von der Kälte taub wurden, und auch nicht die Tränen der Wut, die ihr über das Gesicht liefen. Das Leben einer Arierin zu führen, war schwieriger, als sie es sich vorgestellt hatte. Von dem jüdischen Dienstmädchen im Hause Huber hatte zumindest niemand etwas anderes erwartet als Unterwürfigkeit und Ehrerbietung, schon gar nicht, dass es Listen führte und Mitbürger denunzierte.

Trotz des Kummers, der schwer auf ihrem Herzen lastete, konnte sie nicht umhin zu bemerken, wie friedlich Leipzig war. Sie ging an mehreren Polizisten und SS-Patrouillen vorbei, aber keiner von ihnen warf auch nur einen Blick in ihre Richtung. Zum ersten Mal seit Jahren fühlte sie sich sicher, wenn sie durch die Straßen ging, sie musste nicht den Kopf zwischen die Schultern klemmen, um unsichtbar zu werden. Keine Passanten beschimpften sie, und eine Frau schenkte ihr sogar ein Lächeln und grüßte: »Guten Abend.«

Langsam beruhigte sich ihre Wut, und sie erkannte, dass ihre eigene Freiheit und Sicherheit einen Preis hatten. Sie kämpfte mit den Implikationen, schwor sich aber, dass sie einen Weg finden würde, den Schein zu wahren, ohne anderen Menschen zu schaden. Vorerst kehrte sie zu Tante Heidi zurück, mit dem Wissen, dass sie am nächsten Tag wieder in die Bibliothek gehen würde, da sie sonst Verdacht erregen und nicht nur ihr eigenes Leben, sondern auch das ihrer Tante gefährden könnte. Heidi befand sich selbst in einer prekären Situation, weil sie einen Juden geheiratet hatte. Das war auch der Grund warum sie nach seiner Deportation wieder ihren Mädchennamen Berger angenommen hatte.

4

Das musste die schlimmste Zugfahrt sein, die Wilhelm je erlebt hatte. Aus finanziellen Gründen hatte er sich für die zweite Klasse entschieden und diese Entscheidung von der Sekunde an bereut, als der Zug den Gare de l'Est verlassen hatte.

Er biss die Zähne zusammen, als ihm erneut jemand in die Seite stieß. Der Zug platzte aus allen Nähten mit übermütigen Soldaten, die über Weihnachten nach Hause fuhren, und sogar der eine oder andere Zivilist hatte sich dazwischen gequetscht. Wilhelm hatte seinen Platz vor etwa einer Stunde für eine junge Mutter mit zwei kleinen Kindern aufgegeben und mit einem Klappsitz im Gang vorliebgenommen, wo er ein Hindernis für immer mehr Fahrgäste darstellte. Ständig musste er aufstehen, um Leute mit übergroßem Gepäck durchzulassen. Es war ein wahrer Höllentrip. Reiner hätte wirklich großzügiger sein und ihm einen Vorschuss auf sein Erbe auszahlen können, damit er sich davon ein Erste-Klasse-Ticket nach Berlin kaufen konnte.

Es war schwierig genug gewesen, seinen Vorgesetzten zu überzeugen, ihm so kurz vor den Feiertagen Heimaturlaub zu geben. Wilhelm setzte sich unbewusst aufrechter hin, als er sich an das Gespräch mit SS-Obersturmführer Bicke am Morgen nach Erikas Telefonat erinnerte.

Er war in das große Eckbüro gegangen, das so viel schöner war als sein eigenes tristes Zimmer, das nur ein einziges Fenster zur Hauptstraße besaß. Dort hatte er geduldig gewartet, nachdem er mit dem nötigen Enthusiasmus und einem kerzengeraden Rückgrat salutiert hatte, die Augen auf Hitlers Porträt an der Wand hinter dem Mann am Schreibtisch gerichtet.

»Huber. Was wollen Sie?«, hatte Bicke gefragt.

»Herr Obersturmführer, ich bin höchst bestürzt, Ihnen mitteilen zu müssen, dass mein Vater, Standartenführer Wolfgang Huber, zusammen mit meiner Mutter bei einem hinterhältigen englischen Bombenangriff ums Leben gekommen ist.«

Bicke blickte von seinen Papieren auf. »Es tut mir leid, das zu hören. Ihr Vater war einer der angesehensten Männer im Reich.«

»Ja, er war ein deutscher Held.« Wilhelm fügte seiner Stimme eine Spur von Stolz hinzu, um klarzustellen, dass er den Tod seiner Eltern nicht etwa als persönliche Tragödie, sondern als heroisches Opfer für den Führer betrachtete. Es waren schon trauernde Mütter verhaftet worden, weil sie den Tod ihrer gefallenen Söhne beklagt hatten. Nein, er würde nicht denselben Fehler begehen. Ein guter Deutscher zeigte niemals Schwäche, schon gar nicht im Angesicht des Todes. »Reichsführer Himmler ist der gleichen Meinung und hat ein Staatsbegräbnis für meinen Vater arrangiert. Als zweiter Sohn ist meine Anwesenheit, wenn auch nicht obligatorisch, so doch äußerst erwünscht.«

»Hmm.« Bicke nahm einen vergoldeten Füllfederhalter in die Hand und spielte damit. »Ihnen ist bewusst, dass wir wegen der Feiertage ohnehin schon unterbesetzt sind?«

»Ja, Herr Obersturmführer.« Die Hälfte des Personals würde über Weihnachten und Neujahr auf Urlaub sein.

»Ich verstehe, dass Sie Ihren Vater ehren wollen, aber das

ist eine sehr ungünstige Zeit, um Heimaturlaub zu beantragen. Wie soll ich das Pariser Hauptquartier ohne Personal führen? Die Franzosen sind nur allzu bereit, jede noch so kleine Schwäche auszunutzen. Ich würde es dem Widerstand zutrauen, eine größere Operation zu starten, weil sie glauben, dass wir nicht in der Lage sind, sofort zu reagieren.«

Wilhelm hatte sich zwar darauf gefreut, die Feiertage in der pulsierenden Stadt zu verbringen, aber er hatte es dennoch so aussehen lassen, als sei es ein Opfer gewesen – eine wohlüberlegte Strategie im Hinblick auf eine mögliche Beförderung Anfang des nächsten Jahres. Sein heutiges Anliegen bedeutete einen Dämpfer für seinen Plan, sich bei Bicke beliebt zu machen, aber er hatte bereits an einer Lösung gefeilt, die für beide Seiten vorteilhaft war.

»Darf ich einen Vorschlag machen?«, fragte Wilhelm.

»Sprechen Sie.«

»Die Beerdigung ist zwar erst nächste Woche, aber wenn ich morgen schon abreisen könnte, hätte ich genug Zeit, alles zu arrangieren und dann rechtzeitig vor Weihnachten zurückzukehren, bevor die meisten meiner Kollegen ihren Heimaturlaub antreten.« Wilhelm beobachtete den Gesichtsausdruck seines Vorgesetzten genau und fügte sicherheitshalber hinzu: »Natürlich stehe ich auch während der Feiertage zur Verfügung, wenn es nötig sein sollte, um die Aufgaben abzuarbeiten, die während meiner Abwesenheit liegen geblieben sind.«

Bicke nickte sehr langsam. »Gut. Wenn dem so ist, werde ich Ihre Papiere unterschreiben. Zwei Wochen ab sofort, keine einzige Minute länger.« Er schraubte den kostbaren Füllfederhalter auf, holte ein Urlaubsformular aus einer der Schubladen seines Schreibtisches, füllte es aus und unterschrieb es. »Hier, bitte.«

»Vielen Dank, Herr Obersturmführer. Sie können sich auf mich verlassen.« Mit einem inbrünstigen »Heil Hitler« und einem gekonnten Klacken seiner Absätze verließ Wilhelm das

Büro mit der Reisegenehmigung in der Hand. Er wäre lieber in Paris geblieben, aber das Mindeste, was er tun konnte, war seine Eltern auf der Beerdigung die letzte Ehre zu erweisen.

Ein Stoß gegen seinen Oberschenkel holte ihn in die Gegenwart zurück. Der Zug hatte in Straßburg angehalten, und SS-Grenzpolizisten stiegen ein, um die Dokumente der Reisenden zu kontrollieren. Nach einem Blick auf seine Uniform warfen sie nur einen flüchtigen Blick auf seinen Ausweis.

»Fahren Sie zu Weihnachten nach Hause, Herr Oberscharführer?«, fragte ihn einer der jungen Männer.

»Ja«, antwortete er freundlich, unwillig, seine persönlichen Angelegenheiten zu erläutern.

»Wie ist das Leben in Paris?«

»Nicht so glamourös wie viele zu glauben scheinen. Die französische Résistance benimmt sich sehr unvernünftig in ihrem Widerstand gegen die deutsche Herrenrasse, aber wir zeigen ihnen jeden Tag, wie Verräter behandelt werden.«

»Gut gemacht«, antwortete der junge SS-Mann. »Haben Sie schon gehört, dass die Amerikaner nun auch im Krieg sind?«

Wilhelm glaubte, in der Stimme einen Hauch von Besorgnis zu hören, obwohl der Bursche gut genug geschult war, um tatsächlich Bedenken am Gewinn des Krieges zu äußern. Es bestand nicht der Hauch eines Zweifels, dass Deutschland siegreich und gestärkt aus diesem Krieg hervorgehen würde.

»Natürlich habe ich davon gehört, es kam ja überall im Radio. Paris ist nicht das Ende der Welt, und wir sind stets auf dem Laufenden.« Er legte einen leichten Unterton von Empörung in seine Stimme. Wie konnte ein SS-Mann, der etwas auf sich hielt, nicht wissen, dass Amerika nach dem Angriff auf Pearl Harbor den Japanern unverzüglich den Krieg erklärt hatte. »Aber das wird uns nicht tangieren. Amerika ist eine korrupte, dekadente Nation, geschwächt durch ihren hohen Bevölkerungsanteil von Juden, Negern und was noch alles. Die Japaner werden sie vernichtend schlagen.«

Die Augen des anderen Mannes weiteten sich. »Herr Oberscharführer, ich fürchte, Sie haben die neueste Entwicklung noch nicht mitbekommen, vermutlich weil Sie den ganzen Tag unterwegs waren. Unser Führer hat Amerika den Krieg erklärt, und zwar erst vor einer Stunde, um drei Uhr nachmittags.«

»Das geschieht diesen korrupten Cowboys recht, wenn Sie mich fragen. Wenn die Japaner sie nicht fertig machen, dann werden wir es tun, ein für alle Mal. Sieg Heil!« Wilhelm salutierte, aber um ehrlich zu sein, hatte er ein mulmiges Gefühl im Magen. Er war natürlich nicht in die Gedankengänge des Führers eingeweiht und würde nie behaupten, dass er intelligenter wäre als Hitler, aber die obersten Militärs waren oftmals nicht einer Meinung mit ihm und murrten leise über einige seiner leichtfertigen Entscheidungen. Trotz ihrer Dekadenz waren die Amerikaner immer noch ein Feind, vor dem man sich in Acht nehmen musste, denn sie machten zahlenmäßig wett, was ihnen an Mut und Entschlossenheit fehlte.

Viele Stunden später fuhr der Zug in Berlin Westkreuz ein und die Menschenmassen stiegen aus. Wilhelm wartete ungeduldig, bis er an der Reihe war, stieg auf den Bahnsteig und atmete zum ersten Mal seit Stunden wieder tief ein.

Er hatte nur einen kleinen Koffer mitgenommen, deshalb dauerte es keine fünf Minuten, bis er den Bahnhof durchquert und die Sicherheitskontrollen passiert hatte – dank seiner Uniform musste er nicht mit den anderen Passagieren in der Schlange warten. Dann stand er draußen vor dem Bahnhof und betrachtete die Stadt, in der er aufgewachsen war.

Erika hatte ihn gewarnt, dass sein Elternhaus komplett ausgebombt war und er bei ihnen übernachten musste, aber natürlich war Reiner zu beschäftigt, um ihn vom Bahnhof abzuholen. Erika konnte nicht Auto fahren, also musste er wie jeder normale Bürger die S-Bahn benutzen. Als ob die vierundzwanzigstündige Zugfahrt nicht schon beschwerlich genug gewesen wäre.

Wilhelm seufzte und machte sich auf den Weg, um in die S-Bahn nach Wannsee umzusteigen. Dort draußen lebte Reiner wie ein König in einem freistehenden Einfamilienhaus am Ufer des Wannsees. Gott allein wusste, woher er das Geld dafür hatte. Wilhelm hegte schon seit Jahren den Verdacht, dass sein Vater das Familienvermögen in Reiners Hände verschob und die Bedürfnisse seiner beiden anderen Kinder dabei vernachlässigte.

Im Fall von Annegret war das verständlich, denn sie lebte noch bei ihren Eltern und würde erst ausziehen, wenn sie einen Mann heiratete, der sie versorgen konnte. Aber Wilhelm auf dem Trockenen sitzen zu lassen, war gelinde gesagt niederträchtig. Nur weil Vater ihm eine Lehre erteilen wollte, wie man mit seinem Gehalt auskommt und sparsam lebt. Wilhelm schnaubte. Geld war dazu da, um ausgegeben zu werden.

Außerdem war er keineswegs verschwenderisch in seinem Lebensstil. Er kaufte sich kein unverschämt großes Haus mit riesigem Garten, wie Reiner es tat. Stattdessen lebte er in seiner beschlagnahmten Zweizimmerwohnung in Paris, die äußerst preiswert war, insbesondere wenn man bedachte, dass er als Mitglied der Besatzungsmacht keine Miete dafür zahlte.

Die S-Bahn fuhr über den Kronprinzessinnenweg, den ehemaligen Prachtboulevard im Westen Berlins. Was er sah, waren erstaunliche Schäden an den Gebäuden entlang der Strecke, die zum Teil noch von dem Bombenangriff vor ein paar Tagen schwelten. Je weiter er fuhr, desto spärlicher wurde die Bebauung und hier und da tauchte etwas Grün auf.

Es war eine erfrischende Abwechslung zu dem Grau-in-Grau, das in der Gegend um das Westkreuz vorherrschte. Aus einer Laune heraus beschloss er, an der Station auszusteigen, die dem Haus seiner Eltern am nächsten lag, und ging die kurze Strecke zu Fuß, die ihm einst so vertraut gewesen war.

Doch es sah nichts mehr so aus wie früher. Der gesamte Block war dem Erdboden gleichgemacht worden. Es ragten nur noch verkohlte Ruinen in den weißen Winterhimmel, die der Gegend ein unheimliches Aussehen verliehen. Er schauderte und schlug den Kragen seines Mantels hoch, aber das verhinderte sein Frösteln nicht, denn die Kälte in seinen Knochen rührte nicht von den eisigen Temperaturen her. Die letzten hundert Meter rannte er und erreichte den Standort der ehemals stolzen Villa mit heftig pochendem Herzen.

Das Blut rauschte wild in seinen Ohren, und er vernahm keinen Laut außer seinem eigenen hämmernden Puls, als er mit offenem Mund stehen blieb. Hektisch sah er sich um, auf der Suche nach einem Hinweis, ohne wirklich zu glauben, was er sah. Er verfolgte seine Schritte zurück bis zu dem letzten noch stehenden Gebäude. Von dort aus ging er wieder zu dem Ort, an dem er viele Jahre gelebt hatte. Er erkannte nichts mehr wieder.

Dort stand kein Haus. Nicht einmal eine Ruine. Wo die imposante Gründerzeitvilla aus dem letzten Jahrhundert gestanden hatte, breitete sich ein riesiges Nichts aus. Wilhelm kämpfte gegen Übelkeit an, als er über das Gras schritt, auf dem die Ziegelsteine wie Kiesel verstreut lagen. Hier waren seine Eltern gestorben.

Er dachte an seine Mutter, streng und prüde wie jede gute preußische Ehefrau, aber dennoch gutherzig gegenüber ihren Kindern. Plötzlich wehte ihm der Geruch von frisch gebackenem Apfelkuchen in die Nase und versetzte ihn zurück an seinen zehnten Geburtstag, als er vom Baum gefallen war und sich den Knöchel verstaucht hatte, ganz zu schweigen von dem Riss in seiner Hose.

Sein Vater hatte ihn einen Kilometer mit dem verletzten Knöchel rennen lassen, um ihm beizubringen, dass ein deutscher Knabe nicht jammerte oder seinen Schmerzen Bedeutung schenkte. Nach dieser Tortur hatte ihn seine Mutter in einem seltenen Anflug von offen zur Schau gestellter Zuneigung in die Arme genommen und ihm ein Stück ihres himmlischen Apfelkuchens mit einem großzügigen Klecks Sahne oben drauf gegeben. *Möge Gott ihr gnädig sein!* Ein seltsames Verlangen, seinen Kopf in ihren Schoß zu legen und sich die Augen auszuweinen, überkam ihn. Aber seine Mutter war tot, zerquetscht unter dem eingestürzten Haus, nach einem bösartigen Bombenangriff des feigen Engländers.

Er fluchte Himmel und Hölle zusammen. Hitler war stets liebenswürdig zu den Engländern gewesen, hatte ihnen sogar angeboten, sich seinem Tausendjährigen Reich als Ebenbürtige anzuschließen, und wie hatten sie ihm seine Großzügigkeit vergolten? Indem sie wahllos unschuldige deutsche Zivilisten töteten. Was für unmenschliche Barbaren waren das?

Ein kleiner Junge, etwa sechs Jahre alt, lief einem Ball hinterher die Straße entlang. Wilhelm stoppte den Ball mit einem Fuß und kickte ihn hoch. Das weiche Leder landete geradewegs in seiner Hand. In seiner Jugend hatte er gerne Fußball gespielt, wie so viele andere Knaben auch.

»Hier, bitte schön.« Er warf dem Knaben seinen Ball zu und fügte nach einer kurzen Pause hinzu: »Das sieht ganz schön schlimm aus, nicht wahr?«

Der Kleine nickte mit einer wichtigen Miene, während er ehrfürchtig die Uniform anstarrte. »Ja, Herr Scharführer, das Haus hat einen Volltreffer abbekommen.« Er streckte seine Brust heraus und stellte sich auf die Zehenspitzen. »Ich war da drin, als es passiert ist.«

»Wirklich?« Wilhelm blickte zwischen dem Jungen und den Trümmern hin und her. Er bezweifelte, dass irgendjemand den Einsturz überlebt haben konnte.

»Doch, wirklich! Ich und eine junge Frau waren die Einzigen, die es lebend raus geschafft haben.«

»Wer war sie?«

»Ihren Namen weiß ich nicht, aber sie hat hier gewohnt. Sie hat mir geholfen, weil mein Bein unter einem Brett eingeklemmt war. Siehst du?« Der Junge zog sein Hosenbein hoch und entblößte eine hässliche rote Wunde, die mit Schorf bedeckt war.

»Du bist sehr tapfer.«

Der Knabe lächelte voller Stolz. »Wenn ich groß bin, gehe ich auch zur SS, so wie du. Das sind die Besten.«

»Du wirst hart dafür arbeiten müssen, aber ich bin sicher, dass jemand, der es geschafft hat, sich aus diesem Trümmerhaufen zu befreien, zu Großem bestimmt ist.«

»Oh ... aber so schlimm sah es direkt nach dem Volltreffer nicht aus. Der Rest ist erst gestern eingestürzt. Ich kann dir sagen, das war ein ziemliches Spektakel. Bumm!«

Wilhelm musste über die Begeisterung des Jungen lächeln und suchte in seinen Taschen nach einem Geschenk, fand aber nichts. »Danke für die Information.«

Daraufhin kehrte er zum S-Bahnhof zurück und wartete auf die nächste Bahn, die ihn bis zu seinem Bruder an den Wannsee bringen würde.

Eine halbe Stunde später klopfte er an die Tür des Einfamilienhauses, das von einem großen Garten umgeben war und einen eigenen Seezugang hatte. Die Tür öffnete sich und sein Bruder erschien. Reiner war ein stämmiger Mann mit etwas zu viel Fleisch auf den Knochen. Er hatte die gleichen blonden Haare und grünbraunen Augen wie Wilhelm, aber er sah nicht halb so fesch aus, denn sein Gesicht war von zu fettem Essen und zu viel Alkohol aufgedunsen.

»Wilhelm«, sagte Reiner und streckte ihm zur Begrüßung die Hand entgegen. Seine Familie pflegte keine Gefühle zur Schau zu stellen, und die einzige Person, die sein Vater jemals in der Öffentlichkeit umarmt hatte, war Annegret, als sie noch ein Kind gewesen war.

»Reiner.« Wilhelm schüttelte seine Hand und fragte sich, wie es mit ihrer Beziehung weitergehen würde, jetzt, da es das Bindeglied ihrer Eltern zwischen ihnen nicht mehr gab.

Zwei kleine Mädchen lugten um die Ecke. Wilhelm blieb stehen und ging in die Hocke, so dass er auf Augenhöhe mit ihnen war. »Hallo, Adolphine und Germania.«

Die beiden versteckten sich schnell hinter Reiners Beinen, und er stand wieder auf. »Sie scheinen sich nicht an mich zu erinnern.«

»Sie sind nur schüchtern, weil sie dich schon lange nicht mehr gesehen haben«, erklärte Reiner. »Warst du bei unserem Elternhaus?«

Wilhelm nickte. »Es ist nicht mehr viel davon übrig.«

»Nein, ist es nicht.« Reiner wandte sich an seine Töchter und winkte sie heran. »Adolphine, Germania. Seid gute Gastgeberinnen und sagt Onkel Wilhelm guten Tag.«

Die beiden gehorchten zögernd und boten einen Hitlergruß dar. Sie standen kerzengerade, den Blick noch vorn gerichtet, den rechten Arm in perfekter Manier erhoben, wie zwei kleine Soldaten. Es war niedlich, aber gleichzeitig auch beängstigend, zwei Kindergartenkinder, die kaum geradeaus laufen konnten, in solch martialischer Pose zu sehen.

Aus Höflichkeit gegenüber Reiner erwiderte Wilhelm den Gruß und sah den beiden dann nach als sie davonhuschten.

»Findest du nicht, dass sie dafür noch ein bisschen zu jung sind?«, fragte Wilhelm, sobald die beiden außer Sichtweite waren.

»Wenn du selbst Kinder hättest, wüsstest du, dass man nie zu früh mit der Erziehung zu guten deutschen Staatsbürgern beginnen kann.«

Wilhelm ignorierte geflissentlich die Spitze in seine Richtung und fragte: »Wo ist Erika?«

»Sie ist nach oben gegangen, um sich auszuruhen. Ich

nehme an, sie wird jeden Moment herunterkommen, jetzt, da du endlich da bist.«

Noch während er sprach, kamen die beiden Mädchen mit ihrer hochschwangeren Mutter im Schlepptau zurück.

»Schön, dich zu sehen, Erika. Wann kommt das Baby?«

»In weniger als einem Monat. Vielleicht kommt es sogar schon an Heiligabend. Wäre das nicht ein wunderbares Geschenk für unseren Führer?« Erika tätschelte strahlend ihren riesigen Bauch. »Wir hoffen, dass es diesmal ein Junge ist.«

»Ich bin sicher, Hitler wird sich über diesen Neuzugang zur arischen Rasse freuen.« Bevor jemand einen langen Monolog über rassische Vorteile halten konnte, schaute Wilhelm sich in der Eingangshalle um und fragte: »Ist Annegret hier?«

»Im Moment nicht. Lass mich deinen Mantel nehmen und dich in die gute Stube bringen, du musst ja halb erfroren sein«, sagte Reiner, bevor er sich an seine Frau wandte und ihr auftrug, Wilhelm eine Tasse Kaffee zu machen. Erika huschte in die Küche, während die beiden Männer in Reiners Büro im Erdgeschoss schlenderten, um eine Zigarette zu rauchen.

Tief ausatmend fragte Wilhelm erneut: »Anne wohnt also jetzt bei dir?«

Reiner nahm einen weiteren Zug von seiner Zigarette, bevor er antwortete, ein Zucken in seinem rechten Augenlid verriet seine Nervosität. Irgendetwas stimmte nicht.

»Himmler hat einen seiner Adjutanten mit den Beerdigungsvorbereitungen beauftragt, da Erika so hochschwanger ist, dass sie gerade mal ihren Pflichten im Haus und mit den Kindern nachkommen kann.«

Es war ganz offensichtlich, dass Reiner nicht über ihre Schwester sprechen wollte, also beschloss Wilhelm, das Thema vorerst ruhen zu lassen. »Das ist sehr großzügig von ihm.«

»Ja, er ist ein wirklich netter und fürsorglicher Mensch.«

»Warum besorgst du dir nicht ein Hausmädchen, jetzt, da Erika bald drei Kinder hat, um die sie sich kümmern muss?«

»Sehe ich etwa aus wie Krösus? Nicht jeder verschleudert sein Geld so wie du.«

Wilhelm biss sich auf die Zunge, denn er wollte sich nicht gleich nach seiner Ankunft mit Reiner streiten, sonst würde das ein sehr langer Besuch werden. »Was ist mit dem Dienstmädchen, das unsere Eltern hatten? Margarete, nicht wahr? Soweit ich mich erinnere, brauchten sie ihr nicht einmal ein Gehalt zu zahlen.«

»Sie war Jüdin, um Himmels willen. Erwartest du ernsthaft, dass ich mir so ein Ungeziefer ins Haus hole? Ich habe wirklich keine Ahnung, warum Vater sie angestellt hat. Er hätte sie schon vor Monaten in ein Lager schicken sollen.«

Ein schrecklicher Verdacht kam Wilhelm. »Glaubst du, unser Vater ... hatte eine Affäre mit ihr?«

»Auf keinen Fall«, spottete Reiner. »Er war ein Mann mit Prinzipien. Er hätte nie eine Jüdin gevögelt. Obwohl ... das Mädel war ein echter Hingucker. Ich habe sie oft im Bad beobachtet, wenn ich zu Besuch war.«

»Du hast was?«

»Komm schon, tu nicht so scheinheilig. Du weißt doch von dem Loch in der Tür.«

»Aber damals waren wir noch Kinder und haben uns gegenseitig Streiche gespielt.« Wilhelm konnte nur schwer verbergen, wie schockiert er darüber war, dass ein erwachsener, verheirateter Mann das Bedürfnis verspürte, eine ahnungslose junge Frau beim Entkleiden im Badezimmer zu beobachten.

»Sie hatte den gleichen Gesichtsausdruck wie du jetzt, als sie aus dem Badezimmer kam und mich gesehen hat.« Reiner leckte sich über die Lippen. »Gott, habe ich ihr Entsetzen genossen, als ich mich über sie hergemacht habe. Das macht die Sache noch aufregender, findest du nicht auch?«

»Du hast was getan?«

»Sag bloß nicht, du hast noch nie einer Frau gezeigt, dass

ihr rechtmäßiger Platz unter deinem schwitzenden Körper ist? Bist du noch Jungfrau, kleiner Bruder?« Reiner lachte laut auf.

Wilhelm hatte mit zu vielen Frauen geschlafen, um sich an jede Einzelne zu erinnern, aber er hatte sich nie einer aufgedrängt. Sie waren alle freiwillig in sein Bett gestiegen. Er gab sich zwar nicht der Illusion hin, dass sie es aus Liebe taten, aber es war immer zum beiderseitigen Nutzen und oft sogar zu ihrem Vergnügen.

»Aber ... sie war Jüdin«, murmelte er.

»Zwar stimme ich zu, dass wir das Reich und die Welt von diesem Abschaum befreien müssen, aber ich verfolge einen praktischeren Ansatz als unser Vater und glaube, dass die Jungen und Hübschen sich ihren Unterhalt verdienen können, solange sie noch leben.«

»Ich ... ich hatte ja keine Ahnung ...«, murmelte Wilhelm, völlig schockiert von den Enthüllungen. Da er in einem strengen preußischen Haushalt aufgewachsen war, wäre er niemals auf die Idee gekommen, sich an einer Frau zu vergehen, schon gar nicht an einer Jüdin. Bisher war er davon ausgegangen, dass Reiner genauso dachte.

»Keine Sorge, ich habe darauf geachtet, sie nicht zu schwängern, denn so einer Hure traut man nicht zu, dass sie den Mund hält.«

Wilhelm wurde übel. Die Juden waren Untermenschen, verantwortlich für alle Probleme und Nöte, mit denen Deutschland zu kämpfen hatte. Wie konnte Reiner ... Schon der Gedanke, mit einer Angehörigen dieser Rasse intim zu sein, würgte ihn. Er sollte seinen Bruder anzeigen, denn Rassenschande war ein schweres Verbrechen, und selbst SS-Offiziere wurden für sexuelle Beziehungen mit einer Jüdin bestraft. Aber ohne Beweise stünde sein Wort gegen Reiners. Es sei denn, er könnte das Mädchen irgendwie dazu überreden ...

»Wo ist sie jetzt?«

»In der Hölle, wo sie hingehört. Ihre Leiche wurde

zwischen den Trümmern gefunden. Wenigstens das haben die englischen Bomber richtig gemacht.«

Tja, damit war sein Plan, seinen Bruder mit einer pikanten Enthüllung zu erpressen, dahin. Genau in diesem Moment kam Erika mit zwei Tassen Kaffee und einigen selbst gebackenen Weihnachtsplätzchen auf einem Tablett herein.

»Es ist nur Ersatzkaffee«, entschuldigte sie sich, als sie die Tassen auf den Couchtisch in Reiners Büro stellte.

Wilhelm hatte das Bedürfnis, etwas Nettes zu seiner betrogenen Schwägerin zu sagen. »Hmm ... diese Kekse riechen köstlich.«

Sie errötete leicht und strich sich eine Haarsträhne aus der Stirn, ging dann zu Reiner und bückte sich, um Milch in seinen Kaffee zu geben, bevor sie umrührte und ihm die Tasse reichte.

»Meine Erika ist eine wunderbare Hausfrau. Ihre Plätzchen sind legendär, und alle Frauen in ihrem Frauenkreis kommen zu ihr, um Rezepte und Ratschläge zu erfragen.« Er tätschelte ihr den Hintern, während sie an seiner Seite stand und scheinbar auf etwas wartete. »Das wäre dann alles, du kannst das Abendessen vorbereiten.«

»Danke, Reiner«, sagte Erika und verließ das Arbeitszimmer.

»Sie ist einfach perfekt, nicht wahr?«, schwärmte Reiner von seiner Frau. »Und wenn das Baby erst einmal da ist, wird sie genauso schön und geschmeidig sein wie vorher. Ich meine, die ganze Sache mit dem Kinderkriegen für den Führer ist ja schön und gut, aber mit einer Frau, die dicker ist als ein Nilpferd, macht Sex einfach keinen Spaß.«

Wilhelm zog es vor, nicht zu antworten, da er für einen Tag genug geschmacklose Enthüllungen erfahren hatte. Er biss in einen wahrhaft himmlisch schmeckenden Keks in Form eines Weihnachtsbaums und beschloss, Erika bei nächster Gelegenheit ein Kompliment über ihre Backkünste zu machen.

Die Krümel spülte er mit Ersatzkaffee hinunter und fragte:

»Was ist eigentlich mit Annegret? Ich hatte angenommen, sie würde bei dir wohnen.«

Reiner stellte seufzend seine Tasse ab. »Sie ist verschwunden.«

Wilhelm runzelte die Stirn. »Verschwunden?«

»Ja, sie war nicht unter den Toten, die man aus den Trümmern geborgen hat, aber ich konnte sie auch in keinem der Berliner Krankenhäuser finden, und, glaub mir, ich habe meinen Adjutanten alle durchsuchen lassen.«

»Vermutlich war sie während des Bombenangriffs nicht zu Hause?«

»Das ist das Problem ... wir wissen es nicht. Aber wenn sie es nicht war, warum kommt sie nicht her? Sie weiß schließlich, wo ich wohne.« Reiner zündete sich eine weitere Zigarette an und blies Rauchwölkchen in die Luft. »Es ist ja nicht so, als ob sie sonst irgendwo hingehen könnte.«

»Du hast recht, das ist sehr seltsam.« Wilhelm dachte angestrengt nach. »Ist sie vielleicht auf unserem Landsitz?«

»Ich habe schon die Haushälterin angerufen, aber die hätte mich sowieso informiert, wenn Anne dort aufgetaucht wäre.«

»Warum hast du mir nichts davon gesagt?«

»Was hättest du denn getan? Hast du schon vergessen, dass du gerade erst aus Paris angekommen bist?«

Wilhelm zuckte mit den Schultern. Er hätte nichts tun können, aber es wäre trotzdem nett gewesen, von Annes Verschwinden zu erfahren. Wahrscheinlich spielte sie ihnen einen Streich und würde wieder auftauchen, wenn es in ihrem Interesse lag, aber keine Sekunde früher.

Zumindest hoffte er das. Vier Jahre jünger als er und sechs Jahre jünger als Reiner, hatte sie ihr ganzes Leben lang ihren Nesthäkchen-Status zu ihrem Vorteil genutzt. Meistens hatte eine ihrer Missetaten damit geendet, dass Rainer und er dafür bestraft wurden.

Ja, sie musste sich der Tatsache bewusst sein, dass alle

verzweifelt nach ihr suchten. Sie würde schon bald wieder auftauchen und so tun als sei sie sich keiner Schuld bewusst. Genau wie an ihrem sechzehnten Geburtstag, als sie die Nacht mit einer Freundin in der Stadt verbracht hatte. Mutter war vor Sorge außer sich gewesen, und Vater hatte Himmel und Erde in Bewegung gesetzt, um seinen kostbaren Augapfel zu finden. Anne hingegen, kam am nächsten Abend sturzbetrunken nach Hause und tat als sei nichts gewesen.

Er klammerte sich an diesen Gedanken, denn ansonsten würde er sich zu Tode um seine Schwester sorgen. Sie mochten ihre schwierigen Zeiten miteinander gehabt haben, aber er liebte sie immer noch und wollte nicht, dass ihr etwas zustieß, und auch wenn Reiner das nie zugeben würde, wusste Wilhelm, dass er genauso empfand.

5

Margarete lächelte, als sie der Studentin die Bücher überreichte, um die diese gebeten hatte. »Viel Erfolg bei Ihrer Arbeit.«

»Danke«, sagte die junge Frau, zog ihre Handschuhe an und wickelte ein Tuch um ihren Kopf, bevor sie zur Tür ging.

Die eisige Winterluft strömte durch die offene Tür, und Margarete fröstelte in ihrem Stuhl. Es war ein ruhiger Tag, denn die meisten Studenten und Professoren bereiteten sich auf die Winterferien vor, die in einer Woche begannen. Sie stand auf, um die zurückgegebenen Bücher ins Regal zu stellen, und erschrak, als plötzlich ein Mann in den Fünfzigern neben ihr stand.

»Entschuldigen Sie, Fräulein, ich wollte Sie nicht erschrecken.«

»Nein, nein, ist schon in Ordnung. Was kann ich für Sie tun?« Sie unterdrückte ihre tief verwurzelte Angst vor Fremden und schenkte ihm ein freundliches Lächeln.

»Wo finde ich die Chemieabteilung?«

»Da drüben.« Sie wies ihm die Richtung und lehnte sich zitternd vor Angst an das Bücherregal. Seit sie zwölf Jahre alt war, hatte ihre Mutter ihr eingeschärft, sich von allen Uniformierten fernzuhalten, sich so unsichtbar wie möglich zu machen und niemals mit einem Fremden zu sprechen, egal wie freundlich er auch zu sein schien. Als Jude auf sich aufmerksam zu machen, hatte noch nie zu etwas Gutem geführt. Sogar damals nicht, bevor man sie gezwungen hatte, diesen schrecklichen gelben Stern zu tragen, der sie als Reichsfeindin auswies und sie zu Freiwild für jeden machte, der auf Ärger aus war.

Aber sie war keine Jüdin mehr. Margarete Rosenbaum war vor etwa einer Woche durch einen Volltreffer auf die Villa, in der sie gewohnt und der Familie Huber als Hausmädchen gedient hatte, »gestorben«. Sie war in der Küche gewesen und hatte das Abendessen zubereitet, als der Fliegeralarm ertönte. Als pflichtbewusste Deutsche, der man ein Leben lang eingetrichtert hatte, dass Ordnung über alles geht, schaltete sie zunächst den Herd aus, hängte ihre Schürze an den Nagel hinter der Küchentür und zog ihre abgenutzte Jacke mit dem aufgenähten gelben Stern an, ohne den sie das Haus nicht verlassen durfte.

Wie jeder andere Bürger, auch die Arier, trug sie ihre Kennkarte immer bei sich, in der Tasche ihrer einzigen Jacke. Herr und Frau Huber drängten sich an ihr vorbei, so dass sie stolperte und fiel. Die beiden bemühten sich nicht einmal ihr aufzuhelfen, und warum sollten sie auch? Sie war schließlich nur eine Jüdin. Ein Untermensch, dazu bestimmt, zu Tode geschuftet zu werden. Sie wusste, dass Herr Huber selbst den Befehl unterschrieben hatte, sie bis zum Ende der Woche in irgendein Arbeitslager zu deportieren.

Jeder andere mochte glauben, dass diese Lager gar nicht so schlimm waren, aber sie wusste es besser. Sie hatte den Standartenführer oft belauscht, wenn er Gäste bewirtete oder telefonierte. Sie wusste, dass keiner der evakuierten Menschen jemals zurückkehren sollte. Bis zum letzten Blutstropfen ausgequetscht, sollten sie Tag und Nacht schuften, bis sie irgendwann zu Boden fielen und nicht wieder aufstanden. *Vernichtung durch Arbeit* nannten die Nazis das, und es schlug zwei Fliegen mit einer Klappe: die deutsche Kriegsmaschinerie in Gang zu halten und gleichzeitig auf elegante Art die Feinde des Reiches loszuwerden. Margaretes Magen protestierte, als sie den Luftangriff noch einmal durchlebte.

Die Gesichter von Herrn und Frau Huber kamen ihr in den Sinn. Sie konnte kein Mitleid mit ihnen empfinden. Herr Huber war persönlich für den Tod von Zehntausenden von Juden und anderen Unerwünschten verantwortlich gewesen, er hatte es nicht besser verdient. Genau wie seine Frau. Frau Huber war zwar nicht an den Schandtaten ihres Mannes beteiligt gewesen, aber sie hatte Margarete in den zwei Jahren, in denen sie der Familie diente, nichts als Verachtung entgegengebracht. Kein einziges freundliches Wort, nicht einmal eine einfache Geste der Fürsorge, wie ihr einen warmen Mantel zu leihen, wenn sie bei Schnee und Eis einkaufen gehen musste.

»Fräulein, geht es Ihnen gut?«, fragte eine tiefe Stimme.

Margarete blinzelte. Die Trümmer verschwanden, und stattdessen kamen Reihen von Bücherregalen zum Vorschein. Sie blickte in das kantige Gesicht eines älteren Mannes mit schlohweißem Haar.

»Ja, ich ... es muss daran liegen, dass ich heute Morgen kein Frühstück hatte«, erfand sie schnell eine Ausrede. »Es geht mir gut.« Sie strich ihren Rock glatt. »Was kann ich für Sie tun?«

»Ich suche ein Buch über die Weimarer Republik.«

In ihrem Kopf schrillten die Alarmglocken. Jedes Buch, das die Weimarer Republik positiv darstellte – sie verherrlichte, wie die Nazis es nannten –, wurde als zersetzende Literatur betrachtet und sekretiert.

»Ich fürchte, das erhalten Sie nur, wenn Sie es mit einem speziellen Formular anfordern. Ich benötige dazu Ihre Lehrbefähigung und den genauen Grund, warum Sie genau dieses Buch für Ihre wissenschaftliche Arbeit benötigen.«

»Ich bin Professor für Literatur«, sagte er.

»Sie müssen trotzdem das Formular ausfüllen. Lassen Sie mich eins holen.«

»Nein, nein, das wird nicht nötig sein.« Er schien es plötzlich furchtbar eilig zu haben.

»Aber ich muss trotzdem Ihren Namen und Ihre Adresse aufnehmen ...«, begann sie, aber er hatte sich bereits auf dem Absatz umgedreht und war davongeeilt. Fast automatisch lief sie ihm hinterher, stoppte aber nach ein paar Schritten die Verfolgung. Falls sie ihn einholte, würde sie seinen Namen auf dieser schrecklichen Liste vermerken müssen, mit dem Zusatz, er habe sich verdächtig verhalten.

Lieber ließ sie ihn entwischen.

Wie aus dem Nichts tauchte Frau Merz vor ihr auf. »Was wollte der Mann?«

»Wer?« Margaretes Herz raste schneller als ein Pferd im vollen Galopp.

»Der Mann, mit dem Sie gerade gesprochen haben.«

»Ach der? Nichts.« Der bohrende Blick von Frau Merz verursachte ein ungutes Gefühl in ihrem Magen und sie fügte hinzu: »Mir war übel und ich musste mich gegen das Bücherregal lehnen. Er hat es bemerkt und mich gefragt, ob alles in Ordnung sei. Es tut mir leid, es wird nicht wieder vorkommen.«

Frau Merz starrte sie einige Sekunden lang an, bevor sie sagte: »Bis jetzt war ich mit Ihrer sorgfältigen Arbeit sehr zufrieden, aber wenn es einen ungebührlichen Grund für Ihre Übelkeit gibt, muss ich Sie leider entlassen.«

Als sie die Bedeutung der Worte entzifferte, errötete Margarete heftig. »Oh nein, Frau Merz, ich bin ein anständiges Mädchen! Wie können Sie überhaupt ...? Ich würde niemals ...«

Die ältere Frau nickte. »Unser Führer heißt alle Kinder in seinem Volk willkommen, selbst die in Sünde gezeugten. Aber als öffentliche Einrichtung müssen wir über jeden moralischen Verdacht erhaben sein.«

»Und das bin ich auch!« Margarete machte eine entrüstete Miene und drehte sich weg, um ihre Wut zu verbergen. Aber es war nicht nur die unverschämte Beleidigung, die Frau Merz ihr entgegengeschleudert hatte, die ihr Blut in Wallung brachte. Sie kochte vor Zorn über die Heuchelei der Frau. Wie konnte sie behaupten, der Führer heiße alle Kinder willkommen, wenn auf seinen Befehl hin der jüdische Nachwuchs schlimmer als Tiere behandelt wurde und sie sogar gehört hatte, wie Herr Huber darüber scherzte, man solle neugeborenes Judenpack in Wasserfässern ertränken, wie das Ungeziefer, das sie waren?

Ein heftiger Schauer durchfuhr ihren Körper, und sie musste all ihre Willenskraft aufwenden, um weiter aufrecht zu stehen, fest entschlossen, kein weiteres Anzeichen der angeblichen Morgenübelkeit zu zeigen.

Als sie am Nachmittag nach Hause ging, begrüßte sie den Schneeregen, der sich auf ihrem Mantel, ihrer Mütze und ihren Handschuhen niederließ. Kleine Schneeflocken, die sich sofort in Wasser verwandelten, wenn sie auf einer Oberfläche landeten. So fühlte sie sich: als ob sie sich auflöste.

Tante Heidi war noch nicht zu Hause, also schälte Margarete Kartoffeln für das Abendessen. Sie hatte geglaubt, ihr größter Wunsch sei es, am Leben zu sein, aber jetzt war sie sich da nicht mehr so sicher. Wenn ihr Überleben bedeutete, das anderer Menschen zu riskieren, wollte sie das nicht.

»Hallo, Gretchen, wie war dein Tag?« Tante Heidi kam mit einer Tüte voller Einkäufe in die Küche. »Schau mal, was ich bekommen habe. Jetzt, wo wir auch für dich eine Lebensmittelkarte haben, wird das Essen nicht mehr so knapp sein.«

Margarete konnte sich über diese Nachricht nicht wirklich freuen und schnippelte weiter. »Gut.«

»Was ist denn los? Ist in der Bibliothek etwas passiert?«

»Nein. Vielleicht. Also ja.« Dann erzählte sie ihrer Tante von dem Vorfall mit dem sekretierten Buch, erwähnte allerdings nicht, dass Frau Merz sie verdächtigt hatte, in anderen Umständen zu sein. »Ich fühle mich so schlecht.«

»Aber du hast seinen Namen doch gar nicht auf die Liste gesetzt.«

»Nein.« Margarete seufzte. »Aber was, wenn er darauf bestanden hätte, das Buch zu entleihen?«

»Er war bestimmt ein Wissenschaftler und hatte einen triftigen Grund.«

»Tante Heidi, das war er nicht. Das konnte ich an seinem ängstlichen Blick erkennen, als ich ihn nach dem Universitätsausweis gefragt habe.«

»Dann hat er etwas gelernt und wird in Zukunft vorsichtiger sein«, sagte Heidi und ließ das geschälte und geschnittene Gemüse in einen Topf mit kochendem Wasser gleiten.

»Und die nächste Person, die reinkommt?«

»Du wirst genau das tun, was von dir verlangt wird. Nicht mehr. Und nicht weniger.«

»Aber die Gestapo ...«

»... hat alle Hände voll zu tun mit wichtigeren Dingen als einer x-beliebigen Person aufzulauern, die ein verbotenes Buch lesen will. Wahrscheinlich würde gar nichts dabei herauskommen.«

Margarete sah Heidi an und hoffte, dass sie recht behielt. »Glaubst du das wirklich?«

»Ganz bestimmt.«

Margarete schwieg eine Weile, bevor sie murmelte: »Ich weiß nicht, wie lange ich das noch durchhalte. Annegret war ein so schrecklicher Mensch ... und ein eingefleischter Nazi ... Ich weiß einfach nicht, wie lange ich noch so tun kann, als wäre ich sie.«

Um ehrlich zu sein, waren das nicht ihre einzigen Bedenken in Bezug auf ihre aktuelle Lage. Sie hatte die erstbeste Gelegenheit zum Überleben ergriffen und war zu der einzigen Person gekommen, von der sie wusste, dass sie ihr helfen würde: ihrer Lieblingstante. Nachdem sie nun schon eine Woche hier war, wurde ihr klar, dass ihre Existenz Heidi mit jedem Tag, der verging, mehr in Gefahr brachte. Allerdings konnte sie ihrer Tante das nicht sagen.

»Du kannst alles, was du dir vornimmst«, sagte Heidi und klopfte ihr auf die Schulter. »Deck den Tisch, das Abendessen ist gleich fertig.«

Nachdem sie den Tisch für zwei Personen gedeckt hatte, ging Margarete ins Wohnzimmer und griff nach dem kleinen Amulett, das sie zwischen den Sofakissen versteckt hatte. Ihre Eltern hatten es ihr zu ihrer heimlichen Bat Mitzwa geschenkt. Es war die einzige Erinnerung, die sie an ihre Familie hatte: ein runder, silberner Anhänger an einer Silberkette. Er zeigte einen Lebensbaum mit filigranen Silberfäden, welche die Zweige darstellten, auf einem blau-grün schimmernden opalartigen Hintergrund. Sie hielt den Anhänger zwischen ihren Fingern und dachte an ihre Familie und die glücklichen Tage ihrer Kindheit vor vielen, vielen Jahren. Bevor Hitler an die Macht kam.

Der Anhänger war unauffällig genug, aber sie traute sich trotzdem nicht, ihn zu tragen, aus Angst, jemand könnte ihn umdrehen und die hebräische Inschrift »Mazel Tov« lesen. Damals, 1935, hatten ihre Eltern nicht geglaubt, dass die Situation so schlimm werden würde, sonst hätten sie ihr nie ein solch kompromittierendes Schmuckstück geschenkt. Inzwischen waren sie alle evakuiert worden. Jeder Einzelne von ihnen, sogar ihre Schwägerinnen und deren kleine Kinder.

»Das Essen ist fertig«, rief Tante Heidi aus der Küche.

»Ich komme.« Margarete verstaute das Amulett wieder zwischen den Sofapolstern. So gerne sie es um den Hals tragen würde, um die Kraft und Präsenz ihrer Eltern bei sich zu spüren, so wenig würde sie das selbst in der Abgeschiedenheit von Heidis Wohnung tun. Nicht, weil sie befürchtete Heidi könnte es sehen, sondern weil es jederzeit an der Tür klopfen könnte und ein neugieriger Nachbar, die Polizei oder sonst jemand einen Blick darauf erhaschen könnte.

Annegret hätte niemals ein Schmuckstück mit hebräischen Buchstaben getragen, auch nicht, wenn es der letzte Schrei gewesen wäre. Nein, es war besser, das Amulett zu verstecken und es nur ab und zu in die Hand zu nehmen, um seine Energie zu spüren.

6

Nach dem Abendessen saß Wilhelm im Schneidersitz auf dem Fußboden mit einer seiner Nichten auf jeder Seite. Seit seiner Ankunft hatten sie sich mit ihm angefreundet und ihn zu einem Kaffeekränzchen eingeladen. Er hatte scherzhaft gefragt, ob sie nicht lieber mit Bauklötzen bauen oder mit Autos spielen wollten, aber das hatte ihm nur einen strengen Blick von seiner älteren Nichte und ein warnendes Stirnrunzeln von Erika eingebracht.

»Wilhelm, das sind Mädchen. Sie haben keine Autos oder Bauklötze«, hatte Erika ihn ermahnt.

»Kannst du auch mit uns spielen?«, fragte Adolphine ihre Mutter.

»Nein, mein Schatz, ich muss noch das Geschirr abwaschen und die Uniform deines Vaters bügeln.«

»Und Papa?«, fragte Germania wieder.

»Dein Vater hat etwas Wichtiges für seine Arbeit zu erledigen, er kann seine Zeit nicht mit Puppenspielen vergeuden. Reicht es nicht, wenn Onkel Wilhelm zu eurer Kaffeegesellschaft kommt? Und könnt ihr nicht oben spielen?«

Wilhelm sah die traurige Miene seiner Nichten, bevor sie

pflichtbewusst ihr Kaffeeservice und ihre Puppen einsammelten. Er warf seinem Bruder einen Blick zu und murmelte dann: »Du hättest dir ruhig ein paar Minuten Zeit nehmen und dich zu uns setzen können.«

Reiner warf ihm einen bösen Blick zu. »Ich habe keine Zeit zum Spielen. Wir befinden uns im Krieg, oder hast du das vergessen?«

Wilhelm versuchte, sich nicht ärgern zu lassen. »Wie könnte ich das vergessen?«

»Onkel, komm schon.« Germania zog an seiner Hand.

»Ich komme ja schon, Püppchen. Geht in euer Zimmer und baut schon mal alles auf, ich komme gleich nach.«

»Wie läuft es an der russischen Front?«, fragte Wilhelm seinen Bruder.

»Du weißt doch, dass ich keine geheimen Informationen preisgeben darf.«

»Ach, komm schon. Ich bin schließlich nicht irgendein Zivilist. Ich bin ein Mitglied der SS, genau wie du.«

»Nicht wie ich, du bist mehrere Ränge unter mir.« Reiner liebte es, Wilhelm seine Überlegenheit unter die Nase zu reiben.

»Na ja, ich schätze, du weißt sowieso nichts, da du nicht direkt involviert bist.« Wilhelm wusste genau, wie er seinen Bruder zum Reden bringen konnte und beobachtete mit Freude, wie Reiners Gesicht einen wichtigtuerischen Ausdruck annahm.

»Da irrst du dich, mein lieber Bruder. Ich bin in eine Menge an geheimen Vorgängen eingeweiht, wovon du nur träumen kannst. Ich habe sogar direkten Zugang zu Reinhard Heydrich und Reichsführer Himmler.«

Dann war es also wahr: Reiner arbeitete hinter den Kulissen bereits an seiner nächsten Beförderung. Die Stelle ihres Vaters musste neu besetzt werden, und das würde ein ganzes Beförderungskarussell nach sich ziehen.

»Ich habe gehört, die Wehrmacht ist auf dem Rückzug«, erkundigte sich Wilhelm.

Reiner schluckte den Köder. »Verlierer und Schwächlinge. Die Wehrmacht behauptet, das Wetter sei zu kalt und sie würden sich neu formieren. Umgruppieren, von wegen! Sie fliehen vor dem Feind und ich habe keine Ahnung, warum Hitler das zulässt. Wo sind die deutschen Eigenschaften Mut, Entschlossenheit und Standhaftigkeit geblieben? Puff, wie Aschenputtel um Mitternacht. Sie standen ein Dutzend Kilometer vor Moskau und lassen sich dann vom russischen Winter ins Bockshorn jagen. Ich sag dir was, wenn die SS die Operation Barbarossa leiten würde, hätten wir schon vor Wochen die Hakenkreuzfahne über dem Kreml gehisst.«

Wilhelm wusste, dass die Lage im Osten schlecht war, aber so schlimm hatte er es sich nicht vorgestellt. In Paris erhielten sie ausschließlich positive Nachrichten von einer bevorstehenden Besetzung der begehrten russischen Hauptstadt. »Sind die Russen etwa besser für den Kampf bei diesen arktischen Temperaturen ausgerüstet?«, mutmaßte Wilhelm.

Reiner gab ein kurzes Bellen von sich. »Es ist äußerst ärgerlich. Es ist so kalt, dass der Treibstoff in unseren Fahrzeugen und Flugzeugen gefriert, während der Iwan seine Maschinen irgendwie am Laufen hält. Ich fresse einen Besen, wenn das mit rechten Dingen zugeht.«

»Vielleicht nehmen sie Wodka statt Diesel«, scherzte Wilhelm.

»Onkel Wilhelm, kommst du?«, rief Adolphine vom Flur aus.

»Sofort. Ich werde wohl bei einem Kaffeekränzchen gebraucht«, sagte Wilhelm und ging die Treppe hinauf, wo die beiden Mädchen auf ihn warteten.

Gerade als er den Treppenabsatz erreichte, rief Reiner ihm hinterher: »Ich treffe morgen früh ein paar wichtige Leute. Du solltest mitkommen. Es täte deiner Karriere gut, ein paar Leute kennenzulernen, jetzt, wo du nicht mehr auf Vaters Hilfe zählen kannst.

Wilhelm hatte nicht die Absicht, sich an dem Gerangel um höhere Positionen zu beteiligen, denn eine Beförderung bedeutete mehr Arbeit, mehr Stiefelleckerei und weniger Zeit für die Annehmlichkeiten von Paris. Trotzdem machte er gute Miene zum bösen Spiel und antwortete: »Natürlich. Ich werde da sein. Um wie viel Uhr?«

»Um acht.«

Es war ja klar, dass die übereifrigen hohen Tiere sich zu einer Zeit treffen mussten, zu der jeder vernünftige Mensch noch schlief, erst recht während des Urlaubs. Das französische Savoir-vivre, wo man selten vor neun Uhr morgens Geschäfte tätigte, war ihm doch bedeutend lieber.

Das Kaffeekränzchen mit seinen Nichten war unerwartet amüsant, und er genoss die unbeschwerte Zeit, bis Erika kam und die Kinder ins Bett brachte.

Am nächsten Morgen stand Wilhelm früh auf, rasierte sich und kämmte sein Haar mit Pomade zurück und schlüpfte dann in eine bequeme Hose und einen Pullover, um gemeinsam mit der Familie zu frühstücken.

Als er das Esszimmer betrat, blickte Reiner von seiner Zeitung auf und starrte ihn entsetzt an. »Was in aller Welt ist das?«

»Was?«

»Deine Kleidung.«

»Ich bin auf Urlaub. Ich dachte ...«

»Ein SS-Offizier verlässt niemals das Haus in Zivil. Willst du Schande über unsere Familie bringen?«

Wilhelm stöhnte auf. »Du und deine übertriebene Korrektheit.«

»Ich werde mich nicht der Lächerlichkeit preisgeben, indem ich einen französischen Clochard zum Treffen mitbringe. Entweder du ziehst dich ordentlich an oder du bleibst hier.«

Erika kam mit einer Tasse heißem Kaffee und einem Teller für Wilhelm aus der Küche. »Hier, bitte.«

»Danke, Erika.«

»Erika, geh bitte nach oben und bügle Wilhelms Uniform. Ich möchte, dass er für das Treffen vorzeigbar aussieht.«

»Nein ... bitte ... Erika, ich will dir nicht zur Last fallen, du hast schon mehr als genug zu tun«, protestierte Wilhelm.

»Was für ein Unsinn, Erika ist stolz darauf, dem Reich auf jede erdenkliche Weise zu dienen, selbst wenn es sich um etwas so Unwichtiges wie das Bügeln deiner Uniform handelt. Stimmt's, Schatz?«

»Ja, Reiner. Ich möchte, dass Wilhelm einen guten Eindruck macht«, sagte sie und huschte die Treppe hinauf, um sich um seine Uniform zu kümmern. Aus irgendeinem Grund war Wilhelm die Vorstellung unangenehm, dass sie in seinem Zimmer herumschnüffelte, was völlig irrational war, denn es war ja ihr Zimmer, außerdem transportierte er in seinem kleinen Koffer nichts Verbotenes. Ganz zu schweigen davon, dass er es gewohnt war, dass Fremde seine Sachen putzten, abstaubten, wuschen und bügelten.

»Findest du nicht, dass du Erika mit ein bisschen mehr Respekt behandeln solltest? Sie ist deine Frau, nicht dein Dienstmädchen.«

»Sie ist vor allem eine gute deutsche Ehefrau, und ihre vornehmste Aufgabe ist es, für ihre Familie zu sorgen, zu der derzeit auch du gehörst. Also, reg dich ab und lass sie tun, was sie am besten kann.«

Wilhelm verkniff sich eine spitze Bemerkung, denn das würde nur zu einem Vortrag über die Rolle der Frau in der Gesellschaft führen. In dem Thema war er sich durchaus einig mit Reiner, also konnte er sich die Konfrontation sparen.

Eine halbe Stunde später verließen sie das Haus. Reiners Dienstwagen mitsamt Fahrer wartete bereits auf sie.

»Wer wird an diesem Treffen teilnehmen?«, fragte Wilhelm.

»Wirst du schon sehen. Heydrich, Himmler, einige ihrer Untergebenen und Hilfskräfte ... Du wirst dich unter ihnen pudelwohl fühlen.«

Wilhelm tat so, als habe er den Seitenhieb nicht bemerkt. Sein Bruder verstand nicht, warum er sich damit zufrieden gab, als besserer Sekretär zu arbeiten, wo er doch eine viel wichtigere und einflussreichere Position haben könnte. Aber Reiner hatte Wilhelm nie verstanden.

Er erinnerte sich an den Tag, an dem sein Vater sie zum ersten Mal zur Hitlerjugend geschickt hatte. Während Reiner sich freiwillig als Gruppenführer gemeldet hatte, hatte Wilhelm seine Zeit damit verbracht, darüber nachzudenken, wie er mit möglichst wenig Aufwand die Treffen überstehen konnte. Seine wahre Passion waren nie Kriegsspiele gewesen, sondern die Kunst. In einem anderen Leben, mit einem anderen Vater, wäre er Kunsthändler oder Kunstsammler geworden. Vielleicht könnte er endlich dank seines zu erwartenden Erbes ein bedeutender Mäzen werden, der die bedeutendsten Werke sammelte und sie in Sonderausstellungen unter der Schirmherrschaft des Führers, der selbst ein glühender Kunstliebhaber war, der Öffentlichkeit präsentierte.

Sie erreichten das Bürogebäude am Berliner Prachtboulevard Unter den Linden. Er folgte Reiner hinein und nickte einigen der älteren Offiziere zu, die seinen Vater gekannt hatten.

Ein junger Mann in SS-Uniform kam auf ihn und Reiner zu. »Mein herzliches Beileid für Ihren Verlust. Ihr Vater war ein bemerkenswerter Mann. Sein Opfer wird nicht ungesühnt bleiben.«

»Vielen Dank. Wir stehen alle noch unter Schock, aber

diese heimtückische Attacke wird uns anspornen, Rache am Feind zu nehmen. Sieg Heil!« Reiner gab den Hitlergruß, Wilhelm und der junge Mann taten es ihm gleich.

Wilhelm jedoch konnte es sich nicht verkneifen, bei Reiners theatralischer Antwort mit den Augen zu rollen. Warum konnte er sich nicht ein einziges Mal in seinem Leben wie ein normaler Mensch benehmen?

»Es muss eine großer Trost sein, dass wenigstens Ihre Schwester unversehrt aus den Trümmern entfliehen konnte.«

Wilhelm verschluckte sich und brach in einen Hustenanfall aus. »Unsere Schwester? Annegret? Sind Sie sicher?«

»Ja, ich war persönlich vor Ort. Ich habe bei der Versorgung der Überlebenden geholfen und nach subversiven Elementen Ausschau gehalten, die das Chaos nach einem Bombenangriff gerne für ihre illegalen Zwecke nutzen. Nachdem ich die Papiere ihrer Frau Schwester geprüft hatte, habe ich ihr unverzüglich die Reisegenehmigung und das Zugticket nach Leipzig besorgt.« Der junge Mann musste Reiners Fassungslosigkeit bemerkt haben, denn er schien ein paar Zentimeter zu schrumpfen und fügte hinzu: »Natürlich habe ich dafür Sorge getragen, dass sie zum Bahnhof gefahren und sicher in den Zug gesetzt wurde. Das war das Mindeste, was ich für Ihren verstorbenen Vater tun konnte. Er war ein Vorbild für uns alle.«

Reiner knurrte: »Leipzig, sagen Sie. Wissen Sie, wie lange sie dort zu bleiben gedenkt?«

Der junge Mann schaute unsicher von einem zum anderen, offenbar wünschte er sich, er hätte nie mit den Huber-Brüdern ein Gespräch angefangen.

»Sie hat uns zweimal angerufen, aber jedes Mal war die Leitung zu schlecht, um sie zu verstehen«, log Wilhelm. Was auch immer Annegret vorhatte, es ging niemanden außer der Familie etwas an. Jedes schädliche Gerücht musste sofort im Keim erstickt werden.

»Meine Herren, es tut mir furchtbar leid, sie hat darüber

nichts erwähnt. Sie hat lediglich gesagt, dass sie zu einer Freundin ihrer Frau Mutter will.« Der junge Mann verabschiedete sich und verließ den Raum so schnell, als ob der Leibhaftige hinter ihm her wäre.

»Wenigstens wissen wir jetzt, dass sie lebt«, sagte Wilhelm.

»Und unversehrt ist. Das beruhigt mich sehr, denn sie ist immer noch meine Schwester, und ich bin schließlich das neue Familienoberhaupt«, gab Reiner zu. »Obwohl sie uns hätte anrufen müssen. Sie kann sich doch denken, dass wir besorgt über ihr Verschwinden waren.«

»Richtig. Wir müssen sie kontaktieren und herausfinden, warum sie weggelaufen ist. Vielleicht braucht sie unsere Hilfe?«, sagte Wilhelm.

Reiner nickte geistesabwesend.

»Kennst du jemanden in Leipzig?«

»Nein. Und ich bin sicher, dass unsere Mutter dort keine Freunde hatte. Soweit ich weiß, war sie niemals dort.«

»Das ist seltsam. Warum in aller Welt ist Anne dann ausgerechnet nach Leipzig gegangen?«

»So ist sie halt. Sprunghaft.« Reiner zündete sich eine Zigarre an. »Ich habe wichtigere Probleme, als nach meiner kleinen Schwester zu suchen.«

»Was, wenn es ihr nicht gut geht? Warum hat sie sich so eine Geschichte ausgedacht und warum hat sie nicht angerufen, um dir mitzuteilen, wo sie ist?«, überlegte Wilhelm und hielt Reiner seine Zigarette hin, damit er sie für ihn anzündete.

»Das Mädchen macht nichts als Ärger. Anstatt jeder ihrer Launen nachzugeben, hätte Vater ihr die seltsamen Ideen aus dem Kopf prügeln sollen. Das werde ich jedenfalls tun, wenn Germania oder Adolphine jemals auf dumme Gedanken kommen sollten.«

Annegret war eine aufmüpfige Jugendliche gewesen, die ihre Eltern oft schier verzweifeln ließ und sehr zum Leidwesen ihrer Mutter ein undamenhaftes Verhalten an den Tag legte:

Sie hatte die Nächte in Kabaretts verbracht, wo sich keine anständige Frau sehen ließ, rauchte und fluchte wie ein Seemann.

»Vielleicht hat Anne das Kriegszittern bekommen und wollte weg aus Berlin mit den Bombenangriffen?«

Reiner spottete: »Unsere Schwester? Dieses Mädel hat keinen einzigen emotionalen Knochen in ihrem Körper. Ich sage dir, sie war nicht verzweifelt, sie versucht, etwas zu verbergen.«

»Oder jemanden. Einen Freund vielleicht?«, sagte Wilhelm und zog an seiner Zigarette.

»Ich wüsste von einem Liebhaber.«

»Nicht, wenn es einer ist, von dem unsere Eltern nichts erfahren sollten.«

»Verflixte Göre! Ich schwöre, wenn ich herausfinde, dass das wahr ist, werde ich ihr die Tracht Prügel verpassen, die sie von Vater nie bekommen hat.«

Der Tag zog sich in die Länge. Besprechungen mit wichtigen Leuten, letzte Vorbereitungen für die Beerdigung, ein Mittagessen in einem der besten Restaurants Berlins und dann weitere endlose Sitzungen. Reiner schien darauf bedacht zu sein, Wilhelm sämtlichen Entscheidungsträgern vorzustellen, die seine Karriere vorantreiben konnten, und Wilhelm fragte sich unwillkürlich nach dem Grund.

Sein Bruder hatte sich noch nie um Wilhelms Fortkommen geschert – mal abgesehen davon, dass er sich über ein Fehlen mokierte. Vielleicht lag es an seiner neuen Rolle als Familienoberhaupt, die ihn dazu bewog, oder vielleicht hatte er einfach das Gefühl, dass er einen blutsverwandten Verbündeten brauchte, jetzt, da Vater nicht mehr bei ihnen war.

Am späten Nachmittag beschloss Reiner, dass sie sich genug unter die Leute gemischt hatten und sagte: »Lass uns verschwinden.«

»Nichts lieber als das.«

»Ich gebe Erika kurz Bescheid«, erwiderte Reiner, nahm den Telefonhörer in die Hand und wählte. »Hallo, Schatz ... Nein, leider nicht ... Wir gehen schnell etwas essen und arbeiten danach weiter ... Ich kann nicht genau sagen, wie lange ... Nein, warte nicht auf mich ... Träum was Schönes.« Dann legte er auf und grinste Wilhelm anzüglich an. »Und jetzt beginnt der angenehme Teil des Abends.«

»Hast du nicht gerade gesagt, wir müssen weiterarbeiten?« Wilhelm versuchte, seine Enttäuschung hinunterzuschlucken, denn er sehnte sich danach, von all den hochnäsigen Wichtigtuern wegzukommen, ein deftiges Essen und viel Alkohol zu genießen und sich dann in den Armen einer willigen Frau zu verlieren.

»Wir werden unsere Pflicht tun und dabei Spaß haben, wenn du verstehst, was ich meine.«

Wilhelm verstand es nicht. Zumindest dachte er, dass der verheiratete Reiner genau das nicht vorschlagen konnte. Mehrere Kollegen tauchten in Reiners Büro auf, und es wurde beschlossen, in einem der weniger respektablen Varietés zu Abend zu essen.

Wilhelm krümmte sich innerlich, nicht weil er die Gesellschaft spärlich bekleideter Frauen nicht schätzte, sondern weil er gegenüber Erika ein schlechtes Gewissen hatte. Sie stand kurz vor der Geburt ihres dritten Kindes, und ihr Mann frönte den Freuden eines Junggesellen.

Genau das war übrigens der Grund, warum Wilhelm allen Bemühungen seiner Mutter, ihn zu verkuppeln, widerstanden hatte. Er war einfach nicht die Art Mann, der nur mit einer Frau glücklich werden konnte. Mit einer Haushälterin und wechselnden Mätressen war er bedeutend besser dran als mit einer Ehefrau, der er treu zu sein gelobt hatte.

Der Fahrer parkte vor dem Varieté und fragte: »Soll ich warten?«

»Nein, das wird nicht nötig sein. Wir nehmen ein Taxi,

wenn wir fertig sind. Sie können sich den Abend frei nehmen, aber seien Sie morgen früh pünktlich um sieben Uhr vor meinem Haus.«

»Gewiss, Herr Obersturmführer.« Der Fahrer ging um das Auto herum, um Reiner die Tür zu öffnen, während Wilhelm ungeduldig seine eigene Tür öffnete und ausstieg. Wenn sie schon dem Berliner Nachtleben huldigten, konnte er es auch in vollen Zügen genießen, obwohl er bezweifelte, dass es mit Paris mithalten konnte.

Drinnen war das Licht gedämpft, und selbst so früh am Abend war die Luft rauchgeschwängert. Das Etablissement war gefüllt mit Männern in Uniform sowie einigen Frauen, die außer einer bunten Federboa nicht viel anhatten. Wie er erwartet hatte, war die Revue kein Vergleich mit dem Moulin Rouge. Zu lauter und schriller Musik stellten die Tänzerinnen bereitwillig ihre Attribute zur Schau. Talent schien bei ihrer Auswahl eine weitaus geringere Rolle gespielt zu haben, als lange, schlanke und wohlgeformte Beine.

Den lüsternen Blicken nach zu urteilen, war das Publikum hauptsächlich gekommen, um die Beine zu sehen. Als die Vorstellung vorbei war, verbeugten sich die Mädels zum Applaus und drehten sich dann um, wobei sie ihre knappen Röckchen weit über ihre hübschen Hintern hoch rutschen ließen. Jubel brach aus, als eine Tänzerin nach der anderen die Bühne verließ und langsam genug durch das Publikum lief, dass die anwesenden Männer einen ausführlichen Blick oder gar eine Berührung erhaschen konnten.

Wilhelm blieb unbeeindruckt. Die Revue hatte zwar alle Elemente einer veritablen Aufführung im Moulin Rouge, aber nichts von deren Klasse. Sie war nichts weiter als ein billiger Abklatsch französischer Eleganz, Talent und Stil oder der Dekadenz in den Goldenen Zwanzigern, die er nur vom Hörensagen kannte. Er war noch ein Junge gewesen, als Berlin eine echte Metropole war, eine Stadt des Vergnügens, des Talents, der Lust und des Überschwangs, die anbetungswürdige Stars wie Marlene Dietrich hervorgebracht hatte.

Als er sich zu seinen Begleitern umdrehte, hatte bereits jeder von ihnen eine Tänzerin auf dem Schoß sitzen, die sich dicht an ihn presste. Er zuckte mit den Schultern und griff nach seinem Mantel. »Wir sehen uns später.«

»Du gehst schon?«, fragte Reiner, während er den nackten Busen einer platinblonden Schönheit in den Händen knetete.

»Ja. Ich besuche einen Freund. Warte nicht auf mich.« Plötzlich hatte Wilhelm es eilig, diesen Ort zu verlassen.

Außereheliche Affären waren an der Tagesordnung, und solange sie nicht öffentlich gemacht wurden, fand niemand etwas dabei. Im Gegenteil, junge und erbgesunde SS-Männer wurden geradezu ermuntert, ihre »Gaben« zu verbreiten und möglichst viele Kinder zu zeugen. Wer konnte es den verheirateten Männern verübeln, dass sie ihrem Land auf dieselbe Weise dienen wollten? Vielleicht würde es Erika ohnehin nichts ausmachen, denn in ihrem hochschwangeren Zustand konnte sie ihrem Mann noch einige Wochen lang nicht zu Gefallen sein.

Wilhelm winkte ein Taxi heran und ließ sich zur Wohnung einer alten Freundin fahren, von der er wusste, dass sie ihn mit offenen Armen empfangen würde. Ellen, eine aufstrebende Schauspielerin, die von der Presse bereits als »die neue Dietrich« gefeiert wurde, und er kannten sich schon seit ihrer Kindheit und waren gut befreundet. Sie hatten viele leidenschaftliche Nächte miteinander verbracht, wobei keiner von ihnen Exklusivität vom anderen verlangte, nicht zuletzt, weil Ellen beide Geschlechter liebte.

7

Als Margarete am Freitag in die Bibliothek kam, fand sie Frau Merz mit einem Verband um den Knöchel vor, den sie sich bei einem Sturz von der Leiter verstaucht hatte. Da eine solche Lappalie eine gute Deutsche nicht davon abhielt, ihre Pflicht zu tun, hatte die Bibliothekarin das Bein auf einen Trittschemel gelegt, während sie hinter der Ausleihtheke ihren Dienst versah.

Später am Nachmittag winkte Frau Merz Margarete zu sich. »Meine Liebe, könnten Sie mir wohl einen kleinen Gefallen tun?«

»Natürlich«, sagte Margarete sofort zu. »Brauchen Sie etwas für Ihren Knöchel?«

Frau Merz winkte ab. »Nein, nichts dergleichen. Heute ist Freitag und normalerweise liefere ich freitags die Liste der Personen, die eines der sekretierten Bücher einsehen wollten, im Gestapo-Hauptquartier ab.«

»Haben Sie nicht gesagt, die Gestapo käme hierher?« Ihre Brust krampfte sich panisch zusammen, doch dann rief sie sich ins Gedächtnis, dass Annegret regelmäßig mit Beamten zu tun hatte, auch mit der Gestapo, und dass sie daher nichts zu befürchten hatte.

»Nein, nein ... Wir bringen die Liste in das Büro in der Deutschen Bücherei. Die Gestapo hat viel zu viel zu tun, um solche läppischen Botengänge zu erledigen.«

Margarete wollte protestieren, dass für die Leute, deren Namen auf der Liste standen, die Affäre alles andere als unbedeutend enden könnte. Die meisten von ihnen waren Professoren mit legitimen Gründen, aber einige vermutlich nicht. Für sie könnte die Tatsache, dass ihr Name auf der Liste stand, ihrem Leben eine dramatische Änderung geben, und zwar nicht im positiven Sinn. »Ich verstehe.«

»Wenn Sie bitte die Liste für mich dorthin bringen würden? Das Büro ist nicht schwer zu finden. Nehmen Sie die Straßenbahn Nummer siebzehn und steigen Sie direkt vor der Deutschen Bücherei aus. Das Büro der Gestapo befindet sich im fünften Stock. Sagen Sie der Empfangsdame, dass Sie die Liste aus der Universitätsbibliothek mitbringen, dann werden Sie nach oben gelassen.«

Muss ich wirklich?, schrie Margarete innerlich auf. Doch sie hatte keine andere Wahl, also zog sie sich Mantel, Mütze und Handschuhe an, nahm von Frau Merz die Liste entgegen und verstaute sie in ihrer Handtasche. Auf dem Weg zur Deutschen Bücherei überlegte sie, ob sie die Liste verlieren sollte, doch nahm von der Idee Abstand, da das nur unnötige Aufmerksamkeit auf sie selbst lenken würde.

Ihre Verkörperung von Annegret Huber war bestenfalls dürftig. Sie waren nur zwei Jahre auseinander, hatten beide gewelltes, hellbraunes Haar, das knapp unterhalb der Schultern endete, und haselnussbraune Augen, die von dunklen Wimpern umrandet waren. Sie waren ungefähr gleich groß, und Margarete konnte mühelos Annegrets schrille Stimme imitieren.

Trotz der oberflächlichen Ähnlichkeiten würde sich jemand der Annegret kannte, keine Sekunde lang täuschen lassen. Deshalb musste sie unauffällig bleiben und sich so weit wie möglich aus dem Fokus der Behörden halten. Huber war ein häufiger Nachname, aber Gott bewahre sie, falls jemand vermutete sie sei keine x-beliebige Annegret Huber, sondern die Tochter des verstorbenen SS-Standartenführers Wolfgang Huber.

Sie rechnete fest damit, dass seine beiden Söhne zu beschäftigt sein würden, um gezielt nach ihrer vermissten Schwester zu suchen. Mit etwas Glück glaubten sie sogar, dass Annegret bei dem Bombenangriff ums Leben gekommen war und ihre Leiche unter zu viel Schutt begraben war, um geborgen zu werden.

Wilhelm war ohnehin weit weg in Paris. Sie hatte ihn seit mindestens einem Jahr nicht mehr gesehen, wohingegen der verhasste Reiner sich bei seinen Besuchen im Haus seiner Eltern nicht ein einziges Mal nach seiner Schwester erkundigt hatte. Seine Besuche hatten zudem in der Regel dann stattgefunden, wenn nur sein Vater zu Hause war, der gerade zu irgendeiner wichtigen Verabredung aufbrechen wollte.

Margarete hatte bald begriffen, dass dies kein Zufall war, sondern von Reiner sorgfältig inszeniert wurde, um sie allein zu erwischen und sich an ihr zu vergehen. Sie erschauderte bei der Erinnerung daran, wie er sie an den ungebührlichsten Stellen berührt hatte, und konzentrierte sich schnell wieder auf die Gegenwart.

Als ihre Haltestelle kam, sprang sie aus der Straßenbahn und ging die hundert Meter bis zum Eingang der Deutschen Bücherei, einem sehr beeindruckenden sandsteinfarbenen Gebäude mit Erkerfenstern an beiden Seiten. Es erinnerte sie an den Palast einer Märchenprinzessin, nur dass dieses Gebäude unglaubliche Mengen an Büchern beherbergte — wobei die Herren in den langen Ledermänteln darüber entschieden, wer welches Buch lesen durfte.

Ihre Kehle war wie zugeschnürt, als sie sich der Freitreppe

näherte, die zu den drei schwarzen, mit goldenen Intarsien verzierten Toren führte. Über dem Portal standen die Büsten von Bismarck, Gutenberg und Goethe mit der Inschrift »Freie Statt für freies Wort, freier Forschung sichrer Port, reiner Wahrheit Schutz und Hort«, gesprochen vom sächsischen Minister Graf Vitzthum von Eckstädt anlässlich der Grundsteinlegung.

Margarete schnitt eine Grimasse. Die Bibliothek war schon lange kein freier Ort mehr. Das Herz hämmerte ihr gegen die Rippen, als sie die Treppe hinaufstieg und durch das Ehrfurcht einflößende Portal schritt.

Sie blieb an der Rezeption stehen und sagte mit all dem Mut, den sie aufbringen konnte: »Entschuldigen Sie, Fräulein. Ich vertrete Frau Merz von der Universitätsbibliothek und muss diese Liste bei der Gestapo abgeben.« Insgeheim hoffte sie, dass die Frau ihr die Liste abnehmen und sie wegschicken würde, aber das war nicht der Fall.

»Sehen Sie die Treppe da drüben? Gehen Sie ganz nach oben und dann nach links.«

Margarete nickte. Die Angst ließ sie beinahe zur Salzsäule erstarren. Irgendwie schaffte sie es trotzdem, ihre Füße zum Treppenhaus zu schleifen und hinaufzusteigen. Mit jedem Schritt wurden ihre Beine bleierner, und Panik drückte ihre Brust so fest zusammen, dass sie kaum noch atmen konnte.

Spätestens seit den Nürnberger Gesetzen von 1935 machte sie einen großen Bogen um alle Regierungsbeamten. Nicht nur um die gefürchteten Braunhemden und die SS, sondern um alle Arten von Polizisten und staatlichen Angestellten. Die Gestapo war am schlimmsten. Der Organisation eilte ihr Ruf voraus, und Margarete hatte noch nie ein gutes Wort über sie gehört.

Nicht einmal Herr Huber, der sicherlich keine Angst vor der Gestapo hatte, schien die Organisation zu mögen. Auch Annegret würde keine Angst haben ... Margarete holte tief Luft und versetzte sich in die Rolle des Mädchens, das nichts zu befürchten hatte. Auf dem obersten Treppenabsatz angekommen, wandte sie sich nach links, stieß die Schwingtür auf und trat auf einen strahlend weißen, mit Stuckornamenten verzierten Flur. Große rote Fahnen mit dem Hakenkreuz hingen an Parapets und das obligatorische Hitlerporträt prangte an der Wand.

Vor der ersten Tür mit der Aufschrift *Sekretariat* blieb sie stehen und klopfte zaghaft an.

»Herein«, rief eine männliche Stimme.

Sie brauchte all ihren Mut, um die Klinke zu drücken und die Höhle des Löwen zu betreten. Sobald sie die Tür hinter sich geschlossen hatte, fühlte sie sich wie ein eingesperrtes Tier, das geschlachtet werden sollte, und all der Mut, den sie sich beim Treppensteigen so sorgfältig zugesprochen hatte, war plötzlich verflogen.

Hinter dem Schreibtisch saß ein fescher junger Mann in grauer SS-Uniform, aber mit Schulterklappen der Polizei. Er musterte sie und fragte dann: »Was kann ich für Sie tun, Fräulein?«

Obwohl er weder unfreundlich noch unhöflich war, brachte Margarete kein einziges Wort heraus. »Ich ...« Sie kramte nach der Liste in ihrer Handtasche. »Ich habe eine Liste ... sie ist hier ...« Sie blickte den jungen Mann an und schenkte ihm ein schiefes Lächeln. »Tut mir leid, sie steckt fest.«

»Vielleicht sollten Sie Ihren Handschuh ausziehen?«, schlug er vor und sah sie dabei interessiert an.

Margarete spürte, wie ihr Gesicht heiß wurde. Sie nickte und zog ihren rechten Handschuh aus. Flugs fischte sie die Liste aus der Handtasche und reichte sie ihm, bevor sie den Handschuh wieder anzog.

»Und das ist?«

»Die ... Liste der Leute ... die ...«, Margarete schluckte. Wenn sie sich nicht bald in den Griff bekam, würde er womöglich Verdacht schöpfen. Sie versetzte sich in die furchtlose Annegret hinein und sagte schließlich. »Es tut mir leid, ich bin ein bisschen außer Atem, weil ich die Treppe hochgeeilt bin.«

Er lächelte sie ermunternd an.

»Das ist die Liste der Personen, die in der Universitätsbibliothek sekretierte Bücher angefordert haben. Frau Merz, die Oberbibliothekarin, hat sich den Knöchel verstaucht, sonst wäre sie selbst vorbeigekommen«, erklärte Margarete.

»Und Sie sind?«

»Ähm ... ich bin Annegret Huber.«

»Annegret? Das ist ein schöner Name für eine schöne Frau.«

Margarete verbarg ihre Überraschung und zwang sich, ihn freundlich anzuschauen. »Ich ... ich sollte wohl wieder gehen ... Sie müssen sehr beschäftigt sein ...«

»Es hat mich sehr gefreut, Sie kennenzulernen, Fräulein Huber. Vielleicht kreuzen sich unsere Wege ja wieder?«

Sie setzte eine erfreute, aber schüchterne Miene auf und zwang sich zu einer gleichmäßigen Stimme, als sie antwortete: »Vielleicht.« Dann ging sie gemächlich aus seinem Büro, den Flur entlang und durch die Tür ins Treppenhaus. Sobald sie dort ankam, wurde der Drang, die Stufen hinunter zu stürzen, fast unerträglich, aber sie setzte ihren langsamen, gemessenen Gang bis zur Straßenbahnhaltestelle fort, fest entschlossen, sich nicht anmerken zu lassen, wie sehr die Begegnung sie erschüttert hatte.

Sie hatte damit gerechnet, dass man sie kritisch beäugen, verachten und ihr sogar strenge Befehle erteilen würde, aber niemals im Leben hätte sie sich vorstellen können, einen adretten, ja sogar koketten Mann bei der Gestapo anzutreffen. So schmeichelhaft das auch war und so freundlich er auch zu sein schien – die Tatsache, dass er sich für sie interessierte, erhöhte das Risiko, enttarnt zu werden. Nein, sie musste sich unauffällig verhalten und den Behörden so weit wie möglich aus dem Weg gehen.

Als sie in der Universitätsbibliothek ankam, war Frau Merz bereits dabei, alles wegzuräumen.

»Lassen Sie mich das machen«, sagte Margarete und eilte zu ihrer Vorgesetzten, die mit einem Stapel Bücher im Arm den Gang entlang humpelte.

»Danke schön. Dieser Knöchel behindert mich wirklich bei meiner Arbeit«, sagte Frau Merz mit angestrengter Stimme, riss sich dann aber zusammen und fügte in einem betont munterem Ton hinzu: »Aber ich werde mich über dieses kleine Opfer nicht beklagen, denn andere haben so viel mehr für Führer und Vaterland gegeben.«

»Hm-hm.« Margarete hoffte, dass ihre Antwort als Zustimmung gedeutet werden konnte.

»Ich habe das ganze Wochenende Zeit, mein Bein hochzulegen, und am Montag bin ich so gut wie neu.«

»Gute Besserung.« Margarete verließ die Bibliothek und kehrte in die Wohnung ihrer Tante zurück. Sie schaffte es, ihre Gefühle im Zaum zu halten, bis sie dort ankam, aber in der Sekunde als sie die Tür hinter sich schloss, brach sie in ein herzzerreißendes Schluchzen aus.

»Gretchen! Was ist denn los?«, wollte ihre Tante wissen.

»Ich kann einfach nicht ... ich kann das nicht ... bitte ... ich muss eine andere Arbeit finden.«

»Das ist leider nicht so einfach. Du brauchst die Erlaubnis des Arbeitsamtes, wenn du deine Stelle wechseln willst, und welchen Grund würdest du nennen?«

»Dass ich nicht jede Woche zur Gestapo gehen kann?«, schluchzte sie.

»Du wurdest zur Gestapo vorgeladen?« Heidis Gesicht wurde weißer als der frischgefallene Schnee vor der Tür.

»Nein ... aber ... die Liste ... Deutsche Bücherei ... Flirten ...«

»Gretchen, sei still. Das ergibt überhaupt keinen Sinn.«

Margarete versuchte, sich zu beruhigen, aber das

Schluchzen wollte einfach nicht aufhören. Niemals hätte sie gedacht, dass ihre überstürzte Entscheidung, jemand anderes zu werden, so viele Konsequenzen nach sich ziehen würde. Tatsächlich hatte sie überhaupt nichts gedacht, als sie mit dem kleinen Jungen an ihrer Seite über die Trümmer gekrochen war. In der Sekunde, in der ihr die Idee in den Sinn gekommen war, hatte sie sie schon in die Tat umgesetzt.

»Du gehst vor«, hatte sie den Jungen gedrängt und sich dann umgedreht, um zu Annegrets Leiche zurück zu kriechen. Sie hatte gesehen, dass deren Ausweis aus der Jackentasche ragte. Annegret war nur zwei Jahre jünger als Margarete selbst, geboren am 28. Juni 1921 in Berlin. Die beiden sahen sich zwar bei genauerer Betrachtung nicht wirklich ähnlich, aber das Foto war schon einige Jahre alt und zeigte ein ganz normales Mädchen mit langen, gewellten braunen Haaren und haselnussbraunen Augen. Keine besonderen Merkmale. Es würde reichen, um sie aus Berlin und in Sicherheit zu bringen. Sie gab der Toten ihre eigene Jacke mit dem gelben Stern sowie ihre Papiere, bevor sie in ihr neues Leben aufbrach.

Erst als sie aus den Trümmern auftauchte und der Rettungstrupp sie mit Fragen bestürmte, wurde ihr klar, dass diese Scharade kein Spaziergang werden würde. Es ging um mehr als nur eine Kennkarte. Sie würde tatsächlich Annegret werden müssen, wenn sie überleben wollte. Ab sofort musste sie sprechen, gehen, denken und handeln wie die Person, die sie auf dieser Welt am meisten gehasst hatte.

»Hörst du mir überhaupt zu?«, fragte Tante Heidi.

»Tut mir leid, nein.«

»Ich sagte, du musst unauffällig bleiben. Du darfst nicht riskieren, dass jemand Wind von der Sache bekommt und die Behörden informiert.«

Margarete nickte. »Das weiß ich. Aber ... Frau Merz hat sich den Knöchel verstaucht, also musste ich diese verflixte Liste bei der Gestapo abgeben, und da war dieser junge Mann.

Ich glaube ... er hat ein Auge auf mich geworfen. Er nannte mich schön und meinte, unsere Wege könnten sich wieder kreuzen.«

»Oh je. Was hast du geantwortet?«

»Was hätte ich denn sagen sollen? Ich tat so, als wäre ich geschmeichelt, aber schüchtern. Vielleicht war das ein Fehler, aber ich wusste nicht, wie ich mich sonst aus der Sache herauswinden sollte.« Margarete griff nach ihrem Taschentuch und schnäuzte sich die Nase. »Kannst du mir nicht gefälschte Papiere besorgen?«

»Ich wüsste gar nicht, wo ich die herbekäme. Überhaupt, wenn du dich bei den falschen Leuten erkundigst, wird das nicht gut ausgehen. Ich stehe sowieso schon unter Beobachtung, weil ich einen Juden geheiratet habe, und es ist ein großes Risiko, eine Fremde bei mir wohnen zu lassen, selbst eine Arierin wie Annegret. Nein, wir müssen bei deiner Geschichte bleiben und hoffen, dass alles gut ausgeht.« Heidi umarmte sie lange und tätschelte ihre Wange. »Außerdem ist eine echte Kennkarte so viel besser als eine gefälschte.«

8

Wilhelm zündete eine Zigarette an und reichte sie Ellen, bevor er eine weitere für sich anzündete. Es war früh am Morgen und er sollte wirklich aufstehen, um zum Haus seines Bruders zurückzukehren.

»Was hast du heute vor?«, fragte Ellen.

»Nichts Besonderes. Alte Freunde treffen, ein paar Weihnachtseinkäufe machen. Wir können zu Abend essen, wenn du willst?«

Sie legte ihren Kopf auf seine Schulter. »Ich habe schon Pläne für heute Abend, aber wie wäre es mit morgen zum Abendessen und mehr?«

»Wie könnte ich eine so verlockende Einladung ausschlagen?« Er gluckste und strich mit seiner Hand über ihre samtweiche Schulter, wobei er darauf achtete, keine Asche auf ihre Haut fallen zu lassen.

»Erzähl mir von Paris. Ist es so toll, wie die Leute sagen?«

»Das ist es.« Seine Hand wanderte über ihre Brust, bevor er einen weiteren Zug an seiner Zigarette nahm. »Ich liebe Paris. Es ist alles, was Berlin in den zwanziger Jahren war, und noch viel mehr. Das Essen, der Wein, alles ist dort besser.«

»Auch der Sex?«, fragte sie mit einem frechen Schimmer in ihren klaren, blauen Augen.

»Ja und nein. Die Frauen sind sehr gefällig ... aber ...« Er drückte die Zigarette in den Aschenbecher auf dem Nachttisch. »Es könnte so viel besser sein, wenn die Franzosen im Allgemeinen nicht so unfreundlich wären. Ihre berühmte Gastfreundschaft scheint nur ein Gerücht zu sein. Es ist mir unbegreiflich, warum sie nicht entgegenkommender sind. Sie sollten froh sein, dass wir ihnen zeigen wollen, wie eine effiziente Regierung funktioniert, und ihnen gleichzeitig alle ihre Errungenschaften lassen. Aber stattdessen widersetzen sie sich auf Schritt und Tritt. Selbst diejenigen, die für uns arbeiten, tun das nicht aus ehrlichem Enthusiasmus, sondern eher aus ... ich weiß nicht ... Notwendigkeit?«

Ellen lachte ihr kehliges Lachen, das ihren ganzen Bauch erzittern ließ. »Ist das so seltsam?«

»Natürlich. Wärst du nicht dankbar, wenn jemand dir beibrächte, wie man zu einer wirklich großartigen Nation wird? Und würdest du nicht jede Gelegenheit ergreifen, von denen zu lernen, die es besser machen als du selbst? Wärst du nicht stolz darauf, ein Teil der großartigsten aller Nationen zu sein?«

»Nun, vielleicht brauchen sie einfach mehr Zeit, um sich an die neue Art der Dinge zu gewöhnen?«

Wilhelm fuhr sich mit der Hand durch das Haar, wobei etwas Asche auf das strahlend weiße Bettlaken fiel. Ellen hob den Kopf und pustete sie weg. »Ich bin mir nicht so sicher. Die Franzosen sind trotzköpfig wie schlecht erzogene Kinder. Anstatt uns begeistert zu helfen, ihr Land auf Vordermann zu bringen, legen sie uns Steine in den Weg wo es nur geht. Aus reiner Boshaftigkeit sabotieren sie unsere Arbeit, sprengen wichtige Infrastrukturen in die Luft und töten sogar unsere Männer.«

»Diese geistesgestörten Widerständler gibt es in jedem Land, sogar bei unseren Verbündeten.«

»In Frankreich ist das anders. Auch wenn die meisten Franzosen nicht so mutig sind, sich uns offen zu widersetzen, bejubelt insgeheim fast jeder von ihnen die Aktionen des Widerstands. Ich glaube wirklich, dass wir ihnen gegenüber härter auftreten müssen.«

Ellen seufzte, offenbar gelangweilt von seinen politischen Ausführungen, drückte ihre Zigarette im Aschenbecher aus, beugte sich vor und küsste ihn.

Viel später, als sie Wilhelm beim Anziehen beobachtete, fragte sie: »Wann ist die Beerdigung?«

»Morgen. Willst du mitkommen?«

»Ja, eigentlich schon.«

Er sah sie erstaunt an. »Warum?«

Ellen war die am wenigsten sentimentale Frau, die er kannte. Sie war überzeugt davon, dass es den Toten egal sei, ob jemand an ihrer Beerdigung teilnahm oder nicht, daher war ihr Sinneswandel, gelinde gesagt, überraschend.

»Neue Zeiten, neue Regeln.« Sie stieg aus dem Bett und durchquerte splitternackt den Raum ohne die geringste Befangenheit zu zeigen. »Ich für meinen Teil heiße unsere Anführer mit offenen Armen willkommen. Wenn Reichsführer Himmler ein Staatsbegräbnis für deinen Vater organisiert, werde ich anwesend sein, um mein Beileid zu bekunden und zu zeigen, wie sehr ich unseren Führer und alles, wofür er steht, liebe.«

Wilhelm bemerkte den bitteren Unterton in ihrer Stimme. Es war ein Thema, über das sie nicht sprachen, nicht einmal in der Privatsphäre ihres Bettes. Ihre Vorliebe für beide Geschlechter galt als abnormal und konnte sie leicht in einem KZ enden lassen, wenn die Behörden davon erfuhren.

»Um es mit den Worten meines Bruders zu sagen: ›Mische dich unter die Leute und knüpfe wertvolle Verbindungen‹. Es kann nur hilfreich sein, die richtigen Leute zu kennen.« Er drückte ihr einen Kuss auf die Wange. »Dann sehen wir uns morgen.«

Draußen auf der Straße überlegte er, ob er schon zu Reiner gehen sollte. So sehr er auch befürchtete, seinem Bruder über den Weg zu laufen und zu einem weiteren langweiligen Tag mit langweiligen Treffen genötigt zu werden, musste er sich dringend umziehen. Seinen Freunden war es egal, was er anhatte, aber für seine Weihnachtseinkäufe zog er es vor, nicht in Uniform zu sein. Dann könnte er zwischendurch in eine der zwielichtigen Bars am Ku'damm gehen und sich so hemmungslos betrinken, dass ihm weder Reiners herablassende Bemerkungen noch Erikas prüde Missbilligung seiner lockeren Moral etwas ausmachten.

Dank des unter einem Stein versteckten Ersatzschlüssels schlüpfte er unbemerkt ins Haus hinein und wieder hinaus. Den Rest des Tages verbrachte er mit alten Kameraden von der Eliteschule Napola, dem Nationalen Politischen Bildungsinstitut. Sie tranken zu viel, schwelgten in Erinnerungen und fachsimpelten über den Krieg. Abends erschien er bei seinem Bruder, betrunken genug, um die Konversation beim Abendessen nicht zu fürchten.

»Oh, du hast dich entschlossen, mal vorbeizuschauen«, sagte Erika, als sie die Tür auf sein Klingeln hin öffnete. Sie trug ein sackartiges, flaschengrünes Kleid, das ihren Zustand mehr zur Schau stellte, als ihn zu verbergen. Ihr kastanienbraunes Haar war über den Ohren zu zwei Schnecken geflochten. Wilhelm überlegte, dass sie viel ansehnlicher wäre, wenn sie Lippenstift benutzen würde, wie es die Französinnen taten. Aber Hitler hasste Make-up sowie ganz besonders Lippenstift und hatte es für undeutsch erklärt, wenn eine Frau ihr reines arisches Gesicht bemalte.

»Nicht zu spät, hoffe ich?« Er rang sich ein charmantes Lächeln ab und trat aus der Dunkelheit in den hell erleuchteten Korridor.

»Du hast getrunken.« Erika sah ihn missbilligend an. »Wo warst du gestern Nacht?«

Es war viele Jahre her, dass sich seine Mutter nach seinem Verbleib erkundigt hatte, und er hatte nicht vor, seiner Schwägerin Rechenschaft abzulegen. »Aus.«

»Du hast keine Uniform an.«

»Ich bin auf Heimaturlaub.« Er spürte, wie ihm das Grauen den Rücken hinaufkroch. War sie schon immer so gewesen? Er konnte sich nicht erinnern, denn er war noch nie länger als für eine Mahlzeit bei ihnen zu Gast gewesen.

»Reiner legt großen Wert auf angemessene Kleidung bei Tisch.«

»Wirklich? Und was genau ist an meiner Kleidung unpassend?«

»Wir haben Gäste. Ich erwarte dich in fünf Minuten im Esszimmer. In deiner Uniform, mit gekämmten Haaren und gewaschenen Händen.«

Er wusste, dass er das nicht tun sollte, doch konnte er sich die Retourkutsche nicht verkneifen und salutierte: »Jawohl, gnädige Frau!«

Sie funkelte ihn eiskalt an. »Sei pünktlich.«

Wilhelm ging ins Gästezimmer, wo er seine Uniform anzog und sein Haar mit Pomade zurückkämmte. Er hätte in der Bar bleiben und sich bis zur Besinnungslosigkeit betrinken sollen. Je mehr Zeit er mit Reiner und Erika verbrachte, desto mehr verstand er Annegrets Entscheidung, spurlos zu verschwinden. Wenn er mit der Aussicht konfrontiert wäre, dauerhaft bei der Familie seines Bruders zu leben, würde er dasselbe tun.

Nun, sollte sie glücklich werden, fernab der beklemmenden Fürsorglichkeit ihrer Familie. Sie hatte seinen Segen, und er würde sicher keine Anstalten machen, sie zu finden.

* * *

Am nächsten Morgen saß Wilhelm auf dem Beifahrersitz von Reiners Limousine, gekleidet in seiner Ausgehuniform, die

Erika frisch gebügelt hatte. Auf der Rückbank saßen Erika und Reiner. Die beiden Töchter hatten sie zu Hause in der Obhut einer Freundin gelassen.

Wilhelm war der Meinung, dass die Kinder die Gelegenheit haben sollten, sich von ihren Großeltern zu verabschieden, aber Erika hatte darauf bestanden, dass eine Beerdigung kein Ort für die Mädchen sei und sie die anderen Trauergäste nur stören würden.

Nach kurzer Fahrt erreichten sie den Treffpunkt für den Autokorso. Der Truppenwagen mit den direkten Untergebenen seines Vaters fuhr voraus und zog einen offenen Anhänger mit dem Sarg, der mit einer riesigen Hakenkreuzfahne drapiert war. Reiners schwarzer Mercedes folgte direkt dahinter, gefolgt von einem Fahrzeug mit Vaters Freunden von der SS. Auf der Fahrt zum Friedhof, vergaß Wilhelm fast den traurigen Anlass, so groß war der Unterschied zwischen Paris und Berlin, und zwar im positiven Sinne. An jedem Fenster schien das Hakenkreuz zu prangen, und die Passanten blieben neugierig stehen, als sie die Wagenkolonne sahen. Sobald sie die Regierungsfahrzeuge erkannten, reckten sie stolz die rechte Hand in die Luft und brüllten enthusiastisch »Heil Hitler«.

Wilhelm kurbelte sein Fenster herunter, um in der Bewunderung für den Führer sowie seiner SS zu schwelgen. Es täte den Franzosen gut, es der deutschen Bevölkerung gleichzutun und dieselbe ungebremste Begeisterung für den Führer zu zeigen.

Nach etwa einer halben Stunde hielten sie in der Nähe der Einsegnungshalle. Acht SS-Männer trugen den Sarg seines Vaters hinein, wo sie ihn neben Mutters schlichten Sarg stellten.

Hitler selbst konnte wegen eines Terminkonflikts nicht teilnehmen, hatte aber einen Kranz geschickt. Reichsführer Himmler, ein persönlicher Freund von Wilhelms Vater, bestieg das Podium und hielt eine lange Laudatio auf SS-Standartenführer Wolfgang Huber und seine Verdienste um das Dritte Reich. Auch Wilhelms Mutter wurde als gute Ehefrau und Mutter gewürdigt, die drei Kinder für den Führer großgezogen hatte, wobei die beiden Söhne in die Fußstapfen ihres Vaters getreten und hochgeschätzte Mitglieder der SS geworden waren.

Unwillkürlich hielt Wilhelm den Atem an und suchte die versammelte Menge nach Annegret ab, aber vergeblich. Er machte sich nun doch Sorgen um sie, da es so untypisch für sie war, bei der Beerdigung ihrer Eltern zu fehlen. Reiner mochte glauben, was er wollte, aber Wilhelm war sich sicher, dass mit seiner Schwester etwas nicht stimmte.

Nach der bewegenden Rede standen die Leute auf, um dem Sarg ans Grab zu folgen und später der Familie ihr Beileid auszusprechen. Niemand schien zu bemerken, dass Annegret fehlte, oder vielleicht nahmen sie einfach an, dass sie zu erschüttert war, um an der Beerdigung teilzunehmen. Natürlich wurde diese Annahme nicht laut geäußert, denn es wäre beschämend für eine gute deutsche Frau, solche Schwäche zu zeigen.

Als die meisten Würdenträger kondoliert hatten, kam Ellen auf ihn zu, an ihrer Seite ein Mann von der Gestapo, der mindestens doppelt so alt war wie sie. Wilhelm nickte anerkennend über den geschickten Schachzug. Offenbar hatte sie seinen Rat, sich unter die richtigen Leute zu mischen, sofort in die Tat umgesetzt. Sie hatte gut gewählt. Die Gestapo auf der Seite zu haben, war immer von Vorteil. Eifersucht empfand er nicht, denn in einer Woche würde er sowieso wieder nach Paris zurückkehren. Im Gegenteil, er freute sich von Herzen, dass sie einen mächtigen Gönner gefunden hatte.

»Mein herzliches Beileid,« sagte Ellen.

»Es ist wahrlich ein großer Verlust, nicht nur für unsere Familie, sondern auch für unser Land«, erwiderte er, schüttelte ihre Hand und drückte sie verstohlen, um sich zu versichern, dass ihre Verabredung für die kommende Nacht noch bestand.

»Natürlich«, antwortete sie mit einem schelmischen Aufflackern in den Augen.

»Es war ein Schock, als ich vom Tod deines Vaters erfuhr«, sagte der Mann zur Begrüßung. »Du erinnerst dich vielleicht nicht mehr an mich, ich bin Horst Richter.«

»Aber natürlich erinnere ich mich an Sie, Herr Richter. Vater hat stets in den höchsten Tönen von Ihnen gesprochen. Sind Sie noch in der Prinz-Albrecht-Straße?«

»Nein, vor etwa einem Jahr wurde ich zum Reichskriminaldirektor befördert und bin unter anderem für das Bildungs- und Bibliothekswesen zuständig. Leider bedeutete das eine Versetzung nach Leipzig, was im Vergleich zu Berlin Provinz ist.«

Wilhelm wurde hellhörig, denn der junge Soldat hatte behauptet, Anne sei nach Leipzig gegangen. Trotzdem erwähnte er seine Schwester lieber nicht. Die Gestapo zum Freund zu haben, war gut, aber es bestand keine Notwendigkeit, ihnen ungefragt Informationen zuzuspielen.

»Mein Vater wäre geehrt, wenn er wüsste, dass Sie extra den weiten Weg hierher gemacht haben, um ihm die letzte Ehre zu erweisen.« Die Worte klangen sogar in seinen eigenen Ohren gekünstelt. Dort, wo er jetzt war, war es seinem Vater vermutlich völlig egal, wer zu seiner Beerdigung kam.

»Verzeih bitte die Frage, welcher der beiden Söhne bist du?«

»Ich bin Wilhelm. Der jüngere.«

»Ach, der in Paris, stimmts?«

»Sie sind gut informiert. Und nochmals danke, dass Sie gekommen sind.«

»Wolfgang war ein guter Freund und hat mir mehr als einmal ausgeholfen. Es war das Mindeste, was ich tun konnte. Wenn du oder deine Familie jemals meine Hilfe braucht, zögert nicht, mich zu fragen.«

»Das ist ein ungeheuer großzügiges Angebot von Ihnen. Vielen Dank.«

»Wo ist eigentlich deine Schwester? Annegret, nicht wahr?«

Wilhelm verschluckte sich fast bei der Frage und überlegte, was er Herrn Richter sagen sollte. Er konnte schlecht zugeben, dass Anne mit unbekanntem Ziel aus Berlin geflohen war, denn das würde einen Schatten auf den Ruf der Familie werfen. »Sie hat den Bombenanschlag überlebt und ist verständlicherweise sehr erschüttert. Derzeit erholt sie sich bei einer Freundin der Familie in Leipzig.« In dem Moment, als die Worte seinen Mund verließen, erkannte er seinen Fehler. Was, wenn Richter Anne besuchte, um ihr sein Beileid auszusprechen und dabei etwas Unschönes erfuhr?

»So ein Zufall. Ich werde ihr einen Besuch abstatten und fragen ob ich mit irgendetwas aushelfen kann«, sagte Herr Richter, offensichtlich erfreut über die Gelegenheit sein Angebot in die Tat umzusetzen. Er holte ein Notizbuch und einen Stift aus seiner Brusttasche. »Wie ist die Adresse?«

Wilhelm hatte Schwierigkeiten, genug Luft zu bekommen. »Es tut mir leid, da müsste ich Reiner fragen.«

»Nicht nötig.« Richter steckte das Notizbuch zurück in seine Brusttasche. »Ich werde es selbst herausfinden.«

»Das ist wirklich nicht nötig ...«

»Eine meiner leichtesten Übungen. Das gehört quasi zur Arbeit.« Er lachte über seinen eigenen Scherz.

Wilhelm überlegte fieberhaft. Was auch immer Richter bei seinem Besuch bei Anne herausfinden würde, er musste den Rest der Familie vorsorglich von jeder vermeintlichen Mittäterschaft entlasten. »Ich schätze, das tut es. Hören Sie, es ist mir etwas peinlich, das zuzugeben, aber Annegret ... sie ... sie ist ... Wir wissen nicht genau, wo sie ist.«

Richter hob überrascht eine Augenbraue. »Sie ist also nicht bei einer Freundin?«

Wilhelm senkte die Stimme. »Wir vermuten es war eine

Kurzschlusshandlung. Der direkte Bombentreffer sowie der Tod unserer Eltern war ein zu großer Schock für sie. Wenn Sie also diskret etwas in Erfahrung bringen könnten, wäre ich Ihnen unendlich dankbar.«

»Überlass das mir. Geheime Operationen sind schließlich mein Metier.«

Bevor Richter noch mehr sagen konnte, warf Wilhelm Ellen einen hilfeheischenden Blick zu.

Sie verstand sofort. »Horst, wir sollten weitergehen, es gibt noch mehr Leute, die ihr Beileid bekunden wollen.«

»Natürlich.« Horst Richter verabschiedete sich und nahm Ellens Arm, um sie über den Rasen zu geleiten.

Nachdem der letzte Gast sich verabschiedet hatte, trat Reiner zu Wilhelm und fragte: »Was wollte Horst Richter von dir?«

»Sein Beileid aussprechen.« Wilhelm hielt einen Moment inne. »Er lebt zurzeit in Leipzig und hat angeboten, nach Anne zu suchen.«

»Wirklich? Was für ein Glücksfall. Hoffentlich geht er diskret dabei vor. Wir können keinen Tratsch über unsere Schwester gebrauchen, besonders jetzt nicht, da ich in Heydrichs Abteilung versetzt werden soll.«

Es war so typisch für seinen Bruder, wichtige Neuigkeiten wie diese während der Beerdigung seiner Eltern zu verkünden.

»Sind Glückwünsche angebracht?«, fragte Wilhelm.

»Noch nicht, die offizielle Bekanntgabe wird nach einer angemessenen Trauerzeit erfolgen.«

9

Es schneite seit Tagen und Leipzig verschwand unter einer dicken weißen Decke. Margarete begleitete ihre Tante auf den Markt, um Lebensmittel einzukaufen. Am folgenden Tag war der erste Tag von Hanukka, aber aus offensichtlichen Gründen würden sie das Fest nicht feiern.

»Wir könnten eine Kerze kaufen«, schlug Heidi vor. »Jeder wird annehmen, sie ist für Weihnachten.«

Margarete war dankbar für die Versuche ihrer Tante, die jüdischen Traditionen trotz aller Schwierigkeiten am Leben zu erhalten. Heidi war katholisch, hatte aber, obwohl Ernst selbst Atheist war, immer auch die jüdischen Feiertage mit seiner Familie gefeiert. Zumindest bis die Nazis ihn verhaftet hatten.

»Ich vermisse sie so sehr«, flüsterte Margarete in Erinnerung an glücklichere Tage im Kreis ihrer Familie. Soweit sie wusste, war sie das einzige Mitglied der Rosenbaums, das noch in Freiheit war – dank der verabscheuungswürdigen Familie Huber, die sie als Haussklavin ausgebeutet hatte.

Es war eine seltsame Fügung des Schicksals gewesen, dass ein arischer Freund ihren Vater darauf aufmerksam gemacht hatte, dass Frau Huber händeringend nach einem Dienstmädchen suchte. Margarete sah noch das Glitzern in ihren Augen vor sich, als Frau Huber erkannte, dass Margarete mehr Stunden arbeiten würde als jede andere Magd und nicht einmal für ihre Dienste entlohnt werden musste.

Zugegebenermaßen war die Anstellung im Huberschen Haushalt Glück im Unglück gewesen, denn nur deshalb war sie noch in Freiheit.

»Ich weiß, ich vermisse Ernst auch. Jeden einzelnen Tag. Manchmal verschlägt es mir geradezu den Atem und der Kummer ist so groß, dass ich sie bitten möchte, mich in den nächsten Zug zu setzen, nur um bei ihm zu sein.« Sie wussten beide, dass es ein absurder Wunsch war, nicht nur, weil Heidi nicht einmal wusste, wohin man ihren Mann gebracht hatte oder ob er noch lebte.

Die Öffentlichkeit, und wahrscheinlich auch Heidi, glaubte immer noch an den Mythos der Durchgangslager mit anschließender Umsiedlung in den Osten – wohin genau, wagte niemand zu hinterfragen –, aber Margarete wusste es besser. Vor einiger Zeit hatte sie Herrn Huber belauscht als er verkündete, der Führer wolle ganz Deutschland judenrein machen, als ob ihre bloße Existenz sein Land irgendwie verschmutzen würde.

Margarete griff nach Heidis Hand und drückte sie. »Wir müssen uns vermutlich damit abfinden, dass sie tot sind.«

»Niemals.«

»Ich weiß, es ist schwer, aber nach allem, was ich von Herrn Huber gehört habe, sind diejenigen, die in einem der Güterzüge evakuiert werden, dazu bestimmt, nie wieder zurückzukehren.«

Heidi wandte sich an Margarete. »Was auch immer die anderen sagen, ich glaube fest daran, dass mein Ernst lebt, bis mir jemand seine Leiche bringt.«

»Ich werde für ihn beten, so wie ich es für den Rest meiner Familie tue«, sagte Margarete und hakte sich bei ihrer Tante ein. Wenigstens hatte sie dieses Jahr jemanden, mit dem sie die

Festtage begehen konnte. Für sie spielte es keine Rolle, ob sie Hanukka oder Weihnachten feierten, solange sie die Tage gemeinsam verbrachten und für die Rückkehr ihrer Familienmitglieder beteten.

»Schau mal da drüben.« Sie hatten den Marktplatz erreicht und Heidi zeigte auf einen Stand, an dem Krippen, Christbaumschmuck und Kerzen verkauft wurden.

Margarete folgte ihrer ausgestreckten Hand mit den Augen, als das Geräusch lauter Stimmen ihre Aufmerksamkeit erregte und sie den Kopf wendete.

Drei Braunhemden attackierten zwei Frauen auf offener Straße. Erst als die Frauen sich umdrehten und verzweifelt versuchten, ihren Angreifern zu entkommen, bemerkte Margarete die gelben Sterne auf ihren abgewetzten Mänteln.

»Dreckiges Ungeziefer«, schrie einer der Braunhemden und schlug mit seinem Schlagstock auf ihre Rücken und Köpfe ein. »Ihr werdet schon bald bekommen, was ihr verdient. Verrecken sollt ihr alle!«

Margarete erbleichte bei seinen abscheulichen Worten. Obwohl sie vorgab eine Arierin zu sein, war sie weiterhin eine Jüdin, und so trafen sie die Worte sehr. Im Herzen empfand sie Mitleid mit den beiden Frauen, die vor ihren Augen angegriffen wurden. Wenn die englische Fliegerbombe ihr nicht einen unerwarteten Ausweg eröffnet hätte, könnte sie an ihrer Stelle sein.

Jede Faser ihres Körpers spannte sich an, und obgleich sie wusste, dass sie nicht hinstarren sollte, konnte sie ihren Blick nicht von der Szene abwenden. Die drei bulligen Männer zwangen die Frauen, sich in den Schneematsch zu knien, und entleerten ihre Taschen auf den Bürgersteig.

»Woher hast du das Zeug, du klauende Drecksau?«, höhnte ein Braunhemd und zerquetschte eine Kartoffel unter seinem Absatz.

Margarete sah, wie die Schultern der Frau vor unterdrücktem Schluchzen zitterten. Da die Juden so winzige Rationen erhielten, war diese eine Kartoffel wahrscheinlich das Essen für einen ganzen Tag. Als der Schlagstock mit einem markerschütternden Knacken auf den Kopf der Frau krachte, reagierte Margarete instinktiv und sprang zu Hilfe, doch ihr Vorwärtsdrall wurde durch einen schraubstockartigen Griff um ihren Arm gebremst.

Ungläubig starrte sie auf die Hand, die sie festhielt, ließ ihren Blick den Arm hinauf bis zur Schulter wandern und landete schließlich auf dem Gesicht der Person, die sie festhielt. Tante Heidi.

»Nicht«, ermahnte ihre Tante sie in einem rauen Flüsterton. »Damit riskierst du nur, dass deine Tarnung auffliegt.«

Margarete drückte die Augen fest zu und fühlte sich, als würde ihr ganzes Wesen zu einem Häufchen Schneematsch zerfallen. Heidi hatte natürlich recht, aber das machte es nicht besser. Auch in ihrer neuen Identität als Annegret Huber war sie nicht in der Lage, einem anderen Juden zu helfen und musste tatenlos zusehen, wie die beiden Frauen misshandelt wurden.

Heidi zog sie von der hässlichen Szene weg. »Schau besser nicht hin.«

Mit einem letzten Seitenblick auf die Frauen, die in Richtung Hauptstraße getrieben wurden, folgte sie ihrer Tante widerwillig zu dem Stand mit dem Weihnachtsschmuck. Noch immer vor Wut und Hilflosigkeit zitternd, sah sie sich die ausgestellten Waren genauer an, in der Hoffnung, etwas Trost zu finden.

Stattdessen stieg noch mehr Galle in ihrer Kehle auf. Nicht, dass sie sich besonders für das christliche Fest interessierte, aber diese Abscheulichkeiten schlugen dem Fass den Boden aus.

Eine Postkarte mit einem Tannenzweig trug die Aufschrift »Der Weihnachtsglöckchen traulich Läuten, möge uns allen Frieden bedeuten.« *Außer für uns Juden natürlich*, dachte sie bitter und war versucht, eine zarte rote Glaskugel mit einem aufgemalten schwarz-weißen Hakenkreuz in die Hand zu nehmen und sie auf den Boden zu schmettern.

»Und was ist mit der hier?« Heidi hielt eine schlichte, weiße Kerze hoch. »Würde die nicht gut zu unserer Dekoration passen?«

Margarete war sich nicht sicher, ob sie den Sarkasmus aus ihrer Stimme halten konnte, deshalb nickte sie nur. Als Heidi der Ladenbesitzerin die Kerze reichte, sagte die ältere Frau: »Wollen Sie nicht etwas Patriotischeres? Das hier sind meine Verkaufsschlager.« Sie deutete auf eine Reihe weißer und roter Kerzen mit Hitler-Porträts darauf.

Selbst Heidi wurde bleich angesichts dieser Perversion des Weihnachtsgedanken, doch sie hatte sich viel besser unter Kontrolle als Margarete. »Oh, sie sind wunderschön, aber es würde sich so falsch anfühlen, sie anzuzünden.«

Die Ladenbesitzerin nickte feierlich. »Ja, die sind nur zur Dekoration.«

Margarete jedoch spielte mit dem Gedanken eine der abscheulichen Kerzen zu kaufen, nur um Hitlers hässliche Fratze dahinschmelzen zu sehen. Die Vorstellung war überraschend tröstlich. Heidi hatte inzwischen die weiße Kerze bezahlt und sagte: »Lass uns gehen. Wir müssen noch Lebensmittel kaufen.«

Während sie den Wocheneinkauf erledigten, ging Margarete die Szene mit den beiden Jüdinnen nicht aus dem Kopf. Auf dem Heimweg fragte sie: »Wo werden sie hingebracht?«

»Wer?«

»Die Juden. Die beiden Frauen, die vorhin aufgegriffen wurden.«

Heidi wurde langsamer und sah ihre Nichte an. Margarete hatte sie noch nie so müde und hoffnungslos gesehen. Es war, als wäre ihre Tante in nur einer Sekunde um mehrere Dutzend Jahre gealtert. »Die Stadtverwaltung hat der Gestapo das

Schulgebäude in der Yorckstraße als Sammelstelle zur Verfügung gestellt. Ich war dort, gleich nachdem sie meinen Ernst mitgenommen hatten, aber ich durfte nicht hinein. Das Gelände ist von einem Zaun umgeben und wird Tag und Nacht von der SS patrouilliert. Es gibt weder eine Möglichkeit hineinzukommen noch hinaus.«

Sie stieß einen schweren Seufzer aus. »Nur einmal habe ich sein liebes Gesicht gesehen, wie er aus dem Fenster im zweiten Stock schaute. Aber kaum hatte ich ihm eine Kusshand zugeworfen, scheuchte mich die SS weg und warnte mich, nie wiederzukommen, es sei denn, ich wolle selbst in Schwierigkeiten geraten. Eine Nachbarin arbeitet bei der Stadtverwaltung, und von ihr erfuhr ich, dass Ernst mit dem ersten Transport aus Leipzig evakuiert wurde. Sie wusste nicht wohin, denn das sind geheime Informationen. Sie konnte nur bestätigen, dass sein Name unter denen war, die nach Osten übersiedelt wurden.«

Sie hatten das Haus erreicht, aber Heidis Finger zitterten so heftig, dass sie den Schlüssel nicht ins Schlüsselloch stecken konnte. Margarete nahm ihn ihr behutsam aus der Hand und schloss die Haustür auf. Oben in der Wohnung angekommen, ließ sich Heidi in ihrem Kummer auf das Sofa fallen.

»Ich bin sicher, es geht ihm gut.« Margarete kniete neben ihrer Tante und versuchte, sie zu beruhigen. Sie wusste, dass die Umsiedlung in den Osten eine Lüge war, die Juden und Deutschen gleichermaßen erzählt wurde, um sie in Sicherheit zu wiegen. Herr Huber hatte Reiner immer eingeschärft, dass Geheimhaltung das oberste Gebot war, weil die meisten Deutschen zu schwach und zu gutherzig waren, um die benötigten drastischen Maßnahmen zu unterstützen. Er hatte sogar panische Angst davor, das Volk könnte protestieren und damit die gut geölte Deportationsmaschinerie in Stocken bringen. Ein Ärgernis, das niemand brauchte.

»Meinst du?« Heidi sah sie mit den vertrauensseligen

Augen eines kleinen Kindes an. Margarete konnte ihre Hoffnung einfach nicht zerstören.

»Ja, das glaube ich. Er ist mit einer Arierin verheiratet, das macht ihn zu einem privilegierten Juden. Ihm wird nichts passieren.«

»Du hast ja keine Vorstellung. Das dachte ich auch, aber als ich zur Stadtverwaltung ging, um Ernst zurückzuholen, sagte man mir, da wir keine Kinder haben und nur die Frau deutschen Blutes ist, wird er wie jeder andere Jude behandelt. Mehr noch, sie drohten mir ich könne wie einer von denen behandelt werden, weil ich die Dreistigkeit besessen hatte, einen Juden zu heiraten und ich solle auf der Stelle aufhören Ärger zu machen. Dieser abscheuliche Mann hatte bereits einen gelben Stern in der Hand und spottete, ich solle ihn an meine Brust heften, wenn ich meinen Mann so sehr liebe.«

Heidis Augen glitzerten feucht und ihre Stimme klang, als käme sie direkt aus dem Grab. »Ich habe ihn verraten. Habe ihn im Stich gelassen. Ich habe aufgehört, für ihn zu kämpfen, um meine eigene elende Haut zu retten. Lieber Gott, was habe ich bloß getan?«

»Du hast gar nichts getan.« Margarete umarmte ihre Tante, als ob Heidi ein Kind wäre. »Die Nazis tun das, nicht du. Es ist alles ihre Schuld. Sie sind die Bösen. Du versuchst nur zu überleben.«

»Aber auf Kosten von meinem Ernst ...«

»Du hättest nichts tun können, um sein Schicksal zu ändern. Was hätte er davon gehabt, wenn du auch deportiert worden wärst?«

»Dann wären wir wenigstens zusammen.«

»Das glaube ich nicht.« Jahrelanges Lauschen im Huberschen Haushalt hatte sie gelehrt, dass Familien bei der Ankunft in den Arbeitslagern nach Männern und Frauen getrennt wurden und sich normalerweise nie wiedersahen. Aber davon konnte sie Heidi nichts sagen. »Ernst hätte gewollt, dass du in Sicherheit bist und dein Leben weiterlebst.«

Ein Schluchzen war die Antwort, und Margarete beschloss, dass es das Beste war, nichts weiter zu sagen. Deshalb murmelte sie nur unverbindliche Worte des Trostes. Viel später, als sie zum Schlafen auf dem Sofa lag, blieben ihre Augen in der absoluten Dunkelheit des Zimmers hinter den schweren Verdunkelungsvorhängen weit geöffnet. Den Entschluss, sich als Tochter eines SS-Offiziers auszugeben, hatte sie im Affekt gefasst, nun lastete er mit jedem Tag schwerer auf ihrem Gewissen. Annegret zu sein, war so falsch.

Sie suchte verzweifelt nach Trost und griff tief in die Polsterung, wo sie das Amulett versteckt hatte. Als sie mit den Fingern über die geflochtenen Äste des Lebensbaums strich, spürte sie die beruhigende Gegenwart ihrer Mutter. Sie war irgendwo auf der Erde oder im Himmel, wachte über sie und leitete sie durch diese schwierige Zeit.

»Ich weiß nicht, was ich tun soll«, flüsterte Margarete den Tränen nahe.

Natürlich antwortete ihre Mutter nicht. Doch Margarete erinnerte sich daran, wie sie sie zur Arbeit bei den Hubers geschickt hatte. »Mein Schatz, es mag hart, sogar ungerecht erscheinen, und es bricht mir das Herz, dich wegzuschicken, aber glaube mir, es ist deine beste Chance, das hier zu überstehen. Wir haben unser gesamtes Einkommen verloren, als die Regierung unseren Kurzwarenladen beschlagnahmt hat. Bei den Hubers bekommst du wenigstens Kost und Logis.«

Margarete kräuselte ihre Nase. Sie hatte ihre Mutter danach noch einige Male im Park getroffen, während sie für Hubers Besorgungen machte. Aber sie hatte ihr nie gestanden, wie wenig Essen sie tatsächlich bekam und wie schlecht ihre Unterkunft war, weil sie sie nicht beunruhigen wollte. Mutter hatte genug Kummer mit der prekären Lage ihrer Familie. Gott allein wusste, wie sie sich durchgeschlagen hatten, und Margarete versorgt zu wissen, hatte ihr eine große Last von den Schultern genommen.

Wütend strich sie über die Rückseite des Anhängers mit der Aufschrift »Mazel Tov«, was viel Glück bedeutete. War sie der Glückspilz der Familie? Auf den ersten Blick, ja. Sie war hier bei Tante Heidi und derzeit vor der Deportation sicher, im Gegensatz zu ihren Eltern, Geschwistern und deren Familien, die vor kurzem die gefürchtete Postkarte für die Umsiedlung erhalten hatten. Aber hatte Margarete wirklich Glück? Auch sie befand sich in einer heiklen Lage, geschützt nur durch die Verwandlung in die Person, die sie am meisten hasste. Wie konnte man das als Glück bezeichnen?

10

Nach einem weiteren Tag mit alten Kameraden aus der Napola kam Wilhelm gerade rechtzeitig zum Abendessen zurück.

»Hast du dich entschlossen, uns doch noch mit deiner Anwesenheit zu beehren?«, fragte Reiner in einem spöttischen Ton.

»Ich hatte wichtige Besprechungen.« Wilhelm nahm neben dem Hochstuhl seiner Nichte Adolphine Platz ohne auf die Spitze einzugehen. In Wirklichkeit hatten sich die Besprechungen nur um Essen, Trinken und Gespräche über sexuelle Eroberungen gedreht.

Reiner schnüffelte. »Bist du betrunken?«

»Bin ich garantiert nicht, aber selbst wenn ich es wäre, ginge es dich nichts an.« Die Wut ließ Wilhelms Halsschlagader heftig pulsieren.

»Da liegst du falsch, Brüderchen. Alles in meinem Haus geht mich etwas an. Und, falls du es noch nicht bemerkt haben solltest, bin ich seit Vaters Tod das Familienoberhaupt. Deshalb geht mich alles etwas an, was mit unserer Familie zu tun hat.«

Wilhelm rollte mit den Augen und war dankbar für die

Unterbrechung, als Erika mit einer Platte dampfend heißem Schweinebraten in den Händen an den Tisch trat.

»Reiner, könntest du bitte das Fleisch schneiden, während ich den Rest serviere?« Sie stellte die Platte ab und eilte davon, um Kartoffeln, Sauerkraut und Soße zu holen.

Obwohl er die französische Küche liebte, sehnte sich Wilhelm nach einem deftigen gutbürgerlichen Braten. Er atmete den Duft von Schweinefleisch und würzigem Sauerkraut ein und schloss unwillkürlich die Augen, als Erinnerungen an seine Kindheit aufkamen.

Vor dem Krieg hatten sie nahezu jede Ferien in ihrem Landhaus verbracht, wo die Haushälterin Frau Mertens sonntags den köstlichsten Braten zubereitet hatte. Es war so schade, dass sie keine Dienstboten mehr hatten, denn die meisten Menschen waren zu kriegswichtigen Arbeiten abkommandiert worden. Heutzutage hatte kaum noch jemand Hausmädchen, Gärtner, Köche und Kindermädchen. Einige Mütter arbeiteten sogar in den Fabriken, obwohl ihre eigentliche Aufgabe darin bestand, sich um die drei Ks, Kinder, Küche, Kirche, zu kümmern.

Er konnte nicht verstehen, wieso ihre Ehemänner ihnen erlaubten, außerhalb des Hauses zu arbeiten. So sehr er Reiner seine herablassende Art übelnahm, zumindest in diesem Punkt waren die Brüder einer Meinung. Kaum dass sie verheiratet war, hatte Erika ihre Stellung in der Buchhaltung einer Versicherungsgesellschaft aufgegeben. Scheinbar hatte sie dort eine bescheidene Karriere gemacht, während sie darauf wartete, einen geeigneten Ehemann zu finden. Dann jedoch hatte sie sich auf ihre eigentliche Rolle konzentriert und war zur perfekten Mutter und Ehefrau geworden, immer darauf bedacht, ihrem Mann zu dienen.

Vielleicht wäre es doch gar nicht so schlecht, zu heiraten? Er konnte sich zwar nicht vorstellen, den Rest seines Lebens mit nur einer Frau zusammen zu sein, aber das könnte sich womöglich mit dem Alter ändern. Oder er verliebte sich tatsächlich und brauchte die Abwechslung, die er derzeit genoss, gar nicht mehr.

Das Klingeln des Telefons unterbrach seine Überlegungen. Alle am Tisch sahen sich an.

»Wer könnte das sein?«, fragte Reiner. Jeder anständige Mensch wusste, dass man während der Abendessenszeit nicht anrief.

»Soll ich rangehen?« Erika stand auf und ging in den Flur, wo das Telefon stand.

»Wenn es wichtig ist, hol mich, ansonsten sag dem Anrufer, er soll es in einer Stunde nochmal versuchen.« Reiner nahm eine Gabel voll Sauerkraut und steckte sie in den Mund. »Erika ist wirklich eine großartige Köchin, findest du nicht auch?«

»Das ist sie auf jeden Fall.« Wilhelm fand ihre Kochkünste eher durchschnittlich, würde es jedoch nie wagen, seine Schwägerin zu kritisieren.

Erika kehrte ins Esszimmer zurück und sagte: »Es ist Horst Richter, von der Gestapo in Leipzig, und er sagt, es sei wichtig.«

Reiner seufzte und ging die paar Schritte in den Flur, wobei er die Tür offen ließ. Wilhelm wusste, dass sein Bruder es hasste, während des Essens gestört zu werden und den Anruf nur entgegennahm, weil Reichskriminaldirektor Richter sowohl ein alter Freund ihres Vaters, als auch einen sehr hohen Rang innehatte. Vermutlich wollte er nicht nur höflich sein, sondern war auch neugierig, ob Richter mit Annegret gesprochen hatte.

»Reiner Huber am Apparat, wie schön von Ihnen zu hören ... Sind Sie sicher ...? Oh, das sind ja wunderbare Neuigkeiten ... Natürlich, ich schaue in meinen Terminkalender und melde mich gleich morgen früh bei Ihnen ... Guten Abend.« Reiner kehrte mit einer nicht zu deutenden Miene an den Tisch zurück.

Aus Erfahrung wusste Wilhelm, dass es keinen Sinn machte zu fragen, was Richter gewollt hatte. Das würde seinem

Bruder lediglich einen Grund geben, sich aufzuspielen und die Antwort hinauszuzögern. Andererseits könnte Desinteresse ihn so sehr verärgern, dass er die Information für sich behielt. Wilhelm musste sein Interesse sorgfältig dosieren.

»Er hat einen großen Kranz für die Beerdigung geschickt, hast du ihm dafür gedankt?«, testete Wilhelm die Stimmung.

Reiner funkelte ihn böse an. »Darüber haben wir nicht gesprochen. Übrigens hattest du die Aufgabe allen wichtigen Leuten Dankeskarten zu schicken. Ich kann nicht glauben, dass du den Reichskriminaldirektor vergessen hast!«

Es war so typisch für Reiner, dass er Richters Rang erwähnte, um Wilhelm in die Schranken zu weisen. Er setzte eine nonchalante Miene auf. »Natürlich habe ich ihm eine Dankeskarte geschickt, aber vermutlich hat er sie noch nicht erhalten. Du weißt wie langsam die Post ist. Deshalb wäre es nett gewesen, wenn du ihm persönlich gedankt hättest; immerhin hat er sich die Mühe gemacht anzurufen.«

Reiner wendete brüsk den Kopf. »Erika, könntest du mir bitte noch ein Stück Braten geben?«

Verzögerungstaktik. Seinem Bruder wurden solche Machtspielchen nie langweilig. Wenigstens wusste Wilhelm jetzt, dass Richter ihm etwas Wichtiges mitgeteilt hatte, sonst würde sich Reiner nicht so aufplustern. Während er wartete, bis Erika serviert hatte, fragte Wilhelm gedehnt: »Also, was wollte er?«

Zu aufgeregt, um die Nachricht für sich zu behalten, antwortete Reiner: »Er glaubt, dass er Annegret gefunden hat, was mich ungemein beruhigt.«

»Das sind wunderbare Neuigkeiten«, unterbrach ihn Erika, was ihr einen tadelnden Blick einbrachte.

»Macht euch noch keine allzu großen Hoffnungen, denn er ist sich nicht hundertprozentig sicher. Annegret Huber ist ein häufiger Name, allerdings hat er ein Mädchen in ihrem Alter ausfindig gemacht, das erst vor kurzem aus Berlin zugezogen ist und bei einer Heidi Berger wohnt.«

»Heidi Berger? Den Namen habe ich noch nie gehört. Ist sie eine Freundin von Anne?«, fragte Wilhelm.

»Ich habe ehrlich gesagt keine Ahnung. Wie dem auch sei, diese Annegret Huber arbeitet in der Universitätsbibliothek.«

»Sie studiert?«, fragte Erika.

»Unsere Schwester? Sie hat während ihrer Schulzeit niemals freiwillig ein Sachbuch gelesen, und ist nicht clever genug um zu studieren. Nein, sie arbeitet dort.« Reiner spießte wütend den Braten auf seine Gabel.

»Dann kann sie es nicht sein. Erstens hat sie noch nie in ihrem Leben gearbeitet und zweitens interessiert sie sich mehr für Musik, Nachtleben und Männer als für Bücher.« Wilhelm konnte es ihr nicht verübeln, denn seine Interessen waren im Grunde genommen die gleichen. Abgesehen von der Arbeit natürlich, denn anders als der angebetete Augapfel seines Vaters musste er sich für seinen Lebensunterhalt abrackern.

»Richter denkt anders und will, dass ich nach Leipzig fahre, um mich selbst davon zu überzeugen.« Reiner steckte sich ein Stück Fleisch in den Mund. »Glaubt er, dass ich sonst nichts zu tun habe? Mein Terminkalender ist für die nächsten zehn Tage voll und eine Reise nach Leipzig würde mich einen ganzen Tag kosten. Um Himmels willen, wir haben einen Krieg zu gewinnen!«

»Du arbeitest so hart.« Erika tätschelte Reiners Arm. »Wie konnte Annegret uns nur in diese missliche Lage bringen? Ich bin natürlich froh, dass sie gesund und munter ist, aber wie konnte sie nur glauben, dass es eine gute Idee ist, eine Anstellung anzunehmen? Eine Frau in ihrer Position sollte sich auf Wohltätigkeitsarbeit zur Unterstützung der Kriegsanstrengungen konzentrieren.«

Als Wilhelm die beiden ansah, verstand er nur zu gut, warum seine verwöhnte Schwester es vorgezogen hatte, sich der arbeitenden Bevölkerung anzuschließen, anstatt in ihrem Haus zu leben. Nun, da er nicht mehr befürchten musste, dass sie tot oder schwer verletzt war, gratulierte er ihr insgeheim zu ihrer mutigen Flucht. Aber warum ausgerechnet Leipzig? Plötzlich hatte er eine Idee, wie er zwei Fliegen mit einer Klappe schlagen konnte. »Ich werde fahren.«

»Du?« Reiners Kinnlade klappte herunter.

»Ja. Da ich auf Urlaub bin, habe ich keine Termine.«

»Und die Testamentseröffnung?«, warf Erika ein.

»Scheiße!« Wilhelm ignorierte, dass Erika ihn missbilligend anfunkelte. Daran hatte er nicht gedacht. »Wann ist die?«

»Übermorgen in der Früh.«

»Bis dahin bin ich wieder zurück.«

»Du bekommst die Reisegenehmigungen und Zugtickets niemals rechtzeitig. Nicht einmal mit meiner Hilfe.« Reiner runzelte die Stirn. »Obwohl ... ich könnte ... ich brauche das Auto nicht den ganzen Tag. Also gut, ich schicke dir meinen Fahrer, dann bist du im Handumdrehen in Leipzig. Wenn diese Frau tatsächlich unsere Schwester ist, könnt ihr beide rechtzeitig zur Testamentseröffnung zurück sein.«

»Dann ist es ein Plan«, sagte Wilhelm und freute sich darauf, einen Tag und eine Nacht weit weg von seinem Bruder verbringen zu können. Wenn er Anne fand, könnten sie gemeinsam durch die Kneipen ziehen und sich am frühen Morgen vom Fahrer zurückbringen lassen. Es wäre nicht seine erste durchzechte Nacht in diesem Heimaturlaub.

Margarete arbeitete sich gerade durch den Wagen mit zurückgegebenen Büchern, als Frau Merz zu ihr kam.

»Hier ist jemand, der nach Ihnen fragt.«

»Nach mir?« Margarete kannte niemanden in Leipzig außer Tante Heidi und ihrer Nachbarin Olga. Aber keine der beiden würde sie bei der Arbeit stören.

»Ja. Er sagte, er sei von der Gestapo.«

Margarete wurde vor Panik fast ohnmächtig. Jemand musste ihre wahre Identität herausgefunden und sie bei der Gestapo denunziert haben. Sie suchte die Bibliothek nach einem Fluchtweg ab, aber fand keinen. Der einzige Ausgang befand sich beim Empfang, wo die Gestapo vermutlich bereits wartete, um sie zu verhaften. Zwei Notausgänge befanden sich im hinteren Teil des Lesesaals und ein weiterer im Keller, aber sie waren mit Alarmglocken gesichert, und Frau Merz hatte ihr eingeschärft, sie nur in einem Notfall zu benutzen, da sie Polizei und Feuerwehr alarmierten.

Abgesehen davon konnte sie wahrscheinlich nicht schnell genug rennen, um den Notausgang vor den Polizisten zu erreichen, falls die nicht sowieso draußen Männer postiert hatten.

Die Gestapo kam nie unvorbereitet oder mit nur einem Beamten. Nein, sie musste diesem Mann unter die Augen treten und auf das Beste hoffen. Vielleicht konnte sie sich aus der Situation herauslügen?

»Kommen Sie, lassen Sie ihn nicht warten«, sagte Frau Merz ungeduldig und trat zur Seite, um Margarete den Vortritt zu lassen.

Sie nickte und schluckte den Kloß in ihrer Kehle hinunter, während sie versuchte, gute Miene zum bösen Spiel zu machen. »Vielleicht ist es dieser charmante, junge Mann, dem ich neulich die Liste übergeben habe? Er wollte unbedingt mit mir ausgehen.« Sie schaute Frau Merz hoffnungsvoll an, wurde aber eines Besseren belehrt.

»Nein, nein, es ist ein älterer Herr. Reichskriminaldirektor Richter. Sie haben die Liste doch pünktlich abgeliefert, oder? Ich hoffe wirklich, er ist nicht hier, weil er etwas zu bemängeln hat. Haben Sie auch wirklich alle Personen aufgeschrieben, die ein sekretiertes Buch angefordert haben?«

»Natürlich.« Margarete bekam kaum den Mund auf vor lauter Angst. In zwei Fällen hatte sie *vergessen*, den Namen und die Adresse einer Person zu notieren, weil klar war, dass sie die sekretierten Bücher nicht aus akademischen Gründen benötigte. Ahnte Frau Merz etwas? Oder gar die Gestapo? Margarete schwor sich, von nun an noch vorsichtiger zu sein – falls sie die nächsten Minuten überlebte.

»Da ist sie«, verkündete Frau Merz mit übertrieben freundlicher Stimme.

»Es wird nicht lange dauern. Gibt es einen Ort, an dem wir ungestört reden können?«, fragte der Mann.

Margarete war zu ängstlich, um zu antworten, aber Frau Merz beeilte sich zu sagen: »Natürlich, Herr Reichskriminaldirektor, Sie können eines der Studierzimmer dort drüben benutzen.« Normalerweise waren diese Räume für Professoren reserviert, die in verbotenen Büchern schmökerten, aber diese

Ironie entging Margarete, die sich vor Furcht kaum auf den Beinen halten konnte.

In dem Kämmerchen angekommen, schloss der Beamte die Tür und warf ihr einen langen, prüfenden Blick zu, bevor er fragte: »Du erinnerst dich nicht an mich, oder?«

»Ich fürchte nicht.« Sie hatte keine Ahnung, wovon er sprach oder was er von ihr wollte. Vielleicht war dies auch nur eine Einschüchterungstaktik der Gestapo, um ein schnelleres Geständnis zu erlangen. Und es funktionierte, denn sie war kurz davor, sämtliche Geheimnisse auszuplaudern, wenn er nur endlich aufhörte, sie so prüfend anzustarren.

»Aber du weißt, wer ich bin, oder?«

Nein, nein, nein. Sie hatte nicht die leiseste Ahnung, wer er war, doch dann erinnerte sie sich an Frau Merz' Bemerkung und reimte sich den Rest zusammen. »Sie sind Reichskriminaldirektor Richter, Leiter der Gestapo in Leipzig und unter anderem zuständig für die Überwachung der Verwendung von Büchern aus der Liste des schädlichen und unerwünschten Schrifttums.«

Er lächelte und sein Blick wurde warm. »Ich sehe, dein Vater hat dich gut gelehrt.«

Mein Vater? Gütiger Himmel, was hat der denn damit zu tun? Sie entschied sich für ein Nicken und ein Lächeln, während sie darauf wartete, dass der Reichskriminaldirektor Licht in diese Angelegenheit bringen würde.

»Dein Verlust tut mir sehr leid, und ich möchte dir versichern, dass ich immer bereit bin zu helfen, sollte es nötig sein.«

Margarete musste sich mit einer Hand gegen die Wand stemmen, um nicht das Gleichgewicht zu verlieren. Er war nicht hier, um sie zu verhaften. Im Gegenteil, er glaubte, sie war Annegret und wollte ihr helfen. Sie versuchte sich vorzustellen, was das andere Mädchen in einer solchen Situation tun würde. Obwohl sie zwei Jahre lang im selben Haushalt gelebt hatten, war Margarete immer zu sehr damit beschäftigt gewesen, für die Familie zu schuften und sie zu hassen, um deren Verhalten eingehend zu studieren. Aber eines wusste sie: Annegret hätte keine Angst vor einem Gestapobeamten, egal wie hochgestellt er war, und schon gar nicht, wenn er ein Freund ihres Vaters war.

»Ich danke Ihnen. Es war ein Schock.« Sie fügte die angemessene Menge an Verzweiflung zu ihrer Stimme hinzu, bevor sie wieder aufblickte. Es war schwerer, als sie erwartet hatte. In dem Moment, als sie Richters Blick begegnete, zuckte sie zurück.

»Bist du deshalb nach Leipzig abgehauen?«

Seine Worte, in einem fürsorglichen Ton gesprochen, jagten ihr neue Schauer über den Rücken. Ihr ganzes Leben lang hatte sie in Angst vor den Behörden gelebt, und war deshalb hilflos der aufsteigenden Panik in ihrer Brust ausgeliefert. Aber sie konnte sich den Luxus der Angst nicht leisten. Sie musste sich endlich zusammenreißen und anfangen, sich so zu verhalten, wie Annegret es tun würde. Traurig über den Verlust ihrer Eltern, aber immer noch hochmütig und anspruchsvoll.

»Das Haus meiner Eltern lag in Trümmern.«

»Du hättest bei Reiner bleiben können.«

»Ach ... ich wollte mich nicht aufdrängen. Seine Frau ist hochschwanger und ...« Margarete überlegte kurz. »Sie mag mich nicht besonders.«

»Warum bist du nicht zu mir gekommen, sobald du in Leipzig warst?«

Um Himmels willen, warum sollte jemand freiwillig die Gestapo aufsuchen? »Ich weiß es nicht.«

»Du hättest auf der Meldestelle sagen sollen, dass dein Vater SS-Standartenführer Wolfgang Huber ist. Ich bin mir sicher, dass man dir dann geholfen hätte. In jedem Fall hättest du nicht arbeiten müssen.«

Margarete verzweifelte allmählich; dieses Gespräch mochte wohlwollend gemeint sein, aber es führte auf gefährliches

Terrain. Irgendwie musste sie ihm klarmachen, dass sie nie wieder zu ihrer Familie zurückkehren konnte. Sie seufzte und warf ihm einen entschuldigenden Blick zu. »Sie haben recht, aber nachdem ich meine Eltern tot in den Trümmern liegen sah, wollte ich nur noch weg. Es war mir auf einmal alles zu viel.«

»Nun, das ist verständlich, Annegret, aber ...«, er legte ihr eine Hand auf die Schulter und es kostete sie all ihre Willenskraft, nicht zurückzuweichen »... du hättest mir wirklich Bescheid geben müssen. Dein Vater und ich waren gute Freunde, und obwohl ich dich und deine Brüder seit fast einem Jahrzehnt nicht mehr gesehen habe, hättest du wissen müssen, dass ich dir helfen würde.«

»Ich schätze ... ich war einfach zu erschüttert von den Ereignissen, um einen klaren Gedanken zu fassen ... ich komme gerade erst wieder zu mir.«

Er schüttelte betrübt den Kopf. »Es hat keinen guten Eindruck hinterlassen, dass du nicht auf der Beerdigung warst. Die Leute haben Fragen gestellt.«

Mist! Die Beerdigung! Daran hatte Margarete nicht gedacht. Annegret war Herrn Hubers Liebling gewesen, sie hätte es auf keinen Fall versäumt, ihm die letzte Ehre zu erweisen. »Davon hat mir niemand etwas gesagt.«

Er warf ihr einen skeptischen Blick zu. »Vielleicht weil deine Familie nicht weiß, wo du bist?«

Ihr wurde schwindelig, als ihr die Tragweite seiner Worte bewusst wurde. Dieser verflixte Polizist war ihr auf der Spur, und würde nicht aufhören, bis er der Sache auf den Grund gegangen war. Angesichts der schrecklichen Vorstellung was ihr dann bevorstand, fiel es ihr leicht, einige Tränen zu verdrücken. »Bitte, Herr Richter ... Meine Brüder dürfen nicht wissen, wo ich bin.«

»Sie machen sich große Sorgen um dich.«

»Aber ... Sie haben ja keine Ahnung ... die werden mich umbringen.« Ihre Stimme war schrill und ihre Furcht war echt.

»Annegret, bitte beruhige dich. Was auch immer geschehen ist, ich kann dir helfen. Sag mir, wovor du weggelaufen bist und ich kümmere mich darum.«

Sie schluckte schwer. Was konnte sie sagen, um ihn loszuwerden, wo er doch fest entschlossen schien, ihr helfen zu wollen? »Das ist sehr nett von Ihnen, und mein Vater würde es zu schätzen wissen. Aber wenn Sie mich einfach in Ruhe lassen und meinen Brüdern nichts davon erzählen, komme ich schon zurecht.«

Wieder betrachtete er sie mit diesem prüfenden Blick, der sie vor seinen Augen zu entkleiden schien und jedes ihrer noch so kleinen Geheimnisse aufspürte. Gerade als sie dachte, sie könne es nicht mehr aushalten, räusperte er sich und fragte: »Bist du in anderen Umständen? Bist du deshalb weggelaufen?«

Margarete errötete vor Empörung. Wie konnte dieser Mann so etwas auch nur andeuten? Sah sie etwa aus wie ein Flittchen, das sich dem erstbesten Mann an den Hals warf? »Ich bin nicht ... Was denken Sie von mir?«, sagte sie empört. Bereit ihm die Meinung zu sagen, denn obwohl sie in diesen Dingen unbedarft war, wusste sie, dass eine Frau schwanger wurde, nachdem sie einige Zeit das Bett mit ihrem Ehemann –oder einem fremden Mann – geteilt hatte.

Doch dann kam ihr ein erschreckender Gedanke. Könnte es sein, dass sie Reiners Kind unter dem Herzen trug? Niemand hatte ihr erklärt, wie diese Dinge genau abliefen. Ihre Mutter hatte ihr lediglich eingeschärft, ihre Schenkel geschlossen zu halten und sich niemals auch nur küssen zu lassen, denn das war stets der Anfang von noch viel Unaussprechlicherem. Wie grauenvoll, das konnte sie sich damals noch nicht vorstellen.

»Ich ... ich ...«, stotterte sie. »Ich ...«

Richter nahm ihre Hand mit überraschender Sanftheit und sagte: »Hat dich ein Mann ausgenutzt?«

Sie nickte, unsicher, was sie sagen sollte. Die Angst, die Anspannung und die Aussicht auf eine Verhaftung sorgten dafür, dass ihr noch mehr Tränen über die Wangen liefen.

»Aber, aber. Das ist nicht das Ende der Welt. Wir werden eine schnelle Hochzeit arrangieren, und niemand wird etwas erfahren.«

Eine Hochzeit? Eine weitere Welle der Panik ließ sie würgen. Wen sollte sie bitte schön heiraten? Außerdem ... Annegrets Brüder würden sicherlich der Zeremonie beiwohnen und sie erkennen ... Nein, sie musste eine Hochzeit um jeden Preis vermeiden. »Ich kann nicht.«

»Aber warum denn nicht? So etwas passiert in den besten Familien. Wenn du verheiratet bist, bevor man etwas sieht, wird es keinen unangenehmen Tratsch geben.«

Für den Bruchteil einer Sekunde wünschte sie sich, er wäre der rücksichtslose Polizist, vor dem sich die Leute fürchteten, und nicht der freundliche und fürsorgliche Mann, der der Tochter eines Freundes aus der Patsche helfen wollte. Dann hatte sie eine Idee.

Mit gesenktem Blick flüsterte sie: »Er hat gesagt, dass er mich liebt, aber als ich es ihm mitteilte, hat er mir gestanden, dass er bereits verheiratet ist. Er hat zwei Kinder und ein drittes ist unterwegs.« Sie sah zu Richter auf und flehte ihn an: »Ich schwöre, ich wusste nichts davon. Es war nie meine Absicht, eine Familie zu zerstören. Ich weiß, wie sehr der Führer die deutsche Frau schätzt.«

»Es ist nicht deine Schuld. Er war derjenige, der dich belogen hat. Wer ist es?«

Sie zitterte vor Furcht, denn sie konnte nicht die Wahrheit sagen. Der Mann, der sie in diese missliche Lage gebracht hatte, war ausgerechnet der Bruder ihres neuen Ichs. »Ich ... Er ... Er ist ein hoher Beamter der SS. Ich will ihn nicht in Schwierigkeiten bringen.«

Richters Lippen zuckten. »Das ist nobel von dir, obwohl dieser Mann es besser wissen müsste, als die Tochter eines Kollegen zu verführen. Gibt es nicht genug leichte Mädchen in den Berliner Kabaretts und Bars für diese Art Vergnügungen?«

Margarete zwang sich zu nicken und trocknete sich mit den Fingern die Wangen. »Wenn meine Brüder es herausfinden, bringen sie mich um, vielleicht tun sie sogar ihm etwas an. Nein, ich kann den Namen unmöglich preisgeben.«

»Und du kannst den Vater nicht heiraten.« Richter rieb sich nachdenklich das Kinn. »Das macht die Sache kompliziert. Aber ... wenigstens ist er ein reinrassiger Arier. Wie sieht er aus?«

Wozu wollte er das wissen? Sie zuckte mit den Schultern und beschrieb Reiner. »Er ist ungefähr 1,80 Meter groß, hat blondes Haar, grünbraune Augen, breite Schultern ... ein Musterbeispiel für einen arischen Mann.« Sie zwang ein verträumtes Lächeln auf ihr Gesicht. »Und so gutaussehend. Stark, aber freundlich. Entschlossen. Immer bereit, sich für sein Vaterland zu opfern.« Sie hatte das Gefühl, in Treibsand gesogen zu werden. Mit jedem Wort grub sie sich tiefer und tiefer in eine Grube, die sie schließlich verschlingen würde.

Richter warf ihr einen strengen Blick zu. »Was du getan hast, war dumm und rücksichtslos. Ein wohlerzogenes, deutsches Mädchen tut so etwas nicht.«

Scham schickte eine heiße Röte von Kopf bis Fuß durch ihren Körper, obwohl sie sich keineswegs freiwillig auf dieses schändliche Verhalten eingelassen hatte.

»Trotzdem ...«, seine Stimme wurde wieder freundlich, »werde ich dir helfen. Dein Vater war ein guter Freund, und ich stehe tief in seiner Schuld. Dass der Erzeuger bei der SS ist, wird die Sache einfacher machen.«

Margarete nickte, obwohl sie keine Ahnung hatte, warum das der Fall sein sollte.

»Wie weit bist du?«

In Ermangelung von Tatsachen stellte sie eine wilde Vermutung an. »Ein oder zwei Monate?«

»Sehr gut. Hier ist mein Plan: Du arbeitest weiter wie bisher, während ich im Hintergrund Vorbereitungen treffe. Schon bald, in jedem Fall bevor man etwas sieht, wirst du in eine Lebensborn-Einrichtung übersiedeln. Dort wird man sich um dich kümmern, und sobald das Kind geboren ist, wird es von einer würdigen Familie adoptiert. Dann kannst du nach Berlin zurückkehren und dich mit deinen Brüdern aussöhnen.«

Margarete hatte noch nie etwas von Lebensborn gehört, nickte aber dennoch zu seinem Vorschlag. Solange er Annegrets Brüdern nichts erzählte, war sie in Sicherheit. »Sie werden meinen Brüdern also nichts verraten?«

»Nein, das werde ich nicht. Dein Geheimnis ist bei mir in guten Händen. Und jetzt geh wieder an die Arbeit, sonst schöpft Frau Merz noch Verdacht.«

»Oh mein Gott, ja. Was soll ich ihr denn sagen?«

»Nichts. Ich werde mich um alles kümmern. Du machst einfach so weiter wie bisher.«

»Vielen Dank.« Margarete konnte nicht glauben, dass ihre Begegnung mit einem Gestapobeamten so glimpflich abgelaufen war und er ihr sogar half, sich vor Annegrets Brüdern zu verstecken.

Den Rest des Nachmittags verbrachte sie in angespannter Erwartung des Feierabends. Horst Richter hatte ihr sowohl einen Hoffnungsschimmer gegeben, aus der Sache herauszukommen, als auch die schreckliche Sorge, dass sie Reiners Kind unter ihrem Herzen tragen könnte. Ein Kind von einem der grausamen SS-Männer.

Eine Welle der Übelkeit überrollte sie, wie um den schrecklichen Verdacht zu bestätigen. Litten nicht die meisten Frauen in der frühen Phase der Schwangerschaft unter Morgenübelkeit? Wäre ihre Mutter doch nur etwas genauer in diesen Dingen gewesen, anstatt sie in Unkenntnis darüber zu lassen, was nach der Heirat wirklich zwischen Mann und Frau geschah und wie Kinder gezeugt wurden.

Sie konnte es kaum erwarten, ihre Arbeit zu beenden. Nach einem eiligen Abschied von Frau Merz raste sie nach Hause, um ein hochnotpeinliches, aber dringend notwendiges Gespräch mit ihrer Tante zu führen.

»Tante Heidi?«, rief sie, als sie die Wohnungstür öffnete.

»In der Küche.«

Margarete zog ihre Handschuhe, den Schal, die Mütze und den Mantel aus und hängte sie an die Garderobe neben der Tür. Dann schnürte sie ihre Schuhe auf und stellte sie ordentlich neben Heidis.

Obwohl sie dringend Klarheit brauchte, fürchtete sie sich davor, wie dieses Gespräch verlaufen könnte. Was, wenn Heidi von den Dingen, die sie getan hatte, angewidert war und sie hinauswarf? So etwas kam vor. Vor Jahren war ein Nachbarsmädchen in andere Umstände gekommen und ihre Eltern hatten sie fortgejagt. Niemand erwähnte jemals wieder ihren Namen, so wie auch niemand über die Juden sprach, die über Nacht auf Nimmerwiedersehen verschwanden.

»Was weißt du über Lebensborn?«, fragte Margarete und zuckte zusammen, als ihre Tante sich mit weit aufgerissenen Augen umdrehte, den Kochlöffel in der erhobenen rechten Hand schwingend.

»Der Lebensborn? Bist du in Schwierigkeiten?«, fragte Heidi entgeistert.

Margaretes Schultern sackten in sich zusammen und heiße Scham durchfuhr sie von Kopf bis Fuß. Sie hatte geglaubt, nie wieder an die Dinge denken zu müssen, die Reiner ihr angetan hatte ...

»Lieber Gott, hilf uns! Wann ist das passiert?«

»Ich weiß es nicht. Nicht wirklich.« Margarete ließ sich auf den Küchenstuhl fallen und vergrub den Kopf in den Armen, während sie ihrer Tante die ganze fürchterliche Geschichte erzählte, unterbrochen von heftigen Schluchzern. Sie begann damit wie Reiner ihr das erste Mal aufgelauert hatte und endete mit ihrem heutigen Gespräch mit Herrn Richter.

»Bist du sicher?«

»Nein. Wie kann eine Frau sicher sein?«

Heidi seufzte, schob den Topf vom Herd und rückte den zweiten Stuhl neben Margarete, bevor sie sich setzte. »Was genau hat dir deine Mutter erklärt?«

»Nicht viel. Dass ich mich nie vor einem Mann nackt zeigen soll, bis ich verheiratet bin. Und dass mein Ehemann mir in der Hochzeitsnacht sagen wird, was ich zu tun habe.«

»Sonst nichts?«

»Nein.«

»Hat sie dir etwas über deine monatliche Regel erklärt?«

Wenn das überhaupt möglich war, errötete Margarete noch stärker und vergrub den Kopf tiefer in ihren Armen. Musste sie wirklich über diese unappetitlichen Angelegenheiten sprechen? »Dass es ein monatlicher Fluch ist, den alle Frauen haben«, flüsterte sie kaum hörbar.

»Wann hattest du deine Regel das letzte Mal?«

»Kurz vor dem Bombenangriff.«

»Gott sei Dank!« Heidi sagte die Worte mit solcher Inbrunst, dass Margarete den Kopf hob. »Dann kannst du nicht schwanger sein.«

»Aber warum?«

Was folgte, war eine langatmige Erklärung über die Vorgänge im Körper einer Frau und dass das deutlichste Zeichen für eine Schwangerschaft das Ausbleiben der monatlichen Blutung war.

Doch die Erleichterung mischte sich alsbald mit einer

neuen Angst. »Wenn Herr Richter das herausfindet, wird er Annegrets Brüdern sagen, wo ich bin.«

Heidi schlug sich die Hand vor den Mund. »Wenn sie dich finden, sind wir beide so gut wie tot.«

Margarete konnte kaum mehr atmen, und plötzlich erschien ihr die Vorstellung, Reiners Kind austragen zu müssen, nicht mehr so schlimm. »Dann darf er es nicht herausfinden.«

Heidi starrte sie ungläubig an.

»Herr Richter hat angeboten, mir einen Platz in einem Lebensborn Institut zu besorgen, bevor man mir etwas ansieht. Wenn das Baby geboren ist, wird es zur Adoption freigegeben. Danach sollte ich nach Berlin zurückkehren, um mich mit meinen Brüdern zu versöhnen.«

»Aber du bist nicht schwanger. Er wird die Wahrheit irgendwann herausfinden und dann möge Gott uns helfen.«

Da Margarete auch mit ihrem neuerworbenen Wissen in diesen Dingen nicht sehr bewandert war, fragte sie: »Wie lange dauert es, bis man etwas sieht?«

»Das ist bei jeder Frau anders. Bei manchen erst sehr spät. Aber ich würde schätzen im fünften oder sechsten Monat.«

»Also haben wir noch eine Menge Zeit. Vielleicht wird Richter an einen anderen Ort versetzt, oder jetzt, da die Amerikaner uns den Krieg erklärt haben, ist bis dahin alles vorbei?« Margarete wusste, dass sie sich an einen Strohhalm klammerte.

»Darauf können wir uns nicht verlassen. Du musst weg. Irgendwohin, wo niemand Annegret kennt, wo ihre Brüder sie nicht finden können.«

»Und wo soll das sein? Halb Europa ist unter deutscher Herrschaft. Die Gestapo hat ihre Spione überall, und die Tochter eines SS-Mannes kann nicht einfach verschwinden.« Verzweiflung machte sich in Margarete breit. Vielleicht war es doch keine so gute Idee gewesen, auf Richters Vermutung einzugehen. Aber andererseits, was hätte sie sonst sagen sollen, um ihn davon abzuhalten, Annegrets Brüdern ihren Aufenthaltsort zu verraten?

Beide Frauen schwiegen in Gedanken. Schließlich ergriff Heidi wieder das Wort. »Wir werden das heute Abend nicht lösen. Du bist mindestens für die nächsten Monate in Sicherheit, was uns Zeit gibt, einen Ausweg zu finden. Fürs Erste gehst du jeden Tag zur Arbeit und spielst das Spiel mit. Uns wird schon eine Lösung einfallen, bevor es zu spät ist.

Margarete nickte und umarmte dann ihre Tante. »Danke.«

12

Wilhelm ging nach unten zum Frühstück, wo der Rest der Familie bereits auf ihn wartete.

»Hast du gut geschlafen?«, fragte Reiner in einem süffisanten Tonfall.

»Ich habe sehr gut geschlafen, danke. Es war eine lange Nacht.«

»Wo bist du gewesen?«, fragte Erika.

»Unterwegs.« Er hatte nicht die Absicht, ihr von seinen Eskapaden der letzten Nacht zu erzählen.

»Wann wirst du dir endlich eine passende Frau suchen und sesshaft werden?«, fragte Erika eindringlich.

Wilhelm warf einen spitzen Blick auf Reiner und sagte: »Nicht jeder Mann wird nach der Heirat sesshaft.«

Erika erbleichte. »Was willst du damit andeuten?«

»Nichts.« Reiner funkelte ihn böse an. »Mein Bruder ist nur so gehässig, weil er neidisch auf meinen Erfolg ist.«

Erika schien beschwichtigt und strahlte wieder. »Hat Reiner dir von seinem neuesten Coup erzählt?«

»Und was soll das sein?« Wilhelm interessierte sich nicht

im Geringsten dafür, was für eine große Sache sein Bruder erreicht hatte. Warum konnte seine Familie nicht verstehen, dass er am glücklichsten war, wenn sie ihn alle in Ruhe ließen?

Reiner spreizte sein Gefieder wie ein Pfau beim Balztanz. »Ich bin eingeladen worden, auf der Wannseekonferenz einen Vortrag zu halten.«

»Ist mein Reiner nicht wunderbar?«, sagte Erika, als ob es irgendwie ihr Verdienst wäre, dass Reiner mit Reinhard Heydrich persönlich zusammenarbeitete und zweifellos irgendein langweiliges Konzept für eine langweilige Sache vorlegen würde, über die die hohen Tiere auf dieser Konferenz sprachen.

»Dein Reiner ist wirklich mehr als wunderbar. Wann ist die Konferenz?«

Erika nahm das Lob zur Kenntnis, ohne den Sarkasmus in seiner Stimme zu bemerken, und goss ihm Kaffee ein.

»Im Januar. Wir werden über eine endgültige Lösung der Judenfrage beratschlagen. Ich bin sicher, du wirst zeitnah über unsere Ergebnisse informiert werden«, sagte Reiner großspurig.

Wilhelm ignorierte die unterschwellige Herabwürdigung. »Das Hauptquartier in Paris wird froh sein, dieses Ungeziefer loszuwerden. Schon eine Idee?«

Reiner feixte. »Streng geheim, kleiner Bruder. Aber ich verspreche dir, dass du es als Erster erfährst, sobald ich die Erlaubnis habe, darüber zu sprechen.«

»Das ist so überaus großzügig von dir.« Eigentlich war es Wilhelm völlig egal, wie das Judenproblem gelöst wurde, solange er nie wieder eine dieser schrecklichen Kreaturen zu Gesicht bekäme. Ohne sie wäre die Welt ein viel besserer Ort.

»Wenn du nur einen Funken Ehrgeiz hättest, könnte ich dir eine wichtige Position verschaffen. Vater war so enttäuscht von dir.« Reiner warf einen Blick auf seine Armbanduhr. »Tut mir leid, aber ich muss los. Ich schicke dir meinen Wagen, sobald mich der Fahrer im Büro abgesetzt hat.«

Wilhelm unterdrückte einen Seufzer. Alles, was er wollte,

war eine anspruchslose Büroarbeit, bei der man nicht selbst Hand anlegen und Leute verprügeln oder umbringen musste, und genug Geld, um es für die schönen Dinge des Lebens auszugeben.

»Danke. Wir sehen uns morgen bei der Testamentseröffnung.« Wilhelm freute sich. Bald würde er nie wieder Geldsorgen haben.

Einige Stunden später saß er auf dem Rücksitz von Reiners Dienstwagen und las die Zeitung, als der Fahrer ihn ansprach: »Herr Oberscharführer, Ihr Bruder hat gerade über Funk mitgeteilt, dass Sie ihn bitte sofort anrufen sollen.«

Was konnte Reiner wollen? »Nun, dann verlassen Sie die Autobahn und suchen Sie mir im nächsten Dorf ein Telefon.«

»Gewiss.«

Zehn Minuten später hielt der Fahrer vor einer roten Telefonzelle und Wilhelm stieg aus, um Reiners Büronummer zu wählen. Die Sekretärin stellte ihn sofort durch.

»Du kannst zurückkommen«, sagte Reiner.

»Was ist passiert?«

»Horst Richter hat angerufen. Die Frau ist nicht unsere Schwester.«

»Hat er sie persönlich getroffen?«

»Was weiß ich?«

»Woher weiß er dann, dass sie es nicht ist?«

»Er ist von der Gestapo, und die sind zwar nicht die hellsten Köpfe, aber sie wissen, wie man Verdächtige herausfischt.«

»Anne ist keine Verdächtige.«

»Hör auf, mit mir zu diskutieren und komm nach Hause. Richter besteht darauf, dass wir nicht nach ihr suchen.«

»Aber warum?«

»Vielleicht weil er weiß, dass SS-Offiziere in der Regel Wichtigeres zu tun haben, als spazieren zu fahren?«

»Hör mal, ich bin schon auf halbem Wege und habe mich

mit ein paar wichtigen Leuten verabredet.« Wilhelm hatte bereits Pläne für ein Treffen mit einigen ehemaligen Kameraden gemacht. »Bist du nicht derjenige, der mir immer sagt, ich solle mich mehr unter die Leute mischen? Wie sähe es denn aus, wenn ich jetzt einen Rückzieher machen würde?«

Reiner seufzte. »Na gut, dann eben nicht. Fahr nach Leipzig, aber erzürne bloß nicht Richter, indem du einer Frau hinterherjagst, die nicht unsere Schwester ist.«

»Hältst du mich für so dumm?« Wilhelm tat so, als wäre er entrüstet, aber in Wirklichkeit wollte er genau das tun. Er würde die junge Frau selbst in Augenschein nehmen. Ein Bauchgefühl sagte ihm, dass Anne sich vor der Familie versteckt hielt, und wer weiß, welchen Bären sie Richter aufgebunden hatte, damit er sie vor ihren Brüdern verleugnete.

»Komm nicht zu spät zur Testamentseröffnung«, warnte Reiner ihn, bevor er auflegte.

Wilhelm kehrte zum Auto zurück und sagte zum Fahrer. »Wir können unsere Fahrt fortsetzen.« Er ließ sich auf dem Rücksitz nieder und blätterte weiter in der Zeitung, während im Radio die Nachrichten liefen. Sie waren voll von glorreichen Siegen der Wehrmacht.

»Rommel ist ein schlauer Fuchs«, sagte der Fahrer voller Bewunderung.

»Der Wüstenfuchs. Wie schade, dass er nicht an der Beerdigung meines Vaters teilnehmen konnte. Die beiden haben sich sehr geschätzt.«

»Ja, Herr Oberscharführer, ich bin sicher, er hätte ihrem Vater gerne die letzte Ehre erwiesen.«

Wilhelm gluckste. »Aber er ist besser in Afrika aufgehoben, wo er die britischen Feiglinge blitzkriegmäßig in die Pfanne haut.«

»Leider haben wir nur einen von seiner Sorte, sonst hätten wir den Krieg schon lange gewonnen.«

Sie erreichten den Stadtrand von Leipzig, und Wilhelm richtete seine Aufmerksamkeit auf die Umgebung. Es war ein Anblick purer Schönheit, denn die Reichweite der englischen Bomber reichte nicht aus, um auch diese Stadt in ein Trümmerfeld zu verwandeln wie diese Heuchler es mit Berlin und Paris getan hatten. Die wenigen Menschen, denen sie begegneten, waren unbeschwert und winkten der dunklen Limousine mit den Hakenkreuzfahnen auf beiden Seiten des Frontspoilers fröhlich zu.

Wilhelm lehnte sich in seinem Sitz zurück und war versucht, das Fenster herunterzukurbeln, um den Passanten freundlich zuzuwinken, so wie er es bei Hitler gesehen hatte. Aber da er nicht in offizieller Mission unterwegs war, ließ er besser das Fenster geschlossen. Er wollte keinesfalls, dass der Fahrer zu Reiner rannte und ihm brühwarm davon erzählte.

Sein Bruder hatte ihm zwar großzügig das Auto für die Fahrt geliehen, aber Wilhelm machte sich keine Illusionen darüber, bei wem die Loyalität des Fahrers lag und dass er jede Einzelheit nicht nur Reiner, sondern wahrscheinlich der gesamten Befehlskette berichten würde.

Als sie vor dem Hotel ankamen, gab er dem Fahrer bis zum Abend frei, und wies dann einen der Pagen an seine Reisetasche aufs Zimmer zu tragen. Er selbst machte einen Abstecher in die Hotelbar und bestellte einen Schnaps. Normalerweise trank er nicht so früh am Tag, aber er fühlte sich seltsam nervös vor der Begegnung mit dem Mädchen, das seine Schwester sein konnte. Wenn es Annegret war, würde sie sich bestimmt weigern, mit ihm nach Berlin zurückzukehren und womöglich sogar eine Szene machen. Ein Verhalten, das ausschließlich Vaters Schuld war, der Anne ihr ganzes Leben lang nach Strich und Faden verwöhnt hatte, anstatt ihr einzubläuen, wie sich eine wohlerzogene, höhere Tochter benahm.

Wilhelm wechselte in Zivilkleidung und sah sich verstohlen

nach dem Fahrer um, bevor er mit einem Gefühl der Vorfreude das Hotel verließ und die Straße zur Universitätsbibliothek hinunterging. Vielleicht kam nichts dabei heraus, aber die ganze Sache stank. Jemand wie Richter machte keine Fehler, und es war mehr als seltsam, dass er noch einmal angerufen hatte, um sie davon abzuhalten, nach Leipzig zu fahren und sich selbst von der Identität dieser Frau zu überzeugen.

In der Bibliotheca Albertina nahm er sich nicht die Zeit, die imposante Architektur zu bewundern, sondern ging direkt zum Empfang auf der rechten Seite und fragte die Bibliothekarin, die hinter dem Tresen saß und einen geschwollenen Fuß auf einem Hocker lagerte: »Guten Tag. Ich suche Annegret Huber.«

Die Frau warf ihm einen misstrauischen Blick zu. »Persönliche Besuche sind während der Arbeitszeit nicht gestattet.«

Wilhelm verfluchte sich dafür, dass er seine Uniform abgelegt hatte, denn dann hätte dieses dreiste Weib nicht gewagt, ihn so zu maßregeln. »Ich bin ihr Bruder, Wilhelm Huber, und ich bin extra aus Berlin gekommen, um Annegret über die Testamentseröffnung unseres Vaters zu informieren.«

»Oh! Sie hat mir gar nicht erzählt, dass ihr Vater gestorben ist.«

»Sie steht wahrscheinlich noch zu sehr unter Schock. Es war eine solche Tragödie, für uns alle«, beeilte sich Wilhelm zu sagen und stöhnte innerlich auf. »Darf ich bitte kurz mit ihr sprechen?«

»Ich fürchte, sie ist in die Mittagspause gegangen.«

»Wann kommt sie zurück?«

»In genau fünfunddreißig Minuten«, sagte die Bibliothekarin mit einem Blick auf die Wanduhr, »sollte sie wieder hier sein.«

»Gut. Es macht Ihnen doch nichts aus, wenn ich hier warte?«

Sie warf ihm einen bissigen Blick zu. »Dies ist eine Universitätsbibliothek. Herumlungern ist unerwünscht.«

Was war nur los mit dieser Frau? In Paris hätte es kein Zivilist gewagt, ihn so despektierlich anzusprechen. Aber hier? Glaubte diese Bibliothekarin wirklich, sie hätte etwas zu sagen? Er schwor sich, nie wieder seine Uniform auszuziehen.

Für den Bruchteil einer Sekunde spielte er mit dem Gedanken, ihr seinen Dienstausweis zu zeigen, überlegte es sich jedoch anders, denn er war nach Leipzig gekommen, um Spaß zu haben. Ohne das unsägliche Weibsbild einer Antwort zu würdigen, schlug er die Hacken zusammen und salutierte: »Heil Hitler!« Dann unterdrückte er ein Kichern, als sie schwerfällig aufstand und den Gruß erwiderte, bevor sie sich mit einer schmerzverzerrten Grimasse wieder setzte.

Das wird ihr eine Lehre sein, gegenüber einem Angehörigen der SS aufmüpfig zu sein.

Er ging ein paar hundert Meter weiter zu einem kleinen Park, wo er eine junge Frau entdeckte, die ihm seltsam bekannt vorkam. Sein Verstand musste ihm einen Streich spielen. Sie konnte unmöglich das Hausmädchen seiner Eltern sein.

Sie kam geradewegs auf ihn zu, den Blick nachdenklich zu Boden gerichtet. Ihr eng geschnittener Mantel umschmeichelte ihre Rundungen, was die Idee absurd erscheinen ließ, dass es sich um Margarete handeln könnte. Diese schrecklichen Juden trugen ja immer nur alte und schäbige Sachen. Nein, sie konnte es nicht sein, denn obwohl dieses hübsche Mädchen der Dienstmagd seiner Eltern ähnlich sah, hatte sie eine ganz andere Ausstrahlung als die drögen und dummen Juden, die in ständiger Angst lebten.

Er wollte gerade an ihr vorbeigehen, als sie aufblickte und ihre Blicke sich trafen. In dem Moment als sie ihn erkannte, füllten sich ihre ausdrucksstarken, haselnussbraunen Augen mit echter Panik. Diese heftige Reaktion verursachte ein Stirnrunzeln bei ihm und er überlegte, was an ihrer Erscheinung so anders war als sonst. Es dauerte keine Sekunde bis es ihm wie Schuppen von den Augen fiel: Sie trug den gelben Stern nicht.

Das war ein schändliches Verbrechen, weswegen er sie anzeigen konnte. Und das würde er auch tun, aber zuerst wollte er sie ausfragen. Vielleicht wusste sie etwas über seine Schwester? Es schien unwahrscheinlich, aber wenn Annegret in Schwierigkeiten steckte, könnte sie sich dem ehemaligen Dienstmädchen anvertraut und sie vielleicht sogar mitgenommen haben? Es würde nicht schaden, ein paar Fragen zu stellen. Wilhelm runzelte die Stirn, während er versuchte das Rätsel zu lösen. Als sie Anstalten machte wegzulaufen, sprang er auf sie zu und packte sie am Arm.

»Du kannst nicht vor mir weglaufen, Margarete. Es wäre besser, du sagst mir gleich die Wahrheit«, sagte er mit berechtigtem Zorn.

»Ich ... ich besuche einen Freund.«

»Juden haben keine Freunde. Und warum trägst du deinen gelben Stern nicht?«

Sie blickte mit wachsender Panik an ihrem Mantel hinunter, und er verstärkte den Druck auf ihren Arm, um sicherzugehen, dass sie wusste, wer von ihnen das Sagen hatte. »Bitte, er muss abgefallen sein. Ich gehe sofort nach Hause und hole einen neuen.«

»Ich frage mich ...«, er leckte sich über die Lippen, »ob du nicht vielleicht deine wahre Identität verbergen willst und vorgibst keine Jüdin zu sein?«

»Nein ... nein ... das würde ich niemals tun.«

Er sah, wie Schweißperlen auf ihre Stirn traten und war sich nun sicher, dass sie etwas verbarg. »Man hat mir gesagt, du seist bei dem Bombenangriff gestorben.«

Seine Stimme war eiskalt und ahmte die Art und Weise nach, wie er die Gestapo beim Verhör von Verdächtigen der französischen Résistance hatte reden hören. Normalerweise vermied er es, bei den Folterungen dabei zu sein, aber jetzt war er froh über diese Erfahrung, denn es würde sich als nützlich erweisen, um die Wahrheit aus dieser gerissenen Jüdin herauszuquetschen.

»Ich ... bin nicht ... gestorben, wie Sie sehen können. Die Behörden müssen sich geirrt haben.«

Er ließ es für den Moment damit bewenden, ihr einen Vortrag darüber zu halten, dass deutsche Behörden nie einen Fehler machten. Es würde nicht dabei helfen, Informationen von ihr zu erhalten. Stattdessen lächelte er, in der Hoffnung, sie in Sicherheit zu wiegen, und sagte mit seiner freundlichsten Stimme: »Ich bin nicht hinter dir her. Ich bin nicht einmal im Dienst. Ich bin hergekommen, um nach meiner Schwester zu suchen. Hast du sie zufällig gesehen?«

Sie zuckte zusammen, als hätte er sie geschlagen. »Nein.«

Sie log. So viel wusste er. Aber warum? »Bist du sicher?«

Margarete schüttelte den Kopf und schluckte mehrmals. »Ich habe keine Ahnung, wo Fräulein Annegret ist. Ich habe sie seit dem Bombenangriff nicht mehr gesehen. Bitte, Herr Huber, Sie müssen mir glauben. Ihre Schwester ist nicht hier.«

»Dann war die Reise wohl umsonst«, sagte Wilhelm und ließ sie los, wobei ihm die Erleichterung nicht entging, die sie postwendend ausstrahlte.

Als sie ihre Fassung wiedererlangt hatte, sagte sie mit viel selbstbewussterer Stimme: »Es tut mir leid, dass ich Ihnen nicht helfen kann, aber meine Mittagspause ist gleich vorbei und ich darf nicht zu spät zur Arbeit kommen.«

Er entschied, sie gehen zu lassen, zum Teil, weil es nicht zu seiner Definition von Spaß gehörte, hübschen jungen Frauen aufzulauern und sie der Polizei zu übergeben, aber hauptsächlich, weil er sich sicher war, dass an der Sache etwas faul war, und er die feste Absicht hatte, ihr zu folgen, um mehr herauszufinden.

Als sie auf direktem Weg in die Bibliotheca Albertina ging, bestätigte sich sein Verdacht. Wie konnte sie nichts von Annegret wissen, wenn sie beide am selben Ort arbeiteten? Vielleicht waren sie und Richter in irgendeine finstere Verschwörung verwickelt, so unwahrscheinlich das auch klang. Er war jedenfalls fest entschlossen, dem Geheimnis auf den Grund zu gehen.

13

Zitternd vor Angst ging Margarete auf die Bibliothek zu. Ihre schlimmste Befürchtung war eingetroffen: Wilhelm Huber war in Leipzig und suchte nach Annegret. Sie fragte sich, ob sie weglaufen oder weiterarbeiten sollte, als sei nichts geschehen.

Da sie nirgendwohin fliehen und sich verstecken konnte, entschied sie sich für Letzteres und hoffte, ihr würde bald ein Ausweg einfallen. Wilhelm war nicht dumm, es würde nicht lange dauern, bis er das Rätsel gelöst hatte. Sie atmete schwer, denn sie rechnete fest damit, dass er jeden Augenblick mit einem bewaffneten Aufgebot an Gestapobeamten in die Bibliothek stürmen würde.

»Fräulein Huber, was ist denn los? Sie sind so blass?«, fragte Frau Merz besorgt.

Margarete brauchte ihre ganze Kraft, um sich nicht in ein heulendes Häufchen Elend zu verwandeln. »Es tut mir leid, ich bin wohl zu schnell aufgestanden. Mir wurde schwindelig, aber das geht schon wieder vorbei.« Sie griff nach dem Rollwagen voller Bücher, die einsortiert werden mussten. »Ich bringe die hier ins Lager.«

»Sind Sie sicher, dass Sie sich wohlfühlen?«, fragte Frau Merz mit einem durchdringenden Blick.

»Das bin ich, danke. Es war nichts, wirklich.« Sie umklammerte den Griff des Wagens und schob ihn in den hinteren Teil des Lesesaals, in der Absicht, in den Keller zu flüchten, wo sie sich zwischen den hohen Bücherregalen vor neugierigen Blicken verbergen konnte. Aber selbst unten im Keller, inmitten der sonst so tröstlichen Präsenz von Tausenden von Büchern, konnte sie ihre rasenden Gedanken nicht beruhigen.

Sie trödelte so lange wie möglich, musste aber irgendwann in den Lesesaal zurückkehren, um weitere zurückgegebene Bücher einzusammeln und sie in die Regale einzusortieren. Mit pochendem Herzen schlich sie die Treppe hinauf und erreichte gerade den Treppenabsatz, als sich die Tür von außen öffnete und Frau Merz vor ihr stand. »Sie haben einen Besucher.«

Margarete rutschte das Herz in die Hose, aber sie schaffte es irgendwie zu fragen: »Wer ist es?«

»Ihr Bruder.«

Sie spürte, wie ihr die Farbe aus dem Gesicht wich, und ihre Augen huschten hektisch durch den Raum auf der Suche nach einem Ausweg. Aber sie wusste bereits, dass es keinen gab. Da ihr nichts Besseres einfiel, setzte sie ein falsches Lächeln auf und folgte Frau Merz wie ein Lamm zur Schlachtbank.

»Herr Huber, hier ist Ihre Schwester.«

In dem Moment, als Wilhelm sie erblickte, blitzten seine Augen wütend auf und Margarete zog unwillkürlich den Kopf ein. Im verzweifelten Versuch ihre Tarnung nicht auffliegen zu lassen, sagte sie in ihrem fröhlichsten Ton: »Liebster Bruder. Es ist so schön, dich zu sehen.«

Der Ausdruck in seinen Augen wechselte von wütend über entgeistert bis hin zu ungläubig, aber wenigstens schrie er ihren Betrug nicht laut in den Raum hinaus. Es war ein seidener Faden an den sie sich klammerte, aber tief in ihrem Herzen hoffte sie, dass er gütig genug wäre, sie nicht zu verraten. Er war immer das netteste Familienmitglied gewesen, nie absichtlich verletzend zu ihr, obwohl sie seine wohlwollenden Blicke auf ihre Rundungen gehasst hatte. Doch im Gegensatz zu seinem Bruder hatte er diesen Trieben nie nachgegeben. Wenn sie mit ihm allein reden könnte, ließe er sich vielleicht erweichen, sie entkommen zu lassen.

Sie wandte sich an Frau Merz und fragte: »Darf ich mich mit meinem Bruder ein paar Minuten unter vier Augen unterhalten? Es wird nicht lange dauern, das verspreche ich.«

Frau Merz nickte. »Fünf Minuten, keine einzige Sekunde länger. Sie können das Materiallager benutzen, dort werden Sie nicht gestört.«

»Vielen Dank.« Margarete wandte sich zu Wilhelm und gab ihm ein Zeichen, ihr zu folgen. Kaum hatte sie die Tür der kleinen, fensterlosen Kammer hinter sich geschlossen, packte er sie heftig am Arm und zischte: »Was für ein krankes Spiel treibst du da?«

»Bitte, hören Sie mir zu.«

Sie konnte die Wut in seinem Gesicht sehen und wusste, dass er sie am liebsten erwürgen würde, doch er nickte. »Wenn du mir nicht die Wahrheit sagst, schwöre ich dir, wirst du dir wünschen, nie geboren worden zu sein.«

Ein eiskalter Schauer lief ihr den Rücken hinunter und sie hatte Mühe, nicht laut zu schreien. »Bitte, Herr Huber, Sie müssen mir glauben. Das ist ein Missverständnis.«

»Wo ist meine Schwester?«

»Annegret ist tot.«

Sie hatte beinahe Mitleid mit ihm, als er daraufhin vor ihren Augen zusammensackte. Der arme Mann hatte gerade seine Eltern verloren, und nun auch noch seine Schwester. Sie schalt sich selbst für ihre Rührseligkeit, denn seinesgleichen hatten unsägliches Leid über ihr Volk und über sie selbst gebracht. Sein eigener Vater war kurz davor gewesen, sie in eines der Lager zu deportieren. Diese Familie verdiente ihr

Mitleid nicht. Sie alle verdienten es, auf ewig in der Hölle zu schmoren.

»Nein, ist sie nicht«, flüsterte er.

»Sie ist bei der Bombardierung gestorben, zusammen mit Ihren Eltern.«

»Das ist nicht wahr! Man hat ihre Leiche nie gefunden. Sie ist nach Leipzig gegangen, sie ist hier und arbeitet in der Bibliothek.« Ein zorniges Flackern erschien in seinen Augen, während er sich in Rage redete.

»Ich bin diejenige, von der alle glauben, dass sie Annegret Huber ist.« Es war vielleicht nicht die klügste Entscheidung, ihm von ihrer Irreführung der Behörden zu erzählen, aber er würde es sowieso herausfinden. Mit ihrem Geständnis könnte sie an seine Menschlichkeit appellieren und um ihr Leben betteln. »Es war meine Chance zu überleben.«

Das erboste Flackern in seinen Augen wurde stärker. Normalerweise waren sie grünlich-braun wie die seines Vaters und seines Bruders, aber jetzt funkelten sie in einem satten Smaragdgrün. Sie schaute direkt in seine Augen und erkannte tief in seiner Seele verborgen einen Funken Güte. Für den Bruchteil einer Sekunde spürte sie eine starke Anziehung zu ihm, die Verbindung zweier verlorener Seelen. Schnell schaute sie zur Seite.

Wilhelm mochte nicht sadistisch und grausam sein, aber er war immer noch ein Nazi – und hielt ihr Leben in seinen Händen.

Bevor sie ein weiteres Wort sagen konnte, warf er sich auf sie, presste sie gegen die Wand und legte seinen Arm quer über ihre Brust, so dass sie sich nicht bewegen konnte. »Du hast meine Schwester umgebracht! Gib es zu! Du hast sie getötet! Warum?«

Hinter seiner Wut verbarg sich so viel Schmerz, dass sie keine Angst mehr vor ihm hatte. Er würde sie nicht umbringen, zumindest nicht hier und jetzt. »Bitte, Herr Huber. Hören Sie mir zu. Ich habe Ihre Schwester nicht umgebracht. Sie ist bei dem Bombenangriff ums Leben gekommen. Ich war unter der Treppe eingeklemmt, was mir das Leben rettete. Als ich aus den Trümmern kroch, sah ich sie und ... ich will doch nur leben.«

»Was hast du getan?« Er lockerte seinen Griff und stand wie ein begossener Pudel vor ihr.

Wahrscheinlich hatte er es bereits erraten, aber sie würde es ihm erklären und darum betteln, dass er sie nicht verriet. Wenn sie ihm ihre Misere erklärte, würde er vielleicht ein Quäntchen Menschlichkeit in seiner Seele finden und sie gehen lassen. Es war ihre einzige Chance.

»Ihr Vater hatte mir mitgeteilt, dass er mich bis Ende der Woche evakuieren lassen würde. Bitte, ich flehe Sie an, Sie müssen wissen, was in diesen Lagern wirklich passiert. Wie die Menschen dort ausgehungert, misshandelt und zu Tode geschuftet werden. Ich weiß, Sie haben ein gutes Herz und waren nie mit den Verbrechen an der Zivilbevölkerung einverstanden ... bitte ...«

Aber es funktionierte nicht so, wie sie es sich erhofft hatte, denn mit jedem Wort, das sie sagte, füllten sich seine Augen mit mehr Hass. »Du bist eine Jüdin. Du entehrst das Andenken meiner Schwester, indem du dich als sie ausgibst. Das kann ich nicht dulden.« Er drehte sich um und stampfte aus dem Kämmerchen, während Margarete mit dem Todesurteil haderte, das er gerade ausgesprochen hatte.

14

Bis ins Mark erschüttert floh Wilhelm aus dem Materiallager. Niemals hätte er geglaubt, das Dienstmädchen seiner Eltern, noch dazu eine Jüdin, könne so dreist sein, sich als seine Schwester auszugeben und dann noch um sein Verständnis zu heischen. Was glaubte sie, wer sie war? Nichts weiter als ein Stück Dreck, von dem Hitler Deutschland zu Recht befreien wollte.

Wenn er jemals einen Beweis gebraucht hatte, dass die Juden schlecht waren, dann hatte er ihn jetzt gefunden. Ein liederliches Balg, das sich als die ehrbare Tochter eines SS-Offiziers ausgab. Allein der Gedanke erschütterte sein Innerstes.

In seiner Eile, die Polizei zu alarmieren, stieß er mit einem älteren Mann zusammen, der gerade die Eingangshalle der Bibliothek betrat.

»Entschuldigung«, murmelte er, ohne aufzusehen.

»Wilhelm Huber, bist du das?«, fragte eine bekannte Stimme.

Er hob den Kopf und erkannte Horst Richter. »Herr Richter, was für ein Zufall, ich wollte gerade die Polizei benachrichtigen.«

Aus dem Augenwinkel sah Wilhelm, wie Margarete versuchte, sich davonzustehlen. Zum Glück hatte Richter sie auch gesehen und rief nun: »Annegret, komm her.«

Das blanke Entsetzen erschien auf ihrem Gesicht, als sie gehorchte und langsam näher kam.

»Ich hatte Reiner mitgeteilt, dass Sie nicht extra herkommen müssen«, sagte Richter, während er auf den Empfang zusteuerte. Dort angekommen, sagte er zu Frau Merz: »Würden Sie uns bitte eine Minute allein lassen und dafür sorgen, dass uns niemand stört?«

Die arme Frau erblasste, als sie den Chef der Gestapo erkannte, und sagte schnell: »Natürlich, Herr Reichskriminaldirektor.«

»Ich bin froh, dass ich gekommen bin, denn sonst hätte ich nie von dieser abscheulichen Tat erfahren. Diese Frau bringt Schande über unsere Familie.« Wilhelms Wut war verflogen. Stattdessen freute er sich, dass Richter ihm bald dafür gratulieren würde, einen schrecklichen Betrug aufgedeckt zu haben, auf den sogar Richter selbst hereingefallen war. Zweifellos war der ältere Mann von Margaretes großen, braunen Augen dazu verführt worden, zu glauben, sie sei ein x-beliebiges Mädel, das zufällig den gleichen Namen wie seine Schwester trug.

Aber jetzt würde er, Wilhelm, der unterschätzte zweite Sohn, der Welt beweisen, dass er schlauer war als der Rest von ihnen.

Richter nickte. »Bitte, sei nicht so streng in deinem Urteil. Deine Schwester ...«

Wilhelm unterbrach ihn: »Diese Frau ist nicht meine Schwester. Sie war es nie.«

»Sag nicht so schlimme Dinge, die du später einmal bereuen wirst.« Herr Richter blickte auf eine sehr blasse Margarete und dann wieder zu Wilhelm. »Blut ist dicker als Wasser, egal was passiert.«

»Diese Frau ist nicht meine Schwester. Mein Vater hat sie

beherbergt und war gut zu ihr, und schauen Sie, wie sie es ihm vergilt! Indem sie das Ansehen unserer ganzen Familie in den Schmutz zieht.«

»Genug davon«, sagte Richter. »Ich verstehe deine Empörung, aber es wird sich alles zum Guten wenden. Du kehrst nach Berlin zurück und sagst Reiner, dass du Annegret nicht gefunden hast. Den Rest überlässt du mir.«

Wilhelm starrte Herrn Richter an ohne zu verstehen was hier vor sich ging. Anscheinend wusste er von Margaretes Betrug, aber warum deckte er sie?

»Es ist nicht das erste Mal, dass so etwas passiert, und ich versichere dir, dass die Angelegenheit bei mir gut aufgehoben ist. Deine Schwester leistet einen großartigen Dienst für das Vaterland, von dem niemand je erfahren wird.«

»Einen Dienst für das Vaterland?«, fragte Wilhelm verdutzt. Richters Verhalten war ihm ein Rätsel. Alles, was er wahrnahm, war Margaretes erleichterte Miene. Wenn die beiden unter einer Decke steckten, würde es ihm nicht zum Vorteil gereichen, die Missetat aufzudecken.

»Ja. Sieh es als ein Opfer für Führer und Vaterland. Und lass mich den Rest erledigen. Ich habe bereits damit begonnen, alles zu arrangieren.«

»Nun, wenn das Ihre Meinung ist, dann werde ich mich dem natürlich fügen. Wir alle müssen Opfer bringen.« Wilhelms Gedanken rasten, während er versuchte, einen Grund zu finden, warum Richter einem mittellosen, jüdischen Mädchen zu Hilfe eilte. Selbst in seiner Position war dies ein Verbrechen, das seine Karriere beenden konnte. Die einzige Erklärung, die ihm einfiel, war, dass der ältere Mann den Reizen dieser blutjungen Frau verfallen war.

Eine unerlaubte Affäre zwischen den beiden machte durchaus Sinn. Er entschied sich, diskrete Nachforschungen anzustellen und die Erkenntnisse zu gegebener Zeit zu seinem Vorteil zu nutzen. Es gab nichts Besseres als ein paar schmutzige Geheimnisse, mit denen man einen mächtigen Mann erpressen konnte.

Seine Geldprobleme würden nach der Verlesung des Testaments morgen gelöst sein, aber er könnte jederzeit einen kleinen Schubs in seiner Karriere gebrauchen. Eine Beförderung oder zumindest die Garantie auf einen sicheren Posten weitab von der Front. Je mehr er darüber nachdachte, desto verlockender präsentierte sich die Idee. Vor ihm lag ein ganzes Universum an Möglichkeiten, wenn er seine Karten gut ausspielte.

Wilhelm nickte zufrieden und benutzte absichtlich Richters Vornamen, was normalerweise respektlos wäre. »Es tut mir leid, Horst. Ich hätte deinen Rat beherzigen und nicht hierherkommen sollen. Bitte nimm meine Entschuldigung an und sei versichert, dass ich dir nicht in die Quere kommen werde, was auch immer du vorhast.« Dann drehte er sich zu Margarete um und betrachtete sie genau. Ohne die zerlumpte Kleidung und den gelben Stern war sie eine auffallende Schönheit. Er konnte gut nachvollziehen, warum Richter ihr verfallen war. Er fragte sich nur, ob der Gestapobeamte wusste, dass sie Jüdin war, oder ob er sie tatsächlich für die Tochter seines verstorbenen Freundes hielt. Für seine Zwecke, so erkannte Wilhelm, machte es keinen Unterschied.

»Pass auf dich auf, Annegret. Wir bleiben in Kontakt«, sagte er mit einem strengen Blick. An der Art, wie sich Margaretes Augen mit Panik füllten, konnte er erkennen, dass sie seine unausgesprochene Warnung vernommen hatte und er verließ die Bibliothek mit federndem Schritt.

Nach dem Wechselbad der Gefühle, das sie in der letzten Stunde durchlebt hatte, war Margarete erschöpfter, als wenn sie zehn Kilometer gerannt wäre. Sie konnte immer noch nicht ganz begreifen, was genau vorgefallen war, außer dass Herr Richter Wilhelm nicht geglaubt hatte, als dieser behauptete, sie sei nicht seine Schwester.

Da sie sich keine Sekunde länger zusammenreißen konnte, beschloss sie, es Herrn Richter zu überlassen, Frau Merz die ganze Sache zu erklären. »Entschuldigen Sie, Herr Richter, aber ich sollte wieder an meine Arbeit gehen.«

Er zwinkerte ihr verschwörerisch zu. »Wir brauchen tapfere Frauen wie dich. Bitte melde dich bei mir, wann immer es nötig sein sollte.«

Frau Merz warf ihm einen überraschten Blick zu, und noch während Margarete aus dem Empfangsraum floh, hörte sie, wie Richter etwas von einem Streit unter Geschwistern erwähnte, aber alles sei inzwischen geklärt worden.

Den Rest des Tages ging Margarete der Bibliothekarin so gut wie möglich aus dem Weg. Nach Feierabend eilte sie nach Hause und brach beim Anblick ihrer Tante in Tränen aus.

»Liebes Gretchen, was ist denn passiert?«

»Ich muss sofort verschwinden.«

Bevor sie ihre Sachen zusammensuchen konnte, nahm Heidi ihren Arm und führte sie zur Couch, wo sie sich mit ihr hinsetzte. »Schon wieder dieser Gestapobeamte?«

»Nein ... viel schlimmer ...«, schluchzte sie.

»Sag mir was es ist. Gemeinsam finden wir bestimmt eine Lösung.«

»Unmöglich. Meine Tarnung ist aufgeflogen. Wilhelm Huber war hier.«

»Annegrets Bruder?«, fragte Heidi erschrocken.

Margarete nickte. »Ja. Er weiß Bescheid. Er hat mich erkannt. Er hat mich sogar beschuldigt, seine Schwester ermordet zu haben, und dann hat er gesagt, er würde mich verhaften lassen.«

»Du liebe Güte! Du hättest sofort abhauen sollen, du kannst immer noch ...«

»Tante Heidi, ich ... ich weiß wirklich nicht, was genau passiert ist. Aber gerade als Wilhelm Huber wegging, kam Herr Richter vorbei und ...« Heidis entsetztes Stöhnen hallte von den Wänden ihrer winzigen Wohnung wider »... er hat Wilhelm nicht geglaubt, als der behauptete, ich sei nicht seine Schwester. Im Gegenteil, er schimpfte ihn aus, weil er so kaltherzig ist und sagte ihm, dass er sich um alles kümmern würde und ich dem Vaterland einen großen Dienst erweise.«

Heidi schüttelte hektisch den Kopf.

Margarete umarmte sie und flüsterte: »Ich verstehe nicht, warum Wilhelm nicht heftiger widersprochen hat. Ich meine, er hat versucht, Herrn Richter zu sagen, dass ich nicht Annegret bin. Aber ich glaube, Richter hat das missverstanden und dachte, Wilhelm wollte mich nur wegen der vorgeblichen Schwangerschaft verleugnen.« Sie schwieg einen Moment und sagte dann, eher zu sich selbst: »Aber warum hat er nicht auf seinem Standpunkt beharrt? Oder auf einer Untersuchung bestanden? Er hat es einfach so hingenommen. Ich verstehe das nicht.«

»Das ist in der Tat höchst seltsam. Was könnte es wohl für einen Grund dafür geben?«, fragte Heidi.

»Ich weiß überhaupt nicht mehr, was oder wem ich glauben soll.«

»Wie auch immer, hier ist es nicht mehr sicher für dich. Du musst weg. Je eher, desto besser.«

»Aber wohin soll ich gehen?«

Heidi dachte eine Minute lang nach, bevor sie wieder sprach. »Ich habe eine Freundin, die in Toulouse lebt, in der freien Zone Frankreichs. Sie hat kurz nach dem Ersten Weltkrieg einen Franzosen geheiratet und Deutschland verlassen. Ich werde ihr einen Brief schicken, aber wir können nicht auf eine Antwort warten. Du musst morgen in aller Frühe abreisen. Bis du dort angekommen bist, wird sie meinen Brief schon erhalten haben, in dem ich ihr alles erkläre.«

»Ich kann doch nicht einfach auf der Türschwelle einer Fremden auftauchen«, protestierte Margarete.

»Du hast keine andere Wahl. Außerdem kenne ich meine Freundin und sie wird dir ganz sicher helfen, wenn du erstmal bei ihr bist. Du hast keine Zeit zu verlieren.«

Margarete war nicht davon überzeugt, dass diese verrückte Idee funktionieren würde, aber ihr fiel auch nichts Besseres ein. »Mein Französisch ist nicht besonders gut.« In Wahrheit war ihr Französisch gut genug, um sich zurechtzufinden, aber um ganz allein nach Toulouse zu reisen? Während sie vorgab, Annegret Huber zu sein? Ohne gültige Reisepapiere? Das war völlig verrückt, und nicht einmal die Identität der Tochter eines hochrangigen Nazis würden sie schützen, wenn sie in eine Kontrolle geriet, was zwangsläufig der Fall sein musste. »Das klappt nie.«

»Es ist die einzige Möglichkeit. Wilhelm Huber kann jederzeit zurückkommen und seinen Bruder oder andere Verwandte mitbringen, um zu beweisen, dass du eine Lügnerin bist. Richter wird dir dann nicht mehr helfen. Du musst Deutschland verlassen, und zwar sofort.«

Margarete dachte über Heidis Worte nach, während sie ihr half, das Abendessen für sie beide zuzubereiten. Viel später, als sie auf dem Sofa lag und keinen Schlaf fand, griff sie nach dem Amulett zwischen den Polstern und hielt es in ihrer Hand. Das Silber erwärmte sich, als sie mit dem Daumen die Zweige des Lebensbaums nachzeichnete. Sie würde die auffällige Inschrift abfeilen müssen. Es brach ihr das Herz, aber es musste getan werden.

Da sie ohnehin nicht schlafen konnte, schlich sie sich ins Badezimmer und holte eine Nagelfeile aus Metall. Es war harte Arbeit und schien zunächst unmöglich, aber nach einer halben Stunde mühsamer Plackerei hatte sie die Inschrift »*Mazel Tov*« entfernt und die Rückseite des Anhängers in eine raue Oberfläche ohne jede Spur der verräterischen hebräischen Worte verwandelt. Beim Anblick des Anhängers hatte sie das Gefühl, als hätte das Glück sie zusammen mit der Inschrift endgültig verlassen, aber dann lächelte sie.

Sie hatte eine grandiose Idee. Sie würde nicht einfach abhauen, nein. Sie würde mit Stil und allen erforderlichen Reisedokumenten nach Frankreich gehen.

16

Am nächsten Morgen kehrte Wilhelm nach Berlin zurück. Auf dem Rücksitz mit einer Zeitung in der Hand sinnierte er darüber, wie viel bequemer das Reisen mit dem Privatwagen war als mit der Bahn. Die Zeitung war allerdings nur dazu da, sein Gesicht vor dem Fahrer zu verstecken, denn er war damit beschäftigt, über die unbeantworteten Fragen vom Vortag nachzudenken. Und darüber, ob er Reiner und Erika etwas über die seltsamen Ereignisse erzählen sollte. Ehe er sich versah, hatten sie Berlin erreicht und der Fahrer hielt vor Reiners Haus.

»Oh gut, du kommst gerade rechtzeitig für den Anwalt«, sagte Reiner statt einer Begrüßung.

»Das war der Plan.« Die Worte seines Bruders bestärkten Wilhelm darin, den Mund zu halten. Was Reiner nicht wusste, konnte er auch nicht zu seinem Vorteil nutzen. »Ich mache mich nur schnell frisch und ziehe mir ein neues Hemd an. Bin in fünf Minuten zurück.«

»Ich habe deine Hemden und deine Ausgehuniform gebügelt«, rief Erika ihm hinterher, während er die Treppe zwei Stufen auf einmal nehmend hocheilte.

Als er das frisch gewaschene und tadellos gebügelte Hemd anzog sowie in die Uniformhose schlüpfte, musste er Erika Anerkennung zollen. Niemand machte eine schärfere Bügelfalte in eine Hose als sie.

»Bist du fertig? Wir haben nicht den ganzen Tag Zeit«, drängelte Reiner von unten.

»Fertig.« Wilhelm ging langsamer als nötig die Treppe hinunter, nur um seinen Bruder zu ärgern. »Vielen Dank, Erika, dass du dich um meine Uniform gekümmert hast. Das hast du toll gemacht.«

Erika schaute verlegen ob des Kompliments und senkte den Blick. »Ich tue nur meine Pflicht.«

Wilhelm ließ sich neben Reiner auf dem Rücksitz nieder und überlegte, wie schnell er nach der Testamentseröffnung ein Auto und einen Fahrer organisieren konnte, der ihn zurück nach Paris brachte. Sein Vater war schon immer wohlhabend gewesen, aber erst in seiner Position als SS-Standartenführer konnte er ein riesiges Vermögen anhäufen. In weniger als einer Stunde würde ein beträchtlicher Teil davon ihm gehören.

Sie hielten vor einem repräsentativen Gebäude auf dem Prachtboulevard Unter den Linden, denn natürlich war der Anwalt der Familie, Dr. Hansen, einer der angesehensten in der Hauptstadt.

Die junge Sekretärin führte sie in den Besprechungsraum, wobei Wilhelm beobachtete, wie Reiners Hand einige Sekunden lang auf ihrem Hintern verweilte. Nur wenige Sekunden später erschien Dr. Hansen, ein Mann in den Fünfzigern mit Halbglatze.

»Meine Herren, bevor ich beginne, möchte ich Ihnen mein Beileid zum Verlust Ihrer Eltern aussprechen. Ihr Vater war ein Held, ein Mann, der sein Leben für unser Land und unseren Führer gegeben hat. Sein Opfer wird nicht vergessen werden.«

»Danke, Dr. Hansen, wir sind untröstlich ob des feigen

Hinterhalts von Deutschlands Feinden. Aber seien Sie versichert, wir sind umso entschlossener, noch härter für den Sieg zu kämpfen. Sein Tod wird nicht ungesühnt bleiben. Heil Hitler!« Reiner salutierte, und alle, sogar die süße kleine Sekretärin, taten es ihm gleich.

Dann nahm Dr. Hansen an dem riesigen Eichentisch Platz, der mindestens die Hälfte des Raumes einnahm. Reiner und Wilhelm ließen sich zu beiden Seiten nieder, die Sekretärin am anderen Ende, ein Stenogrammheft und einen Bleistift vor sich.

»Wo ist Ihre Frau Schwester?«, fragte Dr. Hansen.

Auf dem Weg hierher hatte Wilhelm Reiner über die offizielle Version der Ereignisse informiert, auch darüber, dass er Horst Richter zufällig getroffen hatte und der ihm wiederholt versichert hatte, dass die Frau in Leipzig nicht ihre Schwester sei.

Reiner antwortete: »Annegret weilt zurzeit bei Freunden der Familie. Sie steht noch unter Schock und kann deshalb nicht an der Testamentseröffnung teilnehmen.«

Der Anwalt schien nicht glauben zu können, dass Annegret untröstlich weinte und das Haus nicht verlassen konnte, denn er warf ihnen einen prüfenden Blick zu, bevor er sagte: »Ich dachte, sie sei aus härterem Holz geschnitzt.«

Wilhelm beeilte sich hinzuzufügen: »Sie war daheim, als ein direkter Treffer das Haus erwischte und wurde schwer verletzt. Sie ist noch immer nicht über den Berg.«

Reiner warf ihm einen wütenden Blick zu, aber Wilhelm war das egal. Eine schwere Verletzung war die perfekte Ouvertüre für Annegrets Ableben, sollte sich das als nötig erweisen.

»Nun denn ... ich werde das Testament in ihrer Abwesenheit verlesen.«

Wie zu erwarten war, erbte Reiner den größten Teil des väterlichen Vermögens, darunter das Landhaus in Plau am See mit der wertvollen Kunstsammlung, große Ländereien in Preußen, ein kleines Häuschen im Schwarzwald und ein weiteres in der Nähe des Berghofs des Führers auf dem Obersalzberg.

Dr. Hansen schob sich die Brille auf die Nase und las weiter: »Mein zweiter Sohn Wilhelm und meine Tochter Annegret erhalten beide ein Treuhandvermögen.«

»Wie viel ist es?«, fragte Wilhelm ungeduldig. Das war besser, als er sich erhofft hatte. Sollte Reiner doch alle Immobilien und sogar die gestohlenen Gemälde und Wandteppiche behalten. Er würde sich mit kaltem, hartem Bargeld begnügen. Und zwar viel davon. Er fantasierte bereits über all den Luxus, den er sich leisten konnte, sobald er dieses Büro verließ. Als Erstes würde er sich einen riesigen Siegelring kaufen, um jedem, den er traf, seinen neuen Reichtum unter die Nase zu reiben, und vielleicht einen unglaublich teuren, mit Gold überzogenen Füllfederhalter. Die zwei wichtigsten Accessoires eines wohlhabenden Mannes.

Aber der Anwalt versetzte seinen Träumen einen Dämpfer. »Nicht so schnell. Ihr Vater hat einige Bedingungen gestellt, damit Sie und Annegret auf Ihre Treuhandvermögen zugreifen können.«

Wilhelm rollte mit den Augen. Das war so typisch für seinen Vater, dass er sogar aus dem Grab heraus noch bestimmen wollte.

»Die geerbten Gelder in Höhe von je einer Viertelmillion Reichsmark verbleiben unter der Obhut meines getreuen Anwalts Dr. Hansen, bis folgende Bedingungen erfüllt sind: Wilhelm erhält Zugriff auf sein Treuhandvermögen, wenn er heiratet und einen männlichen Erben zeugt.«

Wilhelm sprang auf und schickte hasserfüllte Blicke in Richtung Reiners triumphierenden Gesichts.

»Bitte setzen Sie sich, bis ich fertig bin«, sagte Dr. Hansen mit einer beschwichtigenden Geste. »Annegret wird an ihrem fünfundzwanzigsten Geburtstag, oder am Tag ihrer Hochzeit, je nachdem, was früher eintritt, Zugriff auf ihr Vermögen erhalten. Im Falle ihrer Heirat als früheres Ereignis wird ihr Bruder Wilhelm die Verwendung der Gelder in ihrem Namen beaufsichtigen und Zugang zu einem Viertel seines eigenen Treuhandfonds erhalten.«

Er kochte vor Wut, erinnerte sich aber an die Warnung des Anwalts und wagte es nicht, ihn erneut zu unterbrechen.

»Sollte einer der beiden sterben, bevor er Zugang zu seinem Treuhandfonds erhält, wird dieser an das Hilfswerk für Witwen der SS übergeben und zum Wohle des Vaterlandes verteilt. Für den Fall, dass mein ältester Sohn Reiner ohne männlichen Erben stirbt, wird je ein Treuhandfonds von hunderttausend Reichsmark für seine Witwe und seine Töchter eingerichtet, während der Rest des Nachlasses an Wilhelm und bei dessen Ableben an Annegret fällt. Sollte keines meiner Kinder überleben, geht der Nachlass an das Hilfswerk für Witwen der SS.« Der Anwalt legte das Testament nieder und schaute die beiden Männer an. »Das ist alles.«

Wilhelm konnte sich nicht länger zurückhalten und sprang auf. »Das kann er nicht machen!«

»Es tut mir sehr leid. Ich habe versucht, Ihren Vater davon zu überzeugen, dass dies nicht die ideale Umsetzung seines letzten Willens ist, doch er hat sich nicht davon abbringen lassen. Er war davon überzeugt, dass Sie noch nicht verantwortungsbewusst genug sind, um mit einem so großen Vermögen umzugehen, und dass Sie es nur verprassen würden. Er hat mir sogar gestanden, dass er hofft, eine Ehefrau und Kinder würden Ihnen helfen, ein besserer Mensch zu werden. Nur deshalb hat er diese Bedingungen gestellt.«

»Und was ist, wenn meine zukünftige Frau nur Mädchen zur Welt bringt?«

»Dann fürchte ich, dass Sie das Geld nie in die Hände bekommen werden.«

»Wie kann das überhaupt legal sein?«

Dr. Hansen seufzte. »Ich habe Ihrem Vater in der Tat davon abgeraten, dieses Testament so zu verfassen, weil es darin einige Punkte gibt, die man anfechten könnte. Glauben Sie mir, ich hätte es lieber gesehen, dass er ein einfaches Testament mit zwei Treuhandfonds für Sie und Ihre Schwester ohne irgendwelche Auflagen verfasst.«

»Ich werde klagen.« Wilhelm war völlig entrüstet.

Reiner versuchte, ihn zu beschwichtigen. »Wilhelm, bitte. Denk doch mal an die negativen Schlagzeilen.«

»Du hast gut reden! Du setzt dich ins gemachte Nest!«

»Ich schwöre, ich hatte keine Ahnung.«

»Bitte, meine Herren, beruhigen Sie sich.« Dr. Hansen erhob seine Stimme. »Ich stimme Wilhelm zu, dass das Testament unglücklich formuliert ist, aber gleichzeitig muss ich Sie warnen. Reiner hat recht, was die negative Presse angeht, und«, er hielt inne und schaute demonstrativ von einem zum anderen, während die dumme Sekretärin jedes Wort mitstenographierte, »kein Richter, der bei klarem Verstand ist, würde sich mit diesem Fall beschäftigen. Ihr Vater war eine hoch angesehene Persönlichkeit und kein Richter würde sein Andenken beschmutzen wollen.«

»Verdammte Mistkerle, allesamt«, murmelte Wilhelm so leise, dass die Sekretärin es nicht hören konnte. Er hatte die versteckte Drohung des Anwalts sehr gut verstanden und senkte den Kopf. »Bitte entschuldigen Sie meinen Ausbruch. Nichts läge mir ferner, als den letzten Willen meines Vaters zu missachten.« Er feixte. »Das Testament wird mich dazu anspornen, eine willige Frau zu finden, die ich schwängern kann. Ich könnte augenblicklich damit anfangen.«

Die junge Sekretärin schnappte erschrocken nach Luft, was ihm eine kleine Genugtuung verschaffte. Dann stürmte er aus dem Büro des Anwalts und eilte die Treppe hinunter, ohne auf

Reiner zu warten. Was ihn betraf, so hatte er mit seinem Bruder nichts zu besprechen.

Ein kleines Trostpflaster war, dass er niemandem gesagt hatte, dass Annegret tot war, denn sonst wäre ihr Anteil direkt an das Hilfswerk für Witwen der SS gegangen. Sie hatten das Geld nicht verdient: es war seins!

17

Margarete stand früh auf und flocht ihr Haar zu zwei Zöpfen, die sie sich wie eine Krone um den Kopf schlang. Sie rieb etwas von Heidis Lippenstift auf die Wangen, wohl wissend, dass Hitler geschminkte Lippen nicht mochte, aber jedes gute deutsche Mädel rosige Wangen haben musste. Wangen, die sie so gesund und stark aussehen ließen, wie es die Propaganda verbreitete.

»Tante Heidi, kann ich mir deinen roten Schal ausleihen?«, fragte Margarete.

»Natürlich«, antwortete Heidi geistesabwesend, riss jedoch die Augen weit auf, als ihre Nichte aus dem Badezimmer trat, um das Ergebnis ihrer Bemühungen zu präsentieren. »Wen genau willst du denn beeindrucken?«

»Reichskriminaldirektor Richter.«

»Was? Ich dachte, wir hätten vereinbart, dass du heute Leipzig verlässt.«

»Das werde ich auch, aber erst muss ich mir eine Reisegenehmigung besorgen.«

Heidi wiegte besorgt den Kopf. »Hältst du das wirklich für eine gute Idee?«

»Es ist in jedem Fall besser, als ohne gültige Dokumente zu flüchten. Ich würde es nicht weiter als bis zum ersten Kontrollpunkt schaffen.«

»Nicht, wenn du vorsichtig bist und Kontrollen meidest.«

Margarete sah ihre Tante scharf an. »Wir beide wissen, dass diese Flucht nach Toulouse ohne Papiere ein Himmelfahrtskommando ist. Und Richter kann mir diese Papiere besorgen. Es ist der einzige Weg.«

»Es ist zu gefährlich. Was ist, wenn Wilhelm Huber ihn doch noch von der Wahrheit überzeugt hat?«

»Dann werden Richters Männer jeden Moment hier oder in der Bibliothek auftauchen. Aber bevor das passiert, muss ich die Gelegenheit nutzen und ihn überreden, mir eine Reisegenehmigung auszustellen.«

Heidi seufzte resigniert. »Dann viel Glück, mein Gretchen. Sag Simone, sie soll mir schreiben: ›Der Winter ist eine so schöne Jahreszeit in Südfrankreich.‹ Dann weiß ich, dass du sicher bei ihr angekommen bist.«

»Ich danke dir, Tante Heidi. Ich verspreche, dass ich vorsichtig sein werde. Wir sehen uns wieder, wenn das alles vorbei ist. Versprochen! Es wird nicht mehr lange dauern, jetzt, da die Amerikaner in den Krieg eingestiegen sind.« Sie schlang die Arme um ihre Tante.

»Dein Wort in Gottes Ohr. Ich werde deine Gesellschaft vermissen.« Heidi entzog sich der Umarmung und drückte ihr ein paar Reichsmark in die Hand. »Nimm das, du wirst es brauchen.«

»Ich kann doch nicht ...«

»Doch, das kannst du. Versprich mir, dass du vorsichtig sein wirst.«

»Versprochen.« Margarete verließ die Wohnung und ging erhobenen Hauptes auf das Gestapo-Hauptquartier in der Karl-Heine-Straße zu, obwohl ihr das Blut beinahe in den Adern gefror. Es fiel ihr nicht leicht, sich in die Höhle des Löwen zu wagen, denn sie war von klein auf dazu erzogen worden, alle Beamten zu fürchten, ganz besonders aber die Gestapo, die die Juden bei jeder Gelegenheit schikanierte.

Sie holte tief Luft und rief sich Annegrets Persönlichkeit in Erinnerung. In der nächsten halben Stunde musste sie kühn und selbstbewusst sein, wenn sie wollte, dass ihr Plan funktionierte. Kaum betrat sie das Gebäude, stieg Panik in ihr auf und sie schluckte schwer an dem Kloß in ihrem Hals.

»Guten Morgen«, sagte sie zu dem uniformierten Mann hinter dem Empfangstresen.

»Guten Morgen, was kann ich für Sie tun?«

»Ich muss mit Reichskriminaldirektor Richter sprechen«, sagte sie so selbstbewusst, wie sie nur konnte.

»Haben Sie einen Termin?«

»Nein, habe ich nicht. Ich bin die Tochter eines verstorbenen Freundes und es ist eine dringende Angelegenheit.«

»Ich fürchte, er empfängt keine persönlichen Kontakte während der Bürozeiten.«

»Bitte sagen Sie ihm, dass Annegret Huber hier ist.«

»Sehr wohl.« Der junge Mann nahm den Hörer ab.

»Entschuldigen Sie bitte die Störung, Herr Reichskriminaldirektor, aber hier ist eine junge Dame, die Sie sprechen möchte. Sie sagt, ihr Name sei Annegret Huber und es sei eine dringende Angelegenheit.« Der junge Mann hörte zu und nickte dann heftig. »Sofort, Herr Reichskriminaldirektor.« Er legte den Hörer auf die Gabel und stand auf. »Folgen Sie mir.« Wenige Augenblicke später wurde sie in ein großes Büro geführt, wo Horst Richter hinter seinem Schreibtisch neben dem Fenster stand.

Er begrüßte sie herzlich und entließ den jungen Mann mit einer Handbewegung. »Annegret. Komm und setz dich. Was führt dich so früh hierher?«

Sie hatte ihre Worte sorgfältig einstudiert, aber jetzt, da sie tatsächlich hier war, schüchterte seine Präsenz sie ein und sie spürte, wie ihr eine Gänsehaut die Arme hinaufkroch. »Herr Richter, ich lag die ganze Nacht wach und habe gegrübelt ... Jetzt, da Wilhelm weiß, dass ich in Leipzig bin, wird er es Reiner erzählen, und der lässt die Sache bestimmt nicht auf sich beruhen. Vielleicht kommt er her und ...« Ein paar unterdrückte Schluchzer würden ihr Glaubwürdigkeit verschaffen. »Ich habe Angst vor dem, was er tun könnte.«

Richter kam um seinen Schreibtisch herum und stellte sich neben sie. »Reiner kann stur sein, was normalerweise eine gute Eigenschaft ist, aber in diesem Fall kann ich mir vorstellen, dass es dich beunruhigt.«

Margarete nickte. »Ich habe die ganze Nacht darüber nachgedacht, was ich tun soll und ob ich nicht vielleicht aus Leipzig weggehen sollte, an einen ruhigen, kleinen Ort, wo mich niemand vermutet. Ich glaube, das wäre die beste Lösung.«

»Ich habe mich bereits beim Lebensborn erkundigt, aber solche Einrichtungen arbeiten langsam. Sie müssen medizinische Untersuchungen durchführen, und du musst den Namen des Vaters preisgeben.« Er musste gesehen haben, dass sie zusammenzuckte, denn er fügte hinzu: »Natürlich unter größter Geheimhaltung. Niemand wird es je erfahren, es geht nur darum, festzustellen ob er tatsächlich ein Arier und erbgesund ist.«

Margaretes Augen wurden groß.

»Falls er es nicht ist, woran ich nicht glaube, weil er, wie du gesagt hast, schon zwei gesunde Kinder gezeugt hat, werden dir die Lebensborn-Ärzte helfen, dein Problem zu beseitigen.«

Obwohl sie gar kein Kind erwartete, wurde Margarete noch blasser. Schwangerschaftsabbrüche waren streng verboten, außer natürlich für Jüdinnen und asoziale Frauen, die oft gegen ihren Willen dazu gezwungen wurden. Viele dieser Patientinnen überlebten die Prozedur nicht, die in der Regel ohne Rücksicht auf die Gesundheit der Mutter vorgenommen wurde.

»Mach dir keine Sorgen, Annegret. Ich bedaure, dir das überhaupt gesagt zu haben, denn wie gesagt, hat der Vater deines Kindes seinen Wert für die deutsche Nation ja bereits bewiesen.« Er tätschelte ihren Arm. »Es ist eine reine Vorsichtsmaßnahme, um sicherzustellen, dass nicht versehentlich unerwünschte Objekte geboren und an verdiente deutsche Bürger abgegeben werden.«

»Ich ... ich weiß die Gründlichkeit zu schätzen, aber ich würde Leipzig lieber heute als morgen verlassen. Hier fühle ich mich nicht mehr sicher. Reiner ... er ist zu allem fähig, besonders jetzt, da er in tiefer Trauer über den Tod unserer Eltern ist.«

»Hmm.« Richter schwieg lange, dann nickte er. »Da könntest du recht haben. Auch wenn Reiner dir keinen Schaden zufügen wird, wollen wir auf jeden Fall schädliche Gerüchte vermeiden. Sowohl er als auch ich haben mächtige Gegner, die nur auf den kleinsten vermeintlichen Fehltritt warten, um uns eins auszuwischen. Wenn jemand herausfindet, dass seine Schwester Schande über die Familie gebracht hat, könnte das seine Karriere abwürgen. Es könnte sogar einen Schatten auf die Abstammung seiner eigenen Kinder werfen. Böse Zungen könnten argumentieren, dass jemand dessen Schwester unkeusch ist, es möglicherweise auch mit der ehelichen Treue seiner eigenen Frau nicht so ernst nimmt.«

»Meinen Sie wirklich?«

»Nein. Ich glaube, Reiner ist sehr wohl in der Lage, seiner Frau ihren Platz zu zeigen. Aber böse Zungen tratschen.« Er trat wieder hinter seinen Schreibtisch. »Irgendwohin zu gehen, wo dich niemand kennt, ist im Moment wahrscheinlich die beste Lösung.«

Warum helfen Sie mir? Die Frage lag ihr auf der Zunge, doch sie schluckte sie herunter. Er hatte ihr bereits gesagt, dass er der Tochter seines verstorbenen Freundes helfen wollte. Allerdings konnte sie seine freundliche Art ihr gegenüber nicht mit dem Bild des rücksichtslosen Gestapobeamten in Einklang bringen, der nicht die geringste Spur von Mitgefühl und noch weniger Geduld hatte. Sie räusperte sich und schlug vor: »Ich habe mir gedacht, dass ich vielleicht nach Toulouse gehen könnte.«

»Toulouse? Liegt das nicht in der freien Zone Frankreichs?«, fragte Richter sie mit einem verwirrten Gesichtsausdruck.

»Ja. Maréchal Pétain ist doch auf unserer Seite, oder?«

»Er hat auf jeden Fall seine Bereitschaft zur Zusammenarbeit bewiesen. Aber warum willst du so weit weg?«

»Meine Mutter, Gott hab sie selig, hatte eine gute Freundin dort. Ich weiß, dass sie bereit wäre, mir zu helfen.«

Er nickte. »Bei jemandem zu wohnen, den du kennst, wäre vermutlich besser. Wie ist der Name dieser Frau?«

Margarete war wie erstarrt vor Angst. Sie konnte ihm auf keinen Fall den wahren Namen von Heidis Freundin nennen. Noch während sie sich den Kopf über eine Ausrede zerbrach, erinnerte sie sich plötzlich daran, dass Frau Huber mal von einer Frau gesprochen hatte, die sie als Mädchen während eines Skiurlaubs in der Schweiz kennengelernt hatte. Die beiden war bis vor einigen Monaten in Briefkontakt geblieben.

»Caroline Dubois«, sagte sie.

Richter legte den Kopf schief. »Ich dachte, Caroline Dubois ist kürzlich gestorben?«

»Oh, nein. Meine Mutter hat erst eine Woche vor ihrem Tod einen Brief von Madame Dubois erhalten. Ich bin sicher, sie wäre bereit, mir zu helfen.«

»Nun gut. Hast du ihre Telefonnummer? Ich rufe sie gerne an und vergewissere mich, dass sie noch in Toulouse wohnt und treffe Vorkehrungen ...«

»Es tut mir leid.« Margarete schüttelte den Kopf. »Ich bin sehr schlecht mit Zahlen. Und Mutters Adressbuch ist verbrannt ... aber ich kenne das Haus von Madame Dubois. Wir waren vor dem Krieg ein paarmal dort.« Sie ließ einen traurigen Ausdruck über ihr Gesicht huschen, um anzudeuten, dass Annegret ihre Mutter vermisste.

Richter warf ihr einen väterlich-strengen Blick zu. »Ich bin bereit, dir dabei zu helfen, aber wenn du in Toulouse ankommst und feststellst, dass Madame Dubois nicht mehr dort lebt, musst du sofort mein Büro anrufen. Ich werde mich dann unverzüglich mit den örtlichen Behörden in Verbindung setzen, um deine Rückreise in die Wege zu leiten.«

»Vielen Dank. Ich kann Ihnen gar nicht sagen, wie sehr ich Ihre Hilfe schätze. Es war sehr dumm von mir, mich in diese Situation zu bringen, aber ich verspreche, es wieder gut zu machen und die nützlichste deutsche Frau zu werden, die unser Führer sich wünschen kann.« Bei diesen Worten musste sie sich fast übergeben.

»Ich werde dir die erforderlichen Reisepapiere ausstellen lassen, einschließlich einer persönlichen Empfehlung von mir.«

»Nochmals, ich schulde Ihnen meinen Dank. Mein Vater würde sehr zu schätzen wissen, was Sie für mich tun«, sagte Margarete.

»Warte hier.« Er verließ sein Büro und war nur ein paar Minuten weg, bevor er mit mehreren Blättern in der Hand zurückkam. »Das sind die Reisepapiere für die Freie Zone in Frankreich, sowie ein Beglaubigungsschreiben von mir. Und hier sind meine Telefonnummern sowohl im Büro als auch bei mir zu Hause. Ich erwarte, dass du mir sofort Bescheid gibst, falls du auf Probleme stoßen solltest. Ich erwarte auch, dass du mich augenblicklich kontaktierst, wenn du sicher angekommen bist.«

Margarete nahm die Dokumente an sich und versprach, sich zu melden. Als sie das Hauptquartier der Gestapo verließ, spürte sie, wie ihr der Schweiß den Rücken hinunterlief und ihr Unterhemd durchnässte. Sie hatte dem Teufel die Stirn geboten und überlebt. Wenn ihr nur das Glück hold blieb, bis sie in Toulouse angekommen war. Erst dann würde sie sich so weit entspannen, dass sie tief durchatmen konnte.

Mit den Reisepapieren und einer großzügigen Summe Reichsmark, die Richter ihr gegeben hatte, in der Tasche, kehrte sie in Tante Heidis Wohnung zurück, um die wenigen Dinge zu packen, die sie besaß. Sie würde die einzige Verwandte zurücklassen, die noch in Freiheit war, und wäre von nun an auf die Unterstützung von Fremden angewiesen. Es war ein beunruhigendes Gefühl.

Die Wohnung war leer, nur ein Zettel ihrer Tante lag auf dem Küchentisch. Sie nahm ihn und strich mit dem Finger über das Papier, bevor sie las:

Es tut mir leid, aber ich musste zur Arbeit gehen. Ich behalte dich in meinen Gedanken und Gebeten. Viel Glück.

Margarete seufzte. Sie nahm den kleinen Koffer, den Heidi ihr letzte Nacht gegeben hatte, und packte ihre Habseligkeiten, hauptsächlich geborgte Kleidung von ihrer Tante, weil Margarete selbst alles bei dem Bombardement verloren hatte. Sie steckte den Zettel zusammen mit dem Geld in ihre Handtasche und holte dann das versteckte Amulett zwischen den Polstern hervor.

Sie begutachtete ihre Arbeit, drehte es hin und her, und kämpfte mit sich, ob sie es mitnehmen sollte. Die Rückseite fühlte sich rau an, aber es gab keine Hinweise auf eine frühere Inschrift. Der Lebensbaum war unverfänglich genug; jeder könnte ein solches Schmuckstück besitzen. Mit einer entschlossenen Handbewegung ließ sie das Amulett in den Koffer gleiten, denn ohne die Kraft die sie daraus schöpfen konnte, wäre sie in der Fremde verloren.

Kaum hatte sie ihre Sachen gepackt, machte sie sich auf den Weg zum Bahnhof. Je schneller sie aus Leipzig verschwand, desto besser. Herr Richter hatte sie gewarnt, dass alle Züge wegen der bevorstehenden Weihnachtsfeiertage und der auf Heimaturlaub befindlichen Wehrmachtssoldaten, die kreuz und quer durch das Reich fuhren, voll sein würden. Aber sie vertraute darauf, dass sie schon ein Plätzchen finden würde.

Als sie an ihn dachte, konnte sie nicht anders, als verwirrt zu sein. Horst Richter war der Inbegriff eines Nazis. Ein Gestapobeamter, dem der Ruf von Grausamkeit und Skrupellosigkeit vorauseilte. Ein Mann, der von Feinden und Freunden gleichermaßen gefürchtet wurde, insbesondere von Juden, Kommunisten und Regimekritikern. Aber zu ihr war er freundlich, warmherzig, ja sogar fürsorglich gewesen.

Wie konnte ein Mensch zwei so unterschiedliche Gesichter haben? Die Erkenntnis erschütterte sie bis ins Mark. Bis vor kurzem hatte sie sämtliche Nazis für abscheuliche Monster gehalten, und jetzt waren sie plötzlich nett zu ihr. Wie konnte das sein? Und warum konnten sie ein Menschenleben wertschätzen, ein anderes hingegen nicht? Wie konnten sie zu einem Fremden freundlich sein, aber einen anderen anspucken, wenn der einzige Unterschied zwischen den beiden ein gelber Stern auf der Kleidung war?

Ihr Kopf schmerzte und sie schob die verwirrenden Gedanken beiseite. Nazis waren von Grund auf schlecht. Basta. Daran änderte sich nichts, nur weil sie gelegentlich nett waren. Ein guter Mensch musste zu jedem freundlich sein.

18

Die letzten drei Tage hatte er wie durch einen Schleier wahrgenommen. Von dem Moment an, als er das Büro des Anwalts ohne einen einzigen Pfennig verlassen hatte, hatte Wilhelm getrunken, gefeiert und sich in den Armen jeder Frau verloren, die ihn haben wollte.

Er machte sich nicht einmal die Mühe, seinen Zustand vor Erika zu verbergen, die ihm jedes Mal einen bösen Blick zuwarf, wenn er durch ihre Tür kam und grußlos ins Gästezimmer ging. Dort ließ er sich mit dem Gesicht nach unten auf das Bett fallen, um seinen Rausch auszuschlafen.

In zwei Tagen ging sein Urlaub zu Ende und er musste arm wie eine Kirchenmaus nach Paris zurückkehren. Immer noch vollständig bekleidet, krabbelte er aus dem Bett und taumelte ins Bad. Der Blick in den Spiegel traf ihn unvorbereitet. Beinahe schlug er nach dem Landstreicher, der ihn daraus anstarrte. Er hatte sich seit drei Tagen nicht mehr rasiert, sein blondes Haar war zerzaust, und die grüblerischen, grünbraunen Augen, die die Frauen so sehr liebten, waren blutunterlaufen. Sogar das Muttermal unter seinem linken Auge wirkte schmutzig und ungepflegt. Was für ein widerlicher Anblick!

Wäre da nicht seine Uniform, hätte ihn die Polizei sicherlich schon aufgegriffen und ihn als arbeitsscheuen, herumlungernden Asozialen in ein KZ geschickt.

Dieser Gedanke ernüchterte ihn. Die Uniform würde ihn nur eine gewisse Zeit lang schützen. SS-Männer, die sie entehrten, wurden an denselben Ort verfrachtet wie die Parasiten der Volksgemeinschaft. Dort angelangt würde ihm nicht einmal der Name seines Vaters helfen.

Er hielt seinen Kopf ins Waschbecken und drehte den Hahn auf. Kaltes Wasser schoss heraus und klärte allmählich seinen trüben Geist. Er musste sich am Riemen reißen. Das war nicht das Ende der Welt. Er hatte immer noch sein Gehalt, von dem er leben konnte, auch wenn er ohne das zusätzliche Taschengeld von seinem Vater, den Gürtel um einiges enger schnallen musste.

Es war eine beschämende Situation in der er sich plötzlich befand. Ein Mann, der mit allem Geld der Welt aufgewachsen war, auf geradem Weg ins Armenhaus. Seine Kameraden würden sich kaputtlachen. Er schüttelte den Kopf, drehte das Wasser ab und begann sich zu rasieren. Als er wieder vorzeigbar aussah, ging er ins Gästezimmer zurück, um sich Zivilkleidung anzuziehen. Seine Uniform ließ auf dem Boden liegen. Erika würde sich darum kümmern, und wenn er am Abend nach Hause kam, würde die Uniform gereinigt und gebügelt hinter der Tür hängen. Wenigstens etwas funktionierte noch in seinem Leben.

Gerade als er die Treppe herunterkam, erschien Erika wie ein Geist im Flur. »Guten Nachmittag, Wilhelm.«

»Guten Nachmittag.« Er nahm seinen Mantel und seinen Hut.

»Du gehst aus?«

»Ja.«

»Wohin gehst du?«

Ihr anklagender Ton gefiel ihm nicht. »Du bist weder meine

Mutter noch meine Ehefrau, ich bin dir keine Erklärung schuldig.«

Sie sah zu Recht zerknirscht aus. »Du hast noch nicht einmal etwas gegessen.«

»Ich werde unterwegs einen Happen essen. Wartet mit dem Abendessen nicht auf mich.« Dann setzte er seinen Hut auf und ließ sie im Flur stehen. Er wusste, dass er ungerecht war, aber der Ärger über die schreiende Ungerechtigkeit war zu groß. Wenn sein Bruder ein anständiger Mensch wäre, hätte er ihm eine Apanage angeboten, aber nein. Natürlich dachte Reiner, dass Wilhelm mit einem mageren Gehalt gut genug auskommen konnte, während er selbst mit seiner Familie im Luxus schwelgte.

Er schlenderte ziellos durch die Straßen Berlins, bis er vor Ellens Haus stand. Sie würde Mitleid mit ihm haben.

»Oh, Wilhelm, was für eine Überraschung, komm rein. Ich dachte, du wärst schon nach Paris abgereist.«

»Erst übermorgen.«

Sie nahm ihm Hut und Mantel ab und hängte sie an die Garderobe. »Kaffee?«

»Ja, bitte.«

Einige Minuten später kam sie mit zwei dampfenden Tassen zurück und stellte sie vor ihm auf den Couchtisch. Da sie niemals um den heißen Brei herumredete, fragte sie: »Wie war die Testamentseröffnung?«

»Katastrophal.«

»Erzählst du es mir, oder muss ich es dir aus der Nase ziehen?«

Er gluckste. Das Erfrischende an Ellen war, dass sie sich nicht an soziale Normen hielt. Ihre Mütter waren befreundet gewesen, und hatten sogar eine Hochzeit zwischen Ellen und Wilhelm erwogen, bis zu dem Tag, an dem Ellen eine explosive Affäre mit einer anderen Frau begonnen hatte.

Wilhelm war es völlig gleichgültig, mit wem sie sonst noch

schlief, aber die feine Berliner Gesellschaft war zutiefst empört und hatte Ellen zur Persona non grata erklärt. Dank ihres Aussehens und ihrer einflussreichen Liebhaber war sie jedoch nie für ihr Verbrechen bestraft worden.

»Nun, wie zu erwarten war, hat Reiner fast alles bekommen, während Annegret und ich mit einem mickrigen Treuhandfonds von einer Viertelmillion Reichsmark abgespeist wurden.«

Ellen pfiff durch die Zähne. »Das ist nicht gerade wenig. Ich mache uns Champagner auf.«

»Der wird warten müssen.« Er legte ihr eine Hand auf den Arm, um sie daran zu hindern, in die Küche zu stürmen.

»Und warum?«

»Weil mein mieser Hund von einem Vater Bedingungen gestellt hat.«

Sie brach in Gelächter aus. »Erzähl mir nicht, dass du eine Tochter aus uraltem preußischem Adel ehelichen musst, um an das Geld heranzukommen? So etwas gibt es doch nur in kitschigen Liebesromanen.«

»Es ist sogar noch schlimmer. Ich muss heiraten *und* einen männlichen Erben zeugen, bevor ich das Geld bekomme.«

Sie ließ sich in ihren Plüschsessel zurücksinken. »Wie abscheulich! Ich hätte dir meine Hand angeboten, das weißt du, aber ein Kind zu bekommen und es aufzuziehen? Das würde meine Karriere ruinieren.«

»So etwas würde ich nie von dir verlangen. Es ist so oder so ein Scheißgeschäft. Wenn meine zukünftige Frau nur Mädchen gebiert, bekomme ich keinen einzigen Pfennig.«

»Armer Wilm.« Sie setzte sich auf seinen Schoß und strich mit ihren Händen über genau die Stellen, die ihn seinen Kummer vergessen ließen.

Viel später lagen sie in ihrem Bett und rauchten, als er sagte: »Da ist noch etwas.«

»Gut oder schlecht?« Sie streckte eines ihrer langen Beine

aus und wackelte mit den Zehen, die in einem dunklen Kirschrot lackiert waren.

»Das weiß ich noch nicht.« Er rollte Ellen auf sich und sah ihr in die Augen, bevor er sagte: »Versprich mir, dass du niemandem davon erzählst.«

»Großes Ehrenwort. Nicht einmal, wenn die Gestapo kommt, um mir die Fingernägel auszureißen.«

»Gütiger Himmel, mach darüber keine Witze!«

»Also, was ist das große Geheimnis?«

»Annegret. Sie hat auch einen Treuhandfonds bekommen, und die einzige Bedingung für sie ist, dass sie heiratet, und dann ... werde ich bis zu ihrem fünfundzwanzigsten Geburtstag der Verwalter ihres Geldes.«

Ellen schnalzte mit der Zunge. »Wie praktisch. Aber wie du deine verzogene Schwester zwingen willst, jemanden zu heiraten, ist mir ein Rätsel.«

»Du bist großartig!« Er küsste sie auf die Lippen. Von alleine wäre er nie auf die Idee gekommen, die falsche Annegret zur Heirat zu zwingen, aber jetzt, da Ellen es erwähnte, war es die Lösung all seiner Probleme. Und er wusste auch schon, wie er das anstellen sollte.

Eine Jüdin auf der Flucht würde alles tun, um ihr armseliges Leben zu retten. Er musste nur nach Leipzig fahren und Margarete diesen Ausweg anbieten. Ja, er würde sich sogar die Mühe machen, einen guten Ehemann für sie zu finden und den beiden eine kleine monatliche Summe anbieten, um ihr Schweigen zu erkaufen. Je mehr er darüber nachdachte, desto überzeugter war er von der Brillanz seines Plans.

»Vorher musst du sie allerdings erst finden.«

Er entschied, Ellen nicht die ganze Wahrheit zu erzählen, nur für den Fall, dass die Gestapo wirklich kam, um ihr die Fingernägel auszureißen. »Das habe ich bereits getan. Sie ist in Leipzig untergetaucht.«

Ellen hob eine Augenbraue. »Warum hast du das niemandem gesagt?«

»Weil sie unter dem Schutz von Reichskriminaldirektor Richter steht.«

»Meinst du, er ist ihr Liebhaber?«, sinnierte Ellen, die vermutlich selbst eine Eskapade mit ihm gehabt hatte.

»Er ist mindestens doppelt so alt wie sie«, antwortete Wilhelm empört, obwohl er das auch schon vermutet hatte. Aber aus irgendeinem seltsamen Grund hasste er den Gedanken, dass Margarete mit einem anderen Mann zusammen war.

»Ach, komm schon. Ältere Männer sind oft die besseren Liebhaber.«

Er seufzte. Er durfte Ellen nicht sagen, dass eine Betrügerin die Identität seiner Schwester angenommen hatte. »Sie ist meine Schwester, um Himmels willen. Aber selbst, wenn er ihr Liebhaber ist, warum sollte er wollen, dass ich so tue, als sei sie nicht in Leipzig, bis er sich um alles gekümmert hat?«

»Wilm, bist du wirklich so naiv?« Ellen kicherte. »Sag bloß, es ist dir noch nie in den Sinn gekommen, dass das kostbare Augäpfelchen deines Vaters schwanger sein könnte?«

Er starrte sie ungläubig an, als die Erkenntnis in seine grauen Zellen sickerte. Dann rollte er sie von sich herunter, stand auf und ging zum Fenster. Nachdem er einige Minuten lang in die Dunkelheit gestarrt hatte, drehte er sich zu Ellen um. »Und du glaubst, Richter ist der Vater?«

»Das ist doch offensichtlich, oder?«

Wilhelm ließ noch einmal alle seine Begegnungen mit Horst Richter Revue passieren, bevor er sagte: »Das ergibt Sinn. Deshalb ist sie verschwunden. Sie ist Richters Geliebte; darum ist er bereit, alles zu tun, um sie und sein uneheliches Kind zu schützen.«

»Siehst du? Ich habe wie immer recht.« Sie grinste keck.

Das Einzige, was keinen Sinn ergab, war, warum Richter eine Affäre mit einer Jüdin angefangen hatte. Oder hatte

Margarete ihm bereits vor Monaten weisgemacht, sie sei Anne-gret? Aber wie?

»Nur wie soll mir das helfen?«, fragte er und kehrte ins Bett zurück.

»Du könntest Richter eine elegantere Lösung vorschlagen. Finde einen Ehemann für seine Geliebte und das Kind bekommt einen rechtmäßigen Vater. Ich könnte dir helfen, einen schutzbedürftigen Schwulen zu finden, wenn Richter befürchtet, dass sie ihm untreu wird. Damit verdienst du dir Richters Dankbarkeit. Er ist reich und mächtig genug und wird dich gerne dafür entschädigen, wenn du dich um sein Problem-chen kümmerst. Alle sind glücklich. Das Ende.«

»Du spielst in zu vielen kitschigen Liebesgeschichten mit«, sagte Wilhelm und lächelte, während er über ihre samtweiche Haut strich. »Aber du bist brillant. Es ist der perfekte Plan. Darf ich mal telefonieren?«

»Nur zu.«

Er stand wieder auf und ging ins Wohnzimmer, wo das Telefon auf einem kleinen Tisch an der Wand stand.

19

Horst Richter hatte recht gehabt. Wegen der überfüllten Züge und der Bevorzugung von Wehrmachtssoldaten hatte Margarete eine ganze Woche gebraucht, um in Paris anzukommen, mit mehr Zwischenstopps, Umleitungen und Zugwechseln, als sie zählen konnte.

Völlig erschöpft vom Anstehen für Fahrkarten, vom stundenlangen Stehen in Bummelzügen und vom Schlafen auf Bänken in Wartebereichen wünschte sie sich nichts sehnlicher, als sich frisch zu machen, in einem richtigen Bett zu schlafen und sich wieder wie ein Mensch zu fühlen. Aber sie zögerte, ihr weniges Geld für ein Hotel auszugeben, und entschied, unverzüglich ihre Reise nach Toulouse fortzusetzen. Dort konnte sie sich entspannen, so viel sie wollte.

Als sie aus dem Zug stieg, fühlte sie sich völlig orientierungslos. Der Gare de l'Est musste der größte Bahnhof sein, den sie je gesehen hatte. In Deutschland war es Juden verboten, öffentliche Verkehrsmittel zu benutzen, so dass dies ihre erste Bahnreise war, mal abgesehen von der Fahrt nach Leipzig als frisch gebackene Annegret Huber.

Zum Glück hatte die Verwaltung überall Schilder in deutscher Sprache aufgestellt, so dass sie nicht auf ihr eingerostetes Französisch zurückgreifen musste. Trotzdem fühlte sie angesichts der vielen Menschen Panik in sich aufkeimen. Wie auf allen Bahnhöfen, die sie bisher passiert hatte, standen unzählige Männer in den unterschiedlichsten deutschen Uniformen herum, einige offensichtlich Fahrgäste, die rauchend und plaudernd auf ihre Züge warteten, während andere eine offizielle Funktion ausübten und die Ausweise und Fahrkarten der Reisenden kontrollierten. Dazwischen entdeckte sie den einen oder anderen französischen Polizisten in dunkelblauer Uniform mit diesem merkwürdigen, hartkrempigen Hut.

Sie überlegte, ob sie einen von ihnen nach dem Weg zu einem erschwinglichen, aber sicheren Hotel für eine junge Frau fragen sollte. Doch gerade als sie sich auf den Weg zu ihm machen wollte, blieb sie wieder stehen. Annegret würde nie einen Franzosen um etwas bitten. Warum sollte sie auch?

Margarete atmete tief durch, straffte ihr Rückgrat und nahm eine selbstbewusste Haltung ein, als sie auf die beiden SS-Männer zuging, die Ausweise kontrollierten. »Entschuldigen Sie, meine Herren«, sagte sie mit ihrem überzeugendsten Lächeln. »Ich bin auf dem Weg nach Toulouse, können Sie mir sagen, wo ich den Zug dorthin finde?«

Die beiden starrten sie an, als wäre sie eine Erscheinung. Nach einer endlosen Minute, in der sie gegen den Drang ankämpfte, die Flucht zu ergreifen, sagte der Jüngere schließlich: »Ihre Papiere, bitte.«

Sie reichte ihm Annegrets Ausweis und es kribbelte in ihren Beinen, als er sich die Zeit nahm, ihn genau zu prüfen. »Annegret Huber. Ein Kamerad von mir hat eine Schwester, die Annegret heißt. Sein Name ist Wilhelm Huber. Sie sind nicht zufällig mit ihm verwandt?«

Das Blut in ihren Adern gefror und ihr Herz setzte mehrere Schläge lang aus. Dann riss sie sich zusammen und antwortete so nonchalant wie möglich: »Ich fürchte nicht. Huber ist ein sehr häufiger Name.«

»Da haben Sie recht.« Mit einem Blick auf ihren derangierten Zustand fragte er: »Hatten Sie eine anstrengende Reise?«

Obwohl sie die Zugtoilette benutzt hatte, um sich halbwegs präsentabel zu machen, musste sie immer noch erschöpft aussehen. »Ja. Wegen der Feiertage bin ich seit einer Woche unterwegs.«

»Armes Mädel.« Er warf ihr ein kokettes Lächeln zu. »Ihre Reisegenehmigung, bitte?«

Eine schwere Last fiel von ihren Schultern, als er Annegrets Kennkarte zurückgab und sie ihm die von Horst Richter unterschriebene Reiseerlaubnis sowie seine persönliche Empfehlung überreichte.

Der Mann gab einen leisen Pfiff von sich. »Ihre Reise muss ziemlich wichtig sein. Warum fahren Sie nach Toulouse?«

Richter hatte ihr eingeschärft, keine persönlichen Informationen preiszugeben.

»Es tut mir leid, das darf ich nicht sagen. Wenn Sie weitere Informationen benötigen, wenden Sie sich bitte an das Gestapo-Hauptquartier in Leipzig, dort wird man Ihnen sagen, was Sie wissen müssen.«

Er schluckte und sagte: »Keine Sorge. Ihre Papiere sind völlig in Ordnung, ich wollte nur hilfsbereit sein.«

Nein, du wolltest neugierig sein. »Das verstehe ich. Könnten Sie mir jetzt bitte den Bahnsteig nennen, an dem der nächste Zug nach Toulouse abfährt?«

Der ältere Beamte schaltete sich in das Gespräch ein. »Es tut mir sehr leid, Fräulein, aber das hier ist der Gare de l'Est und die Züge nach Toulouse fahren am Gare Montparnasse ab.«

Sie wollte vor Frustration schreien, weil sie so erschöpft war und sich kaum noch aufrecht halten konnte, geschweige denn sich auf die Suche nach einem anderen Bahnhof zu machen. »Wie weit ist das?«

»Eigentlich ist es gar nicht so weit, etwa dreieinhalb Kilometer. Aber wir mussten die gesamte Gegend wegen Aktivitäten der Résistance absperren. Momentan kommen sie nur zu Fuß dorthin.«

»Zu Fuß?«, quietschte Margarete. Sie konnte sich nicht vorstellen, ohne Karte eine fremde Stadt zu durchqueren, zudem mit Straßensperren überall. »Gibt es denn keine andere Möglichkeit?«

»Ich fürchte nicht. Da die meisten Züge wegen der Durchsuchungen ohnehin Verspätung haben, schlage ich vor, dass Sie die Nacht hier verbringen und erst morgen früh weiterreisen.«

Sie seufzte. Ein Bad und ein Bett kamen ihr vor wie das Paradies. Vielleicht musste sie in den sauren Apfel beißen und etwas von ihrem Geld für ein Hotel ausgeben. »Könnten Sie mir ein günstiges, aber sauberes und sicheres Hotel für heute Nacht empfehlen?«

»Sicher. Sehen Sie den Ausgang da drüben?« Margarete nickte. »Auf der anderen Straßenseite gibt es ein nettes Hotel namens Pension Kaiser, das nur Deutsche beherbergt. Dort sind Sie gut aufgehoben.«

»Vielen Dank.« Margarete beeilte sich, von den SS-Männern wegzukommen. Obwohl sie nichts von ihnen zu befürchten hatte, waren ihre Hände schweißnass und eine Gänsehaut überzog ihren ganzen Körper.

Sie fand das Hotel ohne Probleme. Zu ihrer großen Überraschung sprach die junge Frau an der Rezeption fast perfektes Deutsch. Es dauerte nur zwei Minuten, bis sie registriert war und auf ihr Zimmer geführt wurde. Die Empfangsdame gab ihr auch eine Wegbeschreibung, wie sie zum Gare Montparnasse kam, und informierte sie, dass die Züge nach Toulouse nur vormittags abfuhren.

Margarete ließ sich auf ihr Bett fallen und schlief sechzehn

Stunden lang. Als sie durch das Knurren ihres Magens geweckt wurde, stellte sie entsetzt fest, dass es bereits zu spät war, um zum Gare Montparnasse zu gehen, und sie eine weitere Nacht in Paris bleiben musste.

Sie machte das Beste aus der Situation, ließ sich ein Bad ein und schrubbte sich den Dreck von einer Woche auf Reisen von Haut und Haar. Dann entspannte sie sich in der Wanne, bis das Wasser abkühlte und sie aussteigen musste. Wenigstens war sie hier vor der Familie Huber sicher und hatte wenig zu befürchten, denn die Wahrscheinlichkeit, dass sie jemand erkannte, war nahezu null.

Das Grummeln in ihrem Magen wurde stärker, und sie beschloss, in die Stadt zu gehen, um etwas zu essen und sich die Sehenswürdigkeiten anzuschauen. Dafür brauchte sie nicht einmal ihre Französischkenntnisse herauszukramen, denn die meisten Schilder waren auf Deutsch.

»Guten Tag, Fräulein Huber«, begrüßte sie die Empfangsdame als sie in die Eingangshalle kam und fragte dann: »Werden Sie heute Abend im Restaurant essen?«

Da Margarete sich scheute, bei Nacht allein auszugehen, sagte sie: »Ja, bitte.«

»Es wird zwischen sieben und neun Uhr abends serviert.«

»Vielen Dank.«

Daraufhin verbrachte sie einen unbeschwerten Dezembernachmittag in der herrlichen Stadt. Allein das Wissen, dass sie hier niemand kannte, gab ihr ein beschwingtes Gefühl.

Paris war genau so, wie sie es sich vorgestellt hatte, und noch viel mehr. Es war wahrhaftig die Stadt der Liebe, des Lichts und des Savoir-vivre, und sie wünschte sich, sie könnte bleiben und mehr davon entdecken.

20

Wilhelm saß in seiner Wohnung und blies Trübsal, weil sich sein grandioser Plan in Luft aufgelöst hatte. Auf der Rückreise nach Paris hatte er einen Umweg über Leipzig gemacht, um Margarete zu finden und ihr ein Angebot zu machen, das sie nicht ablehnen konnte.

Doch sie war verschwunden, und weder Horst Richter noch Frau Merz von der Bibliothek wollten damit herausrücken, wo sie hingegangen war. Richter hatte erwähnt, dass sie eine kranke Freundin auf dem Land besuchte, und Frau Merz wusste nur, dass das Reichsarbeitsamt Annegret für einen Auftrag von größter Bedeutung für das Vaterland angefordert hatte. Offensichtlich steckte Richter hinter all dem und hatte Margarete weggeschafft, bevor jemand Verdacht schöpfen konnte – oder bevor Wilhelm die Gelegenheit hatte, zurückzukehren und die beiden mit ihrem kleinen Geheimnis zu konfrontieren. Allerdings war er sich immer noch nicht sicher, ob Richter von Margaretes wahrer Identität wusste oder nicht.

Heute war Heiligabend, und da keiner von ihnen Familie in Paris hatte, hatten er und seine Kameraden beschlossen, eine Feier im Restaurant der Pension Kaiser zu veranstalten. Die nobleren Lokale waren alle von wichtigeren Offizieren gebucht worden, und es ärgerte ihn maßlos, dass er zu keiner dieser Festivitäten eingeladen war.

Das Klingeln der zierlichen antiken Kaminuhr riss ihn aus seinen Gedanken. Sie war seine neueste Errungenschaft, ein außergewöhnlich schönes Stück aus vergoldeter Bronze. Die Uhr im Rokokostil hatte anmutige Verzierungen mit Blattwerk, sowie die Abbildung einer Blumenvase auf dem weißen Emailzifferblatt.

Sie war unverschämt teuer gewesen, selbst nachdem er die Vorbesitzerin daran erinnert hatte, wie sehr sie von Wilhelms Wohlwollen abhängig war, um ihre Stelle als Küchenhilfe im Hauptquartier der SS zu behalten. Nicht, dass Wilhelm bei solchen Entscheidungen ein Mitspracherecht gehabt hätte, aber das brauchte die Frau ja nicht zu wissen.

Er lächelte und ließ seine Finger über die exquisite Kaminuhr gleiten. Paris war in der Tat das Paradies für gutes Essen, wertvolle Antiquitäten und schöne Frauen. Er konnte sich glücklich schätzen, Teil der Verwaltung zu sein, und er wäre ein rundum zufriedener Mann, wenn ihm nicht das Geld fehlte, um die Freuden der Stadt in vollen Zügen zu genießen.

Als es endlich Zeit war, sich für das Abendessen fertig zu machen, kämmte er sich die Haare mit Pomade zurück und zog seine Ausgehuniform, den Mantel und die Handschuhe an und ging die zehn Minuten durch die fast leeren Straßen von Paris.

Er hatte die Stadt noch nie so verlassen gesehen und nahm an, dass die Franzosen zu Hause waren und Weihnachten feierten. Für eine Nacht und einen Tag würden alle den Krieg vergessen und sich mit Familie und Freunden treffen. Wobei die Franzosen nun wirklich keinen Grund hatten, sich zu beschweren. Trotz ihres widerspenstigen Verhaltens wurden sie von den Deutschen geradezu fürstlich behandelt und sollten dankbar sein für all die Fortschritte in Sachen Effizienz und Pünktlichkeit, die ihnen beigebracht wurden. Mit der Zeit würde die »Grande Nation« zu einem Juwel im Großdeutschen Reich werden, das sich in seiner finalen Größe vom Atlantik im Westen bis zum Pazifik im Osten erstreckte.

Seine Kameraden warteten bereits, und schon bald wurde sein Kummer durch reichlich Wein und Essen weggespült. Die Stimmung im Restaurant war prächtig. Er hob gerade sein Glas, um einen Toast zu auszubringen, als ihm die Worte im Hals stecken blieben.

Eine junge Frau betrat das Restaurant und alle drehten sich nach ihr um. Sie war ganz sicher keine Pariserin, denn die würde sich niemals in solch unmodischer Kleidung blicken lassen, aber sie war ... Margarete.

Was in aller Welt hatte sie hier verloren?

Er geriet in Panik, weil er befürchtete, sie sei hergeschickt worden, um ihn auffliegen zu lassen. Im Bruchteil einer Sekunde begriff er, wie gefährlich es gewesen war, sich auf ihr Täuschungsmanöver einzulassen. Wenn jemand sie überführte, würde er gemeinsam mit ihr an einer Straßenlaterne baumeln. Doch in der nächsten Sekunde trafen seine Augen auf die ihren und alles was er sah, war Todesangst.

Ohne zu überlegen, stand er auf, ging auf sie zu und sagte für alle hörbar: »Annegret, wie schön, dass du es doch noch geschafft hast.«

Er begrüßte sie mit einer Umarmung und Küsschen auf beide Wangen nach französischer Art, bevor er sich umdrehte und seinen Kameraden verkündete: »Darf ich euch meine Schwester Annegret vorstellen. Sie ist gerade in Paris angekommen, um mit mir Weihnachten zu feiern.« Während er sie zu einem freien Platz neben dem seinen führte, flüsterte er ihr ins Ohr: »Wenn du mitspielst, wird dir nichts passieren.«

Die Gänsehaut, die sich unter seiner Hand auf ihrem Arm bildete, verriet ihm, dass sie nichts tun würde, um ihm zu schaden. Denn was auch immer seine Strafe sein mochte, ihre wäre hundertmal schlimmer.

Am Anfang war das Gespräch etwas stockend, denn er war sich zu sehr bewusst, dass die Schwindlerin an seiner Seite nicht seine Schwester war. Aber je mehr Alkohol floss und je mehr Essen serviert wurde, desto mehr vergaß er dieses kleine Detail und behandelte sie genauso, wie er Annegret behandelt hätte, wenn sie noch am Leben gewesen wäre.

Sein Verstand arbeitete im Hintergrund jedoch weiter und versuchte herauszufinden, warum sie hier war und wie er weiter vorgehen sollte. Seit seinem vergeblichen Abstecher nach Leipzig, hatte er sein Pech verflucht, denn ohne ihre Mithilfe würde er das Erbe seiner Schwester nie in die Finger bekommen. Als der Schrecken nachließ, erkannte er die einmalige Gelegenheit.

Wo könnte er sie besser verstecken als vor aller Augen, während er hinter den Kulissen nach einem geeigneten Ehemann für sie suchte? Das einzige Risiko bei diesem Plan war Reiner, der den Schwindel durchschauen würde, aber der war weit weg in Berlin mit seiner Karriere beschäftigt und hatte angedeutet, dass er bald als Heydrichs rechte Hand irgendwo in Osteuropa unterwegs sein würde.

»Wie lange bleiben Sie in Paris? Ich hoffe, mindestens bis Neujahr«, fragte einer seiner Kameraden Margarete.

»Eigentlich hatte ich geplant ...«

Wilhelm unterbrach sie geschwind: »Annegret wird bis auf weiteres bei mir wohnen. Die Ärmste ist wegen des tragischen Todes unserer geliebten Eltern am Boden zerstört, und weil sie keine Bleibe mehr hat, habe ich vorgeschlagen, dass sie zu mir nach Paris kommt.«

»Wer würde nicht in Paris leben wollen?«, fragte ein Mann keck, ohne auf Margaretes empörte Blicke in Wilhelms Richtung zu achten.

»So ein großzügiges Angebot kann ich unmöglich annehmen«, sagte sie gedehnt.

»Und doch hast du es getan. Außerdem, was wäre ich für

ein Mann, wenn ich meiner eigenen Schwester in einer Zeit der Not kein Zuhause bieten würde?« Er warf ihr einen warnenden Blick zu, und für den Fall, dass sie weiterhin protestieren wollte, drohte er ihr unverhohlen, ihm nicht zu widersprechen: »Ich habe Freunde bei der Registrierungsbehörde, so dass ich deine Ankunft jederzeit melden kann, liebste Schwester.«

Der Ausdruck auf ihrem Gesicht, eine Mischung aus Wut, Angst und Kapitulation, war Gold wert, und er genoss die Macht, die er über sie hatte. Diese Frau war wie Wachs in seinen Händen. Sie war ihm völlig ausgeliefert, weil sie intelligent genug war, um zu wissen, dass er ihr Leben mit einem Fingerschnippen beenden konnte. Adrenalin rauschte durch seine Adern und er begann zu verstehen, warum Reiner so hart für seine Karriere arbeitete. Macht zu haben war ebenso berauschend wie Wein zu trinken.

»Willkommen in Paris«, sagte Rudolf, ein ruhiger, zurückhaltender Mann und sah sie gleichzeitig völlig hingerissen an.

»In Paris hat man viel mehr Spaß als in Berlin. Es wird Ihnen hier gefallen, auch wenn Sie Wilhelm ertragen müssen«, sagte Karsten und fügte mit einem Augenzwinkern hinzu: »Ich bin gerne bereit, Ihr Reiseführer zu sein und Ihnen die schönsten Plätze der Stadt zu zeigen.« Karsten war dafür bekannt, dass er mit allem flirtete was weiblich war, obwohl er in Deutschland eine Ehefrau hatte. Er war ganz sicher kein geeigneter Kandidat als Annegrets Ehemann.

»Meine Schwester ist kein leichtes Mädchen und jeder, der es wagt, sich ihr gegenüber auch nur im Geringsten unangemessen zu verhalten, wird sich mit mir anlegen müssen«, sagte Wilhelm und gluckste dabei, um es wie einen Scherz klingen zu lassen, aber er wusste, dass seine Kameraden die Warnung verstanden. Annegret Huber war für jeden tabu, außer für ihren Zukünftigen. Und der würde von ihm persönlich ausgewählt werden.

Einige Sekunden lang fiel kein Wort, bis jemand einen

Witz machte und das muntere Gespräch wieder in Gang brachte. Wilhelm beteiligte sich nur halbherzig, weil ihm allmählich Zweifel an seiner genialen Idee kamen, Margarete bei sich wohnen zu lassen und sie als seine Schwester auszugeben. Der Vorteil war, dass er sie auf Schritt und Tritt beobachten konnte, während er nach der besten Möglichkeit suchte, sie zu einer Scheinehe zu überreden. Andererseits würde jede Minute, in der er sie nicht bei den Behörden anzeigte, ihn tiefer in ein Netz von Lügen verstricken und eine harte Strafe nach sich ziehen, sollte jemand die Täuschung entdecken.

Er seufzte, betrachtete die schöne Frau, die neben ihm saß, und grübelte, was er tun sollte. Sie sah so viel hübscher aus und verhielt sich so anders als das Dienstmädchen seiner Eltern. Damals hatte sie die schäbigsten, fadenscheinigsten Kleider mit dem aufgenähten, gelben Stern getragen, ihre Schultern waren immer nach vorne gebeugt wie bei einer alten Frau und ihre Stimme war kaum zu hören, wenn sie flüsterte: »Ja, Herr Huber. Natürlich, Frau Huber. Darf ich Ihnen noch etwas zu essen bringen, Herr Huber? Ja, ich habe Ihr Lieblingskleid gebügelt, Fräulein Annegret.«

Doch dann wurde ihm klar, dass Margarete der Himmel geschickt hatte, und er musste grinsen. Sie war wirklich die Lösung all seiner Probleme. Da sie die Hausarbeit unter der gnadenlosen Anleitung seiner pingeligen Mutter erlernt hatte, wäre sie ebenso anstellig wie seine manchmal doch recht eigensinnige, französische Haushälterin – und dazu noch billiger, weil er ihr kein Gehalt zahlen musste. Selbst wenn er sie nicht verheiraten könnte, war ihre Anwesenheit trotzdem ein finanzieller Vorteil. Ihr Erscheinen war ein Himmelsgeschenk, und er hatte vor mit beiden Händen danach zu greifen.

Erleichtert griff er nach der Weinflasche und füllte ihre beiden Gläser nach, stand dann auf, um nun doch einen Toast auszubringen: »Frohe Weihnachten! Ich bin überglücklich, hier mit meinen Kameraden und meiner geliebten Schwester feiern zu dürfen. Wir werden diesen Krieg schon bald gewonnen haben, und für die Zeit danach hoffe ich, dass wir uns alle wiedersehen und uns an die wunderbare Zeit erinnern können, die wir gemeinsam in Paris verbracht haben.«

»Sieg Heil!«

»Fröhliche Weihnachten!«

»Auf unsere Kameradschaft!«

Wilhelm setzte sich wieder hin, zufrieden mit der Wendung, die sein Schicksal gerade genommen hatte. Der Alkohol floss weiter in Strömen und die Stimmung wurde immer ausgelassener. Die meisten seiner Kameraden bereiteten sich auf einen entspannten Ausklang der Nacht in den Armen ihrer französischen Mätressen vor.

Wilhelm hatte andere Pläne. Heute Abend würde er Margarete lehren, wer ihre Fäden in der Hand hielt und was von ihr erwartet wurde, wenn sie mit dem Leben davonkommen wollte.

21

Margarete konnte sich beim besten Willen nicht erklären, was für ein Spiel Wilhelm spielte. Er hatte sie nicht verraten und dafür war sie dankbar, aber sie konnte keine Minute länger so tun als sei sie seine Schwester. Als er aufstand, um auf die Toilette zu gehen, sah sie ihre Chance zur Flucht.

Wenn es sein musste, würde sie den ganzen Weg zum Gare Montparnasse zu Fuß gehen und dort warten bis sie am nächsten Morgen den ersten Zug besteigen konnte, der Paris gen Süden verließ. Sie legte ihre Serviette auf den Teller, schob ihren Stuhl zurück und schenkte Wilhelms Kameraden ein charmantes Lächeln. »Vielen Dank, dass ich mitfeiern durfte. Meine Reise war sehr anstrengend und ich sollte mich jetzt zurückziehen.«

»Gehen Sie nicht, die Nacht ist noch jung«, sagte der junge Mann ihr gegenüber. Viele von Wilhelms Kameraden hatten ihr anerkennende Blicke zugeworfen, einige hatten sogar versucht mit ihr zu poussieren, bevor er das unterbunden hatte.

Der Abend war so verwirrend gewesen. Vor ein paar Wochen, als sie noch Margarete war, hatte niemals ein Mann mit ihr geschäkert; im Gegenteil, man beschimpfte sie oder spuckte sie an, weil sie Jüdin war. Abgesehen natürlich von denjenigen, die sich nicht um das Verbrechen der Rassenschande scherten, sie lüstern anstarrten und sich dann ohne ihre Zustimmung das nahmen, was sie begehrten, weil Margarete für sie nichts weiter als ein Untermensch war. Sie erschauderte.

»Es tut mir leid, meine Herren. Es war mir ein Vergnügen, Sie alle kennenzulernen. Fröhliche Weihnachten.« Sie verließ das Restaurant so anmutig, wie es ihr möglich war, wobei sie innerlich vor Angst zitterte, Wilhelm könnte rechtzeitig zurückkehren und ihre Flucht vereiteln. Als sie an der Rezeption vorbeikam, warf sie einen verstohlenen Blick zum Ausgang. Fünf Schritte und sie wäre weg. Sie tastete nach Annegrets Papieren in ihrer Rocktasche, fest entschlossen, den Koffer mit ihren Habseligkeiten zurückzulassen. Doch das Blut gefror ihr in den Adern, als sie zwar die Kennkarte fand, nicht jedoch das Geld und die Reiseerlaubnis. Beides hatte sie in ihrer Manteltasche gelassen und der Mantel hing in ihrem Zimmer. Eine unverzeihliche Dummheit, wie sie jetzt feststellte.

So sehr sie es auch hasste, sie musste in ihr Zimmer im zweiten Stock zurückkehren, um ihre Sachen zu holen, denn sie konnte auf keinen Fall ohne die Reiseerlaubnis nach Toulouse fahren. Gerade als sie den Schlüssel in die Hand nahm, um ihr Zimmer aufzusperren, schwang die Tür auf und Wilhelm trat heraus. Er hielt ihren Koffer in den Händen, ein schüchternes Zimmermädchen stand zwei Schritte hinter ihm.

»Was machen Sie mit meinem Koffer?«, fragte Margarete.

Ein verschmitztes Grinsen umspielte seine Lippen. »Ich habe mir erlaubt, den Hoteldirektor zu bitten, dass jemand deine Sachen zusammenpackt, da du ja ab sofort bei mir wohnen wirst ... Annegret.«

Sie spürte, wie sie schwankte. Im nächsten Moment war Wilhelm an ihrer Seite, um sie festzuhalten und sagte entschuldigend zu dem Zimmermädchen: »Ich fürchte, meine

Schwester hat ein bisschen zu viel Wein getrunken. Ich werde sie lieber gleich nach Hause bringen.« Er drückte ihr einen Geldschein in die Hand. »Danke, dass Sie die Sachen eingepackt haben.«

Das junge Mädchen machte einen Knicks und verschwand in Windeseile.

Inzwischen hatte Margarete ihre Fassung wiedererlangt und sagte: »Ich gehe nirgendwo mit Ihnen hin.«

»Du hast die Wahl. Entweder du kommst mit, oder ich rufe die Polizei. Was soll es sein?«

Sie schluckte schwer. »Aber ... Sie werden auch bestraft, weil Sie mein Komplize sind.«

Für den Bruchteil einer Sekunde glaubte sie, Angst in seinen Augen zu sehen, aber das verging, und er war wieder sein übliches, arrogantes Selbst. »Vielleicht, vielleicht auch nicht. In jedem Fall wird es dein Ende sein. Und dann ... nun, ich habe gehört, dass es in der Avenue Foch eine Sonderbehandlung für Verräter wie dich gibt.«

Ein heftiger Schauer lief ihr über den Rücken, angesichts der Vorstellung der Gestapo überstellt zu werden, aber sie zwang sich, mit ruhiger Stimme zu antworten: »Was wollen Sie von mir?«

»Das sage ich dir, wenn wir zu Hause sind. Und jetzt lass uns gehen.«

Margaretes Hass auf die Macht, die er über sie hatte, stieg ins Unermessliche. Er nahm einfach ihren Ellbogen und drehte sie um, damit sie die Treppe wieder hinunter ging, wogegen sie nichts, aber auch gar nichts tun konnte. Sie musste Wilhelm gehorchen, denn er hielt ihr Leben in seinen Händen. Ein Wort von ihm über ihr Täuschungsmanöver und sie wäre so gut wie tot.

Er führte sie aus dem Hotel und bog nach rechts ab, vorbei am Gare de l'Est in eine ruhige Seitenstraße. Was auch immer seine Beweggründe waren, sie würde vorerst mitgehen und auf eine Gelegenheit zur Flucht warten. Er mochte ihr das Leben gerettet haben, aber er war immer noch ein Nazi, und das beunruhigte sie zutiefst.

Es verwirrte sie auch. In dem er vorgab sie sei seine Schwester, hatte er sich zu ihrem Komplizen gemacht und riskierte eine Bestrafung, falls die Täuschung aufflog.

Als sie um eine weitere Ecke bogen, besiegte Margaretes Angst ihren gesunden Menschenverstand. Bei der ersten Gelegenheit riss sie sich los und lief in die entgegengesetzte Richtung davon. Sie hechtete um die Ecke und schrie verzweifelt auf, als sie merkte, dass sie in eine Sackgasse geraten war.

Mit hängenden Schultern drehte sie sich um und rechnete fest damit, dass Wilhelm sie schlagen würde, aber der lachte nur.

»Je eher du begreifst, dass ich derjenige bin, der das Sagen hat, desto besser für dich.« Er trat auf sie zu und nahm ihr Kinn in seine freie Hand und hob es hoch, so dass sie ihn anschauen musste. Seine Stimme war ruhig, aber hart wie Stahl, als er sagte: »Versuch nie wieder, so etwas Dummes zu tun. Wenn ich wollte, könnte ich dir hier und jetzt das Genick brechen und deine Leiche in dieser dreckigen Gosse liegen lassen. Niemand würde es merken oder sich darum kümmern. Wer immer dich finden würde, würde annehmen, dass du nur eine weitere lausige Hure bist, die versucht hat, einen deutschen Soldaten zu betrügen.«

Margarete hatte Mühe, genug Luft zum Sprechen zu holen, weil die Angst ihr die Kehle zuschnürte. »Bitte ... Warum tun Sie das?«

»Das wirst du herausfinden, wenn die Zeit reif ist. Vorerst musst du nur wissen, dass du als meine Schwester bei mir leben wirst, meinen Haushalt führst und alles tust, was ich von dir verlange.« Er grinste. »So wie du es bei meinen Eltern getan hast, mit dem einzigen Unterschied, dass du den gelben Stern nicht tragen musst.«

Grausiges Entsetzen überkam sie, als sie sich fragte, ob er Reiners Beispiel folgen und sich an ihr vergehen würde.

»Verstehst du?« Sein Atem strich über ihre Wange und sie brauchte all ihre Kraft, um zu nicken. »Sag es. Sag, dass du mir von nun an gehorchen wirst und nicht wieder versuchst wegzulaufen.«

»Ich ... werde Ihnen gehorchen. Ich ... werde nicht weglaufen«, flüsterte Margarete.

»Gut. Ich denke, es ist besser, wenn ich deine Papiere aufbewahre, denn wir wollen schließlich nicht, dass sie verloren gehen.« Als sie nicht reagierte, fügte er hinzu: »Gib sie mir und zwar sofort.«

Mit zitternden Fingern griff sie in ihre Tasche, holte die Kennkarte heraus, die sie am Leben hielt, und übergab sie Wilhelm. Jetzt war sie mit Haut und Haar seiner Gnade ausgeliefert. Ihr Leben gehörte ihm.

»Braves Mädchen. Ich bin sicher, wir werden gut miteinander auskommen.«

Einige Minuten später erreichten sie eines der nobleren fünfstöckigen Gebäude. In dem Augenblick, als er die Eingangstür öffnete, schoss eine ältere Frau aus dem Hausmeisterkabuff. »Monsieur Huber, hier ist ein Brief für Sie.«

»Danke, Madame Badeaux.« Er schob Margarete vor und sagte: »Das ist meine Schwester Annegret, sie wird eine Zeit lang bei mir wohnen.«

Die Concierge schien darüber nicht erfreut zu sein, aber sie konnte einem deutschen Soldaten schlecht widersprechen, also sah sie Margarete leicht säuerlich an und sagte: »Willkommen, Mademoiselle Annegret.«

»Vielen Dank. Es wird nur für kurze Zeit sein.« Diese Aussage brachte ihr einen warnenden Blick von Wilhelm ein.

Sie stiegen in den Aufzug. Oben angekommen schloss Wilhelm die Tür zu seiner Wohnung im dritten Stock auf. Die Villa seiner Eltern war schlicht und zweckmäßig eingerichtet gewesen: hauptsächlich einfarbige Möbel, nur wenige persönliche Akzente im Wohnzimmer, eine strenge, ja fast bedrohliche Atmosphäre in Herrn Hubers Arbeitszimmer, und ein völliges Durcheinander in Annegrets Zimmer. Irgendwie hatte sie erwartet, dass Wilhelms Wohnung ähnlich dekoriert war, deshalb hielt sie überrascht den Atem an, als sie das Wohnzimmer betrat. Es sah aus wie eines der eleganten Gemächer in königlichen Schlössern, die in Frau Hubers Frauenzeitschriften abgebildet waren.

»Wie schön«, flüsterte sie mit echter Bewunderung. Vom vergoldeten Spiegel an der Wand über den filigranen Eichenschreibtisch mit der spektakulären Kaminuhr bis hin zur königsblauen Chaiselongue mit Blumenmuster – der Raum war spektakulär in seiner geschmackvollen Eleganz.

»Gefällt es dir?« Ein stolzes Lächeln breitete sich auf seinem Gesicht aus und ließ ihn noch attraktiver erscheinen. »Ich habe diese Stücke von Hand zusammengetragen, habe unzählige Antiquitätengeschäfte, Flohmärkte und Pfandhäuser besucht. Du hast ja keine Ahnung, wie viel Gerümpel man durchforsten muss, um ein wirklich einzigartiges Stück zu finden.«

Es gefiel ihr nicht, wie sie sich für ihn erwärmte, und sie rief sich ins Gedächtnis, dass Wilhelm Huber ein Bösewicht war. Sein guter Geschmack machte ihn nicht zu einem besseren Menschen. »Sehr schön, Herr Huber.«

»Du musst mich Wilhelm nennen.«

»Gewiss, Herr Wilhelm.« Sie neigte leicht den Kopf, um ihr Einverständnis auszudrücken.

»Nicht Herr Wilhelm. Wilhelm. Vergiss nicht, dass ich dein Bruder bin. Ich will, dass du mich jederzeit so ansprichst, auch wenn wir beide allein sind.«

»Ja ... Wilhelm.« Es war absolut respektlos einen SS-Oberscharführer beim Vornamen zu nennen. In Erwartung der unvermeidlichen Zurechtweisung zuckte sie unwillkürlich zusammen.

Er schenkte ihr ein zufriedenes Lächeln. »Du lernst schnell. Jetzt gib mir deinen Mantel.«

Sie gehorchte, schlüpfte aus dem Mantel und beobachtete, wie er ihn an die Garderobe neben der Tür hängte, wo er auch ihren Koffer abgestellt hatte. Gerade als sie sich etwas entspannte, zog er seinen eigenen Mantel und seine Schuhe aus, schloss die Tür ab und steckte den Schlüssel ein. »Das ist nur eine Vorsichtsmaßnahme, bis ich weiß, dass ich dir vertrauen kann.«

»Wie du wünschst.« Sie zuckte mit den Schultern und hoffte, damit zu vermitteln, dass es ihr egal war, obwohl es sie sehr beunruhigte. Allein das Wissen, dass sie hier mit ihm eingesperrt war und nicht einmal aus dem Fenster springen konnte, ließ sie vor Angst erstarren.

Wilhelm jedoch schien sie vergessen zu haben, denn er ging geradewegs in das angrenzende Schlafzimmer und zog seinen Waffenrock aus. Als er begann, sein Hemd aufzuknöpfen, drehte sich Margarete schnell weg und studierte aufmerksam ihre Fingernägel.

Ein tiefes Glucksen riss sie aus ihrer Erstarrung. »Willst du dich nicht umziehen?«

Ihre Wangen erröteten vor Scham. Er erwartete doch nicht etwa von ihr ...? Ihre Stimme war nur noch ein Krächzen, als sie sich schließlich umdrehte und fragte: »Wo soll ich schlafen?«

»Nun, ich würde dich in mein Bett einladen, aber da du für diesen Vorschlag nicht offen zu sein scheinst, kannst du die Chaiselongue haben.«

Trotz seines herablassenden Tons atmete sie erleichtert auf – für weniger als zwei Sekunden, denn dann zog er sein Hemd aus und schnallte seinen Gürtel auf. Offenbar hatte er nicht die Absicht, die Tür zu seinem Zimmer zu schließen, also machte sie einen zaghaften Schritt auf die Chaiselongue zu, aber er zeigte mit der Hand in die andere Richtung. »Das Badezimmer ist durch das Schlafzimmer.«

Noch mehr Blut schoss ihr in den Kopf, während sie versuchte, die Fassung zu bewahren. »Danke.«

So schnell sie konnte, eilte sie zu ihrem Koffer und trug ihn durch sein Zimmer, krampfhaft vermeidend einen Blick auf seinen nackten Oberkörper zu erhaschen. Im Badezimmer angekommen, schloss sie sich ein, zog ihr Nachthemd an und hoffte darauf, dass er bereits eingeschlafen war, wenn sie wieder herauskam.

Doch als sie schließlich auf Zehenspitzen in sein Schlafzimmer schlich, wartete er im Schlafanzug an einem Schreibtisch sitzend auf sie und zeigte auf sein Bett. »Setz dich.«

Sie setzte sich auf die Kante, wobei sie das Bett kaum berührte. Den kleinen Koffer hielt sie wie eine schützende Wand vor sich auf dem Schoß. »Was willst du?«

»Hab keine Angst, ich gedenke nicht mich an dir zu vergehen. Du wirst vorerst hierbleiben. Ich werde deine Anwesenheit ordnungsgemäß bei den Behörden anmelden und deine Kennkarte aufbewahren, nur für den Fall. Du wirst meinen Haushalt führen und alles tun, was du im Haus meiner Eltern getan hast. Aber solange ich nicht darauf vertrauen kann, dass du keine Dummheiten machst, darfst du die Wohnung nicht verlassen.«

Margarete nickte und zwang sich zu atmen.

»Von nun an werde ich dich Anne nennen und dich wie meine Schwester behandeln. Immer und überall. Du musst ganz und gar in ihre Haut schlüpfen, sonst wird das nie funktionieren. Hast du das verstanden?«

»Ja«, flüsterte sie, immer noch ohne zu begreifen, warum er ihr half.

»Du musst vergessen, dass Margarete Rosenbaum jemals existiert hat. Du musst Annegret Huber werden. Du musst ganz sie werden. Ihre Persönlichkeit. Ihre guten Eigenschaften und auch ihre schlechten. Du bist jetzt sie. Ein Fehler und du landest in der Avenue Foch.« Er musste ihre wachsende Unruhe bemerkt haben, denn er schenkte ihr ein beruhigendes Lächeln. »In Paris kennt niemand außer mir Annegret. Trotzdem können wir nie sicher sein, dass nicht jemand aus unserer Vergangenheit auftaucht. Deshalb ist es essentiell, dass du niemals auch nur eine Sekunde aus der Rolle fällst. Hast du das verstanden?«

»Ich verstehe.« Sie schluckte schwer, als sie die Wahrheit hinter Wilhelms Worten erkannte. Inzwischen hatte sie einige Übung darin, unter falschem Namen zu leben, aber wenn sie ehrlich war, hatte sie nie länger als ein paar Minuten versucht, das verwöhnte Mädchen zu sein. Ab sofort war sie Annegret. Immer. »Ich werde mein Bestes versuchen.«

»Der Versuch reicht nicht.« Er stand auf, ging die paar Schritte zu ihr hinüber, nahm ihr den Koffer aus den Händen und stellte ihn beiseite, bevor er sich hinhockte und sie mit seinen grünbraunen Augen musterte. »Du bist Annegret Huber. Jede Sekunde eines jeden Tages. Innerhalb dieser Wohnung oder außerhalb. Mit Fremden oder Freunden. Mit Deutschen oder Franzosen. Jeden Tag. Immer. Die ganze Zeit.«

Wieder nickte sie, fast dankbar für seinen Rat. Wenn sie auf ihr Verhalten in den letzten Wochen zurückblickte, wurde ihr klar, wie viel Glück sie gehabt hatte, nicht erwischt worden zu sein, weil ihr Verhalten so anders war als das der echten Annegret. »Bitte, sag mir, warum du mir hilfst?«

Er stand auf und sah auf sie herab. »Ich tue das nicht für dich, sondern wegen deines kleinen Geheimnisses mit Horst Richter.«

»Du weißt ...?«

»Ich bin nicht dumm. Jeder kann sehen, dass du ein Kind erwartest. Richter ist der Vater, nicht wahr? Deshalb hat er dir geholfen, dich vor Reiner und mir zu verstecken.«

Margarete starrte ihn ungläubig an und versuchte Licht in

das Wirrwarr zu bringen. Horst Richter glaubte, sie wäre von einem verheirateten SS-Offizier schwanger und half ihr aus Respekt vor einem alten Freund. Wilhelm hingegen glaubte, das Kind wäre von Richter. Vermutlich hoffte er, sich die Gunst des Reichskriminaldirektors zu verdienen, wenn er half, den Beweis für dessen kleine Indiskretion zu beseitigen. Dafür war er sogar bereit, die Ehre seiner vermeintlichen Schwester dem eigenen Vorteil zu opfern.

Sie seufzte, denn sie hasste es, ein Spielball mächtiger Männer zu sein. Obwohl genau genommen Annegret die Schachfigur war und sie selbst ... gar nicht existierte. Irgendwann würde sie Wilhelm gestehen müssen, dass es kein Kind gab. Doch bis dahin würde sie ihre Rolle besser spielen als jede der Schauspielerinnen auf Goebbels' Gottbegnadetenliste. Und sie würde sofort damit beginnen.

»Ich hätte nie geglaubt, dass es jemand herausfindet.«

»Unterschätze mich niemals«, sagte Wilhelm mit stolzgeschwellter Brust, was ihr einen Hinweis darauf gab, wie sie am besten mit ihm umging. »Ich schlage vor, du gehst jetzt schlafen, und wir besprechen alles Weitere morgen früh.«

22

Wilhelm wurde durch ein ungewöhnliches Geräusch geweckt. Er warf einen Blick auf den Wecker auf seinem Nachttisch und befürchtete schon, er hätte verschlafen. Aber heute war der erste Weihnachtsfeiertag und alle öffentlichen Ämter waren zwei Tage lang geschlossen.

Dann sah er sie. Margarete – *Annegret*, korrigierte er sich – war bereits aufgestanden und bereitete in der kleinen Küche das Frühstück vor. Er stand auf und ging ins Badezimmer, wo sein Bademantel hing. Da er mit einem Mädchen zusammenlebte, das sich als seine Schwester ausgab, konnte er in seiner eigenen Wohnung nicht mehr halbnackt herumlaufen.

Als er ins Wohnzimmer trat, hatte sie bereits den Tisch für zwei Personen gedeckt. Er nahm es als ein gutes Zeichen. Offenbar hatte seine gestrige Rede die beabsichtigte Wirkung entfaltet, und sie würde diese Scharade ernst nehmen. Er hatte es so aussehen lassen, als ob er das nur ihr zuliebe täte, aber in Wirklichkeit hatte er panische Angst. Wenn jemand sie überführte, ginge es auch ihm an den Kragen, soviel war sicher.

Die ganze Nacht hindurch hatte er sich herumgewälzt und

gegrübelt, ob es eine so gute Idee gewesen war, eine Jüdin als seine Schwester auszugeben.

Nicht auf der Wahrheit zu bestehen, als Richter ihm über den Mund gefahren war, war eine Sache, aber eine Jüdin in seiner Wohnung zu verstecken ... das wäre ein gefundenes Fressen für die Gestapo. Er hatte miterlebt, wie sehr einige dieser sadistischen Bestien ihre Arbeit genossen und verspürte kein Bedürfnis danach, diese Behandlung am eigenen Leib zu erfahren.

Er fragte sich, welcher Teufel ihn am Vorabend in der Pension Kaiser geritten hatte, als er Margarete erkannt und sie kurzentschlossen als seine Schwester vorgestellt hatte. Aber was auch immer seine Beweggründe gewesen waren, jetzt gab es kein Zurück mehr. Sie hielt sein Leben genauso in ihren Händen, wie er ihres. Er hoffte nur, dass sie sich dessen nie bewusst werden würde.

»Das riecht köstlich, Anne. Was hast du zum Frühstück gekocht?«

Sie errötete leicht, was sie geradezu niedlich aussehen ließ. »Pfannkuchen mit Apfelkompott. Möchtest du Kaffee oder Tee? Ich habe beides in der Küche gefunden.«

»Kaffee.« Er hatte noch nicht einmal zu Ende gesprochen, als sie schon in die Küche eilte, um seinen Wunsch zu erfüllen. Seine Mutter hatte sie wirklich gut ausgebildet. Er lehnte sich in seinem Stuhl zurück, zufrieden über die Vorteile dieses Arrangements. Er konnte sich durchaus daran gewöhnen, ein Hausmädchen zu haben, das er für sich springen lassen konnte.

»Bitte sehr, Ihr Kaffee. Möchten Sie noch etwas? Ansonsten mache ich jetzt Ihr Bett, Herr Huber.« Ihre Worte waren abgehackt und die Furcht stand ihr ins Gesicht geschrieben.

Das würde niemals funktionieren. Er sprang auf und stieß dabei seinen Stuhl um. Sie stürmte los, um ihn aufzuheben, stolperte und verschüttete den Kaffee über die teure weiße

Leinentischdecke, die mit zarten, goldenen Weihnachtsstickereien verziert war.

Zitternd und mit niedergeschlagenen Augen stand sie wie ein ungezogenes Kind vor ihm, auf ihre Bestrafung wartend.

»Du nutzloser Trottel! Schau, was du angerichtet hast! Hast du eine Ahnung, wie viel diese Tischdecke gekostet hat? Nein, das weißt du nicht, denn du bist nichts weiter als ein Jude, unwürdig, auf dieser Erde zu wandeln!« In dem Augenblick, in dem die Worte seinen Mund verließen, bereute er sie auch schon. Er hob seinen Stuhl vom Boden auf und ließ sich darauf sinken. »Es tut mir leid. Setz dich.«

Margarete warf ihm einen sturen Blick zu und rührte sich nicht.

»Setzen, habe ich gesagt!« Er erhob seine Stimme gerade so weit, dass sie seinem Befehl folgte. Als sie ihm gegenüber am Tisch Platz genommen hatte, atmete er tief aus. »Es tut mir wirklich leid. Wir müssen beide unsere Rollen perfekt spielen, nicht nur du. Ich möchte dir und deinem Kind helfen, aber ich werde dafür nicht meine Karriere aufs Spiel setzen.« Er steckte bereits knietief im Schlamassel, aber das musste sie ja nicht wissen. »Du bleibst so lange in der Sicherheit dieser Wohnung, bis solche Ausrutscher wie eben nicht mehr vorkommen. Du musst dich wie Annegret verhalten. Du musst wie sie werden. Du darfst nicht eine Sekunde lang vergessen, dass du sie bist.«

»Es tut mir leid, Herr ...« Sie fing sich und sagte: »Ich meine, Wilhelm.«

»Wenn ich es mir recht überlege, solltest du mich lieber Wilm nennen. So hat mich Anne immer genannt.« Die anderen, weniger schmeichelhaften Spitznamen, die seine Schwester in ihrer Kindheit erfunden hatte, erwähnte er nicht.

»Wilm.« Sie sagte es zögernd, als wolle sie herausfinden, ob sie tatsächlich so respektlos mit ihm sprechen durfte.

Sie würde noch eine Menge lernen müssen. Er hatte beinahe Mitleid mit ihr, obwohl sie für die großartige Chance, die er ihr bot, dankbar sein sollte. Welches jüdische Mädchen träumte nicht davon, die Tochter eines reichen und einflussreichen SS-Standartenführers zu sein?

Er lächelte sie aufmunternd an. »Ist doch gar nicht so schwer, oder?«

»Nein, Wilm. Was sonst erwartest du, das ich tun oder lassen soll? Gestern hast du gesagt, ich soll deinen Haushalt führen, aber Annegret hat noch nie in ihrem Leben einen Handstreich getan.«

Bildete er sich das nur ein, oder sah sie ihn spöttisch an?

»Das mag stimmen, aber du scheinst nicht zu wissen, dass sie seit dem Tod unserer Eltern mittellos und somit auf die Mildtätigkeit ihrer Brüder angewiesen ist. So wie ich das sehe, kann sie sich entweder mit Reiner arrangieren, der das gesamte Familienvermögen geerbt hat, oder sie kann sich dafür entscheiden, mit ihrem Lieblingsbruder Wilm in Paris zu leben. Der muss leider von seinem mageren Gehalt als Oberscharführer leben, weshalb sie sich anpasst und lernt wie man einen Haushalt führt.« Er schaute zufrieden. »Wir müssen alle Opfer für den Krieg bringen.«

»Ja, das müssen wir.«

* * *

Am Nachmittag klingelte das Telefon.

»Wilhelm Huber«, meldete er sich.

»Ich bin's, Erika. Ich wünsche dir frohe Weihnachten.«

»Dir auch ein frohes Fest. Haben den Kindern die Geschenke gefallen?« Er plauderte ein paar Minuten mit Erika, wohl wissend, dass Margarete gerade die Küche putzte und jedes Wort mithören konnte. Deshalb nahm er das Telefon in die Hand, entwirrte die Schnur, ging ins Schlafzimmer und schloss die Tür hinter sich.

Erika und Reiner durften niemals erfahren, dass Annegret mit ihm in Paris lebte.

Zum Glück machte Erika es kurz, denn Ferngespräche waren unglaublich teuer, und sagte: »Ich gebe dich an Reiner weiter. Er will mit dir sprechen.«

»Frohe Weihnachten, kleiner Bruder. Schade, dass du nicht bei uns bleiben konntest. In Berlin passieren gerade sehr wichtige Dinge«, sagte Reiner in seiner üblichen herablassenden Art.

»Das wünsche ich dir auch. Aber die Pflicht ruft und ich muss hier in Paris meinen Dienst für das Vaterland leisten.«

»Hast du etwas von Annegret gehört?«, fragte Reiner.

Wilhelm rieb sich über die Nasenwurzel. »Nein, tut mir leid. Ich hatte gehofft, sie sei inzwischen bei dir aufgetaucht.«

»Ist sie nicht. Wer weiß schon, was dieses Mädchen vorhat? Eines kann ich dir sagen, meine Töchter werden mit mehr Disziplin erzogen.«

»Da bin ich mir sicher.« Wilhelm hatte nicht die Absicht, einen Streit anzufangen, auch wenn er mit Reiners Erziehungsmethoden nicht einverstanden war.

»Du scheinst nicht sehr besorgt über Annes Verschwinden zu sein«, sagte Reiner.

»Du auch nicht.«

»Wenn ich du wäre, würde ich auf der Stelle einen Suchtrupp losschicken. Wenn sie nicht vor ihrem fünfundzwanzigsten Geburtstag heiratet, wirst du keinen Pfennig von Vaters Geld sehen, denn du wirst nie einen legitimen, männlichen Erben zeugen können.« Reiner lachte, als hätte er einen guten Scherz gemacht.

»Das Gefühl kennst du ja sehr gut. Wenigstens kannst du darauf hoffen, dass du nach zwei Töchtern endlich Manns genug warst, einen Sohn zu zeugen.«

»Du dreckige kleine Ratte.«

»Gern geschehen.« Wilhelm legte auf und hoffte, dass

Reiner so wütend war, dass er ihn für lange, lange Zeit nicht mehr anrufen würde. Zumindest so lange, bis Annegret verheiratet war und er Zugriff auf ihr Geld bekam.

Plötzlich kam ihm ein erschreckender Gedanke. Wie sollte er Reiner möglicherweise jahrelang daran hindern, mit Anne zusammenzutreffen? Er stöhnte auf und nahm sich vor, dieses Problem zu lösen, wenn es soweit war.

23

Margarete war bereits seit fünf Tagen in der kleinen Wohnung eingesperrt. Nach den Weihnachtsfeiertagen war Wilhelm die meiste Zeit des Tages im Büro und abends mit Kameraden aus gewesen, und hatte sie sich selbst überlassen.

Er hatte ihr eingeschärft, niemals ans Telefon zu gehen, aus Angst, es könnte Reiner sein. Sie hatte die Wohnung schon zweimal von oben bis unten blitzblank geputzt. Hatte seine Wäsche gewaschen und gebügelt, jeden noch so kleinen Nippes abgestaubt, das Bad geschrubbt, bis es glänzte, und jetzt war ihr langweilig.

Wilhelm liebte die Jagd nach Antiquitäten, aber er hatte kein einziges Buch in seiner Wohnung, womit sie sich die Zeit vertreiben könnte. Die einzige Ausnahme war Hitlers *Mein Kampf*, und sie war nicht mutig genug, dieses Symbol für die Unterdrückung ihres Volkes überhaupt in die Hand zu nehmen.

Also saß sie am Fenster und starrte auf die Straße hinunter, wo sich die Menschen tummelten. Neid auf jeden Einzelnen von ihnen machte sich in ihr breit, denn sie alle hatten ein Leben außerhalb der Enge von vier Wänden.

Als sie hörte, wie sich der Schlüssel im Schloss drehte, sprang sie ängstlich auf. Es war noch nicht dunkel und Wilhelm kam nie vor fünf Uhr abends nach Hause.

Im nächsten Moment öffnete sich die Tür, und sie war so erleichtert Wilhelm zu sehen, statt einer Horde Gestapobeamte, die kamen um sie abzuholen, dass sie sich ihm beinahe in die Arme warf.

»Was ist passiert?«, fragte sie atemlos.

Er grinste von Ohr zu Ohr. »Zieh deinen Mantel an. Wir gehen einkaufen.«

»Einkaufen?« Bisher hatte er auf dem Heimweg vom Büro immer Lebensmittel mitgebracht.

»Ja. Du brauchst schicke Kleidung und neue Schuhe. Einen Hut und ...«

»Ich brauche nichts von alledem.«

»Ein neuer Haarschnitt wäre auch nicht verkehrt. In diesen abgetragenen Sachen kannst du nicht unter die Leute gehen.«

»Aber das ist alles, was ich besitze. Außerdem gehe ich nie nach draußen, weil du mich hier drin einsperrst.«

Er warf ihr einen Blick zu, der schwer zu entziffern war. »Hörst du mir überhaupt zu? Ich sagte, wir gehen einkaufen.«

»Aber ich habe kein Geld ...« Sie schüttelte den Kopf.

»Betrachte es als Darlehen auf den Treuhandfonds, den du bekommst, wenn du fünfundzwanzig wirst.«

Ihre Augen weiteten sich vor Schreck. Er erwartete doch nicht etwa, dass sie die nächsten fünf Jahre als seine Schwester in seinem Haus leben würde?

»Vergiss, was ich gesagt habe, es war ein blöder Scherz«, sagte er hastig.

Dennoch vermittelte ihr sein Verhalten den Eindruck, als ob er aus Versehen die Wahrheit gesagt hatte. Vielleicht war das sein wahres Motiv, ihr zu helfen? Um an Annegrets Geld heranzukommen? Wie dem auch sei, es spielte keine Rolle.

»Wir sind in Paris, und meine Schwester muss nach der

letzten Mode gekleidet sein, wenn man uns die Geschichte abkaufen soll.«

»Gut, dann lass uns einkaufen gehen.« Sie sehnte sich danach, die Wohnung zu verlassen, die zu ihrem Käfig geworden war. Eifrig schlüpfte sie in ihren Mantel, was ihr ein Kopfschütteln von ihm einbrachte.

»Das Ding ist grässlich. Anne würde so etwas nicht einmal zu ihrer eigenen Beerdigung tragen. Wem hat der Mantel denn gehört? Deiner Urgroßmutter?«

»Meiner Tante. Bei der Rationierung ...«

»Nun, hier gibt es Möglichkeiten, modische Kleidung zu bekommen, die man in Deutschland nicht kaufen kann. Manchmal zahlt es sich aus, bei der SS zu sein«, sagte er fröhlich.

Margarete erschauderte. Immer wieder vergaß sie, dass er ein Nazi war.

Sie fuhren mit dem Aufzug nach unten, wo Wilhelm die Concierge abwimmelte, die Anstalten machte, eine langwierige Befragung darüber zu führen, warum Annegret die ganze Woche die Wohnung nicht verlassen hatte.

Als sie auf die Straße traten, atmete Margarete tief ein. Die Luft roch unangenehm nach Kohlenrauch vom Heizen, doch für sie war es der Duft der Freiheit. Ihre Augen schweiften umher und nahmen ihre Umgebung mit einem Hauch von Ehrfurcht und Staunen wahr.

»Paris ist so schön«, sagte sie, als sie neben Wilhelm spazierte.

»Das ist es. Ich habe mich am ersten Tag in die Stadt verliebt. Trotz des Krieges und des hartnäckigen französischen Widerstands gibt es hier so viel Schönheit.«

Sie nahm sich vor, ihm nicht zu widersprechen, obwohl sie durchaus verstehen konnte, warum die Franzosen über die Besetzung nicht begeistert waren.

Er nahm sie mit zu all den Geschäften, in denen deutsche

Offiziere schöne Dinge für ihre Frauen oder Geliebten kaufen konnten – und sie sah keinen einzigen französischen Kunden in diesen Läden. Ihr Herz fühlte mit den Menschen, die in ihrem eigenen Land an den Rand gedrängt wurden, fast so, wie sie es in Deutschland erlebt hatte, als sie noch Margarete war.

Stunden später schmerzten ihre Füße und ihr Kopf schwirrte von all den neuen Dingen, die Wilhelm für sie gekauft hatte. Er hatte einen erstaunlich guten Geschmack und so hatte sie ihm sowie den Verkäuferinnen die Auswahl überlassen. Ohnehin bezahlte er ja die Einkäufe.

Sie wollte gar nicht an die schwindelerregenden Summen denken, die den Besitzer wechselten. Ausgestattet mit Strümpfen, Stiefeletten, einem weichen und warmen Mantel mit Pelzkragen, einer passenden Mütze und Handschuhen, verließ sie den x-ten Laden in einem neuen königsblauen Wollkleid und konnte nicht anders, als ihr Spiegelbild zu bewundern.

»Du siehst umwerfend aus«, sagte Wilhelm mit Wärme in seinem Blick und seiner Stimme.

»Danke. Ich fühle mich ganz anders, seit ich die neuen Sachen trage. Es mag seltsam klingen, aber in dem Moment, in dem ich in dieses wunderschöne Kleid geschlüpft bin, habe ich mich sofort viel selbstbewusster gefühlt.«

»Das ist überhaupt nicht seltsam. Nicht umsonst heißt es ›Kleider machen Leute‹. Oder warum glaubst du, trägt Gott und die Welt eine Uniform?«

Sie legte den Kopf schief und sah Wilhelm an. »Weil sie damit besser aussehen?«

Sein Glucksen ließ ein warmes Gefühl durch sie hindurchströmen. Er war so nett zu ihr, dass sie oft vergaß, ihn als Bösewicht zu betrachten.

»Das ist nicht der Hauptgrund. Ja, man fühlt sich in Uniform selbstbewusster und autoritärer, so wie du es in diesem wunderschönen Kleid tust, aber noch wichtiger ist, dass die anderen Menschen Respekt vor dem Träger einer Uniform haben, denn sie sehen nicht den unsicheren Jungen, sondern den selbstbewussten Mann.«

Sie fragte sich, ob er von sich selbst sprach, aber trotz ihrer wachsenden Vertrautheit, wagte sie es nicht, ihn danach zu fragen. Stattdessen zog sie es vor, das Gespräch wieder auf sicheres Terrain zu steuern. »Paris ist wirklich die Stadt der Mode. Nicht einmal die Damen der oberen Zehntausend in Berlin können sich mit der durchschnittlichen Französin messen. Ich weiß nicht, wie sie das machen.«

»Nun, jetzt kannst du es mit jeder Französin aufnehmen, Anne.« Er umarmte sie herzlich, wie es ein großer Bruder tun würde.

Margarete lehnte sich entspannt an seine Brust und merkte kaum, wie das unsichere, verfolgte und ängstliche Mädchen, das sie gewesen war, langsam aus ihrem Leben verschwand und sie allmählich zu Annegret wurde. Eine junge, schöne Frau, der alle Möglichkeiten offenstanden, weil sie der sogenannten arischen Herrenrasse angehörte.

»Sollen wir irgendwo eine Brioche essen? Du siehst erschöpft aus.« Wilhelm war heute außergewöhnlich gut gelaunt.

Es war ihr erster Tag in Freiheit, also wollte sie sich die Gelegenheit nicht entgehen lassen, eines der berühmten französischen Gebäckstücke zu kosten. »Sehr gerne. Nochmals vielen Dank für alles.«

Sein Blick verweilte viel zu lange auf ihrem Körper. »Deine Verwandlung ist bemerkenswert. Mit der neuen Frisur und dem Make-up würde niemand auf die Idee kommen, dass ...« Da sie in der Öffentlichkeit waren, sprach er nicht aus, wovon sie beide wussten, dass er es dachte. *Dass du noch vor einem Monat das jüdische Dienstmädchen meiner Eltern warst.*

»Wir müssen noch eine Sache für dich besorgen«, sagte er im Café, als er an seiner Tasse nippte.

Was könnte sie wohl sonst noch brauchen? Vorsichtig, um

ihn nicht zu verärgern, ahmte sie die Art nach, wie er an seinem Kaffee nippte, und sagte mit Annegrets hoher, klarer Stimme, die sie tagelang eingeübt hatte: »Was schwebt dir noch vor, Wilm?«

Abrupt stellte er seine Tasse auf der Untertasse ab und starrte sie verdattert an. »Sag das noch einmal!«

»Was schwebt dir noch vor, Wilm?«

»Das war fantastisch! Wie hast du das gemacht? Ich meine, ich dachte wirklich, dass ... du weißt schon, wer ... gesprochen hat.«

Sie strahlte vor Stolz. »Ich habe stundenlang geübt, als du weg warst, um genau die richtige Tonlage hinzubekommen.«

»Es klingt absolut perfekt.« Er grinste bis über beide Ohren. »Du bist bereit, in die Gesellschaft eingeführt zu werden, Annegret Huber. Wir brauchen nur noch das passende Kleid für dich.«

»Passender als das, was ich anhabe?«

»Das ist nichts im Vergleich zu dem, was ich mir vorstelle. Wir sind vom Militärgouverneur von Paris zu einem Neujahrsempfang eingeladen und du wirst der Star des Abends sein.«

Sie erbleichte bei der Vorstellung, Dutzenden von Nazis vorgestellt zu werden, die jede ihrer Bewegungen genauestens beobachten. »Hältst du das für eine gute Idee? Vielleicht gibt es jemanden, der mich aus Berlin kennt.«

»Das bezweifle ich. Anne hat sich nie unter die Militärs gemischt. Sie war mehr an Schauspielern, Regisseuren und anderen Künstlern interessiert. Sie hatte die irrige Vorstellung, dass sie Schauspielerin werden könnte. Als ob unser Vater ihr jemals erlaubt hätte, einen so unschicklichen Beruf zu ergreifen. Einen Mann zu küssen, damit alle es auf der Leinwand sehen können. Skandalös!«

»Ich denke trotzdem es ist besser, wenn du alleine hingehst«, sagte sie. Ein fester Knoten bildete sich in ihrem

Magen, wenn sie auch nur daran dachte an dieser Festivität teilnehmen zu müssen.

»Keine Sorge, ich habe große Pläne für dich.«

Diese Antwort ließ die Beklemmung in ihrem Magen ins
Unermessliche wachsen.

24

»Das Taxi wird jeden Moment hier sein«, verkündete Wilhelm.

»Bist du sicher, dass ich mitgehen soll?« Margaretes Magen verkrampfte sich, trotz des wunderschönen, figurbetonten, Selbstvertrauen weckenden Abendkleides, das einer Prinzessin würdig war. Das leuchtend rote Kleid ließ sie auffallen, obwohl sie sich eigentlich nur verstecken und unauffällig bleiben wollte.

»Ja. Die Leute haben mich schon gefragt, warum ich dich nie mitbringe. Sie könnten Verdacht schöpfen, dass mit dir etwas nicht stimmt.«

»Du könntest ihnen sagen, dass ich mich unwohl fühle.«

»Und damit noch mehr Verdacht erregen?«

Sie senkte den Blick, weil er immer noch glaubte, dass sie in anderen Umständen war. »Oder du könntest sagen, dass ich bereits eine andere Einladung habe.«

»Und den Militärgouverneur beleidigen? Niemand, schon gar nicht Annegret Huber, schlägt eine Einladung zu seiner Silvesterfeier aus.« Er tätschelte ihren Arm und sagte in einem beruhigenden Ton: »Du schaffst das schon. Du hast es bis zur Perfektion gemeistert, wie Anne auszusehen, zu sprechen und sogar zu gestikulieren. Außerdem müssen wir dich der Öffentlichkeit präsentieren, bevor sich dein Bauch zeigt, sonst wird es sofort bemerkt.«

»Woher weißt du das?«

Er schenkte ihr ein verschmitztes Grinsen. »Ich habe mich diskret erkundigt bei Leuten, die sich mit heiklen Situationen auskennen.«

»Du hast was getan?« Es kostete sie all ihre Kraft, ihre Stimme leise zu halten.

»Dachtest du etwa, ich würde so etwas Wichtiges dem Zufall überlassen? Wenn mein anderer Plan nicht rechtzeitig aufgeht, ist es essentiell, den Schein zu wahren. Ich werde nicht zulassen, dass du Schande über die Familie Huber bringst.«

Wieder einmal wunderte sie sich, warum er ihr half, wo er doch so sehr um die Ehre seiner Familie besorgt war und die Juden hasste. Welches Motiv konnte so stark sein, dass er sein eigenes Leben riskierte, um sie zu verstecken?

»Möchtest du mir sagen, was dein anderer Plan ist?« Sie hielt ihren Tonfall betont lässig, fast desinteressiert, um ihre innere Anspannung nicht zu verraten.

»Dich zu verheiraten.«

Es dauerte eine Weile, bis sie die Bedeutung seiner Worte verarbeitet hatte, doch dann platzte sie heraus: »Das werde ich ganz sicher nicht tun!«

»Liebst du Horst Richter?«

»Natürlich nicht.« Die Worte purzelten heraus, bevor sie nachgedacht hatte.

Wilhelm schaute sie verwirrt an. »Warum willst du dann nicht heiraten?«

»Weil ...« Musste sie ihm ihre Gründe wirklich erklären? Warum um alles in der Welt sollte sie einen Mann heiraten wollen, den sie kaum kannte? Während sie sich für jemand anderen ausgab?

»Siehst du? Es gibt keinen Grund abzulehnen. Eine Heirat

wird all unsere Probleme lösen. Es muss nur schnell genug gehen, damit wir Richters Kind als das deines Ehemannes ausgeben können.«

»Das ist so falsch.« Ihre Beine zitterten und sie musste sich an der Kommode festhalten.

»Du wirst es trotzdem tun. Heute Abend bekommst du die Gelegenheit, deinen zukünftigen Ehemann zu bezirzen.« Er schaute aus dem Fenster auf die Straße hinunter und fügte hinzu: »Unser Taxi ist da.«

Margarete schäumte vor Wut.

Er nahm ihren Arm und sein warmer Atem strich über ihre Wange, als er ihr ins Ohr flüsterte: »Vergiss nie, dass dein Leben davon abhängt, wie folgsam du bist.«

»Das tue ich nicht«, seufzte sie. »Aber muss ich denn für alle Ewigkeit Annegret bleiben?«

Scheinbar überrascht führte er sie in den Aufzug und wartete, bis die Tür geschlossen war, bevor er antwortete. »Ehrlich gesagt, habe ich darüber nicht wirklich nachgedacht.«

Das war so typisch für ihn, dass er dieses kleine Detail nicht bedacht hatte. Schließlich ging es nicht um seine Identität. »Vielleicht könnten wir meinem Zukünftigen sagen, wer ich wirklich bin?«, schlug sie vor.

»Ganz sicher nicht. Das ist viel zu gefährlich. Je weniger Leute Bescheid wissen, desto besser.« Seine Gesichtszüge wurden weich und seine Stimme warm, als er sie musterte und dann fortfuhr: »Ich werde dafür sorgen, dass dein Ehemann dich gut behandelt.«

Sie öffnete den Mund um zu antworten, doch in diesem Moment ging die Fahrstuhltür auf und Madame Badeaux schoss wie ein Torpedo aus ihrem Hausmeisterkämmerchen. Margarete hätte schwören können, dass diese Frau einen Alarm installiert hatte, der auslöste, sobald einer der Mieter den Aufzug benutzte.

»Guten Abend, Herr Huber, Fräulein Huber. Sie gehen aus?«

Wilhelm tat ihr den Gefallen und ließ sich zu einer Antwort herab. »Ja, Madame Badeaux, meine Schwester und ich sind auf der Silvesterfeier des Militärgouverneurs eingeladen. Unser Taxi wartet schon.«

Noch bevor die Concierge etwas erwidern konnte, öffnete er für Margarete die Tür. »Warten Sie nicht auf uns, es wird spät!«, rief er Madame Badeaux zu.

Nach einer schweigsamen Fahrt kamen sie vor dem Hotel Meurice an, das prächtig geschmückt war. Allerdings prangten neben den eleganten Weihnachtsdekorationen auch die allgegenwärtigen Hakenkreuzfahnen in jedem Raum.

Sie gaben ihre Mäntel ab und schlängelten sich durch die Menge. Wilhelm legte großen Wert darauf, sie jedem Gast als seine jüngere Schwester vorzustellen. Als es Zeit war, für den ersten Gang Platz zu nehmen, saß auf dem Platz neben ihr ein SS-Offizier, der eine sehr elegante, dunkelhaarige Frau am Arm hatte.

»Gerald, das ist meine Schwester Annegret, Anne, das ist mein guter Kamerad, SS-Oberscharführer Gerald Nadler.«

»Es ist mir ein Vergnügen, Fräulein Huber. Bitte nennen Sie mich Gerald, Ihr Bruder und ich sind hier in Paris gute Freunde geworden.« Er beugte sich vor und küsste ihre Hand.

Margarete hatte ihre Reaktion unzählige Male vor dem Spiegel geübt und fiel ohne Probleme in ihre Rolle. »Vielen Dank, Gerald. Bitte nennen Sie mich Anne. Alle haben mich so herzlich aufgenommen, ich fühle mich in Paris schon ganz wie zu Hause.«

Hatte sie sich das nur eingebildet oder hatte die schöne Frau an seiner Seite ihr gerade einen bösen Blick zugeworfen?

»Das ist Paulette,« stellte Gerald seine Begleiterin vor, wobei er sie mit der begeisterten Bewunderung eines verliebten Mannes ansah.

»Freut mich, Sie kennenzulernen«, sagte Margarete und reichte der anderen Frau die Hand.

Paulette sah umwerfend aus in ihrem schimmernden, weißen Abendkleid, das einen wunderbaren Kontrast zu ihrem gebräunten mediterranen Teint bildete. Ihr schwarzes Haar war zu einer ausgefallenen Hochsteckfrisur frisiert, einzelne Locken hingen von den Schläfen herab. Die dunkelbraunen Augen und die vollen, roten Lippen vervollständigten das Bild der Eleganz. Einmal mehr war Margarete von den Französinnen beeindruckt.

Denn es bestand kein Zweifel daran, dass sie Französin war, sogar bevor sie ihr erstes Wort gesprochen hatte.

»Willkommen in Paris, Fräulein Huber«, sagte Paulette mit einem reizenden Akzent, der den deutschen Satz wie eine Melodie klingen ließ.

»Bitte nennen Sie mich Anne. Das tun alle.« Aus den Augenwinkeln heraus bemerkte Margarete, wie Wilhelm ihr einen überraschten, aber durchaus anerkennenden Blick zuwarf.

Der Abend nahm seinen Lauf, und wie Wilhelm vorausgesagt hatte, war Annegret der Star der Veranstaltung. Es kam nicht oft vor, dass eine ledige Tochter aus gutem Hause nach Paris kam, und natürlich übertrafen sich alle in Frage kommenden Junggesellen in ihren mehr oder weniger dezenten Annäherungsversuchen. Französische Mädchen waren gut genug, um sich mit ihnen zu vergnügen, aber ein Mann, der heiraten und eine Familie gründen wollte, musste sich unter seinesgleichen umsehen. Ein gewisser Ludwig Greiner schien besonders von ihr angetan zu sein und wich den ganzen Abend nicht von ihrer Seite.

Auch die verheirateten Männer wollten Annes Bekanntschaft machen, und so wurde sie ununterbrochen zum Tanz aufgefordert. Irgendwann beobachtete Wilhelm, wie sie anmutig in den Armen seines Chefs, Obersturmführer Bicke, über das Parkett schwebte.

Tanzen war eine weitere Sache, die Wilhelm mit ihr geübt hatte. Sie hatten unzählige anstrengende, wenn auch recht vergnügliche Tanzstunden in seiner Wohnung verbracht. Es war erstaunlich, wie ein wenig Zeit und Aufmerksamkeit aus dem niedlichen, aber drögen und ungebildeten Dienstmädchen eine schöne und selbstbewusste Frau gemacht hatten. Vielleicht irrte sich Hitler und die Juden konnten unter der richtigen Anleitung in wertvolle Bürger verwandelt werden – zumindest einige von ihnen.

»Ihre Schwester ist so reizend! Warum haben Sie sie denn die ganze Zeit versteckt gehalten?«, sagte Bicke.

»Annegret ist erst vor kurzem, nach dem tragischen Tod unserer Eltern, zu mir gezogen.«

»Nochmals, mein aufrichtiges Beileid.« Bicke nahm Margaretes Hand und drückte ihr einen Kuss auf den Handrücken. Ein Kuss, der viel zu lange dauerte, um höflich zu sein. »Wir müssen uns öfter sehen, Fräulein Huber.«

Margarete warf ihm ein strahlendes Lächeln zu. »Ich bin sicher, mein Bruder hätte nichts dagegen.«

Ein scharfer Stich der Eifersucht traf Wilhelm. Ausgerechnet Bicke! Er konnte nicht zulassen, dass sie sich in seinen Chef verliebte. Sie musste einen dümmlichen, verzweifelten Kerl heiraten, der pleite genug war, das Kind eines anderen Mannes im Tausch gegen einen Anteil an ihrem Erbe als sein eigenes auszugeben. Idealerweise einen einfachen Soldaten, dem er mit einer Versetzung zum Afrikakorps drohen konnte, sollte er Probleme bereiten.

»Anne trauert immer noch um den Verlust unserer Eltern. Es war schwer genug, sie zum Besuch dieser Feier heute Abend zu überreden. Aber ich werde sehen, was ich tun kann.«

Wenigstens hatte sie den Anstand, bei seiner Abfuhr zerknirscht dreinzuschauen. Bicke hingegen schien nicht zu verstehen, dass seine Schmeicheleien unwillkommen waren und sagte: »Es wäre mir eine Ehre, Ihnen die Schönheiten von Paris zu zeigen, um Sie von diesem tragischen Schicksalsschlag abzulenken. Wir alle trauern um Ihren Vater, er war ein so wunderbarer Mensch.«

Sie kannten ihn nicht einmal!, dachte Wilhelm.

Zum Glück wurde angekündigt, dass das Dessert nun serviert würde und alle auf ihre Plätze zurückkehren sollten. Als Bicke sich verabschiedet hatte, zischte Wilhelm Margarete an: »Was hast du dir dabei gedacht, meinem Vorgesetzten schöne Augen zu machen? Du bist nicht irgendein dahergelaufenes Flittchen. Du bist meine Schwester.«

Sie schaute ihn abschätzend an. »Wolltest du mich nicht auf die Schnelle verheiraten? Er sieht gut aus und scheint ein angenehmer Zeitgenosse zu sein.«

Maßlose Wut stieg in ihm auf. Am liebsten hätte er sie geohrfeigt, weil sie es überhaupt in Betracht zog, sich einem anderen Mann hinzugeben, wo er doch derjenige war, der ... Er erschrak selbst über seinen Gedanken, denn er war schließlich nicht im Geringsten an ihr interessiert. Zum einen gab sie vor, seine Schwester zu sein, zum anderen war sie trotz allem immer noch eine Jüdin. Zwei sehr gute Gründe, keine romantischen Gefühle für sie zu hegen. Er holte tief Luft und murmelte: »Er ist ungeeignet. Abgesehen davon ist es allein meine Entscheidung, wen du heiraten wirst.«

»Gewiss doch, mein liebster Wilm«, sagte sie mit der sanften, unterwürfigen Stimme, die sie benutzte, um ihn zu beschwichtigen. Aber das rebellische Aufflackern in ihren Augen gefiel ihm überhaupt nicht.

»Wir werden zu Hause über dein Benehmen sprechen«, sagte er. Dann setzte er eine freundliche Miene auf, weil Paulette auf sie zukam. Wenigstens wusste diese Frau, wie man gehorsam war. Jedenfalls wenn man Gerald Glauben schenken durfte, der ununterbrochen damit prahlte, dass sie ihm jeden Wunsch von den Augen ablas.

Der Tisch füllte sich; sobald alle Platz genommen hatten, servierten die Kellner die köstlichste Crème brulée, die Wilhelm je gekostet hatte. Wein und Schnaps flossen in Strömen, und schon bald war es Mitternacht.

Der Militärgouverneur hatte ein Feuerwerk arrangiert, so dass sich alle Gäste nach draußen begaben, um den Beginn eines weiteren erfolgreichen Jahres zu feiern. Hoffentlich würde es der Wehrmacht ebenso viele fantastische Siege bringen wie das vorangegangene Jahr. Dann wäre Europa Ende 1942 ein einziges, friedliches Land, das unter deutscher Herrschaft vereint war.

Kurz vor Sonnenaufgang fiel er erschöpft auf sein Bett. In seinem Kopf wirbelte es, nicht nur wegen des Alkohols. Keiner der Anwesenden hatte sich für eine Heirat mit Annegret als geeignet herausgestellt. Einigen von ihnen mochte es egal sein, einen Bastard großzuziehen, aber er war sich sicher, dass jeder einzelne Mann auf der Feier keine Sekunde zögern würde, sie beide zu denunzieren, sollte er die Wahrheit über Anne herausfinden.

Wieder einmal fragte er sich, welcher Teufel ihn geritten hatte, ihr zu helfen. Nicht einmal die Aussicht auf das beträchtliche Erbe war die Gefahr wert, aufgeknüpft zu werden. Sein Herz krampfte sich bei dem Gedanken zusammen, dass Margarete etwas zustoßen könnte, und obwohl er nicht verstand, warum er plötzlich eine Schwäche für eine Jüdin entwickelt hatte, wollte er alles in seiner Macht stehende tun, um sie zu beschützen. Selbst wenn das bedeutete, sie mit einem anderen Mann zu verheiraten …

Sie hatte bei der heutigen Veranstaltung einen hervorragenden Eindruck hinterlassen. In dem roten Kleid, mit der schimmernden weißen Haut, dem nach der neuesten Pariser Mode frisierten braunen Haar und ihren lebhaften, intelligenten, schönen, haselnussbraunen Augen hatte sie wie eine echte Märchenprinzessin ausgesehen.

Seine Gedanken drehten sich im Kreis und landeten wieder dort, wo sie angefangen hatten: bei der Suche nach einem geeigneten Ehemann. Ellen hatte recht. Der Bräutigam musste genauso verzweifelt nach Schutz suchen wie Margarete. Jemand, der unweigerlich in ein Konzentrationslager geschickt werden würde, wenn sein dunkles Geheimnis ans Licht kam. Aber wie sollte er einen solchen Mann finden? Ellen anzurufen und sie um Hilfe zu bitten, kam nicht in Frage, weil man nie sicher sein konnte, dass die Leitung nicht abgehört wurde.

Viel später, als er endlich einschlief, hatte er immer noch keine Lösung gefunden.

25

Ein paar Tage darauf kam Wilhelm abends mit einer Einkaufstasche voller Lebensmittel nach Hause.

»Schau mal, was ich bekommen habe!«

Margarete freute sich, wenn er nach Hause kam, um Zeit mit ihr zu verbringen, und das nicht nur, weil sie sich allein in der kleinen Wohnung unglaublich langweilte. »Zeig mal her.«

Er nahm ein großes Stück Fleisch aus der Tüte und hielt es hoch. »Ich habe den Metzger extra um Rindfleisch gebeten, weil ...« Er beendete seinen Satz nicht, dennoch verstand sie, dass er es aus Respekt getan hatte, weil Juden kein Schweinefleisch aßen.

»Wir waren zu Hause nicht sehr religiös, also hätte es mir nichts ausgemacht, aber vielen Dank für deine Rücksichtnahme.« Sie nahm ihm die Tüte ab und ging in die Küche.

Er folgte ihr und verweilte in der Tür. Das war an sich nicht ungewöhnlich, denn er sah ihr gerne beim Kochen zu oder plauderte mit ihr. Doch heute fühlte es sich anders an. Sein Blick bohrte sich tief in ihren Rücken und sie spürte, wie sich auf ihrer Haut eine Gänsehaut bildete.

Nach einer Weile räusperte er sich und sagte: »Kann ich dir vertrauen?«

»Was?« Sie drehte sich um, ihre Hände blutig von dem Rindfleisch, das sie gewürzt hatte.

»Kann ich dir vertrauen, dass du nicht wegläufst oder etwas anderes Dummes tust?«

Sie seufzte. Wie oft hatte sie schon mit dem Gedanken gespielt, ihrer Gefangenschaft ein Ende zu setzen? Erst vor zwei Tagen hatte er vergessen, die Tür abzuschließen, als er zur Arbeit gegangen war. Aber so sehr sie sich auch nach Freiheit sehnte, wusste sie doch, dass sie nirgendwo in Paris oder gar in ganz Frankreich sicher sein würde. »Ich gebe es nur ungern zu, aber ich habe mich damit abgefunden, dass der sicherste Ort für mich hier bei dir ist.«

Ein aufrichtiges Lächeln erhellte ein Gesicht. »Ich ... du ... ich meine ... was ich wollte ...« Er brach ab, holte tief Luft und versuchte es erneut. »Was ich sagen wollte, ist, ich möchte, dass du dich wohlfühlst und Dinge tust, die dir Spaß machen. Wenn ich mir also keine Sorgen machen muss, dass du wegläufst ...«

»Ich verspreche, das werde ich nicht«, unterbrach sie ihn schnell.

»... dann würde ich Geralds Freundin Paulette bitten, mit dir auszugehen und dir die Stadt zu zeigen? Sie kann dich herumführen, dir beim Einkaufen helfen, dir etwas Französisch beibringen?«

Margarete war gerührt. »Das wäre schön.«

»Gut.« Er drehte sich erleichtert um.

»Warte!« Da er so nett zu ihr gewesen war, verspürte sie plötzlich den Drang, ihm die Wahrheit zu sagen. Aber in dem Moment, in dem seine Augen die ihren trafen, bekam sie Angst vor ihrer eigenen Courage. »Du willst dich sicher erst umziehen.«

»Das kann warten. Du wolltest mir etwas sagen.«

»Es war nicht so wichtig.«

»Für mich klang es sehr wichtig.« Er verringerte den Abstand zwischen ihnen und legte ihr eine Hand auf die Schulter, was sie bis ins Mark traf, weil er es normalerweise peinlichst vermied, sie zu berühren. »Sei nicht schüchtern und sag mir, was dich bedrückt.«

»Es hat nie ein Kind gegeben.« Da, sie hatte es gesagt. Mit angehaltenem Atem wartete sie auf seine Reaktion, aber außer einem verwirrten Stirnrunzeln geschah nichts.

»Welches Kind?«

»Meins. Ich war nie schwanger.«

Endlich schien er zu verstehen. Seine Brauen zogen sich zusammen. »Das kann nicht sein. Horst Richter hat gesagt ...«

»Das ist eine lange Geschichte.«

»Dann setzen wir uns besser.«

Sie drehte sich um, um sich die Hände zu waschen und abzutrocknen, bevor sie ihm ins Wohnzimmer folgte, wo sie sich auf der Chaiselongue niederließ, während er zwei Gläser Cognac einschenkte.

»Weiß Richter Bescheid?«

Sie schüttelte den Kopf. »Er glaubt, dass ich, oder vielmehr Anne, von einem verheirateten Mann verführt wurde. Deshalb fühlte er sich genötigt, mir zu helfen – um den Ruf deines Vaters nicht zu beschmutzen.«

»Er ist also nicht dein Liebhaber?«

»Natürlich nicht!« Allein der Gedanke mit dem Gestapobeamten, der mindestens doppelt so alt war wie sie, intim zu sein, ließ sie erschaudern.

Wilhelm legte den Kopf schief und studierte sie aufmerksam, scheinbar erfreut darüber, dass sie nicht schwanger war. Nachdem er einen Schluck von seinem Cognac getrunken hatte, sagte er langsam: »Das wird es so viel einfacher machen, einen passenden Ehemann für dich zu finden.«

»Warum bestehst du immer noch darauf, mich zu verheiraten, wo ich doch der Ehre deiner Familie nicht mehr schaden kann?«

»Nun, da wir dabei sind unsere Karten auf den Tisch zu legen, sollte ich es dir wohl sagen. Es geht ums Geld.«

Margarete atmete zischend ein. »Das ist doch wohl ein Scherz, oder? Wer würde dich dafür bezahlen? Ich habe keine einflussreichen Freunde.«

Er gluckste. »Du hast recht, niemand würde auch nur einen Pfennig für dein Leben zahlen. Aber Annegret ... sie hat ein beträchtliches Treuhandvermögen geerbt, worüber sie an ihrem fünfundzwanzigsten Geburtstag verfügen kann, oder am Tag ihrer Hochzeit, je nachdem was vorher eintritt.«

»Deshalb hast du versucht, mich mit all diesen schmierigen Männern zu verkuppeln!« Das wohlig warme Gefühl, das sie noch vor wenigen Sekunden für ihn empfunden hatte, löste sich augenblicklich auf und hinterließ nichts als schale Enttäuschung.

»Es tut mir leid. Kein Mann, der etwas auf sich hält, würde eine von deiner Sorte heiraten, also musste ich jemanden finden, der bereit ist, seinen Mund zu halten, sollte er jemals herausfinden ...«

Ihre Schultern zitterten und es fiel ihr schwer, nicht in Tränen auszubrechen, als sie erkannte, welch widerliches Spiel er mit ihr gespielt hatte.

»Also, hast du jemanden gefunden, der sich auf deine Bedingungen einlässt? Und nach der Hochzeit willst du ihn wohl auszahlen und den Rest behalten? Hättest du mir das je gesagt?«

»Ich sage es dir jetzt.« Er kratzte sich am Kinn.

»Ich verstehe.« Zum ersten Mal betrachtete sie die kostbaren Antiquitäten in seiner Wohnung mit dem Auge eines Sammlers. Sie mussten ein Vermögen gekostet haben – zweifellos mehr, als ein Soldat, selbst ein SS-Oberscharführer, sich leisten konnte. Ohne das zusätzliche Geld, das ihm sein Vater regelmäßig schickte, konnte er sich den gewohnten Lebensstandard nicht mehr leisten. Deshalb hatte er die Gelegenheit beim Schopf gepackt. Einerseits verachtete sie ihn für seine eigennützigen Motive, andererseits konnte sie ihn sogar verstehen.

»Es soll nicht zu deinem Nachteil sein«, sagte Wilhelm.

»Was hält mich davon ab, mir selbst einen Mann zu suchen, zu heiraten und mein Geld zu behalten, sobald ich ihn ausbezahlt habe?«

»Die Tatsache, dass du nur eine Frau bist.«

»Was genau soll das denn heißen?«, schnaubte sie außer sich vor Wut. Sie konnte nicht glauben, dass sie Wilhelm noch vor wenigen Minuten für einen netten Menschen gehalten hatte.

»Es bedeutet, dass mein Vater der Meinung war, der Platz einer Frau sei in der Küche. Deshalb werde ich der Verwalter von Annes, oder besser gesagt, deines Vermögens, vom Tag deiner Hochzeit bis zu deinem fünfundzwanzigsten Geburtstag.«

»Ich schmore lieber in der Hölle, als dein perfides Spiel zu spielen!« Es war gelogen, aber ihre Wut war zu groß, um vernünftig zu sein.

»Tu dir keinen Zwang an. Soll ich die Gestapo rufen?«

»Das wagst du nicht!«, kreischte sie.

»Du hast recht, das würde ich nicht tun, denn du liegst mir zu sehr am Herzen«, murmelte Wilhelm.

Seine Worte gaben Margarete das Gefühl, als würde jemand den Sauerstoff aus dem Zimmer saugen. Sein Geständnis war herzerwärmend und bestürzend zugleich. So etwas durfte nicht passieren. Niemals. Zwischen einem SS-Offizier und einer Jüdin durfte es keine Beziehung geben. Nicht in Deutschland, nicht in Frankreich und auch an keinem anderen Ort auf dieser Welt.

»Ich kann das nicht tun«, sagte sie und flüchtete zurück in die Küche.

Er folgte ihr und sie spürte, wie sich sein Blick wieder in ihren Rücken bohrte, während er im Türrahmen wartete. Es war ziemlich enervierend und sie wünschte sich, er würde weggehen.

Als sie schließlich das Fleisch in eine Pfanne legte, drehte sie sich um, bereit, es mit ihm aufzunehmen. Er sah sie mit so viel Schmerz in den Augen an, dass sie ihn am liebsten in den Arm genommen und getröstet hätte. Aus offensichtlichen Gründen tat sie jedoch nichts dergleichen.

»Mein Vater hat testamentarisch verfügt, dass ich keinen einzigen Pfennig erhalte, bis ich eine eigene Familie gegründet habe und damit in seinen Augen reif genug bin, das Geld sinnvoll zu verwenden. Die Verfügungsgewalt über Annes Treuhandfonds zu bekommen, wäre meine finanzielle Rettung gewesen ... aber ... ich habe das nie wirklich durchdacht. Ich hatte vor, dich zu verheiraten, Annes Geld zu nehmen und nie wieder an dich zu denken. Doch in den letzten Wochen habe ich gemerkt, dass du ein echter Mensch bist – und ein netter noch dazu.« Er warf ihr einen verlegenen Blick zu. »Und ich habe angefangen, darüber nachzudenken, was nach der Hochzeit mit dir passieren wird. Du weißt schon, dass das hier für immer ist, oder? Es wird keinen Ausweg geben, niemals.«

»Nicht einmal nach dem Krieg?«

Er runzelte die Stirn. »Hitler wird seine Meinung über die Juden nicht ändern, nur weil der Krieg vorbei ist. Also ja, du wirst für den Rest deines Lebens Annegret sein müssen.«

Ihre Schultern sackten nach vorne. Die Gewissensbisse, weil sie ihre Kultur, ihre Erziehung und ihre Identität verleugnete, hatte sie immer damit weggewischt, dass es nur vorübergehend war, bis der Krieg vorbei war. Sie hatte nicht ein einziges Mal die Option in Betracht gezogen, die Wilhelm offenbar für selbstverständlich hielt: dass Deutschland diesen Krieg gewann und die Juden bis ans Ende der Zeit verfolgt werden würden.

»Das kann ich nicht.« Ihre Stimme war kaum mehr als ein Flüstern.

»Natürlich kannst du das. Ich werde dir dabei helfen, denn ich habe einen neuen Plan.«

Zögerlich blickte sie zu ihm auf und setzte all ihre Hoffnung in das, was er sich ausgedacht hatte.

»Annes Geld wird uns beide retten, denn wir werden damit an einen Ort fliehen, wo uns niemand kennt. Vielleicht nach Südamerika? Wie hört sich das an?«

»Du willst, dass ich mit dir fliehe und für immer auf einem fernen Kontinent lebe?« Bereits während sie diese Worte aussprach, überfiel sie das Heimweh.

»Wäre das so schlimm?« Sein Atem hauchte über ihr Gesicht und ließ ihre Haut kribbeln.

»Ich ... ich weiß nicht.«

»Du könntest sogar wieder Margarete sein, denn niemand muss erfahren, dass du Jüdin bist.«

Sein neues Vorhaben war viel zu gewaltig, um es in so kurzer Zeit zu verarbeiten und ihr wurde schwindelig von all den Enthüllungen der letzten fünfzehn Minuten. Sie brauchte dringend Abstand und sagte: »Ich mache besser Abendessen, sonst müssen wir heute hungrig zu Bett gehen.«

26

Wilhelm hielt Wort und gab ihr Annegrets Kennkarte zurück. »Jetzt kannst du kommen und gehen, wie du willst.«

Sie war ihm wirklich dankbar, dass er ihr die Freiheit gab, in Paris auszugehen und wie eine normale junge Frau ihres Alters zu leben. Nichtsdestotrotz spielte sie ab und zu mit dem Gedanken zu fliehen, verwarf das aber immer sofort wieder. Ohne Hilfe und eine neue Identität wäre es unmöglich, länger als ein paar Tage unentdeckt zu bleiben. Wenn sie ehrlich zu sich selbst war, hatte sie Angst vor dem Unbekannten und zog die relative Sicherheit bei Wilhelm vor.

Manchmal gingen sie zusammen ins Theater oder in ein Konzert, und eines Tages bat er sie, ihn auf den Flohmarkt zu begleiten, wo er eine Begeisterung und Lebensfreude an den Tag legte, die sie bei ihm nie zuvor gesehen hatte.

Er blieb vor einem Stand mit kleinen Statuen stehen, und Margarete konnte nicht anders, als die weiße Marmorskulptur einer Frau zu bewundern, die etwa zehn Zentimeter hoch war.

»Gefällt sie dir?«, fragte er strahlend.

»Ja, sie ist wunderschön.« Sie fuhr mit dem Finger über das Kleid der Skulptur, das mit so viel Sorgfalt in den Stein gemeißelt war, dass es aus durchsichtiger Seide zu sein schien. Auf dem Kopf und in den Falten ihres Rocks trug die Frau Rosen. Auch auf einem kleinen Sockel neben ihr stand ein Korb voller Rosen. Obwohl die Rosen aus weißem Marmor waren, bildete sich Margarete ein ihren verführerischen Duft zu riechen und ein leuchtendes Rot zu sehen.

»Ja, ein sehr schönes Stück.« Wilhelm drehte sich zu der Verkäuferin um und feilschte mit ihr in erstaunlich gutem Französisch um den Preis. Als er bezahlt hatte, drückte er die Statue in Margaretes Hand. »Sie gehört dir.«

»Das kann ich unmöglich annehmen.«

»Aber ich möchte, dass du sie bekommst.«

Sie wusste, dass sie ein so teures Geschenk nicht annehmen sollte, doch sie hatte sich auf den ersten Blick in die Skulptur verliebt, und jetzt, wo ihre Finger den glatten Marmor streichelten, der sich unter ihrer Berührung erwärmte, konnte sie nicht widerstehen. »Vielen Dank, Wilm.«

Als sie den Markt verließen, sagte sie: »Du hättest Kunsthändler werden sollen.«

Er drehte sich zu ihr und blickte sie unendlich traurig an. »Das wollte ich auch, aber mein Vater hielt eine Karriere beim Militär für angemessener.«

»Das tut mir leid.« Sie meinte es ernst. Unter anderen Umständen, in einem anderen Land, hätten er und sie Freunde werden können.

Die Wochen vergingen und das Leben in Paris wurde zur Routine. Jeden Tag wurde sie Annegret ähnlicher, so sehr, dass sie manchmal vergaß, wer sie wirklich war. Das war tröstlich und beängstigend zugleich, und sie wünschte sich so sehr einen Menschen, dem sie sich anvertrauen konnte.

Nur ein einziges Mal wollte sie über ihre innere Zerrissenheit und das Gefühl des Verrats sprechen, das sie oft empfand, wenn sie merkte, wie sie ihre Identität, vielleicht für immer, ablegte. Aber sie hatte niemanden.

Schon gar nicht Wilhelm, obwohl sie zugeben musste, dass sie gerne Zeit mit ihm verbrachte und sich jeden Abend darauf freute, wenn er von der Arbeit nach Hause kam. Aber er würde nicht verstehen, was sie durchmachte. Zwar sagte er in ihrer Gegenwart selten etwas Abfälliges über Juden; dennoch wusste sie, dass er ihr Volk als zwielichtigen Abschaum und als Bedrohung für das Deutsche Reich ansah.

Ihre einzige Freundin in Paris war Paulette, die sich als angenehme Gesellschaft erwiesen hatte. Anfangs waren sie auf Wilhelms Betreiben mit Gerald und Paulette ausgegangen. Dann hatte es nicht lange gedauert, bis Paulette sie einlud, mit ihr einige Stunden *unter Mädels* zu verbringen, was Wilhelm sogar unterstützt hatte. Doch nicht einmal ihr gegenüber konnte Margarete ehrlich sein. Zu viel stand auf dem Spiel.

Eines Tages war sie gerade dabei, das Wohnzimmer mit all den exquisiten Kunstwerken abzustauben, als es an der Tür klopfte. Sie schaute überrascht auf die Uhr. Es war noch nicht einmal Mittag und sie erwartete keinen Besuch. Sie wischte sich die Hände an der Schürze ab und öffnete die Tür, wobei sie sich wunderte, dass sie nicht die geringste Spur von Angst verspürte.

»Paulette? Was machst du denn hier?«

»Darf ich reinkommen, bitte?« Die sonst so schicke Frau stand laut schnaufend vor der Tür, die Haare in Unordnung und das Make-up verschmiert.

»Natürlich«, sagte Margarete und trat zur Seite. Sie mochte die Französin, auch wenn sie beim ersten Kennenlernen etwas skeptisch gewesen war. Margarete konnte nicht verstehen, warum eine schöne Frau wie Paulette freiwillig mit einem Nazi schlief. Aber dann dachte sie an ihre eigene Situation, und obwohl sie und Wilhelm nicht das Bett teilten, blieb sie doch bei ihm, weil sie seinen Schutz brauchte.

»Willst du dich frisch machen?«, fragte sie mit einem Blick auf Paulettes untypisch derangierten Zustand.

»Ja, bitte.«

»Ich mache uns Kaffee, und vielleicht habe ich noch etwas Baguette vom Frühstück.« Alle Pariser waren in diesen schwierigen Zeiten hungrig. Paulette selbst musste dank ihrer Liaison mit Gerald keinen Hunger leiden, aber vermutlich verteilte sie den größten Teil ihrer Rationen an Freunde und Familie.

Als Paulette in tadellosem Zustand wieder aus dem Bad auftauchte, schien sie auch ihr Selbstvertrauen wiedergefunden zu haben. »Es tut mir so leid, dass ich unangekündigt bei dir reinplatze, das hätte ich nicht tun sollen.«

Trotz Paulettes Bemühungen, gefasst zu klingen, spürte Margarete die unterschwellige Panik und sah die Frau an, die zu einer Freundin geworden war. »Ist etwas passiert?«

»Nein.« Paulette schüttelte den Kopf so heftig, dass ihre schwarzen Locken wippten.

»Ich werde niemandem davon erzählen. Vielleicht kann ich dir helfen. Hat Gerald etwas getan ...?«

»Nein, nein. Zwischen Gerald und mir ist alles in bester Ordnung.« Margarete glaubte ihr kein Wort, denn sie konnte Paulette die innere Zerrissenheit an ihrer Miene ablesen.

»Bitte. Ich möchte dir helfen. Du warst so nett zu mir, hast mit mir Französisch geübt. Du hast mich herumgeführt und mir erklärt, wie das Leben in Paris funktioniert.« *Und ich weiß immer noch nicht, warum du das getan hast, denn normalerweise seid ihr Franzosen den Deutschen gegenüber nicht sehr aufgeschlossen.* »Wenn ich irgendetwas tun kann, sag es mir bitte.«

Paulette überlegte eine Weile, bis sie schließlich sagte: »Es gibt da wirklich etwas. Falls jemand fragt, könntest du sagen, dass wir den Vormittag zusammen verbracht haben?«

»Natürlich.« Die Worte verließen Margaretes Mund, bevor sie die Konsequenzen überdenken konnte. Doch als sie die stille Welle der Erleichterung beobachtete, die über Paulettes Körper schwappte, konnte sie das Versprechen nicht zurücknehmen, auch wenn sie sich jetzt hundertprozentig sicher war, dass etwas nicht stimmte.

Auch Paulette begriff die Tragweite von Margaretes Entscheidung, denn sie fügte hinzu: »Wahrscheinlich fragt eh niemand, aber wenn du denkst, Wilhelm hätte etwas dagegen ...«

»Nein, nein. Bestimmt nicht. Er mag dich und findet, dass es gut für mich ist, Zeit mit dir zu verbringen.«

»Darf ich ... dich etwas fragen?« Paulettes Stimme klang zaghaft.

»Schieß los.«

»Ist ... es tut mir leid, aber ist ... oh Gott, das ist schwieriger, als ich dachte. Ist er irgendwie ...? Ich meine ... hat er dir jemals wehgetan?«

»Was? Nein? Wie kommst du denn darauf? Wir sind nicht in allem einer Meinung, aber ich bin sehr dankbar, dass er mich bei sich wohnen lässt.« Margarete wollte aufspringen und wegrennen, denn dieses Gespräch bewegte sich auf gefährlichem Terrain.

Normalerweise wich sie allen Nachfragen zu Annegrets Familie aus, weil Wilhelm ihr eingeschärft hatte, dass es das Beste war, wenn die Leute keine Details kannten. Es brächte nur Unheil, wenn sich jemand an ein bestimmtes Ereignis aus Annes Kindheit anders erinnerte, als sie es erzählte.

»Es ist nur ... Bitte sei mir nicht böse ... Ich mag dich wirklich. Ich habe nur bemerkt, dass er dich auf eine Art ansieht, die ... sagen wir mal ... wenig brüderlich ist.«

Margarete schaffte es irgendwie, ein Lachen von sich zu geben. »Oh nein, das bildest du dir nur ein. Er ist mein Bruder und wir haben uns immer sehr nahegestanden, aber ich kann dir versichern, dass nichts, aber auch gar nichts anderes als Geschwisterliebe zwischen uns ist.«

»Es ist nur so, dass er fast eifersüchtig wirkt, wenn er dich mit einem anderen Mann sieht, aber gleichzeitig scheint er wild entschlossen zu sein, dich mit jemandem zu verkuppeln – wenn auch nicht mit der geeignetsten Art von Mann, wenn ich das so sagen darf?«

Die Unterhaltung wurde definitiv gefährlich. »Ich weiß deine Besorgnis zu schätzen, aber da ist wirklich nichts. Wilhelm war schon immer ein strenger Beschützer meiner Ehre und hasst es, wenn ein Mann ein Auge auf mich wirft. In dieser Hinsicht ist er genau wie mein Vater, der auch glaubte, kein Mann sei gut genug für mich.« Paulette schien mit der Antwort zufrieden zu sein, aber Margarete musste ihr diesen Gedanken ein für alle Mal aus dem Kopf schlagen. Wenn jemand auch nur vermutete, dass Wilhelm und sie keine Geschwister waren, wäre sie im Handumdrehen tot. »Du darfst diese unsinnigen Hirngespinste niemals wiederholen. Haben wir uns verstanden?«

»Vergiss, dass ich etwas gesagt habe«, sagte Paulette, doch bevor sie die Wohnung verließ, flüsterte sie Margarete ins Ohr: »Wenn du jemals von ihm wegkommen musst, kenne ich Leute, die dir helfen können.«

Margarete nahm sich vorsichtshalber vor, Paulette ein paar Tage lang aus dem Weg zu gehen. Sie durfte nicht riskieren, dass die Französin ihr kompliziertes Verhältnis zu Wilhelm aufdeckte oder, noch schlimmer, ihr Geheimnis herausfand. Eine Kollaborateurin wie Paulette würde sie in jedem Fall bei den Behörden anzeigen.

Ein paar Tage später ging Margarete bei strahlendem Sonnenschein einkaufen. Sie erlag der Versuchung, ihre Haushaltspflichten für einen Nachmittag zu schwänzen und die Seele baumeln zu lassen. Als sie müßig an der Seine entlang spazierte, wurde ihr bewusst, dass sie zum ersten Mal seit Hitlers Machtergreifung 1933 einen komplett sorgenfreien Tag verbracht hatte. Das Leben in Paris unter dem Schutz von Annegrets Identität war eine Offenbarung, wie herrlich es ohne Schikanen, Unterdrückung und Ausgrenzung sein konnte.

Es war fast zu schön, um wahr zu sein. Sie war in vielerlei Hinsicht vor der brutalen Wirklichkeit um sie herum geschützt und sie hätte das angenehme Leben genießen können, wäre da nicht der nagende Zweifel gewesen an ihrer überstürzten Entscheidung, ausgerechnet die Person zu werden, die sie so sehr verachtete. Die Furcht, sie würde irgendwann genauso herzlos, egoistisch und grausam werden, wie Annegret es gewesen war, war ihr ständiger Begleiter.

An diesem Abend kehrte sie beschwingt in die Wohnung zurück, wo Wilhelm bereits auf sie wartete.

»Wo bist du gewesen? Ich habe mir Sorgen um dich gemacht«, sagte er anstelle einer Begrüßung.

»Ich war an der Seine spazieren. Beim Louvre bin ich losgegangen und bis zum Bois de Boulogne gelaufen. Paris ist ja so schön! Ich hatte einen wunderbaren Tag«, sagte sie in dem dringenden Bedürfnis, ihr Hochgefühl mit jemandem zu teilen.

»Du hättest vor Einbruch der Dunkelheit zurück sein müssen.«

»Es tut mir leid. Ich habe die Zeit völlig vergessen, und als die Sonne unterging, bin ich so schnell ich konnte nach Hause gelaufen. Kannst du dich nicht für mich freuen?«

»Freuen?« Er warf ihr einen misstrauischen Blick zu, bevor er fragte: »Hast du einen Mann getroffen?«

»Was?«, fragte sie, entsetzt darüber, dass er so etwas von ihr dachte. Nichts hatte ihr ferner gelegen als ein Stelldichein. Sie hatte einfach nur den herrlichen Sonnenschein genossen, der ihre Haut wärmte, und die Vorboten des Frühlings in dem riesigen Park bewundert.

»Hast du dich für ein heimliches Rendezvous davongeschlichen?« Die Ader in seiner Schläfe pulsierte heftig.

»Nein! So etwas würde ich nie tun.« Margarete war verletzt und wütend zugleich, dass Wilhelm so wenig von ihr hielt. Sie beobachtete ihn, wie er mehrmals auf und ab tigerte, und bemerkte plötzlich, dass er eifersüchtig zu sein schien. Hatte Paulette recht gehabt? War er heimlich in sie verliebt?

Wilhelm hielt direkt vor ihr an, mit einer Grimasse im Gesicht, als hätte sie ihm gerade eine Ohrfeige verpasst. Aber der Ausdruck verschwand, als er überdeutlich sagte: »Ich glaube dir kein Wort.«

»Dann tu es nicht. Ich bin an der Seine spazieren gegangen, und zwar ganz allein.« Sie sah in sein normalerweise attraktives Gesicht, das jetzt vor Wut verzerrt war und verlor die Fassung. »Ich würde mich niemals in einen Nazi verlieben. Das sind nichts weiter als miese Kriminelle, die Schlimmsten der Schlimmen, herzlose Bestien, die sich für etwas Besseres halten«, schleuderte sie ihm entgegen, ohne sich darum zu scheren, dass sein Gesicht mit jeder Beleidigung, die sie ihm entgegenschleuderte, ein tieferes Rot annahm.

»Hör auf. Sofort«, sagte er mit einer Stimme, die härter war als Stahl und kalt genug, ihr einen Angstschauer über den Rücken zu jagen.

Wilhelm war kein gewalttätiger Mann, dennoch fürchtete sie plötzlich, dass er ihr etwas antun könnte. »Es tut mir leid, ich hätte dich nicht beleidigen dürfen.«

»Stimmt, das hättest du nicht. Und du wirst es nie wieder tun, oder ich werde dich denunzieren und dann in Jubelschreie ausbrechen, wenn sie dich in Ketten wegschleppen.«

Sie stampfte mit dem Fuß auf, bevor sie ihn herausfordernd anblitzte. »Spar dir deine leeren Drohungen! Wenn du mich anzeigst, bekommst du genauso viel Ärger wie ich.« Die Nazis behandelten niemanden freundlich, der im Verdacht stand ein Judenfreund zu sein.

»An deiner Stelle würde ich diese Theorie lieber nicht austesten.« Wilhelm schnappte sich seinen Mantel von der Garderobe neben der Tür. »Widersetze dich mir nie wieder. Du wirst gehorchen und tun, was ich dir sage, wann immer ich es dir sage.« Dann stürmte er aus der Wohnung.

Margarete starrte mit offenem Mund auf die Tür, die hinter ihm ins Schloss fiel.

In den letzten Wochen hatten sie und Wilhelm so etwas wie eine Freundschaft, ja sogar romantische Gefühle füreinander entwickelt. Doch in nur wenigen Augenblicken hatte er das fragile Vertrauen in Stücke gerissen und sein wahres Gesicht gezeigt. Er war keinen Deut besser als der Rest von ihnen.

Das Versteckspiel hatte nicht nur von ihr, sondern offenbar auch von ihm seinen Tribut gezollt, denn sie hatte bemerkt, dass er immer jähzorniger geworden war. Vermutlich sollte sie froh sein, dass es zu dieser Auseinandersetzung gekommen war, denn jetzt wusste sie wenigstens, dass sie ihm niemals vertrauen konnte.

Sie beschloss, dass sie, so gefährlich es auch war, Paris verlassen und sich irgendwo weit weg auf dem Land verstecken musste, wo niemand wusste, wer Annegret Huber war. Oder besser noch, sie musste diese Identität wieder ablegen und jemand ganz anderes werden. Eine unauffällige junge Frau, vielleicht aus dem Elsass, was ihren Akzent erklären würde. Aber für diesen Plan brauchte sie gefälschte Papiere. Nur wen sollte sie um Hilfe bitten?

Wilhelm kehrte nicht zurück, und es war schon weit nach Mitternacht, als sie sich auf die Chaiselongue legte und einschlief. In den frühen Morgenstunden wurde sie geweckt, weil jemand sie unsanft am Arm zog.

»Was ist los?«, fragte sie verschlafen in die Dunkelheit.

»Du kannst nicht hier bleiben.«

27

AM SELBEN TAG, MORGENS

Wilhelm nahm das klingelnde Telefon in seinem Büro ab.

»Überraschung, hier ist dein Bruder«, ertönte Reiners Stimme in der Leitung. In Erwartung einer Frage nach Anne, verwandelte sich Wilhelm augenblicklich in ein Nervenbündel. Er hatte sich noch nicht entschieden, wie er es Reiner beibringen sollte, aber eines war sicher: Er konnte Annes Anwesenheit nicht ewig verbergen; eines Tages würde Reiner unweigerlich erfahren, dass sie bei ihm wohnte.

»Was für eine angenehme Überraschung.«

»Hör auf, so zu tun, als wärst du charmant, du redest mit mir.«

»Na dann verpiss dich doch, wenn dir das lieber ist.«

Reiner gluckste ins Telefon. »Das Gegenteil wird passieren. Ich komme nächsten Monat nach Paris.«

»Du tust was?« Wilhelm schrumpfte in seinem Stuhl zusammen, als hätte jemand die Luft aus einem aufgepumpten Reifen gelassen.

»Ist das nicht großartig? Ich werde drei oder vier Tage bleiben, und wer wäre besser geeignet, mich nach getaner Arbeit einigen jungen Damen vorzustellen?«

Wilhelm stöhnte innerlich auf. »Klar, das kann ich machen. Wenn du mir genaue Daten gibst, kann ich uns sogar Karten für das Moulin Rouge besorgen.«

»Das hört sich doch gut an, oder? Ich werde im Hotel Meurice übernachten, aber ich hoffe ...«

Wilhelm unterbrach ihn. »Was ist der Grund für deinen Besuch?«

»Streng geheim. Ich kann dir nur so viel sagen: Für die Juden in Frankreich wird bald ein anderer Wind wehen. Heydrich hat genug davon, dass die Franzosen nur mit den Füßen scharren. Ich werde in Paris die Ergebnisse der Wannseekonferenz bezüglich der ›Endlösung der Judenfrage‹ vorstellen und die sofortige Umsetzung überwachen.«

»Das klingt vielversprechend.«

»Ist es auch. Ich dürfte dir das eigentlich nicht sagen, aber da du sowieso zu meiner Präsentation eingeladen wirst ... Wir haben eine befriedigende Endlösung gefunden. Die Idee ist, die volksfeindlichen Elemente für unsere Zwecke zu benutzen. Die arbeitsfähigen werden im Rahmen von Straßenbauprojekten in den Osten geschickt. Zweifellos wird dabei eine große Mehrheit durch natürliche Auslese ausscheiden. So müssen wir nur noch den verbleibenden Rest eliminieren.«

»Ihr wollt sie alle umbringen?« Wilhelm konnte den Schock in seiner Stimme nicht verbergen. Niemals hatte er geglaubt, dass so etwas zur Debatte stand. Auswanderung – auf jeden Fall. Deportation in lebensfeindliche Gebiete im Osten – gut. Die hohe Sterblichkeitsrate in den Arbeitslagern in Kauf nehmen – akzeptabel. Aber die aktive Tötung derjenigen, die diese Tortur überlebt hatten?

»Was dachtest du denn? Diese Elemente werden die widerstandsfähigsten ihrer Art sein, und wenn wir sie freilassen, werden sie zur Keimzelle eines neuen, noch bösartigeren Stammes der jüdischen Rasse. Es ist unbedingt notwendig, diese Saat zu zerstören.«

»Ich verstehe ...« Wilhelm kämpfte gegen die Galle, die in seiner Kehle aufstieg. Obwohl er nichts für die Juden übrighatte, verabscheute er den Gedanken, sie kaltblütig zu ermorden.

»Wir werden sofort mit der Umsetzung beginnen und Europa von West nach Ost durchkämmen, angefangen mit Frankreich.«

»Ihr fangt in Frankreich an? Warum?« Wilhelm dachte an Margarete und an die Konzentrationslager im Osten, in denen die Menschen zu Tode geschuftet wurden und spürte, wie ihm der Atem aus der Lunge gepresst wurde.

»Das liegt doch auf der Hand! Wir fangen dort an, wo die wertvolleren Menschen leben. Skandinavien, Benelux und natürlich Frankreich. Wenn wir diese Völker erst einmal von dem ruchlosen jüdischen Einfluss befreit haben, werden sie viel besser in der Lage sein, die deutsche Überlegenheit zu akzeptieren und mit uns für ein friedliches Europa zu arbeiten.«

»Die Franzosen leisten bedeutend mehr Widerstand als erwartet.«

»Natürlich tun sie das, denn das Weltjudentum schürt mit seiner Verschwörung gegen unser Land den Hass. Aber wenn erst einmal alle Juden ausgerottet sind, wird sich dieses Problem in Luft auflösen und die Franzosen werden lammfromm sein, warts nur ab.«

»Das wird erfrischend sein.« Wilhelm hatte genug von den Anschlägen und Attentaten der Résistance.

»Jedenfalls gebe ich dir diesen Rat, um deine Karriere voranzutreiben: Melde dich freiwillig für eine Razzia gegen die Juden, noch bevor die Endlösung angekündigt wird, liefere schnell und zuverlässig, und wenn die nächste Stelle frei wird, werde ich ein gutes Wort für deine Beförderung einlegen. Wie hört sich das an?«

»Perfekt.« Wilhelm war froh, dass Reiner die Grimasse nicht sehen konnte, die er dabei zog. Wilhelm hatte partout keine Lust, sich in der Judenfrage selbst die Hände schmutzig zu machen. Brutalität war etwas, das er lieber anderen überließ, zum Beispiel den Gestapo-Schergen, denen das so viel Spaß zu machen schien.

»Oh, und hast du nicht vergessen, mir eine wichtige Neuigkeit zu erzählen?«

»Ich ... da gibt es wirklich nichts zu erzählen ...«

»Ich würde sagen, die Tatsache, dass Anne endlich aufgetaucht ist und bei dir wohnt, ist durchaus erwähnenswert, meinst du nicht?«

Wilhelm kippte fast von seinem Stuhl. Fieberhaft überlegte er, wie er den Schaden begrenzen konnte. »Das habe ich dir bereits gesagt! Erinnerst du dich nicht? Du musst es vergessen haben, denn ... es war am selben Tag, an dem dein Nachwuchs zur Welt kam.« Er wusste, dass Reiner mehr als nur ein bisschen enttäuscht darüber war, dass das Neugeborene schon wieder nur ein Mädchen war, und hoffte, ihn abzulenken, indem er ihm diese Tatsache unter die Nase rieb. »Du warst so aufgeregt wegen der Geburt deiner dritten Tochter und all dem.«

Reiner schnaubte ins Telefon. »Ich würde mich ganz sicher daran erinnern, wenn du mir etwas über unsere Schwester erzählt hättest. Aber jetzt frage ich mich, welchen Grund du hattest, mir dieses kleine Detail vorzuenthalten. Was für einen Unfug heckt ihr beiden aus?«

»Reiner. Mach dich nicht lächerlich, warum sollte ich dir Annes Besuch in Paris verschweigen?«

»Es ist aber mehr als ein Besuch, nicht wahr? Ich weiß aus zuverlässiger Quelle, dass sie seit Neujahr bei dir ist.«

»Anne kam zu mir auf Besuch, aber sie quengelt schon seit längerem, dass sie es hier nicht mehr aushält, weil es ihr in Paris nicht gefällt und sie am liebsten woanders hin möchte.«

»Ohne Geld wird das ziemlich schwierig für sie sein. Oder hat sie schon einen wohlhabenden Verehrer gefunden?«

»Hör mal, Reiner, deine Anschuldigungen sind mehr als lächerlich. Ich habe es dir gesagt, aber da du mir nie wirklich zuhörst, ist das ganz allein deine Schuld.« Wilhelm kämpfte verzweifelt darum, etwas Glaubwürdigkeit zu bewahren. Sein Bruder war auch so schon misstrauisch genug.

»Es ist sowieso egal. Nächsten Monat, während meines Besuchs in Paris, werde ich bei euch beiden nach dem Rechten sehen. Dann nehme ich sie mit nach Hause, denke ich. Es kann nicht gut für sie sein, in der Weltgeschichte herumzureisen. Und was für ein Licht wirft das auf mich?«

»Das eines fürsorglichen Familienvaters, der sich um seine Frau und seine drei kleinen Töchter kümmert?«, schlug Wilhelm mit einer Spur von Schadenfreude in seiner Stimme vor.

»Red keinen Blödsinn. Sorg lieber dafür, dass Anne keinen Ärger macht, und sag ihr, dass ich sie vor die Wahl stelle, entweder in meinem Haus oder in einem Glaube-und-Schönheit-Internat zu leben.«

»Anne würde die Disziplin in einem Internat hassen.«

»Ein Grund mehr, in meinem Haus zu leben. Erika kann ihr alles beibringen, was sie braucht, um eine gute Ehefrau und Mutter zu werden.«

»Ich werde es ihr sagen, und ich bin sicher, dass sie sich freuen wird, dich zu sehen. Vergiss nicht, mir den genauen Termin deines Besuchs mitzuteilen, damit ich ein Abendprogramm organisieren kann.«

Wilhelm wischte sich die Schweißperlen von der Stirn, als er den Hörer auflegte. Auf keinen Fall durfte Reiner Margarete treffen, sonst würde der Betrug sofort auffliegen. Seinem Bruder traute er ohne Weiteres zu, sie beide ans Messer zu liefern.

Seine Gedanken drehten sich im Kreis, aber ihm fiel beim besten Willen kein Ausweg ein, wie er sie beide aus dieser Sache herauslavieren konnte. Zu viele Leute wussten über

Anne Bescheid und würden Fragen stellen, wenn sie einfach verschwand. Außer ... wenn es einen triftigen Grund gab. Ein Monat gab ihnen gerade genug Zeit für eine stürmische Affäre, eine Heirat und eine Hochzeitsreise in die Ferne. Dringender denn je musste er einen geeigneten Ehemann für sie finden, und mit dem Geld aus ihrem Treuhandfonds würde er dafür sorgen, dass sie in Sicherheit war.

Die Möglichkeiten waren begrenzt, aber eine Hochzeitsreise ins neutrale Spanien würde es vermutlich tun. Dort könnte sie abwarten, bis er Zugriff auf ihr Vermögen bekam. Die Schweiz zum Beispiel würde sie mit offenen Armen empfangen, wenn sie eine Schatulle voller Geld bei sich trüge. Im unwahrscheinlichen Fall, dass man ihr dort die Einreise verweigerte, konnte er eine Schiffspassage nach Südamerika besorgen. Auf der anderen Seite des Atlantiks würde garantiert niemand nach ihr suchen. Er schreckte nicht einmal vor den beträchtlichen Kosten zurück, die damit verbunden waren, denn im Moment war ihm ihre Sicherheit wichtiger als das Geld, das sie erbte.

Ein Klopfen an seiner Bürotür störte weiteres Nachdenken über die Einzelheiten seines Plans, Margarete in Sicherheit zu bringen.

»Herein.«

Sein Chef, Obersturmführer Bicke, trat ein mit Hut und Mantel gekleidet. »Wollen Sie mit mir zu Mittag essen?«

Nichts lag Wilhelm ferner, trotzdem nickte er. »Natürlich, Herr Obersturmführer. Würden Sie mir bitte fünf Minuten Zeit geben, um alle Dokumente ordnungsgemäß wegzuschließen?«

»Ich schätze Ihren Hang zur Ordnung«, sagte Bicke, nahm Platz und beobachtete jede von Wilhelms Bewegungen.

»Danke.« Wilhelm schloss die Aktenschränke ab und nahm den Schlüssel mit, um ihn in den Schlüsseltresor im Vorzimmer zu hängen, wobei er sich fragte, was Bicke wohl von ihm wollte.

Die beiden hatten sich noch nie besonders gut verstanden, und es war äußerst ungewöhnlich, dass Bicke ihn zum Mittagessen einlud.

Als sie sich im La Tour d'Argent niedergelassen hatten, einem der feinen Pariser Restaurants, das ausschließlich deutsche Offiziere bewirtete, sagte Bicke: »Sie fragen sich vielleicht, worum es hier geht.«

»Das tue ich in der Tat, Herr Obersturmführer.«

»Wir haben lange genug zusammengearbeitet, ich denke, es ist an der Zeit, die Förmlichkeiten zu beenden. Bitte nennen Sie mich Karsten.«

Wilhelm war überrascht, denn Bicke gehörte zur alten Schule, die auf die Verwendung des Sie bestand. »Das würde mich sehr freuen, Karsten. Und bitte nenn mich Wilhelm.« Gerade rechtzeitig kam der Wein, und sie stießen auf ihre neue Freundschaft an.

Als der erste Gang serviert wurde, sagte Karsten: »Ich habe gehört, dass dein Bruder nach Paris kommt.«

»Ja, er hat mich heute Morgen angerufen und seinen Besuch angekündigt.«

Aha, daher weht der Wind. Wilhelm vermutete, dass sein Vorgesetzter das Telefonat mitgehört hatte und nahm sich vor, noch vorsichtiger zu sein und niemals ein kritisches Wort über das Regime zu verlieren.

»Wir wurden schon vor einiger Zeit über seinen Besuch informiert. Es wird von Nutzen sein, einen Vertrauensmann als Verbindung zu Heydrichs Abteilung zu haben, deshalb habe ich den Chefs vorgeschlagen dich mit der Leitung von Drancy zu betrauen. Die Gestapo hat sich natürlich unverzüglich aufgeplustert und ihre Befugnisse geltend gemacht, deshalb wird es zwei gleichberechtigte Kommandanten geben, Kriminalkommissar Allgeier von der Gestapo und dich.«

Wilhelm hatte Schwierigkeiten, sein Essen hinunterzuschlucken und brauchte einen Moment, um zu antworten.

Drancy war das Internierungslager, in dem mehrere tausend Juden vor ihrer Deportation festgehalten wurden. Er wollte sich wahrlich nicht die Hände mit der Leitung dieses Lagers schmutzig machen, schon gar nicht in Zusammenarbeit mit einem Mann von der Gestapo. Doch wusste er, dass er dieses Angebot nicht ablehnen konnte.

»Ich fühle mich sehr geehrt, dass du mich für diese überaus wichtige Position in Betracht ziehst, und ich bin nur zu gerne bereit, über meinen Bruder die Verbindung zu Heydrich herzustellen. Aber ich fürchte, ich bin nicht die ideale Person für diese Position.«

»Warum denn nicht?« Karsten hob eine Augenbraue.

»Ich wäre meinem Kollegen von der Gestapo rangmäßig unterlegen, und du weißt, wie gerne sie unsere Organisation überrollen. Der zweite Kommandant von Drancy sollte einen gleichwertigen Rang haben, um Allgeier in Schach halten zu können.«

Karsten lachte. »Große Geister denken gleich. Ich habe meinem Vorgesetzten genau dasselbe gesagt.« Wilhelm wagte nicht zu atmen. Bedeutete dies, dass er aus dem Schneider war? Doch Karstens nächste Worte zerstörten seine Hoffnungen. »Hiermit befördere ich dich zum Untersturmführer der SS. Gehe heute Nachmittag zum alten Herrn, dann bekommst du die offiziellen Papiere.«

Margarete wird mir das nie verzeihen. Dieser Gedanke überraschte ihn. Seit wann scherte er sich um die Zustimmung einer Jüdin? Er zwang sich eine erfreute Miene aufzusetzen und sagte: »Ich kann dir gar nicht sagen, wie sehr ich mich geehrt fühle. Ich werde alles für den Stolz und die Anerkennung von Führer und Vaterland tun.«

»Gut. Vielleicht sollten wir am Wochenende eine kleine Feier veranstalten? Du könntest auch deine Schwester mitbringen.«

»Ich bin sicher, sie wäre begeistert.« In Wirklichkeit würde sie nichts mehr hassen, als von Wilhelms neuer Aufgabe zu erfahren, und aus irgendeinem Grund wollte er sie glücklich sehen.

Den Rest des Nachmittags verbrachte er schlecht gelaunt, wegen Reiners bevorstehendem Besuch und seiner neuen Aufgabe in Drancy, sowie krank vor Sorge um Margarete.

Er beendete seine Arbeit früh und eilte nach Hause, um ihr von Reiners bevorstehendem Besuch zu erzählen.

Aber sie war nicht da.

Margarete schlief tief und fest, als sie durch ein unsanftes Zerren am Arm geweckt wurde. Es dauerte nur ein paar Sekunden, bis die Erinnerungen zurückkehrten. Sie war spazieren gegangen und Wilhelm hatte zu Hause schlecht gelaunt auf sie gewartet. Nach einem furchtbaren Streit war er hinausgestürmt und sie war schließlich irgendwann allein in der Wohnung eingeschlafen. Nun war er zurückgekommen.

»Weißt du eigentlich, wie spät es ist?«, fragte sie und versuchte, sich einen Reim auf sein sonderbares Verhalten zu machen.

»Drei Uhr nachts.«

Sie setzte sich auf und zog die Decke um sich, um ihre nackten Arme vor seinen Blicken zu schützen, obwohl es fast völlig dunkel war. Nur ein fahles Licht fiel aus der Küche ins Zimmer. »Könntest du bitte aufhören, wie eine eingesperrte Raubkatze auf und ab zu tigern. Mir wird schon schwindlig, wenn ich dich nur im Kreis herumstampfen höre.«

»Tut mir leid.« Er stand ganze drei Sekunden lang still, dann hörte sie wieder seine Schritte. »Reiner kommt nach Paris.«

»Was?«

»Er hat gestern angerufen, um seinen Besuch anzukündigen.« Endlich hörte er auf, auf und ab zu gehen, und ließ sich neben ihr auf die Chaiselongue plumpsen, wobei seine Fahne ein untrügliches Zeichen dafür war, dass er die Nacht in einer Bar verbracht und getrunken hatte.

»Wann?«

»Irgendwann nächsten Monat.«

»Wenn er mich sieht, ist alles vorbei.« Mit einem Mal zitterte sie. Keiner von ihnen sagte ein weiteres Wort, während sie versuchten, sich über die nächsten Schritte klar zu werden.

»Du musst für eine Weile verschwinden.«

»Aber wie und wohin?« Um ehrlich zu sein, machte ihr der Gedanke, in einem fremden Land ganz allein auf sich gestellt zu sein, Angst. Obwohl es nicht ihre Wahl gewesen war, bei Wilhelm zu bleiben, hatte sie sich an den Komfort und den Schutz gewöhnt, den er ihr bot. Es war sehr beunruhigend sich das einzugestehen, aber sie lebte gerne bei ihm und betrachtete ihn insgeheim als einen Freund, obwohl er doch ein Nazi war.

»Ich weiß es noch nicht, aber mir wird schon was einfallen.« In der Dunkelheit konnte sie nur seine Umrisse erkennen. Seine Stimme war trotz der vordergründigen Bange erstaunlich fürsorglich. Das ermutigte sie, die Frage zu stellen, die sie schon so lange beantwortet haben wollte.

»Warum tust du das für mich? Schon wieder? Du magst mich doch gar nicht.«

Er war lange still, bevor er sprach. »Ich mag dich schon. Viel mehr, als ich es wahrscheinlich sollte. Du bist so ... anders. Ich hätte nie gedacht ... ich meine ... du solltest eigentlich ein schlechter Mensch sein.«

»Ich?« Verblüfft starrte sie in die Dunkelheit, bevor es ihr dämmerte. Die beiden sprachen tunlichst nicht über ihre Rassenzugehörigkeit und wechselten sofort das Thema, wenn Juden erwähnt wurden. Dennoch wusste sie, dass er weiterhin an die Nazi-Propaganda glaubte, dass die Juden die Quelle aller Probleme in Deutschland seien, dass die Verschwörung des Weltjudentums für die Weltwirtschaftskrise ein Jahrzehnt zuvor verantwortlich war, ganz zu schweigen davon, dass sie für die Hyperinflation der Weimarer Republik, die grassierende Arbeitslosigkeit und sogar die Niederlage im Ersten Weltkrieg verantwortlich waren. Hitler gab den Juden bequemerweise die Schuld an sämtlichen existierenden sowie erdachten Problemen und behauptete, ohne sie wären Deutschland und die Welt ein besserer Ort.

»Ich muss zugeben, dass ich dich nie wirklich als ... Mensch betrachtet habe. Im Haus meiner Eltern warst du das Hausmädchen, jemand, der sich um ihre Bedürfnisse kümmerte, ohne selbst jemand zu sein. Aber jetzt ... seit du hier wohnst ... ist mir klar geworden, was für ein wunderbarer Mensch du bist. Du bist nett, witzig, intelligent, hübsch, fleißig. Du bist nicht nur eine gute Hausfrau, sondern auch eine interessante Gesprächspartnerin. Du kannst singen, tanzen, kochen, meine Kameraden unterhalten, hast ein Auge für Antiquitäten, sprichst Französisch ... Du kannst alles so gut wie jedes andere deutsche Mädel.«

»Das liegt daran, dass ich ein deutsches Mädel bin«, konnte sie sich nicht verkneifen zu sagen.

»Und genau das ist es, was mich so verwirrt. Du solltest anders sein. Hitler sagt ...«

»Wir wissen beide, was dieser Idiot sagt!« Die Decke fiel ihr von den Schultern, als sie aufsprang und durch das Zimmer lief, ohne sich darum zu kümmern, dass sie nur ein leichtes, weißes Baumwollnachthemd trug. Als sie am Spiegel vorbeikam, sah sie ihre Silhouette gegen das Dunkel schimmern. Aber sie war zu echauffiert, es zu beachten. Zwei Schritte weiter stieß sie mit dem nackten Fuß gegen etwas Hartes. »Autsch!«

»Jetzt bist du diejenige, die besser aufhört, durch die

Wohnung zu tigern. Setz dich wieder zu mir.« In seiner Stimme schwang ein amüsierter Klang mit und machte sie noch wütender.

»Nein. Ich stehe lieber.«

»Tu, was du nicht lassen kannst. Obwohl ich dir vermutlich sagen sollte, dass dein Nachthemd ziemlich durchsichtig ist.«

Das Blut, das in ihre Wangen schoss, hinterließ eine heiße Spur auf dem Weg dorthin. Obwohl er es vermutlich nicht sehen konnte, schüttelte sie energisch den Kopf. »Warum glaubst du immer noch, was dieser Mann sagt?«

Ein Seufzen war seine einzige Antwort.

Sie schwiegen beide. Nach einer Weile fröstelte sie in der Kälte, wagte es aber nicht, sich zu bewegen, zu sprechen oder gar mit den Zähnen zu klappern.

»Du musst in jedem Fall für eine Weile verschwinden«, sagte er schließlich.

»Ich war auf dem Weg nach Toulouse zu einer Freundin meiner Tante, als du mich in der Pension Kaiser entdeckt hast.« Zögernd trat sie von einem Fuß auf den anderen.

»Dir muss kalt sein, komm her.«

Aber zehn Pferde konnten sie nicht neben ihn zerren. Nicht nach seinem unerwarteten Geständnis und ihrer eigenen unschicklichen Reaktion darauf. »Ich kann nicht. Wir können nicht. Niemals.«

Er stand auf und ging ein paar Schritte in Richtung Küche. »Geh zurück ins Bett, oder willst du wirklich, dass ich Reiner erklären muss, wie seine geliebte Schwester erfroren ist, weil sie zu stur war, sich zuzudecken?«

Sie war dankbar für seinen Versuch, die Stimmung aufzulockern, und schlüpfte eilig unter ihre Decke, wobei sie einen großen Bogen um ihn machte. Sobald sie sich eingewickelt hatte, ergriff er wieder das Wort.

»Du kannst nicht nach Toulouse gehen. Jetzt, da Reiner

weiß, dass du in Frankreich bist, wäre es für deine Bekannte zu gefährlich. Außerdem brauchst du für eine Reise in die freie Zone eine Genehmigung, die selbst ich nicht so einfach beschaffen kann.«

»Ich habe eine Reiseerlaubnis, unterschrieben von Horst Richter«, antwortete sie kleinlaut.

»Die ist schon Monate alt. Das Mindeste, was die Kontrollposten tun würden, wäre, die Behörden hier zu fragen, ob sie noch gültig ist. Und dann würde Reiner davon erfahren ... nein ... Du musst in der besetzten Zone bleiben, wo ich dir die entsprechenden Genehmigungen selbst ausstellen kann.«

Margarete erinnerte sich an Paulettes Angebot, ihr zu helfen, falls sie jemals von Wilhelm weg wollte. Sie kämpfte mit sich, ob sie ihm davon erzählen sollte oder nicht, weil sie damit Paulette in Schwierigkeiten bringen könnte. Nach reiflicher Überlegung entschied sie, dass es ihre beste Chance war.

»Wie wäre es mit Paulette? Sie hat Familie auf dem Land.«

»Das wusste ich nicht ... Es ist eine gute Idee ...« Wilhelm sprach mehr zu sich selbst als mit ihr, bis er seine Stimme wieder erhob und fragte: »Aber bist du sicher, dass sie dich aufnehmen würden? Ich meine, Franzosen und Deutsche sind sich nicht gerade grün. Auch wenn sie Geralds Geliebte ist, bin ich mir ziemlich sicher, dass ihre Familie nichts davon weiß.«

»Ich könnte so tun, als wäre ich in ernsten Schwierigkeiten.«

»Natürlich, du könntest so tun, als seist du eine verfolgte Jüdin.« Er gluckste und gab damit zu verstehen, dass er einen solch waghalsigen Schritt nicht ernsthaft in Erwägung zog. Trotzdem gab es Margarete zu denken.

»Ich bin mir nicht sicher, ob sie mich verstecken würde, wenn sie es wüsste. Aber vielleicht hilft sie mir, weil wir gute Freundinnen geworden sind und sie dich mag. Wir brauchen nur einen glaubwürdigen Grund.«

»Ich bin nicht erpicht darauf, sie da hineinzuziehen.« Nach einer Weile sagte er: »Lass uns darüber schlafen. Morgen früh reden wir weiter. Gute Nacht.«

»Gute Nacht, Wilm.«

29

Wilhelm ging im Wohnzimmer auf und ab und wartete ungeduldig auf Margaretes Rückkehr. Sie hatte darauf bestanden, mit Paulette allein zu sprechen, »von Frau zu Frau«, wie sie es genannt hatte. Zum wiederholten Mal schaute er auf seine Armbanduhr und konnte kaum glauben, dass nicht einmal eine Minute vergangen war.

Um sicherzugehen, dass sie nicht stehengeblieben war, verglich er sie mit der Kaminuhr im Wohnzimmer und ging dann in sein Schlafzimmer, um den Wecker zu holen. Nichts. Alle drei Uhren schienen sich gegen ihn verbündet zu haben und weigerten sich einfach, ihre Zeiger zu bewegen.

Mit einem tiefen Seufzer ging er zum Louis XIII-Kabinett und schenkte sich einen Cognac ein. Danach noch einen. Endlich hörte er Schritte und dann das Drehen des Schlüssels im Schloss.

»Was hat sie gesagt?«, fragte er Margarete, noch bevor sie die Tür hinter sich geschlossen hatte.

»Dir auch einen guten Tag.« Sie grinste und schien es zu genießen, ihn schmoren zu lassen.

»Guten Tag, Anne. Erzählst du es mir jetzt?«

»Sie hat zugestimmt.«

»Einfach so?«

»Natürlich nicht. Ich musste ihr eine rührselige Geschichte darüber erzählen, dass ich den Spannungen in Paris entfliehen muss.«

Er hegte den Verdacht, dass sie ihm nicht die ganze Wahrheit sagte. »Hast du ihr von Reiner erzählt?«

»Ich hielt es für besser, das nicht zu erwähnen.«

»Und was genau hast du ihr dann erzählt?« Er konnte sich nicht vorstellen, was den Ausschlag gegeben hatte, denn normalerweise waren die Franzosen nicht bereit, den Deutschen zu helfen. Aber vielleicht war Paulette eine Ausnahme.

Margarete lächelte ihn auf ihre absolut hinreißende Art an. »Sie denkt, ich bin nicht wirklich deine Schwester.«

»Was?« Er packte ihren Arm und zog sie zu sich heran, wobei er sie entsetzt ansah. »Hast du ihr doch gesagt, dass du eine Jüdin bist?«

Sie nahm seine Hand von ihrem Arm und sagte: »Natürlich nicht! Ich bin nicht selbstmordgefährdet. Aber sie ahnt schon seit einiger Zeit etwas, und so bin ich einfach auf ihre Andeutungen eingegangen, ohne irgendwelche Details zu nennen.«

Er musste ihr zugestehen, dass sie viel klüger war, als Juden sein sollten. Obwohl ... Hitler hatte immer behauptet, dass sie gerissene Verbrecher und Halsabschneider wären, stets darauf bedacht, rechtschaffene Bürger übers Ohr zu hauen, also lag ihr dieses Katz-und-Maus-Spiel vermutlich im Blut. Er schüttelte den Kopf über seine eigenen Gedanken.

Margarete war die am wenigsten gerissene oder hinterhältige Person, der er je begegnet war. Trotz der Tatsache, dass sie vorgab, jemand anderes zu sein, schaffte sie es irgendwie, sich selbst treu zu bleiben, was ihr tägliches Handeln betraf. Er hatte die Freundlichkeit in ihren Augen gesehen, die Art, wie sie Ladenbesitzer, Kellner und sogar die lästige Concierge behandelte. Daran war nichts Verschlagenes.

»Was ist los?«, fragte Margarete.

»Nichts.«

»Warum schüttelst du dann so heftig den Kopf?«

Er hatte nicht bemerkt, dass er das tat und hielt mitten in der Bewegung inne. Dann kam ihm ein furchtbarer Verdacht. »Für wen oder was genau hält sie dich eigentlich?«

»Ist das nicht offensichtlich? Ein unverheiratetes Mädchen, das bei dir lebt und vorgibt, deine Schwester zu sein.«

»Meine ...? Herrschaftszeiten! Das kann doch nicht ihr Ernst sein. Es gibt genug umwerfende Französinnen, da muss ich mir nicht eine prüde und langweilige Frau aus Deutschland kommen lassen.«

Die Worte verließen seinen Mund, noch bevor er sich dessen bewusst wurde. Als er Margaretes verletzte Miene sah, fühlte er sich schrecklich und entschuldigte sich. »Es tut mir leid, das wollte ich nicht sagen. Natürlich bist du anders, du bist nicht langweilig ... du bist nicht einmal bösartig und gerissen wie der Rest deiner Rasse ...« An ihrem Gesichtsausdruck erkannte er, dass er sich mit jedem Wort tiefer in das Schlamassel hineinritt. »Bitte vergiss, dass ich überhaupt etwas gesagt habe. Meine Nerven liegen blank. Seit du die Wohnung verlassen hast, habe ich jede einzelne Minute damit verbracht, mir Sorgen um dich zu machen.«

Margarete zog sich Hut, Mantel, Handschuhe und Schuhe aus, bevor sie antwortete: »Ich brauche ein Wasser.« Dann verschwand sie in der Küche, ein klares Zeichen, dass sie nicht mit ihm reden wollte.

Wilhelm war wütend auf sich selbst. Warum interessierte es ihn überhaupt, ob sie verletzt war? Wann hatte er angefangen, eine Jüdin nach ihrer Meinung zu fragen? Oder sie als ein menschliches Wesen zu betrachten? Schlimmer noch, wie hatte er sich von ihr verzaubern lassen können? Sie war eine Volksfeindin. Es war undenkbar, sie zu mögen, und doch kamen ihm diese lästigen Gefühle ... möglicherweise Mitgefühl ... immer wieder in die Quere.

Er seufzte und ging in die Küche, wo Margarete mit dem Rücken zu ihm stand. Ihre Schultern zitterten. Er konnte das einfach nicht mehr tun. Es war so falsch. Allein die Tatsache, dass sie bei ihm lebte, war Landesverrat. Er sollte ihr befehlen, aus seinem Leben zu verschwinden. Alles Geld der Welt war es nicht wert, Führer und Vaterland dafür zu verraten.

Doch als er bemerkte, dass sie weinte, traf es ihn tief in seiner Seele, und mit Entsetzen musste er sich eingestehen, dass seine Gefühle für sie viel mehr als nur Mitleid waren. Er liebte sie aufrichtig und würde alles tun, um sie in Sicherheit zu wissen. Zum Teufel mit Geld und patriotischen Pflichten. Er würde dafür sorgen, dass Margarete diesen Krieg unbeschadet überstand.

»Bitte weine nicht, ich habe es nicht so gemeint.«

Sie drehte sich um, und ihre wunderschönen haselnussbraunen Augen trafen die seinen. »Ich weiß, und das ist ein Teil des Problems. Zwischen dir und mir kann nie etwas sein. Nicht jetzt, und nicht nach dem Krieg. Niemals. Wir stehen auf entgegengesetzten Seiten im Kampf um die Existenz meines Volkes. Die Gräben sind viel zu tief, als dass wir sie zu unseren Lebzeiten überqueren könnten.«

Er seufzte. »Was ich getan habe ... was ich immer noch tue. Es ist Verrat an meinem Führer, meinem Vaterland, meiner Familie, meinen Freunden, sogar an meinen eigenen Überzeugungen. Als ich dich anfangs herbrachte, war es wegen Annes Geld, aber jetzt ...« Er schluckte ein paar Mal, bevor er seinen Satz beenden konnte. »Jetzt will ich nur noch, dass du in Sicherheit bist.«

Er öffnete seine Arme und Margarete trat hinein, lehnte sich an seine Brust und ließ ihren Tränen freien Lauf. Sein Herz füllte sich mit so starken Gefühlen, dass er dachte, es würde explodieren. Trotz des traurigen Anlasses genoss er jede einzelne Sekunde, in der er sie in seinen Armen hielt. Nach einer Weile schüttelte sie fast unmerklich den Kopf und löste sich aus seiner Umarmung.

Sie wischte sich die Tränen aus dem Gesicht, richtete ihr Kleid und sagte mit völlig emotionsloser Stimme: »Paulette hat zugestimmt, mich für eine Weile zu ihren Eltern zu bringen, unter der Bedingung, dass ich niemandem dort von dir oder ihrer Beziehung zu Gerald erzähle. Sonst würden die Dorfbewohner sie und mich vermutlich lynchen.«

Ihre Worte waren wie eine kalte Dusche, die seine zärtlichen Empfindungen wegspülte und sie durch Unglauben und sogar Abscheu ersetzte. Er hatte nie verstanden, warum sich die Franzosen so ablehnend gegenüber seinen Landsleuten verhielten, wo die Deutschen doch nichts als Freundlichkeit und Respekt ihnen gegenüber gezeigt hatten. Hatten diese Krawallmacher nicht verstanden, wie außerordentlich großzügig Hitler sie behandelte? Anstatt die überlegenen Deutschen freudig willkommen zu heißen, widersetzten sich die Franzosen ihnen auf Schritt und Tritt. Was für ein undankbarer Haufen von Clochards, die sich wie kleine Kinder benahmen, denen Disziplin und Vernunft eingebläut werden musste.

»Ihre Eltern sollten dankbar sein, dass Paulette einen so guten Mann gefunden hat, der sich um sie kümmert, anstatt ihn zu verunglimpfen.«

»Vermutlich sollten sie das«, stimmte Margarete ihm zu, obwohl er spürte, dass sie das nur sagte, weil sie nicht mit ihm streiten wollte. »Ich habe ihr übrigens erzählt, dass ich aus Paris weg muss, weil ... ich ein Opfer von Gewalt bin.«

»Das ist lächerlich. Wer sollte dir Gewalt antun?« Wilhelm fand die Ausrede bestenfalls lächerlich und hätte Margarete befohlen, nie wieder mit Paulette zu sprechen, wenn er nicht so verzweifelt gewesen wäre, sie vor Reiner zu verstecken, der jederzeit in Paris auftauchen konnte.

»Du.«

»Ich? Sei nicht albern. Sowas würde ich nie tun.«

»Musst du aber. Ich habe ihr gesagt, dass du zwanghaft eifersüchtig bist, und es so schlimm geworden ist, dass ich um mein Leben fürchte.«

Er sah sie fassungslos an. Es stimmte zwar, dass er ihr gegenüber besitzergreifend geworden war. Doch er würde jeden Mann verprügeln, der es auch nur wagte sie anzusehen, bevor er die Hand gegen die Frau erhob, die er liebte. »Ich werde dich ganz sicher nicht schlagen.«

»Dann wird meine Ausrede nicht funktionieren und Paulette hat keinen Grund, mich vor dir zu verstecken.« Margarete sagte es mit einer so kühlen Stimme, als hätte sie ihn darum gebeten, seine Fäuste gegen die Wand zu hämmern und nicht gegen ihre weichen Rundungen.

Er spürte, wie ihm das Blut in die Füße sackte. Wie kam sie nur auf die Idee, dass er ihr wehtun könnte? Es war ekelhaft. Wortlos nahm er seinen Mantel und verließ die Wohnung, um die verstörenden Gefühle, die auf ihn einprasselten, zu sortieren.

Als er Stunden später wieder nach Hause kam, war sie gerade dabei, sein Uniformhemd zu bügeln. Der Anblick ihrer zierlichen Gestalt, die über das Bügelbrett gebeugt war, rührte sein Herz. Er ging hinüber und wartete, bis sie das Bügeleisen zur Seite stellte, bevor er sie an den Schultern nahm und zu sich umdrehte. »Ich werde es tun. Aber nur, weil ich möchte, dass du in Sicherheit bist.«

Ihre Augen wurden dunkel, und er blickte direkt in ihre Seele, sah die Angst, die Unsicherheit, das Misstrauen, aber auch die Hoffnung und die Zuneigung, die sie für ihn empfand. Das war zu viel. Er beugte sich vor und drückte seine Lippen auf ihre. Ein warmes Kribbeln durchfuhr ihn bis in die Zehenspitzen. Sie öffnete ihren Mund, damit seine Zunge ihn erforschen konnte, und für die nächsten aufregenden, atemlosen, leidenschaftlichen Minuten erlebte er den Himmel auf Erden.

Dann holte ihn die Realität wieder ein und er beendete den Kuss. »Wir können das nicht tun. Es ist nicht richtig.«

»Nein«, seufzte sie, wobei sie mit der frischen Röte auf ihren Wangen unerträglich bezaubernd aussah.

Er konnte nicht widerstehen und ließ seine Lippen über ihre Wangen zu ihrem Hals gleiten. Sie neigte ihren Kopf, um ihm mehr Raum zu geben, und als er die empfindliche Stelle hinter ihrem Ohr fand, keuchte sie auf.

An ihrem Ohrläppchen knabbernd, flüsterte er: »Ich fürchte, ich habe mich in dich verliebt.«

30

Ein paar Tage später kehrten Margarete und Wilhelm von einem Einkaufsbummel auf dem Antiquitätenmarkt zurück. Er hatte ein Paket mit einem Paar außergewöhnlich schöner Kerzenständer unter seinem Arm. Sie bestanden aus einem roten Marmorsockel, der oben und unten mit vergoldeter Bronze eingefasst war. Darauf ragte eine Säule aus weißem Porzellan mit goldenen Verzierungen empor, die einem griechischen Tempel nachempfunden war. Der eigentliche Kerzenhalter sah aus wie eine Bronzevase, die mit Champlevé-Email in auffälligem Türkis, Königsblau und Weiß verziert war.

Wie immer erwartete Madame Badeaux die beiden und überhäufte sie mit einer Million Fragen, sobald sie das Foyer des Gebäudes betraten.

Wilhelm beantwortete ein paar davon, unterbrach die Frau dann und öffnete die Aufzugstür für Margarete. Als sie in der Wohnung angekommen waren, sagte sie: »Die Kerzenständer sind wunderschön.«

»Das sind sie wirklich. Der Verkäufer hat behauptet, sie haben eine bewegte Geschichte, obwohl ich das bezweifle, weil sie nicht älter als das späte neunzehnte Jahrhundert sein können.«

Sie war mal wieder erstaunt, wie viel Ahnung er von Antiquitäten hatte, und lächelte über seine fast kindliche Begeisterung, ihr alles zu erzählen, was er über bronzene Kerzenhalter wusste. Es war ein Thema, das er liebte und über das er stundenlang reden konnte.

»Wilm, wo willst du sie hinstellen?«, unterbrach sie ihn nach einer Weile.

»Ich dachte ...« Er hielt kurz inne. »Warum entscheidest du nicht?«

Nach ihrem Kuss hatte sich alles verändert. Obwohl sie sich darin einig waren, dass es nie wieder passieren durfte, spürten sie beide das unsichtbare Band zwischen ihnen.

»Wie wäre es mit der Fensterbank im Wohnzimmer?«

»Das ist eine fantastische Idee.« Er packte die Kerzenhalter aus und stellte sie nebeneinander. »Die sehen prächtig aus, findest du nicht auch?«

Sie nickte. »Jetzt brauchen wir nur noch zwei Kerzen.« Sie hatte noch nicht einmal zu Ende gesprochen, als Heimweh sie überfiel, weil sie sich erinnerte, wie sie und Tante Heidi eine Kerze für Hanukka gekauft hatten.

Kurz nach ihrer Ankunft in Paris hatte sie ihrer Tante eine Postkarte mit dem vereinbarten Code geschrieben, um sie wissen zu lassen, dass sie gut angekommen war. Sie hatte sich aber nicht getraut, eine Adresse oder gar einen Namen anzugeben, aus Angst, die Zensoren könnten irgendwie eine Verbindung herstellen. Stattdessen hatte sie hinzugefügt: *Ich werde meine Reise fortsetzen und hoffe, dich schon bald wiederzusehen.*

»Woran denkst du?« Wilhelm war neben sie getreten und nahm ihr Kinn in seine Hand.

»Nichts Besonderes. Ja, Kerzen wären gut. Ich kann sie morgen im Kurzwarenladen besorgen.«

»Tu das.«

Das Klingeln des Telefons hallte durch den Raum und die beiden sahen sich an. Margarete zuckte mit den Schultern. Niemand rief sie an, nicht einmal Paulette, der es lieber war, wenn sie sich irgendwo in der Stadt trafen.

Wilhelm nahm den Hörer ab. »Wilhelm Huber.«

An der Art, wie er die Brauen zusammenzog, wusste sie sofort, dass es keine guten Nachrichten waren. Weil sie nicht lauschen wollte, verschwand sie in der Küche und schloss leise die Tür hinter sich. Sie zog sich ihre Schürze an und machte sich an die Zubereitung des Abendessens.

Es dauerte nur wenige Minuten, bis Wilhelm mit einem ernsten Gesichtsausdruck hereinkam. »Das war Reiner.«

»Was hat er gesagt?«

»Seine Pläne haben sich geändert und er kommt schon morgen Abend nach Paris.«

»Dann sollte ich augenblicklich zu Paulette gehen.« Sie wischte sich die Hände an der Schürze ab und sah ihn erwartungsvoll an.

»Was?«

»Du musst mich schlagen.«

»Ich kann das unmöglich tun ...«

»Du hast es versprochen.«

»Gibt es denn keine andere Möglichkeit, dich an einen sicheren Ort zu schaffen?«

Sie strich mit dem Finger über seine Wange. »Das haben wir doch schon tausendmal besprochen. Es gibt keine. Und damit es echt aussieht, musst du mich schlagen. Zier dich nicht.« Sie hatte es mit einer gewissen Nonchalance gesagt, obwohl sie innerlich vor Angst erstarrt war. Wilhelm war ein starker Mann, und auch wenn er ihr keinen bleibenden Schaden zufügen wollte, war sie sich sicher, dass es weh tun würde. Als er weiterhin zögerte, sagte sie: »Es wird noch viel mehr wehtun, wenn die Gestapo mich in die Hände bekommt, also tu mir einen Gefallen und bring es hinter uns.«

Er schüttelte den Kopf. »Das ist nicht witzig. Und ich tue das nur, weil du es verlangst. Bitte verzeih mir.«

Dann trat er einen Schritt zurück und schlug ihr mit dem Handrücken hart ins Gesicht. Er riss entsetzt die Augen auf, als er sah, wie die Haut über ihrer Augenbraue nach dem Kontakt mit seinem Siegelring aufbrach. Sie stolperte, prallte gegen die Wand und stieß einen spitzen Schrei aus. Sie hatte ihn zwar angefleht, dies zu tun, dennoch traf der Schmerz sie unvorbereitet.

Nur wenige Augenblicke später stürzte er sich erneut auf sie und hämmerte seine Faust in das weiche Fleisch ihres Oberarms, wo sie wusste, dass es einen hässlichen blauen Fleck hinterlassen würde. Als sie schluchzend auf den Boden sackte, stoppte er und half ihr auf. Seine Miene war undurchdringlich wie Stein. Trotzdem erkannte sie den Schock in seinen Augen, als er das Blut auf ihrer Haut sah.

»Es tut mir so leid, mein süßes Gretchen. Du packst jetzt besser deine Sachen und gehst zu Paulette.«

Dann drehte er sich auf dem Absatz um und verließ eilig die Wohnung, wofür Margarete ihm sehr dankbar war. Es würde nichts nützen, sentimental zu werden oder Gewissensbisse zu haben, wenn ihr Plan funktionieren sollte.

* * *

Am nächsten Morgen saßen Margarete und Paulette in einem Regionalzug, der sie in Paulettes Heimatdorf brachte. Weil im Abteil noch andere Menschen saßen, wagten sie es nicht miteinander zu sprechen, was Margarete die Muße verschaffte, die Ereignisse noch einmal Revue passieren zu lassen.

Reiners bevorstehender Besuch hatte sie zunächst in Todesangst versetzt, doch je länger sie darüber nachdachte, hatte es sich als ideale Gelegenheit zur Flucht herausgestellt, auch wenn der Kuss die Dinge kompliziert hatte.

Wilhelm und sie hatten vereinbart, dass sie nach Paris zurückkehrte, sobald Reiner weg war, doch sie hatte nicht die Absicht, dies zu tun, und einer Scheinehe würde sie sowieso nicht zustimmen.

Im Gegenteil, sie plante, Annegret Huber endlich die wohlverdiente Beerdigung zu geben und eine neue Identität anzunehmen, auch wenn sie die genauen Details noch nicht ausgearbeitet hatte. Zum ersten Mal seit Jahren hatte sie das Gefühl, ihr Schicksal selbst in die Hand zu nehmen. Endlich konnte sie frei entscheiden und war fest entschlossen, ihre neu gewonnene Macht ausschließlich in ihrem eigenen Interesse zu nutzen.

Bisher war es erstaunlich einfach gewesen. Nachdem sie mit der rührseligen Geschichte, Wilhelm habe sie misshandelt, zu Paulette geeilt war, hatte sie sich aus der Nase ziehen lassen, dass er sie erpresste, bei ihm zu bleiben. Entweder sie tanzte nach seiner Pfeife, oder er würde sie mittellos auf die Straße setzen. Mit einer Darbietung, die einer Marlene Dietrich würdig war, hatte Margarete sich die Seele aus dem Leib geheult und Paulette das Versprechen abgerungen, niemandem zu sagen, wo sie war, denn Wilhelm würde sie sicher zu Tode prügeln, falls er sie je wieder fand.

Das aufkommende schlechte Gewissen schob sie beiseite. Wilhelm war gewiss kein Engel und verdiente jede noch so hanebüchene Verdächtigung, schon deshalb weil er der SS angehörte.

Plötzlich flutete die Erinnerung an seinen Kuss sie mit Empfindungen, wie sie sie noch nie erlebt hatte. Selbst jetzt noch kribbelte ihr ganzer Körper, während sie die kostbaren Minuten in seinen Armen wieder erlebte. Zuerst war es ein Schock gewesen, seine Lippen auf ihren zu spüren. Bevor sie ihn dazu auffordern konnte, unverzüglich von ihr abzulassen, begann ihr Körper wie von selbst zu reagieren: Ihre Füße gingen auf die Zehenspitzen, um seinem Gesicht näher zu sein, und ihre Lippen öffneten sich für seine forschende Zunge.

Eine Gänsehaut breitete sich auf ihrer Haut aus, als seine Zunge in ihren Mund eindrang, weich und warm, aber hartnäckig, während sie jeden Zentimeter erforschte. Sie seufzte vor Vergnügen.

»Geht es dir gut?«, fragte Paulette vom Sitz neben ihr.

»Oh ja. Ich bin so froh, dass ich endlich von ihm weg bin.« *Ich bin eine verlogene Schlange!*

»Ich kann mir kaum vorstellen, wie es gewesen sein muss.« Paulette legte Margarete eine Hand auf den gänsehautgeplagten Arm und flüsterte: »Keine Sorge, du bist jetzt in Sicherheit.«

»Merci.« Margarete warf ihr einen, wie sie hoffte, schüchtern-dankbaren Blick zu. Paulette hatte sie angewiesen, ausschließlich Französisch zu sprechen, und auch das so wenig wie möglich, denn ihr Akzent war nicht zu überhören.

Etwa eine Stunde später stiegen sie in einem malerischen kleinen Dorf aus dem Zug aus.

»Ich fürchte, von hier aus müssen wir zu Fuß gehen. Es ist ungefähr eine Stunde«, sagte Paulette entschuldigend.

»Keine Sorge, das schaffe ich schon. Solange ich in Sicherheit bin.« *Denn im Gegensatz zu dem, was du glaubst, bin ich keine verwöhnte Nazisse.* Margarete hatte mit sich gerungen, ob sie Paulette ihre wahre Identität anvertrauen sollte, doch weil die andere Frau ihr so begierig geholfen hatte, selbst in ihrer Rolle als Annegret, bestand kein Grund dieses Risiko einzugehen.

Wie sagten sie immer auf den Kriegsplakaten? *Lose Lippen können Mächte kippen.* Wenn es nötig wäre, könnte sie immer noch ihre wahre Identität preisgeben. Leider waren viele Franzosen ebenfalls Antisemiten und halfen den Nazis aktiv dabei, ihr Land von den Juden zu befreien, also war es besser vorerst zu schweigen.

»Die Leute hier ...« Paulette warf ihr einen Blick zu, bevor sie sich schnell wieder abwandte. »Die Leute hier mögen die Deutschen nicht besonders, deshalb dachte ich ...« Sie hielt an und sah Margarete direkt in die Augen. »... dass du vor einem Verwandten fliehst, der dich schlägt, reicht leider nicht aus. Zu viele Männer halten es immer noch für ihr Vorrecht, die Frauen in ihrer Familie zu züchtigen, und sie würden es dir übelnehmen, dass du den Befehlen deines Vaters, Bruders oder sogar deines Liebhabers nicht gehorchst.«

»Werden sie mich wieder wegschicken?« Margarete brachte ihre Stimme fast ohne Anstrengung zum Kreischen, denn sie war wirklich verängstigt.

»Nein. Das werde ich nicht zulassen. Aber wir brauchen eine bessere Geschichte für dich. Ich dachte, du könntest vielleicht so tun, als wärst du eine deutsche Kommunistin, die verdeckt gearbeitet hat, bis du aufgeflogen bist. Nur dank des Eingreifens deines SS-Bruders bist du einem Konzentrationslager entkommen. Aber seither lebst du in seiner Wohnung wie eine Gefangene.«

»Ich? Ein Kommunist?« Margarete wollte laut auflachen, so absurd war die Vorstellung. Sie hielt die Kommunisten für fast ebenso skrupellos wie die Nazis, obwohl sie ihnen zugutehalten musste, dass sie Hitlers glühendste Gegner waren. Andererseits war es erschreckend, wie nahe Paulettes Vorschlag bei der Wahrheit lag, abgesehen davon, dass sie Jüdin und keine Kommunistin war. »Ich weiß nicht viel über den Kommunismus.«

»Aber du weißt doch, was in den Zeitungen steht, oder?«

Margarete nickte. Seit sie in Paris lebte, las sie alle deutschen Zeitungen, die Wilhelm mit nach Hause brachte, so dass sie zumindest wusste, was die Nazis über die Kommunisten dachten. »Ich glaube nicht, dass mein oberflächliches Wissen ausreicht. Was ist, wenn ein echter Kommunist mich ausfragt?«

Paulette kräuselte die Nase. »Nun, das könnte in der Tat

ein Problem sein. Nicht, dass ich welche kennen würde, aber das heißt nicht, dass es keine gibt.« Sie ging schweigend weiter und rief nach einer Weile: »Ich habs! Wenn jemand Fragen stellt, tust du einfach so, als sei dein Französisch nicht gut genug und antwortest nur mit Floskeln.«

»Das kann ich auf jeden Fall.« Margarete war nicht überzeugt, dass ihre neue Tarnung einer genaueren Prüfung standhalten würde, aber das war ihr im Moment egal. Sie würde sowieso nicht lange in dem Dorf bleiben. Sobald sie erst einmal eine neue Identität angenommen hatte, müsste sie weder Paulette noch sonst jemanden wiedersehen, sondern sie würde einen Weg finden, in die freie Zone oder gar ins neutrale Spanien zu fliehen.

Sie erreichten ein weiteres charmantes, kleines Dorf. Paulette winkte allen Leuten zu, denen sie begegneten, ohne jedoch stehen zu bleiben, bis sie am Ende der Hauptstraße vor einem windschiefen kleinen Haus zum Stehen kam.

»Das ist das Haus meiner Großmutter. Hier ist es sicherer, denn in der Wohnung meiner Eltern gehen zu viele Besucher ein und aus. Oma ist ein bisschen weich in der Birne, zudem ist sie halb taub und blind, deshalb besucht sie fast niemand. Sie wird dich bestimmt nicht stören, während ich weg bin. Ich komme am Wochenende wieder und schaue nach dir.«

Paulette hatte recht gehabt, und Margarete verbrachte die nächsten drei Tage in einem glückseligen Zustand, in dem sie endlich einmal nur sie selbst sein konnte. Am Freitagabend kam Paulette zurück, und nachdem sie ihre Großmutter ins Bett gebracht hatte, öffnete sie eine Flasche Wein. »Lass uns neben dem Kamin sitzen und etwas trinken.«

Trotz Wilhelms Bemühungen, ihr die Feinheiten der französischen Weine nahezubringen, trank Margarete normalerweise keinen Alkohol. Dennoch nickte sie höflich. Paulette saß vor dem wärmenden Feuer und erzählte Geschichten aus ihrer Kindheit auf dem Land.

Die angenehme Wärme und die Wirkung des Weins entspannten Margarete, und schon bald trank sie ihr drittes Glas und redete wie ein Wasserfall. Sie ermahnte sich selbst, endlich den Mund zu halten, ohne ihren eigenen Rat zu beherzigen. Nach einem weiteren Glas und ein paar Ausrutschern, bei denen sie beinahe die Wahrheit herausposaunt hätte, sagte sie: »Ich sollte wirklich schlafen gehen.«

»Lass uns wenigstens unsere Gläser leeren, bevor wir gehen. Es wäre eine Schande, diesen guten Wein zu verschwenden.«

»Warum nicht?«, stimmte Margarete bereitwillig zu, denn sie graute sich davor, das warme Feuer zu verlassen und die Treppe hinauf in die kalte Kammer zu gehen, in der sie schlief. Sie nahm ihr Glas, schwenkte die rote Flüssigkeit im Kreis und schnupperte den Duft, wie sie es bei Wilhelm so oft gesehen hatte. »Wilm wollte immer, dass ich eine Weinkennerin werde. Aber ich kann dem einfach nicht viel abgewinnen.«

»Liebst du ihn immer noch?«

»Es mag seltsam klingen, aber ich liebe ihn. Trotz allem ist er derjenige, der mir einen Zufluchtsort geboten hat.«

»Zuflucht vor was?«

Ups. Schon wieder hatte sie eine unvorsichtige Andeutung gemacht. Der Alkohol machte ihr Gehirn träge und sie suchte nach den richtigen Worten. »Vor Reiner.«

»Wer ist Reiner?«

»Sein Bruder. Er ...« Margarete erschauderte bei der Erinnerung und, ob es nun klug war oder nicht, plauderte all die schrecklichen Dinge aus, die Reiner ihr angetan hatte, als sie im Haushalt seiner Eltern gearbeitet hatte. Wenigstens dachte sie daran, so zu tun, als sei sie ein normales Dienstmädchen gewesen und keine jüdische Haussklavin.

»Gütiger Himmel! Was für ein Ungeheuer! Warum haben Wilhelm oder seine Eltern nicht eingegriffen?«

»Ich hatte viel zu große Angst, ihnen davon zu erzählen. Als seine Eltern starben, bin ich aus Berlin geflohen. Wilhelm hat mich versteckt.«

»Vom Regen in die Traufe, würde ich sagen.«

»Warum das?«

»Weil er dich schlägt?« Paulette schien sie misstrauisch zu betrachten, aber das konnte auch am Alkohol liegen.

Oh, verdammt. Warum hatte sie sich diese Geschichte einfallen lassen? Und warum musste sie ihr großes, dummes Maul aufreißen, um über Reiner zu reden. Sie schwor sich, nie wieder Alkohol zu trinken. Sie zuckte mit den Schultern und strich mit dem Finger über den Schorf oberhalb ihrer Augenbraue. »Nur, wenn er sehr wütend auf mich ist.«

»Tut er ... du weißt schon? Macht er auch andere Dinge, wenn du ihn nicht gewähren lässt?«

»Oh nein ... das würde er niemals tun.« Margarete schüttelte den Kopf so heftig, dass sich die Welt um sie herum drehte. Nach der Art, wie er sie geküsst hatte, zu urteilen, würde er nichts lieber tun, aber er würde sich ihr niemals aufdrängen. »Ich vermisse dich so sehr, Wilm!« Margarete blinzelte ein paar Mal bevor sie fragte: »Habe ich das gerade laut gesagt?«

Paulette kicherte. »Und ob. Also, was läuft zwischen dir und Wilhelm?«

»Was meinst du?«

»Komm schon, ich habe gesehen, wie er dich ansieht. Er ist eindeutig in dich verliebt.«

Margarete schüttelte den Kopf, hörte aber sofort damit auf, weil die Welt wieder um sie herumwirbelte. Es wurde immer schwieriger, all ihre Lügen auseinander zu halten und sich zu erinnern, wem sie was erzählt hatte. Es schien am sichersten, zu der Person zurückzukehren, die sie vorgab zu sein. »Du hast zu viel Fantasie. Er ist mein Bruder.«

»Ich dachte ...« Paulette hob eine Augenbraue, holte wie aus dem Nichts eine weitere Flasche Wein hervor und schenkte ihr ein.

»Nein ... ich bin schon betrunken ... ich kann nicht.«

»Keine Zeit wie die heutige, um uns zu amüsieren, denn wer weiß, ob wir morgen noch am Leben sind.« Paulette hob ihr eigenes Glas auf Margarete, die schlecht ablehnen konnte. Was schadete schon ein Gläschen mehr?

»Am Anfang dachte er, ich sei schwanger und der Reichskriminaldirektor sei der Vater. Aber das stimmt nicht. Ich habe nie ... ich meine, außer wenn Reiner mich gezwungen hat. Aber mein monatlicher Besuch ist immer regelmäßig gekommen und inzwischen würde man doch etwas sehen, oder?«

»Ja, das würde man. Darüber brauchst du dir jetzt keine Sorgen mehr zu machen. Aber sag mal, wusstest du, dass Reiner nach Paris kommt?«

»Woher weißt du das?«

»Das ist jetzt nicht wichtig. War sein Besuch der Grund dafür, dass du verschwinden wolltest?«

»Hmm ... ich glaube ... ich will diese Bestie wirklich nie wieder sehen ... er ist grausam. Noch schlimmer als sein Vater. Und ihre Tochter, diese gerissene kleine Schlampe.«

»Wessen Tochter?«

Margarete bemerkte vage, dass sie Dinge ausplauderte, die sie nicht verraten durfte. »Die von den Hubers.«

»Welcher der Hubers?«

»Ihr Vater. Aber der ist tot. Er starb, als das Haus einstürzte. Ich war dabei. Es war meine Chance, in Freiheit zu leben.«

»Was hat ihr Vater mit dir gemacht?«

»Er ließ mich Tag und Nacht schuften und wollte mich wegschicken.«

»Wegen des Babys?«

»Welches Baby?«

»Du hast gesagt, Wilhelm vermutete, dass du schwanger bist. War das der Grund, warum Herr Huber dich wegschicken wollte? Weil es in Wirklichkeit Reiners Kind war?«

Margaretes Kopf hämmerte bei jeder neuen Frage, die ihr gestellt wurde. »Ich denke schon. Ich weiß es nicht.«

»Warum bist du wirklich hier? Du kannst mir vertrauen, ich werde es niemandem verraten.« Paulettes Stimme war so sanft und beruhigend, und Margarete wünschte sich so sehr, sich jemandem anzuvertrauen. Es wäre so schön, wenn es außer Wilhelm wenigstens einen weiteren Menschen gäbe, der wüsste, wer sie wirklich war.

Eine Freundin.

31

Seit Margarete gegangen war, befand sich Wilhelm auf einer turbulenten Achterbahn der Gefühle. Einerseits war er froh, dass sie für die Dauer von Reiners bevorstehendem Besuch an einem sicheren Ort weilte, andererseits vermisste er sie wahnsinnig.

Obwohl er gegen seine Gefühle ankämpfte, musste er sich eingestehen, dass er sich in sie verliebt hatte. Wahrhaftig, tief und unwiderruflich. Er war dem Untergang geweiht, denn zwischen ihm und ihr konnte nie etwas sein. Nicht in ihrer wahren Identität als Jüdin und noch weniger in ihrer Rolle als seine Schwester.

Er nahm den Hörer ab und wählte die Nummer von Geralds Büro. Es mochte unklug sein, aber er musste wissen, ob Paulette und Margarete sicher angekommen waren.

»Gerald Nadler.«

»Hallo, Gerald, hier ist Wilhelm.«

»Oh, Wilhelm, du rufst genau im rechten Moment an. Rate mal, wer gerade angekommen ist?«

Wilhelm unterdrückte ein Stöhnen. »Der Führer?«

»Nicht ganz so wichtig. Dein Bruder und Heydrich.«

»Heydrich ist hier?« Das war ungewöhnlich, denn normalerweise hielt der sich in Prag auf, wo er das Amt des Reichsprotektors von Böhmen und Mähren bekleidete.

»Ja, es scheint, als ob er sich persönlich vergewissern will, dass die Deportation der Juden mit der größtmöglichen Geschwindigkeit durchgeführt wird. Jedenfalls würde ich an deiner Stelle meinen Arsch sofort hierher schwingen. In einer halben Stunde fangen sie mit den ersten Besprechungen an.«

»Herrschaftszeiten!«, schimpfte Wilhelm. »Warum hat mir das niemand gesagt?«

»Das habe ich doch gerade.«

»Danke, Kamerad. Ich schulde dir was.« Wilhelm warf den Hörer auf die Gabel und stürmte aus seinem Büro, wobei er seinen Mantel anzog, während er bereits die Treppe drei Stufen auf einmal nehmend herunterflog. Offenbar hatte sein neuer Freund Karsten Bicke vergessen, dass er ihn mit der Leitung von Drancy beauftragt hatte. Oder war es eine Verschwörung, um ihn in einem schlechten Licht erscheinen zu lassen? Wenn er sich beeilte, konnte er noch rechtzeitig zur ersten Besprechung erscheinen und somit den Plan vereiteln.

»Es wurde auch Zeit, dass du auftauchst. Oder sind Verspätungen die Pariser Art Geschäfte zu tätigen?«, begrüßte Reiner ihn, als er schnaufend wie eine Lokomotive die Treppe hinaufgerannt kam.

»Ich hatte noch eine wichtige Angelegenheit am anderen Ende der Stadt zu erledigen.« Wilhelm klickte die Fersen und salutierte. Dann gestikulierte er in Richtung der Tür. »Wollen wir?«

»Ja. Es gibt viel zu tun, und ich bin nur wenige Tage hier. Du kennst Reinhard Heydrich, nehme ich an?«

»Nicht persönlich.«

»Na, dann werde ich ihn dir vorstellen, kleiner Bruder.«

Wilhelm ließ sich nicht anmerken, wie sehr er sich über

Reiners herablassende Art ärgerte. »Es wäre mir ein Vergnügen.«

Nachdem sie einander vorgestellt worden waren, entschuldigte sich Heydrich, um sich um eine andere wichtige Angelegenheit zu kümmern, und überließ es Reiner, einem Raum voller gespannt zuhörender Männer die Endlösung zu erklären.

»Ich brauche Ihnen nicht zu sagen, dass alles, was hier besprochen wird, streng geheim ist und niemandem ohne die entsprechende Sicherheitsfreigabe mitgeteilt werden darf.«

Alle, einschließlich Wilhelm, nickten. Er war sich nicht klar darüber, ob er stolz darauf sein sollte, in so wichtige Staatsgeheimnisse eingeweiht zu werden, oder ob er lieber den Kopf in den Sand stecken wollte.

»Wir alle wissen, dass sich das Weltjudentum seit Jahrhunderten gegen den Rest der Menschheit verschworen hat. Unser großartiger Führer hat sich vorgenommen, dies ein für alle Mal zu beenden. Wir werden jedes letzte Mitglied dieser abscheulichen Spezies vom Angesicht der Erde tilgen.«

Die Menge brach in Hurra-Schreie und »Heil Hitler!«-Rufe aus. Auch Wilhelm jubelte halbherzig. Er verstand nicht, was mit ihm los war und warum er sich nicht darüber freuen konnte, dass die Welt endlich von diesem Übel befreit wurde. Stattdessen brach sein Herz mit jedem Satz ein bisschen mehr, weil er nur noch Margaretes liebliches Gesicht sehen konnte.

Seine Lippen kribbelten noch immer von ihrem Kuss, und obwohl er wusste, wie falsch und verwerflich das war, war sie für ihn ein anmutiger, freundlicher, ganz und gar wunderbarer Mensch. Vielleicht war sie gar keine Jüdin? Ja, das musste ein Irrtum sein. Sie musste bei der Geburt im Krankenhaus vertauscht worden sein. So etwas kam doch vor, oder? In jedem Fall war er froh, dass Margarete auf dem Land in Sicherheit war.

»... unser Ziel ist es, Europa von West nach Ost zu durchkämmen. Frankreich und Deutschland werden schon bis Ende 1942 von diesem Ungeziefer befreit sein.«

Ein Raunen ging durch den Raum, denn allein in Frankreich lebten schätzungsweise dreihunderttausend Juden, in Deutschland noch einmal so viele. Wilhelm wusste, dass sich jeder insgeheim dieselbe Frage stellte wie er. *Wohin sollen all diese Menschen gehen?* Natürlich wusste jeder im Raum um die Existenz von Konzentrations- und Arbeitslagern, in denen die Menschen an Überarbeitung, Unterernährung und Krankheiten starben wie die Fliegen, aber es lag jenseits seiner Vorstellungskraft, wie diese Lager einen Zustrom von einer halben Million weiterer Insassen bewältigen sollten.

»Um dieses Ziel zu erreichen, wurde beschlossen, im Generalgouvernement für die besetzten polnischen Gebiete mehrere Lager zu errichten, deren Hauptfunktion darin besteht, alle nicht arbeitsfähigen Elemente bei ihrer Ankunft zu vernichten. Ihre Aufgabe wird es sein, diese Elemente im besetzten Frankreich zusammenzutreiben, sie in Drancy festzuhalten und sie dann so schnell wie möglich in Züge Richtung Generalgouvernement zu setzen. Meine Organisation wird sich um den Rest kümmern. Irgendwelche Fragen?«

Niemand wagte es, eine Frage zu stellen, und Wilhelm spürte, dass alle abgesehen von den hartgesottensten Männern angesichts der Schlussfolgerung ein mulmiges Gefühl beschlich. Er hatte schon lange von den Grausamkeiten gewusst, hatte sich sogar an einigen beteiligt, aber das ... wovon Reiner sprach ... Mord im industriellen Maßstab, war so unmenschlich, dass es Wilhelm den Atem verschlug.

Da Reiner keine Einzelheiten erläutert hatte, konnte sich jeder ausmalen, wie man es schaffen wollte, in kürzester Zeit Hunderttausende von Männern, Frauen und Kindern zu ermorden. An dieser Vorstellung war nichts Großartiges oder Ruhmreiches.

Wilhelm schluckte die aufsteigende Galle hinunter,

während seine Gedanken zu Margarete wanderten. Er musste dafür sorgen, dass sie nie wieder nach Paris zurückkehrte. Vielleicht konnte er sie dazu überreden, Frankreich ganz zu verlassen, weit, weit weg zu gehen. Südamerika zum Beispiel. Aber damit dieser Plan funktionierte, brauchte er Geld ... und für das Geld musste sie heiraten ...ein Teufelskreis.

Nach dem Treffen kam Reiner auf ihn zu und fragte: »Also, wo ist sie?«

»Wer?«

»Annegret. Wo ist sie? Ich habe dir doch gesagt, du sollst ein gemeinsames Abendessen für uns drei arrangieren. Ich will ihr die Leviten lesen, wie sehr sie alle zu Hause beunruhigt hat«, sagte Reiner ihm unmissverständlich. Wilhelm wurde fast ohnmächtig, als ihm siedend heiß einfiel, dass er vergessen hatte, sich eine glaubwürdige Ausrede für Annes Abwesenheit einfallen zu lassen. Schließlich konnte er Reiner nicht sagen, dass sie sich bei einer Freundin versteckte, weil er sie angeblich verprügelte.

»Bei unserem letzten Telefonat habe ich dir gesagt ...« , begann Wilhelm den Satz, noch während er überlegte wie er weitergehen sollte.

»Nein, hast du nicht.«

»Oder vielleicht habe ich es nicht. Wir waren beide so abgelenkt durch meine Beförderung und deinen Besuch ...«

»Dein neues Abzeichen ist mir schon aufgefallen, kleiner Bruder. Ein Grund mehr zum Feiern, Herr Untersturmführer.« Reiner klopfte ihm auf die Schulter und zum ersten Mal glaubte Wilhelm, dass sein Bruder tatsächlich stolz auf ihn war. Es war ein schönes Gefühl.

»Danke.«

»Und, wann wird Anne uns beehren?«

»Ich soll dir von ihr ausrichten, dass es ihr sehr leid tut, aber sie wird es nicht schaffen.«

Reiner runzelte die Stirn. »Was soll das heißen? Sie wohnt doch bei dir, oder?«

»Nicht mehr. Sie hat einen schlimmen Husten bekommen. Vor ungefähr einer Woche ist sie endlich zum Arzt gegangen und der hat gesagt, dass sie die Luftverschmutzung in Paris nicht verträgt und hat ihr dringend geraten, aufs Land zu ziehen bis der Winter vorbei ist.«

»Unsere Anne? Das Mädchen, das sich in Berlin nicht ein einziges Mal erkältet hat?«

»Ich war genauso überrascht wie du«, log Wilhelm. »Der Arzt meinte, es könnte sogar Tuberkulose sein.«

»Tuberkulose? So ein Quatsch! Unsere Schwester doch nicht. Das ist eine Krankheit der Unterschicht. Juden bekommen sie, Zigeuner auch, Landstreicher, Diebe und arbeitsscheue Verbrecher, aber keine wertvollen Deutschen.«

»Genau das habe ich auch gesagt. Aber der Arzt ist Franzose, und du weißt, wie sie sind ...«

»Ich weiß nicht, wie sie sind, aber ich weiß, dass du diesen Mann in seine Schranken hättest weisen müssen. Nenn mir den Namen und ich sorge dafür, dass er nie wieder einen Patienten aus der Nähe sieht.«

Wilhelms Augenlider zuckten nervös. »Er hat nie ausdrücklich gesagt, dass sie TBC hat. Ich glaube, er wollte nur besonders vorsichtig sein. Und mal ehrlich, kann man es ihr verübeln, dass sie einen Aufenthalt auf dem Lande genießt?«

Reiner grummelte etwas Unverständliches, brachte damit Wilhelm auf eine Idee.

»Weißt du was? Ich werde ihr ausrichten, dass sie dich anrufen soll. Dann kannst du sie persönlich fragen, wie es ihr geht.«

»Hmm.«

Wilhelm nahm dies als ein Ja und wechselte das Thema. »Wie geht es Erika und dem Nachwuchs?«

»Den beiden geht es gut. Der Arzt hat gesagt, wir sollen

noch ein paar Wochen warten, aber ich kann es kaum erwarten, bis wir es wieder versuchen. Das nächste Kind wird ein Junge.«

»Da bin ich mir sicher.« Wilhelm war nicht in der Stimmung zu widersprechen.

»Es ist meine Pflicht, Soldaten für unseren Führer zu zeugen, und ich bin mehr als bereit, dieser Pflicht nachzukommen.« Reiner schmunzelte. »Meine Geliebte ist auch schwanger.«

»Sind Gratulationen angebracht?«

»Ich denke schon. Aber Erika scheint das nicht zu verstehen, deshalb möchte ich nicht, dass du es ihr gegenüber erwähnst.«

»Mach dir keine Sorgen. Ich halte dicht.« Seit er in Margarete verliebt war, hatte Wilhelm begonnen, Erika dafür zu bemitleiden, dass sie mit jemandem wie Reiner verheiratet war. Er wollte ihr nicht noch mehr Kummer bereiten, indem er ihr die unangenehme Nachricht von der baldigen Geburt eines Bastards ihres Ehemannes mitteilte.

Glücklicherweise entdeckte er Gerald. »Warte eine Sekunde, ich will dir einen Freund vorstellen.«

Er ging zu Gerald hinüber und zischte: »Falls Reiner fragt, Anne ist wegen ihres schlimmen Hustens auf dem Land.«

Gerald hob eine Augenbraue.

»Das erkläre ich dir später.« Dann hatten sie Reiner erreicht und Wilhelm stellte die beiden einander vor. Er wusste, dass Gerald viel zu sehr darauf bedacht war, sich bei Reiner beliebt zu machen, um ein falsches Wort zu sagen.

Nachdem Wilhelm sich vergewissert hatte, dass sein Bruder zahlte, gingen sie zum Abendessen ins Le Fouquet, das teuerste Restaurant auf den Champs-Élysées. Bald schon würde er sich das auch wieder leisten können. Mit Erstaunen registrierte er den Stich in seinem Herzen bei dem Gedanken, einen Ehemann für Margarete zu finden. Es war ihm unbegreiflich: Er wollte sie für sich, und er wollte sie in Sicherheit wissen. Dafür brauchte er ihr Erbe. Plötzlich wurde die Idee, einen schwulen Ehemann für sie zu finden, sehr verlockend.

Er schob die Gedanken an sie weit von sich und lehnte sich mit einem Glas Brandy in der Hand in seinem Stuhl zurück.

»Auf den Erfolg unserer Operation!« Reiner sprang auf und salutierte vor den überraschten Gästen, allesamt deutsche Offiziere, einige davon mit einer schönen Französin an ihrer Seite. »Ich bin hier, um uns von den jüdischen Verschwörern zu befreien und von allen, die sonst noch zwischen Deutschland und dem Endsieg stehen!« Reiner ließ sich mit einem verträumten Gesichtsausdruck auf seinen Stuhl zurückfallen. »Ich habe gehört, in Paris leben die schönsten Frauen Europas. Davon würde ich mich gerne selbst überzeugen. Wohin gehen wir jetzt?«

»Es ist also auch deine Pflicht, französische Bastarde zu zeugen?«, fragte Wilhelm, halb im Scherz.

Reiner lachte und senkte seine Stimme. »Sollen sich die französischen Flittchen doch um unsere kleinen Geschenke kümmern! Dann sind sie zu beschäftigt, um sich mit der Résistance einzulassen.«

Wilhelm nickte gehorsam, und ein paar Minuten später waren er, Gerald und Reiner auf dem Weg zum Pigalle, dem Viertel, in dem sich die berühmten Klubs und Kabaretts befanden. Eine Nacht der Ausschweifung in den Armen einer lüsternen Französin würde ihn hoffentlich von seinem Liebeskummer mit Margarete ablenken.

32

Margarete wachte mit dem unguten Gefühl auf, dass etwas Schlimmes passiert war. Als sie sich aufrichtete, erinnerte sie ein heftiger Kopfschmerz daran, dass sie am Vorabend einen über den Durst getrunken hatte. Wie hatte sie nur so leichtsinnig sein können?

Dunkel besann sie sich, dass Paulette ihr Fragen über Annegrets Vergangenheit gestellt und sie dazu überredet hatte, ihr von Reiner zu erzählen. Aber so sehr sie sich auch bemühte, sie wusste nicht mehr, was danach passiert war. Hatte sie tatsächlich alles ausgeplaudert und der anderen Frau ihre dunkelsten Geheimnisse verraten?

Sie hoffte bei Gott, dass sie das nicht getan hatte. Womöglich war es keine so gute Idee gewesen, hierher zu kommen. Ihre Hand tastete nach dem Amulett um ihren Hals, aber es war nicht da. Sie spürte, wie sie vor Entsetzen erbleichte, bis ihr Blick auf den Nachttisch fiel. Darauf lag die Halskette mit dem Baum des Lebens.

Sie atmete tief ein. Nur weil das Amulett offen dalag, musste das noch lange nichts heißen. Sie hatte die Kette gestern Abend vermutlich abgenommen und vergessen, sie wieder anzulegen. Oder sie hatte sie Paulette gezeigt. Das Atmen fiel ihr plötzlich schwer, und sie wich instinktiv zurück, als sie Schritte auf der Treppe hörte.

Die Tür öffnete sich und Paulette kam mit einem strahlenden Lächeln herein. »Du bist wach. Das ist gut.«

Margarete starrte sie an, unsicher, wie sie reagieren sollte. »Guten Morgen. Ich bin ziemlich verkatert.«

»Das liegt am Wein. Wir haben gestern Abend eine ganze Menge getrunken.« Paulette wirkte heute anders, nicht so selbstbewusst wie sonst. Doch bevor Margarete weiter rätseln konnte, trat Paulette auf sie zu, griff nach dem Amulett und drehte es in den Händen. Es fing einen Sonnenstrahl ein und reflektierte ihn. »Es ist so schön. Kein Wunder, dass es dir Kraft gibt.« Sie legte den Kopf schief. »Du hast mir gar nicht gesagt, wie die Inschrift lautete?«

»Welche Inschrift?« Margaretes Herz galoppierte vor Angst.

»Die, die du weggefeilt hast.«

»Oh.« Sie musste sich schnellstens eine glaubwürdige Ausrede einfallen lassen. »Es war der Name meines Freundes.«

»Ich dachte, deine Eltern hätten dir das Amulett geschenkt?«

Mist. Mist. Mist. Mist. Ich muss letzte Nacht tatsächlich alle meine Geheimnisse ausgeplaudert haben. »Das haben sie. Aber später hat mein Freund die Inschrift eingravieren lassen, und als wir Schluss gemacht haben ...« Sie beendete den Satz nicht. Je weniger sie sagte, desto weniger konnte sie sich selbst widersprechen.

»Komm mit«, sagte Paulette gleich nach dem Frühstück. »Es gibt jemanden, den ich dir vorstellen möchte.«

»Wer ist es?«, fragte Margarete und ging schneller, um mit Paulette Schritt zu halten.

»Das wirst du gleich sehen.« Paulette führte sie quer durch das Dorf zu der einzigen Bäckerei, die gleichzeitig als Café diente. Sie gingen hinein und setzten sich an einen der kleinen Tische. Sobald die einzige Kundin den Laden verließ, stand Paulette auf, wobei sie Margarete an die Hand nahm und sie hinter sich her zog. Dem Nicken der Verkäuferin folgend, gingen sie durch die Tür neben dem Verkaufstresen.

Margarete hatte ein mulmiges Gefühl im Magen, und das nicht nur, weil sie einen Kater hatte. Kaum hatten sie die Tür hinter sich geschlossen, hörte sie, wie draußen der Schlüssel im Schloss gedreht wurde, und ein schrecklicher Verdacht machte sich in ihr breit. Paulette musste sie verraten haben. Die Gestapo wartete auf sie.

In der Absicht wegzulaufen, befreite sie sich aus Paulettes Griff. Dann jedoch rührte sie sich nicht, denn es hatte keinen Sinn. Die Tür zurück in den Laden war verschlossen und der Lagerraum in dem sie sich befanden schien keinen zweiten Ausgang zu haben, abgesehen von einem Fenster, das zu klein war, um hindurchzuklettern. Sie war dem Untergang geweiht.

»Nach unten.« Paulette zeigte auf eine Treppe, die in den Keller führte. Auf dem Treppenabsatz befanden sich drei Türen. Paulette wählte die rechte, klopfte zweimal, wartete eine Sekunde und klopfte dann noch einmal. Fast sofort wurde die Tür geöffnet und sie wurden hineingelassen. Zwei Männer mit Gewehren im Anschlag standen im Raum.

»Sie ist die *Boche*?«, fragte der Mann mit dunklem, lockigem Haar und einem Dreitagebart. Wäre da nicht seine bedrohliche Haltung, würde Margarete ihn für ausgesprochen ansehnlich halten.

»Sie ist Jüdin, also ist sie auf unserer Seite«, antwortete Paulette.

Margarete spürte die Worte wie einen Schlag in die Magengrube, der ihr mehr wehtat als die Prügel, die Wilhelm ihr verpasst hatte. Offenbar hatte sie gestern Abend nichts weggelassen. Und jetzt würde sie dafür büßen. Obwohl diese Leute ganz sicher nicht von der Gestapo waren. Im Gegenteil, als sie sich die Männer genauer ansah, wurde klar, dass sie zweifellos zu der Résistance gehörten, gegen die Wilhelm immer wetterte. Bei dem Gedanken an ihn kribbelte es in ihrem Magen. Obgleich sie versuchte, ihre Gefühle zu unterdrücken, vermisste sie ihn ganz schrecklich.

»Das werden wir noch sehen«, sagte der andere. Er war äußerlich das genaue Gegenteil des anderen: blondes Haar, ein Bubengesicht ohne eine Spur von Bart und eine kleine, schlaksige Gestalt. Trotz seines gepflegten Äußeren war er ihr auf Anhieb unsympathisch.

»Sie hat mich gebeten, ihr bei der Flucht zu helfen, Armand.«

»Das könnte ein Trick sein. Woher wissen wir, ob wir ihr trauen können?«, sagte Armand. Er schien der Anführer zu sein, während der Blonde schweigend daneben stand und sie beobachtete.

»Sie hasst die Nazis genauso sehr wie wir.«

Habe ich das wirklich gesagt? Und heißt das, Paulette gehört zur Résistance? Margarete verfluchte sich selbst dafür, dass sie am gestrigen Abend zu viel getrunken hatte, denn ihr Gehirn verarbeitete die Fakten immer noch viel zu langsam. Natürlich war Paulette bei der Résistance. Und Gerald? War er etwa auch? Vermutlich nicht, aber dann ... dann tat Paulette nur so, als ob sie ihn mochte ... Margaretes Hand flog zu ihrem Mund, während sie die aufsteigende Galle herunterwürgte.

Als sie wieder aufblickte, hielten beide Männer ihre Waffen auf sie gerichtet. Sie schluckte erneut. »Tut mir leid, mir ist immer noch übel von dem vielen Wein.«

Der blonde Mann grinste. »Hast du sie so dazu gebracht, die Informationen auszuplaudern? Indem du sie betrunken gemacht hast?«

»Es funktioniert bei Männern, warum nicht auch bei Frauen?«, erwiderte Paulette.

»Genug davon, Marcel«, schimpfte Armand, bevor er sich

wieder an Paulette wandte. »Warum sollten wir ihr helfen? Sie ist ein Risiko für unsere Einheit.«

»Sie kann bezahlen.«

Armands Gesicht hellte sich auf. »Nun, das klingt schon besser. Gefälschte Papiere, sichere Unterschlüpfe, Fluchthelfer, all das ist teuer, aber wenn du bezahlen kannst ... Wie viel Geld hast du?« Er blickte Margarete direkt in die Augen, so dass ihr die Knie wackelten.

»Nichts«, flüsterte sie.

Er trat vor und gab ihr eine schallende Ohrfeige. »Wage es nicht, mich anzulügen. Wie viel kannst du für deine Flucht bezahlen?«

Margarete brachte vor lauter Zittern kein Wort heraus. Paulette kam ihr zu Hilfe indem sie sagte: »Lass sie in Ruhe, sie sagt die Wahrheit.«

Armands markantes Gesicht verzog sich zu einer wütenden Grimasse, und Margarete wunderte sich, warum Paulette nicht die geringste Angst vor ihm zu haben schien. Die Antwort erhielt sie nur wenige Sekunden später, als er Paulette mit unverhohlener Zuneigung ansah. *Die beiden sind ein Paar!* Die Erkenntnis verstärkte ihr Unbehagen, denn Paulette und Gerald waren auch ein Paar. Das war eindeutig zu viel für ihr benebeltes Gehirn.

»Sie wird am Tag ihrer Hochzeit eine Viertelmillion Reichsmark erben«, erklärte Paulette, woraufhin Margarete am liebsten in einem Mauseloch verschwunden wäre. Was hatte sie der anderen Frau gestern Abend noch alles erzählt?

»Und was nützt uns das?«, fragte Armand.

Paulette lächelte süffisant. »Weil sie einen von uns heiraten wird. Dann bekommen wir das ganze Geld, helfen ihr bei der Flucht und behalten den Rest für unsere Sache.«

»Darf ich auch irgendetwas dazu sagen?«, fragte Margarete in einem Anflug von Mut.

»Nein«, antworteten die drei unisono.

»Sie ist eine *Boche*. Sie darf keinen Franzosen heiraten.«

»Marcel ist zur Hälfte Deutscher.«

Marcel sah aufrichtig schockiert aus. »Das ist nicht euer Ernst, oder? Sie ist nicht nur Deutsche, sie ist auch Jüdin! Ich werde doch keine Jüdin vögeln!«

»Von Spaß hat niemand gesprochen. Du heiratest sie, nimmst das Geld an dich, und sobald wir ihr neue Papiere beschafft haben, kannst du deine geliebte Frau beerdigen«, sagte Paulette.

»Da mache ich nicht mit«, sagte Margarete.

»Deine Meinung ist irrelevant.« Armand warf ihr einen Blick zu, der sie innerlich erschaudern ließ. Sie konnte verstehen, warum Paulette sich in ihn verliebt hatte, denn er sah umwerfend aus. Allerdings schien er auch außerordentlich kaltblütig und rücksichtslos zu sein.

»Wie kann es überhaupt legal sein, eine Jüdin zu heiraten? Und wie kann ein Jude so viel Geld erben?«, protestierte Marcel. Seinem beklemmten Blick nach zu urteilen, hatte er sich bereits mit dem Gedanken abgefunden, den Bräutigam in diesem perfiden Plan zu mimen.

»Niemand weiß davon, außer mir und dem SS-Offizier, der sie als seine Schwester Annegret ausgibt, die in Wirklichkeit vor einigen Monaten bei einem Bombenangriff ums Leben kam.«

Ohgottohgott! Ich habe ihr wirklich alles haarklein erzählt. Margarete schwor sich, nie wieder in ihrem Leben einen einzigen Tropfen Alkohol zu trinken – falls sie diese Begegnung überleben sollte.

»Ein SS-Offizier, sagst du?« Armand legte einen Finger an sein Kinn.

»Ja. Er ist ein Freund von Nadler.« Margarete bemerkte Armands leichtes Zusammenzucken bei der Erwähnung von Paulettes anderem Liebhaber. Obwohl er offensichtlich von ihrer Beziehung wusste, sie vielleicht sogar eingefädelt hatte, gefiel sie ihm nicht. »Er ist SS-Untersturmführer Wilhelm Huber.«

Armands Augenbrauen schossen hoch. »Er ist nicht zufällig mit Heydrichs Assistenten verwandt?«

Paulette zuckte mit den Schultern und drei Augenpaare richteten sich erwartungsvoll auf Margarete. Sie sah keinen Grund, zu lügen, denn sie würden es sowieso herausfinden. Die Verbindungen der Familie Huber waren kein Geheimnis, außerdem konnte Paulette jederzeit Gerald fragen.

»Ja, Reiner Huber ist mein ... ich meine, Annegrets Bruder.«

»Weiß Reiner, wer du wirklich bist?« Armands Miene verriet seine Aufregung über diese Enthüllung.

»Nein.«

»Das ist also der echte Grund, warum du verschwinden musstest? Weil er zu einem Besuch in Paris eingetroffen ist?«, fragte Paulette und schaute dabei auf Margaretes blaues Auge.

»Ja.«

Armand trat näher an sie heran. »Warum versteckt der andere Bruder dich?«

»Aus demselben Grund, aus dem du mir helfen willst. Er ist hinter Annegrets Geld her«, antwortete Margarete trotzig.

Er grinste und drehte sich zu Paulette um. »Ich habe eine Idee. Ich werde darüber nachdenken und es dich wissen lassen. Pass in der Zwischenzeit gut auf dieses wertvolle Stück auf, ja?«

Elektrische Ladungen, stark genug, dass sogar Margarete sie spürte, entluden sich zwischen den beiden. Sie konnte immer noch nicht verstehen, wie er damit einverstanden sein konnte, dass Paulette für Informationen mit einem anderen Mann schlief.

Auf dem Rückweg starrte Margarete die Frau an, die sie als Freundin betrachtet hatte. »Du hast mich verraten.«

»Du hast mir auch nicht die Wahrheit gesagt.«

»Das ist nicht das Gleiche, denn ich bin diejenige, die gehängt wird, wenn jemand es herausfindet.«

»Sei nicht so undankbar und naiv. Jeder Mensch will für seine Dienste bezahlt werden. Du heiratest Marcel. Wir bringen dich lebend aus dem Land. Ich verstehe nicht, was daran so schlimm sein soll.«

Für eine Frau, die ihren Körper einem Nazi schenkte, um Informationen zu beschaffen, mochte das kein Grund zur Aufregung sein, aber für Margarete schon.

33

Wilhelm erwachte mit dem schalen Nachgeschmack von zu viel Alkohol im Mund. Als er sich streckte, um die Steifheit in seinen Gliedern zu vertreiben, stieß er gegen einen weichen, warmen Körper. Sanfter Atem hauchte über seine nackte Brust. Er zwang sich, die Augen zu öffnen und sah auf die schöne Frau, die nackt in seinem Bett lag. Er bildete sich ein, es sei Margarete, doch es dauerte nur eine Sekunde, bis er sich daran erinnerte, dass sie eine beliebige Tänzerin aus dem Kabarett war, das sie gestern Abend besucht hatten.

Schuldgefühle und Selbstverachtung verdarben ihm sofort den Morgen. Er starrte die Frau an, von der er nicht einmal den Namen wusste und fühlte sich plötzlich völlig unzulänglich. Hastig stieß er ihren Arm beiseite, sprang aus dem Bett und ging geradewegs ins Badezimmer. Als er kurz darauf angezogen und rasiert zurückkehrte, wachte sie gerade auf und rieb sich mit ihrer zartgliedrigen Hand über das Gesicht. Er beobachtete sie dabei, wie sie ihre eleganten Gliedmaßen streckte, so wie er es vorhin getan hatte, doch ihr herrlicher Körper erregte ihn nicht. Alles, was er fühlte, war Verachtung. Für sie, aber vor allem für sich selbst.

»Warum bist du hier?«

Sie sah ihn mit großen, braunen Augen an und schien seine Frage nicht zu verstehen. »*Alors*, du hast mich nach der Vorstellung auf einen Schlummertrunk eingeladen.«

Das wusste er. Es war Teil seines Plans gewesen, sich im Schoß einer willigen Frau zu verlieren, um seine unangemessene Sehnsucht nach Margarete zu betäuben. Aber er hatte das Gegenteil erreicht, und begehrte sie jetzt noch mehr. Die ganze Nacht über hatte er sich gefragt, wie es sich wohl anfühlen würde, sie in seinen Armen zu halten, anstatt dieses austauschbaren Flittchens.

»Aber warum hast du zugestimmt? Wir haben nicht einmal Namen ausgetauscht!«

Sie lächelte verführerisch. »Ich dachte, du würdest mir deinen Namen schon noch sagen, wenn du es willst.« Sie rollte sich auf die Seite, wobei das Laken vollständig von ihr herunter rutschte und den Blick auf makellose, porzellanweiße Haut und lange, schlanke Beine freigab. Beine, die sich vor wenigen Stunden noch in Ekstase um seine Hüften geschlungen hatten. Jetzt konnte er keine Freude mehr daran finden, ihren nackten Körper zu betrachten.

»Deck dich zu.« Er warf das Laken über sie und fragte erneut. »Warum ich? Warum nicht ein anderer Kerl?«

»Du bist attraktiv und hast gute Manieren.« Sie war sichtlich beunruhigt über seine Fragen, wagte es aber nicht, die Antwort zu verweigern.

»Hast du einen Freund?«

Sie seufzte.

»Die Wahrheit!« Seine Lippen pressten sich zu einer schmalen Linie zusammen. Als er näher an das Bett herantrat, beobachtete er, wie eine Gänsehaut auf ihren Armen erschien.

»Mein Verlobter ist ein Zwangsarbeiter in Deutschland.«

Angesichts ihres Zitterns empfand Wilhelm Mitleid für sie. Es war nicht ihre Schuld, dass sie mit ihm schlief, weil sie sich davon Vorteile erhoffte. Er holte seine Brieftasche und warf ihr ein paar Reichsmarkscheine zu. »Und jetzt raus hier.«

Eilig stieg sie aus dem Bett, sammelte auf dem Weg zur Tür ihre Kleidungsstücke ein, und zog sich hastig das Kleid über den Kopf, bevor sie mit ihren Habseligkeiten in der Hand aus der Wohnung stürzte.

Wilhelm nahm ein Kissen und warf es gegen die Tür, wobei er jämmerlich aufstöhnte. Er konnte nicht einmal mehr mit einer Hure schlafen, ohne sich hinterher schuldig zu fühlen. Die Depression legte sich wie eine dunkle Wolke um ihn. Er hatte keine Freunde. Keine Frau. Gar nichts. Niemand mochte ihn um seiner selbst willen. Selbst sein eigener Bruder hasste ihn. Und die Frauen lagen ihm nur deshalb zu Füßen, weil er bei der SS war und ihnen somit Vergünstigungen bieten konnte.

Er ließ sich auf das Bett sinken und vergrub den Kopf in den Händen, während er sich an Margaretes süßes Lächeln erinnerte. Sie war anders als der Rest, sie hatte nie Ehrfurcht vor der Uniform gehabt, hatte stets den Mann darin gesehen. *Und genau deshalb hasst sie dich.* Er machte sich keine Illusionen über ihre Beweggründe, bei ihm zu bleiben. Obschon ihr Macht, Geld, schöne Kleider oder extra Rationen völlig gleichgültig waren, hatte sie einen viel gewichtigeren Grund, ihm zu gehorchen. Sie wollte überleben.

Trotz des wundervollen Kusses, den sie miteinander geteilt hatten, wusste er, dass sie ihn nicht liebte. Warum sonst würde sie darauf bestehen, dass zwischen ihnen nie etwas sein könnte? Nein, sie würde seine Gefühle niemals erwidern. Die Liebe, die er nicht empfinden durfte.

Während er sich in Selbstmitleid über seine missliche Lage suhlte, klingelte es an der Tür. Er dachte, die Tänzerin hatte etwas vergessen, und öffnete mit einer bissigen Bemerkung, die ihm im Hals stecken blieb, weil Reiner vor ihm stand.

»Guten Morgen Brüderchen. Es sieht so aus, als wäre meine Nacht viel besser gewesen als deine.«

»Meine Nacht war gut genug«, versicherte Wilhelm ihm.

Reiner schritt durch den Raum, bis er vor dem großen Wandspiegel stehenblieb. »Ein schönes Stück.«

»Jugendstil. Vergoldet. Hat mich ein Vermögen gekostet«, sagte Wilhelm mit unverhohlenem Stolz.

»Wenigstens verschwendest du dein Geld nicht ausschließlich für Alkohol und Frauen.«

Wilhelm kämpfte gegen den Drang an, seinem Bruder einen Kinnhaken zu versetzen und fragte: »Was führt dich so früh hierher?«

»Ich wollte nur mal nach dir schauen.« Reiner betrat das Schlafzimmer, wo er den nachklingenden Duft von Parfüm, vermischt mit Schweiß und anderen Körperausscheidungen erschnupperte. »Welche hast du mit nach Hause genommen?«

»Brünett, geschmeidig, vollbusig.«

Reiner gluckste. »Passt diese Beschreibung nicht auf alle diese Tänzerinnen? Jedenfalls kann ich meinen Aufenthalt in Paris um zwei Tage verlängern. Deshalb dachte ich, wir könnten am Wochenende aufs Land fahren und Anne im Sanatorium besuchen.«

Wilhelm kippte fast hintenüber. »Das geht nicht. Ich meine, hast du nicht alle Hände voll damit zu tun, Juden zusammenzutreiben?«

»Ich habe Untergebene für diese niederen Aufgaben.«

»Es ist nicht sicher, aufs Land zu fahren«, protestierte Wilhelm kleinlaut, während er fieberhaft nach einem Ausweg aus dieser Situation suchte.

»Wenn es für Anne sicher genug ist, dann ist es das für mich wohl auch.«

»Wir bräuchten eine Reisegenehmigung ...«

Reiner schüttelte den Kopf. »Hallo? Schon vergessen, wen du vor dir hast? Ich kann alle Genehmigungen besorgen, die du dir nur vorstellen kannst, ich habe sogar eine Freigabe für die Wolfsschanze.« Die Wolfsschanze war eines der streng geheimen, hochgesicherten Führerhauptquartiere, in das nur ausgewählte linientreue Offiziere hineindurften. Er legte den Kopf schief. »Oder ... gibt es einen Grund, warum du nicht willst, dass ich Anne sehe?«

»Mach dich nicht lächerlich.« Wilhelm zerbrach sich verzweifelt den Kopf nach einer glaubwürdigen Ausrede. »Ich habe gerade mit ihr telefoniert. Du weißt ja, wie impulsiv sie ist. Wie dem auch sein, als sie hörte, dass du hier bist, sagte sie, auf dem Land sei es sowieso zu langweilig und sie kehrt lieber wieder nach Paris zurück.« Kalter Schweiß rann ihm den Rücken hinunter, während er sich immer tiefer in sein eigenes Lügengeflecht verstrickte.

»Wunderbar. Warum hast du das nicht gleich gesagt? Reserviere für Samstag im besten Restaurant der Stadt einen Tisch für uns drei, ja? Stimme dich mit meinem Assistenten ab, der kennt meine Termine.«

»Mit dem größten Vergnügen«, antwortete Wilhelm, wobei er mit aller Kraft das Zittern in seiner Stimme unterdrückte. Er musste Reiner loswerden, und zwar schnell, damit er die Muße hatte sich einen Plan auszudenken. »Soll ich versuchen, Annegret anzurufen um ihr Bescheid zu geben?«

»Lass mal. Wir überraschen sie damit. Und jetzt komm, ich möchte dir ein paar Leute vorstellen. Der Wagen wartet unten.«

Natürlich hatte Reiner ein Auto zur Verfügung, während Wilhelm zu Fuß gehen musste. Er fuhr also mit Reiner ins Büro, in der Hoffnung, sich einen Moment davonzustehlen, um Gerald zu fragen, wie er Paulette kontaktieren konnte. Es war nicht auszudenken, was passieren würde, wenn Reiner aufs Land fuhr, um Annegret in einem nicht existierenden Sanatorium zu besuchen.

Nach einer nicht enden wollenden Reihe von Besprechungen, während derer er keine Möglichkeit sah auch nur ein paar Worte mit Gerald allein zu wechseln, war es endlich Zeit für das Mittagessen.

»Komm mit«, sagte Reiner.

»Wohin gehen wir?«, fragte Wilhelm, als sie nach draußen gingen und wieder in das Fahrzeug stiegen, mit dem Reiner herumgefahren wurde.

»Avenue Foch.«

»Wusstest du, dass die Franzosen sie Straße des Schreckens nennen?«

Reiner lachte laut und herzhaft. »Sie ist nur ein Schrecken für diejenigen, die sich uns widersetzen. Wir sollten bei Gelegenheit einer der Befragungen beiwohnen.«

Wilhelm unterdrückte den Drang, sich zu übergeben, aber Reiner bemerkte es trotzdem. »Mit deinem Magen hättest du Kunsthändler werden sollen, statt zur SS zu gehen.«

»Da hast du recht.« Wilhelm wäre nichts lieber geworden als Kunsthändler oder Kurator in einem Museum, aber sein Vater hatte ihm klargemacht, dass keiner seiner Söhne einen Beruf für Schwuchteln und Weicheier ergreifen würde. Wieder schweiften seine Gedanken zu Margarete und welche Behandlung sie erwartete, wenn jemand herausfände, dass sie gar nicht Annegret war. Ein jüdisches Dienstmädchen, das sich als arische Frau der oberen Zehntausend ausgab – die Gestapo hätte viel Spaß mit ihr.

Sein Magen verknotete sich schmerzhaft, während er sich fragte, warum genau Reiner sie in das Hauptquartier der Gestapo brachte.

»Es gibt einen Verräter in der Pariser SS«, sagte Reiner, als sie auf das Gebäude zusteuerten.

»Was?«

»Wir wissen noch nicht, wer es ist, aber er ist in deiner Abteilung. Ich möchte, dass du der Gestapo deine Einschätzung über sämtliche deiner Arbeitskollegen mitteilst.«

Wilhelms Knie knickten fast ein. Irgendwie schaffte er es, sich aufrecht zu halten. Reiner verdächtigte nicht etwa ihn, oder doch? War das eine List? War er im Begriff, von der Gestapo verhört zu werden? Hatte die beiläufige Bemerkung, an einer Befragung teilzunehmen, in Wahrheit eine tiefere Bedeutung?

Er setzte eine undurchdringliche Miene auf und antwortete so beiläufig wie möglich: »Ich kann mir nicht vorstellen, dass einer meiner Kameraden so etwas Abscheuliches tun würde, aber ich werde natürlich mit der Gestapo zusammenarbeiten, um ihnen zu helfen, den Verräter zu finden.«

»Er ist vermutlich mit einer Frau liiert, die für die Résistance arbeitet.«

»Um alles in der Welt! Haben diese Menschen denn kein Ehrgefühl?« Heiße und kalte Schauer liefen Wilhelm über den Rücken. Er selbst war mit keiner Frau mehr ausgegangen, seit Margarete bei ihm lebte, mal abgesehen von gelegentlichen Eskapaden wie in der vergangenen Nacht. Die meisten seiner Kameraden hingegen hatten eine mehr oder weniger feste französische Mätresse. Es war nicht auszudenken, dass eine dieser Schlampen ein Maulwurf sein könnte.

Zu seiner Erleichterung gestaltete sich der Besuch in der Avenue Foch recht angenehm. Er erzählte der Gestapo jedes noch so kleine Detail über seine Kameraden und deren Liebesbeziehungen. Reiner betrat und verließ den Verhörraum nach Belieben, und jedes Mal wenn er zurückkehrte, nickte er erfreut über die Fülle der Informationen, die Wilhelm mitzuteilen hatte.

»Ich bin froh, dass du so gut mitgearbeitet hast«, sagte Reiner auf dem Weg in ein nahes gelegenes Restaurant.

»Was hast du denn erwartet? Ich hasse die Résistance von ganzem Herzen und will, dass der Maulwurf gefasst wird. Erst letzte Woche haben diese schändlichen Banditen einen engen Freund von mir erschossen, als er nachts nach Hause ging. Es ist mir unbegreiflich, wie ein SS-Mann mit denen zusammenarbeiten kann.«

»Manche Männer tun dumme Dinge für eine Frau.«

»Ich würde so etwas niemals tun.« Aber würde er das wirklich nicht? Beging er nicht gerade für eine Frau eine Dummheit?

»Und das ist auch gut so. Vergiss nicht, wir sind die Herren und die Frauen sind dazu da, uns zu gefallen und unsere Kinder großzuziehen.« Reiner gluckste. »Hätten deine Kameraden ihre Gaben eifriger verteilt, wären all diese Französinnen zu beschäftigt ihre Bälger aufzuziehen, keine Zeit, um gegen uns zu intrigieren.

»Wie immer hast du nicht unrecht.« Wilhelm beteiligte sich nur halbherzig an dem Gespräch, denn er grübelte immer noch, wie er Margarete warnen konnte. Plötzlich ließ ihm ein schrecklicher Gedanke die Nackenhaare hochstehen. Was, wenn Gerald der Verräter war und Paulette diejenige, die für die Résistance arbeitete? Hatte er Margarete etwa direkt in die Höhle des Löwen geschickt? Wenn ihr etwas zustieß, würde er sich das nie verzeihen.

34

Am Nachmittag tauchte Armand in dem kleinen Haus von Paulettes Oma auf.

»Paulette ist nicht da«, begrüßte Margarete ihn. Sie fühlte sich in seiner Gegenwart ausgesprochen unwohl. Wilhelm hatte immer nur verächtlich über die Résistance gesprochen, und Armand war der Anführer einer lokalen Gruppe. Allein das Wissen darum ließ ihren Puls schneller schlagen.

»Ich bin deinetwegen hier.« Es klang wie eine Drohung. »Ich möchte dir ein Geschäft vorschlagen.«

»Ein Geschäft, das nichts damit zu tun hat, einen Mann zu heiraten, den ich noch nie vorher getroffen habe?«

Er grinste und entblößte dabei einen abgebrochenen Schneidezahn. Das verlieh ihm einen charmant-piratenhaften Ausdruck, und wieder konnte sie nachvollziehen, warum Paulette sich in ihn verliebt hatte. »Da du so vehement dagegen zu sein scheinst, ja.«

Puh. Eine schwere Last fiel von ihren Schultern. Sie nahm all ihren Mut zusammen, um ihm eine nonchalante Antwort zu geben. »Gut, ich höre.«

»Ich will nicht leugnen, dass das viele Geld eine Verlockung ist. Damit könnten wir zum Beispiel dringend benötigte Waffen für unsere Sache kaufen, aber entgegen allem, was du über uns Widerstandskämpfer gehört haben magst, sind wir die Guten. Die Nazis – auch deine vorgeblichen Brüder – sind nach Frankreich gekommen, um unser Land zu stehlen und unser Volk zu unterdrücken.«

Sie antwortete nicht, doch Armand schien erpicht darauf zu sein, dass sie ihm zustimmte, denn er fuhr fort zu erklären, wie er und seine Landsleute dafür kämpften, ihre Identität zu bewahren und ihr Land von der Unterdrückung durch die Nazis zu befreien.

»Genug davon«, unterbrach sie ihn schließlich. »Ich habe Annegrets Identität angenommen, um mein Leben zu retten, aber ich bin keine von denen. Sie müssen mich nicht davon überzeugen, dass die Nazis die Bösen sind.«

Er schmunzelte. »Ich stelle nur sicher, dass wir beide auf derselben Seite stehen.«

»Was wollen Sie mir anbieten?« Da er offenbar nicht gekommen war, um sie zu entführen, zu erpressen oder zu töten, wurde sie etwas mutiger.

»Du arbeitest für uns und wir werden dafür sorgen, dass niemand deine wahre Identität erfährt.«

Sie betrachtete ihn genau. Sein Angebot war verlockend. »Was genau müsste ich dafür tun?«

»Nicht viel. Informationen mit uns teilen.«

»Ich bin in keine geheimen Informationen eingeweiht.« Sicher, Wilhelm beklagte sich bei ihr über das Ärgernis, das die Résistance darstellte, aber er hatte nicht ein einziges Mal Details erwähnt, insbesondere nicht über die von der SS geplanten Vergeltungsmaßnahmen.

»Das lässt sich ändern. Wir haben jemanden, der im SS-Hauptquartier arbeitet, und der könnte dich dort als Sekretärin einschleusen. Die Schwester von Obersturmführer Reiner

Huber wird keine Probleme mit der Sicherheitsüberprüfung haben.«

Sie schluckte schwer und schüttelte dann den Kopf. »Das wird nie funktionieren. Wenn Reiner das jemals herausfindet ...«

»Das wird er nicht.« Ein grausamer Ausdruck ging über Armands Gesicht, während er seine Hand langsam von einer Seite seines Halses zur anderen bewegte.

»Sie wollen ihn umbringen?«

»Ein tragischer Unfall. Es ist alles geplant, seit wir von seinem Besuch in Paris erfahren haben. Deine Anwesenheit hier ist nur das Tüpfelchen auf dem i.«

»Paulette«, flüsterte sie. Die andere Frau hatte so bereitwillig eingewilligt, Margarete in ihr Dorf zu bringen, denn das war von langer Hand geplant gewesen. Aber was hatte sie mit Annegret machen wollen?

Armand sah sie mit seinen dunkelbraunen Augen an und wartete in aller Ruhe darauf, dass sie seine Worte verarbeitete.

»Aber wie und wann?«

»Das wirst du noch früh genug erfahren.«

Margaretes Augen wurden groß. »Haben Sie vor, mich auch zu töten?«

Er tätschelte ihren Arm. »Ich hatte vor, Annegret zu töten, aber nicht Margarete. Du wirst diejenige sein, die die Huber-Brüder und den Gestapo-Chef von Drancy in die Falle lockt.«

Sie zitterte. Sie war nur eine junge Frau, die zu überleben versuchte, wie konnte sie sich mit dem Gedanken anfreunden ... Menschenleben zu nehmen? »Ich kann das nicht.«

»Weißt du eigentlich, was in Drancy passiert?« Natürlich hatte sie schon von dem Internierungslager für Juden gehört. Auf ihr Nicken hin, sprach er weiter: »Heydrich und seine rechte Hand, Reiner Huber, haben einen verabscheuungswürdigen Plan ausgeheckt, um Frankreich von seinen Juden zu befreien und sie alle in den Tod zu schicken. Drancy ist nur die erste Station ihrer Tortur. Während wir hier sprechen, finden Massenverhaftungen statt und die Deportationszüge in ein Lager im Osten werden vorbereitet.«

»Sie müssen sich irren«, flüsterte sie, obwohl sie wusste, dass den Nazis nichts zu grausam war.

»Du könntest auf einem der nächsten Transporte sein.« Er musterte sie abschätzend von Kopf bis Fuß. »Nachdem du in der Avenue Foch gefoltert wurdest, sollte ich hinzufügen. Deine einzige Möglichkeit, bei uns in Frankreich sicher zu sein, ist, die beiden Männer loszuwerden, die bezeugen können, dass du nicht Annegret bist.«

»Ich kann das Land verlassen.«

»Wohin willst du denn gehen? Niemand wird einer Nazisse helfen. Außerdem kosten gefälschte Papiere viel Geld. Geld, das du nicht hast.«

Sie hatte es die ganze Zeit gewusst, doch jetzt sickerte die Gewissheit seiner Worte tief in ihr Gehirn. Solange Reiner lebte, war sie verwundbar. Sie wäre stets auf der Flucht.

»Aber warum Wilhelm? Er hat mir geholfen.« Sie konnte sich einfach nicht dazu durchringen, auch ihn zum Tode zu verurteilen. Reiner war eine Sache, er verdiente es, umgebracht zu werden, nicht nur wegen seiner Rolle im großen Ganzen, sondern auch wegen dem, was er ihr persönlich angetan hatte. Aber Wilhelm?

»Ich nehme an, er hat dir nicht gesagt, dass er kürzlich zum Kommandanten von Drancy ernannt wurde.«

»Das würde er nie ...« Sie schüttelte heftig den Kopf, aber an dem traurig-wissenden Ausdruck in Armands Augen erkannte sie, dass er sie nicht belog. Sie rang um Fassung, atmete mehrmals tief durch und fragte dann: »Was soll ich tun?«

»Du triffst die richtige Entscheidung. Das wirst du schon noch sehen«, sagte Armand und erklärte ihr dann genau, was er von ihr erwartete.

35

Wilhelm schloss nach einem anstrengenden Tag im Büro seine Wohnungstür auf. Jetzt, da er wusste, dass es einen Verräter unter ihnen gab, nahm er heimlich alle seine Kameraden unter die Lupe. So sehr er sich auch bemühte, er konnte sich nicht vorstellen, dass einer von ihnen der Maulwurf war. Jeder Einzelne schien so loyal, so aufrichtig, so engagiert für Hitlers Sache zu sein. Reiner musste sich irren.

Er zog seine blank polierten, schwarzen Stiefel aus und stellte sie neben die Tür. Auf Strümpfen betrat er die Wohnung, wobei ihm die Leere zu schaffen machte. So sehr er es auch leugnen wollte, er vermisste Margarete. Nicht einmal die neu erworbenen Kerzenständer bereiteten ihm Freude, denn ohne Margarete war sein ganzes Leben öde geworden.

Dabei entging ihm nicht die Ironie, dass er genauso ein Reichsverräter war wie der Maulwurf, den die Gestapo suchte. Allerdings redete er sich ein, dass eine Jüdin zu verstecken ein weniger schwerwiegendes Verbrechen sein musste, als der Résistance Informationen zu geben, damit diese postwendend unzählige deutsche Soldaten töten konnte.

Er war später mit einigen Kameraden zum Abendessen verabredet. Deshalb betrat er das Badezimmer, stellte das Wasser an und begann sich zu rasieren. Obwohl er nicht in der Stimmung war, an einem rauschenden Fest mit reichhaltigem Essen, zu viel Wein und jede Menge schöner Frauen teilzunehmen, war es immer noch besser, als allein zu Hause zu sitzen und sich nach der einen Frau zu verzehren, die er niemals haben konnte.

Als er die Klinge an seinem Kiefer ansetzte, hörte er, wie die Wohnungstür geöffnet wurde, und erschrak. »Autsch!«

Blut floss. Er ignorierte es und nahm die Pistole in die Hand, die er immer bei sich trug. Dann riss er die Badezimmertür auf und stürmte ins Schlafzimmer. Durch die offene Wohnzimmertür sah er Margarete mitten im Raum stehen, den Mund zu einem stummen Schrei geöffnet.

»Du?« Er steckte die Pistole wieder in den Holster und ging auf sie zu. Trotz des Schreckens, den sie ihm eingejagt hat, war er überglücklich, sie wohlbehalten zu sehen und hätte sie unverzüglich in seine Arme geschlossen, wenn sie nicht zur Seite getreten wäre.

»Du hast mich erschreckt«, wisperte sie.

»Ich dachte, du seist ein Einbrecher.« Er runzelte die Stirn. »Du solltest nicht hier sein, es ist nicht sicher.«

»Ich weiß.« Sie bemerkte das Blut, das an seinem Kiefer herunterlief. »Du blutest. Warte hier, sonst verschmierst du noch dein Hemd.« Sie verschwand in der Küche und kam kurz darauf mit einem sauberen Handtuch zurück, das sie auf die Wunde drückte. Ihre Hand auf seinem Gesicht fühlte sich so beruhigend an, dass er die Mühsal seines anstrengenden Tages komplett vergaß.

»Reiner besteht darauf, dich zu sehen.«

Sie ignorierte seine Worte und nahm das Handtuch von seiner Wange. »Die Blutung hat aufgehört. Es tut mir leid. Ich wollte dich nicht erschrecken.« Ihre Stimme klang so liebevoll, dass all die unterdrückten Gefühle für sie an die Oberfläche barsten.

Er nahm ihre Hand und führte sie langsam an seine Lippen, um ihr einen zärtlichen Kuss auf die Handfläche zu geben. »Ich habe dich vermisst.«

Die Sanftheit in ihren Augen verschwand urplötzlich. Sie wich zurück und schleuderte ihm ihre Frage entgegen: »Ist es wahr, dass du der neue Kommandant von Drancy bist?«

»Woher weißt du das?« Er spürte, wie ihm das Blut aus dem Gesicht wich. Das würde sie ihm nie verzeihen.

»Das spielt keine Rolle.« Sie funkelte ihn böse an.

»Bitte, Anne ...«

»Nenn mich nicht Anne!«

»Margarete, bitte. Es war für mich genauso ein Schock wie für dich, aber ich konnte nicht ablehnen.«

»Du konntest nicht ablehnen? Du wolltest es nicht! Du bist genauso eine Bestie wie dein Bruder, wie alle Nazis!«

»Bitte, Margarete, ich wollte dir nie etwas antun. Ich –«

»Vielleicht wolltest du mir kein Leid zufügen. Aber Millionen von Juden in ganz Europa – du hast keine Skrupel, sie ins Verderben zu stürzen.« Ihre Schultern bebten vor Wut.

»Ich bin nicht stolz auf meine Rolle in dieser Sache, aber du musst verstehen ...«

»Was muss ich verstehen? Ich bin diejenige, die ihr ganzes Leben lang schikaniert worden ist. Ich bin diejenige, die ihre ganze Familie durch Evakuierungen verloren hat und ...« Sie hörte auf zu sprechen, weil heftiges Schluchzen sie überkam.

Er kam näher, schloss sie in seine Arme, strich mit der Hand über ihren Rücken und murmelte tröstende Worte.

Als sie endlich aufhörte zu weinen, nahm er ihr Kinn zwischen seine Finger und hielt es hoch, um ihr in die Augen zu sehen. »Ich kann nichts für deine Familie tun, aber ich schwöre, ich werde alles tun, um dich zu beschützen.«

»Warum?« Ihre Augen leuchteten vor Erstaunen.

»Ist das nicht offensichtlich?«

»Ich habe dich so sehr vermisst«, flüsterte sie, fast so, als hätte sie Angst, die Wahrheit zuzugeben.

»Ich weiß, es ist verrückt und unmöglich und auf so vielen Ebenen falsch, aber ich ... ich liebe dich. Ich werde nicht zulassen, dass dir etwas zustößt.«

»Aber Reiner ...«

»Lass ihn meine Sorge sein. Lass uns für ein paar Minuten alle Sorgen und die schlimmen Dinge in der Welt vergessen.«

* * *

Wilhelm beugte seinen Kopf zu ihr hinunter und küsste sie auf die Lippen. Erst zärtlich und sanft, dann immer leidenschaftlicher, als sie ihren Mund für seine Zunge öffnete. Ein lustvolles Kribbeln durchströmte ihr ganzes Wesen, ihren Körper und ihre Seele. Sie genoss das glückselige Gefühl bis zu dem Moment, als er sie in seine Arme nahm und ins Schlafzimmer trug.

»Nein. Das dürfen wir nicht tun. Es ist falsch.« Sie befreite sich aus seinen Armen und blickte in sein Gesicht, das vor Enttäuschung, Traurigkeit und Verständnis fast schon komisch verzerrt war.

»Ich weiß. Seit dem Tag, an dem du hier aufgetaucht bist, kämpfe ich mit meinen Gefühlen. Ich weiß, dass es falsch ist, und ich weiß, dass wir niemals zusammen sein können, aber tief in meinem Herzen hege ich weiterhin die Hoffnung, dass wir der Wirklichkeit entkommen können und miteinander glücklich werden.« Er zögerte einen Moment, bevor er weitersprach: »Ich liebe dich so sehr, wie ich noch nie jemanden geliebt habe, aber ich schätze, das ist nicht genug.«

Es brach ihr das Herz, ihn so niedergeschlagen zu sehen, deshalb konnte sie einfach nicht anders. Sie stellte sich auf die

Zehenspitzen und strich mit dem Finger über seine Kieferpartie.

»Es ist kompliziert«, flüsterte sie. Es wäre so einfach, den Gefühlen, die er in ihr auslöste, nachzugeben, in seine Arme zu sinken und sich von ihm lieben zu lassen. Die Wirklichkeit für eine Weile zu vergessen, aber dann? Konnte sie mit sich selbst leben, wenn sie ihm erlaubte, bei ihr zu liegen, und ihn dann am nächsten Tag verriet? Oder bestand doch die Möglichkeit, dass sie all dem entflohen und ein glückliches Leben irgendwo weit weg führten, wo niemand wüsste, wer sie waren?

»Wilm, ich ...« Die Versuchung war groß, ihm zu gestehen, dass der wahre Grund für ihre Rückkehr nach Paris darin bestand, ihn, Reiner und Kriminalkommissar Allgeier in eine Falle zu locken, damit Armands Leute sie töten konnten. Schnell biss sie sich auf die Zunge, denn sie konnte ihm seine Mithilfe bei der Auslöschung ihres Volkes einfach nicht verzeihen.

»Margarete?«

Sie erschauderte. Was sie tat, war falsch. Vielleicht ... wenn ... wenn er versprach, dem Widerstand zu helfen? »Warum hast du wirklich die Position in Drancy angenommen?«

Er drehte sich auf dem Absatz um und ging auf die Fensterbank zu, wo die beiden Kerzenhalter standen. Während ihrer Abwesenheit hatte er sie mit schlichten weißen Kerzen bestückt ... genau wie Tante Heidi es getan hatte. Tante Heidi war Christin und hatte sich nie aktiv gegen das Regime gestellt, hatte nichts unternommen, nicht einmal, um ihren eigenen Mann zu retten. War sie deshalb ein schlechter Mensch? Aber Heidi war eine Zivilistin, wohingegen Wilhelm ...

Noch immer mit dem Rücken zu ihr, begann er zu sprechen: »Du musst mir glauben. Ich habe das nie gewollt, ich habe sogar versucht, mich vor der Versetzung zu drücken. Als Reiner mir von den Plänen für die Endlösung erzählte, wurde mir ganz übel. Trotz all der schlimmen Dinge, die die Juden Deutschland angetan haben, haben sie das nicht verdient.«

Sie wollte ihn unterbrechen, ihn anschreien, dass die Juden Deutschland nichts angetan hätten, dass das alles abscheuliche und unbegründete Propaganda sei. Hitler hatte einen Sündenbock für die verheerende Wirtschaftskrise nach dem Ersten Weltkrieg gebraucht, und die Juden waren willkommene Opfer gewesen, denen er die Schuld zuschieben konnte.

Hatte Wilhelm vergessen, dass auch die Juden im Ersten Weltkrieg gedient hatten? Gefallen waren, verstümmelt worden waren? Mit Ehrungen und eisernen Kreuzen nach Hause gekommen waren? Natürlich hatte er das, denn all das war von dem vielleicht hintertriebensten Mitglied in Hitlers Kabinett, Propagandaminister Goebbels, aus dem öffentlichen Bewusstsein gelöscht worden. Sie zuckte mit den Schultern, weil es nichts brächte, Wilhelm vor Augen zu führen, mit wie vielen Lügen er sein Leben lang gefüttert worden war.

»... aber ich habe auch erkannt, dass ich nichts tun kann. Wenn ich meine Arbeit verweigere, werden sie mich erschießen und jemand anderes wird es tun.«

»Das ist deine Lösung? Nichts tun?«

Er seufzte resigniert. »Ich habe viel nachgedacht, seit ich diese Aufgabe übernommen habe. Ich habe die Grausamkeiten gründlich satt, aber als ich vorschlug, die Häftlinge nicht willkürlich auszupeitschen, machte Allgeier unmissverständlich klar, dass mich das gleiche Schicksal erwarten würde, wenn er jemals wieder solch subversives Gerede hörte.«

»Du könntest der Résistance Informationen übermitteln?«

»Und ihnen helfen, meine Landsleute zu töten? Das kommt nicht in Frage!«

Er tat ihr fast leid, denn tief in seiner Seele lag ein guter Mensch verborgen, aber er war zu verblendet, zu selbstgefällig, ja sogar zu feige, um nach seinem Gewissen zu handeln. Er war in seiner Rolle als Rädchen im Getriebe gefangen, unfähig, auszubrechen und den Lauf der Geschichte zu ändern.

36

Als Wilhelm am nächsten Morgen zur Arbeit ging, hatte sie immer noch keine Ahnung, was sie tun sollte. Ihre Aufgabe war es, Reiner, Wilhelm und Allgeier in das obere Stockwerk eines bestimmten Restaurants zu locken, zu warten, bis alle Platz genommen hatten, und sich dann eine Ausrede einfallen zu lassen, um den Raum zu verlassen. Sie sollte die Tür hinter sich verriegeln und sich in Sicherheit bringen, bevor ... Margarete kniff die Augen zusammen, weil sie nicht daran denken wollte, was dann passierte.

Während sie ihre Strümpfe anzog, fiel ihr Blick auf den schwarzen Apparat, der auf dem Tisch an der Wand stand, und sie hatte eine Idee. Sie mochte nicht so aussehen wie Annegret, aber sie hörte sich so an. Wochenlang hatte sie Annes hohe Stimmlage eingeübt, sowohl die Modulation als auch den Wortgebrauch imitiert, und sogar Wilhelm hatte ihr zu ihrer perfekten Nachahmung seiner Schwester gratuliert.

Bevor sie den Mut verlor, sprang sie von der Chaiselongue auf, nahm den Telefonhörer ab und wählte die Nummer.

»SS-Hauptquartier«, antwortete die Empfangsdame.

»Guten Morgen, mein Name ist Annegret Huber und ich

möchte meinen Bruder, Obersturmführer Reiner Huber, sprechen.«

»Lassen Sie mich sehen, ob ich ihn finden kann.« Die Empfangsdame stellte sie auf stumm und benutzte zweifellos die andere Leitung, um Reiner zu lokalisieren. Es dauerte nur eine Minute, bis es klickte und sie wieder sprach. »Es tut mir sehr leid, der Obersturmführer ist in einer wichtigen Besprechung und darf nicht gestört werden.«

»Würden Sie ihm bitte ausrichten, dass er dringend seine Schwester unter dieser Nummer anrufen soll.« Sie gab Wilhelms Nummer an, in der Hoffnung, dass Reiner sie nicht erkennen würde, oder wenn doch, er nicht auf die Idee käme vorbeizuschauen.

»Gewiss. Auf Wiederhören.«

»Auf Wiederhören.« Margarete legte mit zitternden Händen den Hörer auf die Gabel. Wenn das alles vorbei war, würde ihr ein Stein vom Herzen fallen. Wilhelm kam ihr in den Sinn. Seit er ihr gestern Abend seine Liebe gestanden hatte, wuchs das hämmernde Schuldgefühl von Minute zu Minute.

Wie konnte sie ihn auf so niederträchtige Weise verraten und damit für seinen Tod verantwortlich sein? War das Leben eines Menschen mehr wert als das eines anderen? Und wer entschied, welcher Mensch leben durfte? Selbst wenn jemand böse war, sollte dann nicht nur Gott das Recht haben, ein Leben zu nehmen? Hatte der Mensch das Recht, sich selbst zum Richter über Leben und Tod zu erheben? Wer war sie, dass sie gegen das Gebot »Du sollst nicht töten« verstieß? Stellte sie sich damit nicht auf die gleiche Stufe wie die Nazis?

In einem Versuch, die Zweifel zu zerstreuen, schüttelte sie heftig den Kopf. Nur weil Wilhelm sie liebte, machte ihn das noch lange nicht zu einem guten Menschen. Niemand, der in der SS aufstieg, tat dies ohne Blut an den Händen. Er mochte nicht einverstanden sein mit dem, was die Nazis taten, aber er unternahm auch nichts dagegen. Er war beileibe kein Unschuldiger.

Das Ticken der Kaminuhr machte sie nervös, deshalb stand sie auf, um ins Bad zu gehen und sich zu schminken. Sie musste einen umwerfenden ersten Eindruck auf die Männer machen, wenn sie wollte, dass ihr Plan funktionierte. Gerade als sie ihre Wimpern schwarz getuscht hatte, durchbrach das Klingeln des Telefons die Stille in der Wohnung.

Sie rannte ins Wohnzimmer, wo sie vor dem Apparat eine Vollbremsung machte. Dann atmete sie tief durch, um sich zu beruhigen und sich in Annegret zu verwandeln. Sie straffte die Schultern, setzte ein Lächeln auf und nahm den Hörer in die Hand. »Annegret Huber.«

»Anne, ich bin's, Reiner. Ich dachte schon, ich würde deiner nie habhaft werden.«

Binnen einer Sekunde war ihre Nervosität verflogen und sie wurde tatsächlich zu seiner Schwester. »Wilm hat mich angerufen, um mir auszurichten, dass du in Paris bist, also bin ich so schnell ich konnte zurückgekommen. Ich würde um nichts in der Welt die Chance verpassen wollen, dich zu sehen.«

»Das klingt seltsam aus dem Mund der Frau, die Hals über Kopf aus Berlin geflüchtet ist und sich nicht einmal die Mühe gemacht hat, bei der Beerdigung unserer Eltern aufzutauchen.«

Er ist also immer noch wütend. »Es tut mir so leid, ich war nicht mehr ich selbst nachdem wir ausgebombt wurden.« Margarete erinnerte sich wieder an den Tag, der ihr Leben für immer verändert hatte. »Ich lief direkt neben ihnen, stolperte aber und wurde durch einen Schlag auf den Kopf bewusstlos. Als ich wieder zu mir kam, lag ich in einer kleinen Höhle unter der Treppe, die sich wie ein Blatt Papier zu einem Dreieck gefaltet hatte. Es war so schrecklich. Die Treppe hat mir das Leben gerettet, aber als ich hinauskroch ...« Sie schluchzte effektheischend. »Mutter und Vater lagen nebeneinander. Tot!

Ich hatte vorher noch nie eine Leiche gesehen, und war so schockiert, dass ich nicht mehr klar denken konnte. Ich wollte nur noch weg.« Sie schluchzte noch ein bisschen lauter.

Reiner seufzte ins Telefon. »Es war für uns alle furchtbar, aber du hättest wirklich zu Erika und mir kommen sollen. Wir hätten dir durch diese schwere Zeit geholfen.«

»Das ist mir inzwischen auch klar geworden. Hör mal, hast du heute Abend Zeit? Wir könnten in dieses wunderbare kleine französische Restaurant gehen, das ich kürzlich entdeckt habe. Es ist ein verstecktes Juwel und hat die beste Küche in ganz Paris.«

»Gute Idee.«

»Passt acht Uhr? Und darf ich eine reizende Freundin von mir mitbringen, quasi als Wiedergutmachung?«

»Nun, wer könnte da nein sagen. Tut mir leid, aber ich muss dringend zu meiner Besprechung zurück.«

»Ich gebe deinem Sekretär die Adresse und treffe dich dann dort. Punkt acht Uhr.« Sie legte auf und brüllte ein erleichtertes »Ja« in den Raum. Sie hatte es geschafft. *Das war der erste Streich, doch zwei weitere folgen sogleich.*

Als nächstes rief sie Wilhelm an und bat ihn, sich um sieben Uhr in der Wohnung mit ihr zu treffen, weil sie eine Idee hatte, wie sie die Sache mit Reiner lösen konnte, ohne ihre Deckung zu verraten. Außerdem überredete sie ihn, seinen Kollegen in Drancy, Kriminalkommissar Allgeier, in das Restaurant einzuladen. Er war zunächst nicht begeistert und stimmte erst zu, als sie sagte, sie bräuchten vielleicht eine neutrale Person, die sie weder als Annegret noch als Margarete kannte.

Nach diesem Telefonat ließ sie sich auf die Chaiselongue fallen, erschöpfter als wenn sie den Eiffelturm bestiegen hätte. Verschwörerin und Widerstandskämpferin zu sein, war überaus anstrengend, und sie hatte keine Ahnung, wie Paulette das tagein, tagaus schaffte und dabei stets tadellos aussah.

Den Rest des Tages verbrachte sie damit, ihren Plan durchzugehen. Zwischendurch schlich sie sich hinaus, um eine Kontaktperson zu treffen und ihr mitzuteilen, dass alles für den Abend vorbereitet war. Danach kehrte sie in die Wohnung zurück und zog das Abendkleid an, das Wilhelm ihr gekauft hatte.

Zärtliche Gefühle durchströmten sie, als sie den seidenweichen Stoff des leuchtend roten Kleides streichelte, das sie auf der Silvesterparty im Hotel Meurice getragen hatte. Sie drehte sich vor dem Spiegel und überlegte gerade, ob dieses Kleid nicht zu auffallend für den Anlass war, als die Wohnungstür aufging und Wilhelm hereinkam.

»Atemberaubend!« Er ließ seine Aktentasche fallen und trat die Tür mit seinem Absatz zu, bevor er sich hinter sie stellte und seine Arme um ihre Schultern legte. Mit seiner Wange an ihrer betrachtete er sie beide im Spiegel.

Kaum begegneten sich ihre Blicke, durchfuhr sie ein köstlicher Schauer und sie entspannte sich in seinen Armen. Das Kleid war definitiv die richtige Wahl gewesen. Das leuchtende Rot würde dafür sorgen, dass niemand sie übersehen konnte, wenn alles vorbei war. Wie schade, dass das Kleid vermutlich Schaden nehmen würde.

»Du musst die begehrenswerteste Frau in Paris sein.« Er fasste sie an den Schultern und drehte sie um einhundertachtzig Grad, um ihr einen leidenschaftlichen Kuss auf die Lippen zu drücken. Bei den Empfindungen, die er hervorrief, wurde ihr schwindelig und sie hatte Mühe, sich aus seiner Umarmung zu befreien. Dies war nicht der richtige Zeitpunkt, um sich mit ihren Gefühlen für ihn zu befassen. Sie hatte eine Aufgabe zu erledigen.

»Zieh deine Ausgehuniform an«, sagte sie beiläufig und hoffte, dass er nicht bemerken würde, dass sie sich gerade noch so am Riemen riss und ein einziges Wort von ihm sie zurück in seine Arme treiben würde, wo sie alles auf dieser Welt außer ihm vergessen würde.

»Aye, aye, Kapitän«, sagte er spöttisch. »Also, wie lautet der Plan?«

Sie konnte ihm keinesfalls die Wahrheit sagen. »Ich habe Reiner angerufen, um ihn zum Abendessen einzuladen. Wenn wir dort sind, wirst du mich als Annes Freundin Lieselotte von Staufen vorstellen.«

»Und wenn er dich wiedererkennt?«

Das war das einzige Detail, das den ganzen Plan zum Scheitern bringen konnte und sie hatte lange darüber nachgedacht. Reiner kannte sie nur als das Dienstmädchen seiner Eltern in schäbiger Kleidung, mit glanzlosem, struppigem Haar und dem gelben Stern auf der Brust. Das rote Kleid, das viel zu grelle Make-up, die aufwändige Frisur – sie hatte alles getan, damit nichts an ihr früheres Ich erinnerte. Aber ihre größte Waffe war ihre Stimme, denn für die Rolle als Lieselotte hatte sie einen gelangweilten, aristokratischen Ton einstudiert.

»Er könnte die Ähnlichkeit sehen, aber ich glaube nicht, dass er etwas vermuten wird.«

Wilhelm runzelte die Stirn. »Ich mag es trotzdem nicht. Es ist viel zu gefährlich.«

»Wilm. Bitte, wir müssen das tun. Es ist der einzige Ausweg. Du kennst deinen Bruder, er wird viel zu vernarrt in ein hübsches Gesicht sein, um klar zu denken.«

»Und ... was passiert, wenn Anne nicht erscheint?«

In diesem Moment fiel ihr die perfekte Lösung ein. »Dann entschuldigst du dich und tust so, als würdest du sie holen.«

»Das wird niemals funktionieren. Was glaubst du, wie lange er warten wird, bevor er Verdacht schöpft?«

»Es wird funktionieren, das verspreche ich.« Sie konnte das nicht länger tun. Es war, als ob jemand einen Schleier gelüftet hätte und sie plötzlich klar sehen konnte. Es gab keinen Zweifel, kein Zaudern, es war klar wie Kristallglas: Sie liebte Wilhelm mit ihrem ganzen Wesen, mit Leib, Herz und Seele. Sie konnte den Mann, den sie liebte, einfach nicht in den Tod schicken. »Bitte, Wilm, ich flehe dich an. Ich muss ihn nur ein kleines Weilchen hinhalten ... Kannst du Reiner und Allgeier kurz begrüßen und dann das Restaurant verlassen, um Annegret zu holen? Bitte?«

Er schaute sie lange und prüfend an, was ihr das Gefühl gab, dass er sie durchschaute.

»Bitte. Ich verspreche dir, dass alles gut ausgehen wird.«

»In Ordnung.«

37

Margarete und Wilhelm kamen zur gleichen Zeit wie Reiner und Herr Allgeier vor dem Restaurant an. In ihrem roten Abendkleid fühlte sie sich erstaunlich kühn und selbstbewusst und ihre einzige Sorge, als sie aus dem Taxi stieg, war, ob Wilhelm sich an den Plan halten und sich selbst retten würde.

Reiner entdeckte sie und trat näher an sie heran, als es sich ziemte. »Wilhelm, wer ist diese reizende junge Dame, die du bisher vor mir versteckt hast?«

»Sie müssen Reiner Huber sein.« Margarete hob ihre Hand, damit er ihr einen Handkuss geben konnte. »Ich bin Lieselotte von Staufen. Anne hat mir so viel von Ihnen erzählt, dass ich es kaum erwarten konnte, Sie endlich persönlich kennenzulernen.«

»Ich hoffe, nur Gutes.« Dann beugte sich Reiner hinunter, um ihre Hand zu küssen. Diese Gelegenheit nutzte sie, Wilhelm einen warnenden Blick zuzuwerfen.

»Nur das Beste«, antwortete sie.

»Wo ist sie denn eigentlich?«

»Sie wird gleich hier sein. Sie war noch nicht fertig, als wir aufgebrochen sind«, sagte Wilhelm.

»Das klingt nach unserer Schwester. Immer zu spät.«

Margarete kicherte amüsiert.

»Darf ich Sie mit Kriminalkommissar Allgeier von der Gestapo bekannt machen?«, sagte Reiner.

Trotz des eiskalten Schauers, der ihr über den Rücken lief, gelang ihr ein charmantes Lächeln und sie sagte: »Es freut mich Sie kennenzulernen, Herr Kriminalkommissar.«

»Das Vergnügen ist ganz meinerseits.« Er beugte sich vor und küsste ebenfalls ihre Hand.

»Sollen wir reingehen?«, fragte Wilhelm mit sichtlichem Unbehagen.

Sie schob sich an ihn heran und sagte: »Mach dir keine Sorgen um Anne, sie kommt, so schnell sie kann, und wenn nicht, kannst du sie ja holen.«

Im Restaurant wurden sie vom Besitzer begrüßt und an einen Tisch in der Ecke geführt. Das war nicht so mit Armand vereinbart worden. Er hatte angewiesen, das Séparée im zweiten Stock zu reservieren, denn nur dort war sichergestellt, dass keiner der Anwesenden flüchten konnte.

»Mademoiselle, darf ich Ihnen den Mantel abnehmen?«, fragte der Besitzer. Als er ihr aus dem Mantel half, flüsterte er: »Es gab eine Verzögerung, Sie müssen uns etwas Zeit verschaffen.«

Sie senkte leicht den Kopf, um zu zeigen, dass sie verstanden hatte, während sie innerlich fluchte. Sie wollte dieses grässliche Ereignis schnellstmöglich hinter sich bringen, aber stattdessen musste sie jetzt für wer weiß wie lange die Unterhalterin spielen. *Verdammter Armand!*

Der Besitzer führte sie an einen Tisch, an dem sie zwischen Reiner und Wilhelm Platz nahm, ihr gegenüber Hans Allgeier, der die feldgraue Uniform des SD-Sicherheitsdienstes trug und sein blondes Haar modisch mit Pomade nach hinten gekämmt hatte. Trotz seines guten Aussehens und seiner angenehmen Umgangsformen erschauderte sie jedes Mal, wenn seine grauen

Augen auf die ihren trafen. Unwillkürlich stellte sie sich den eiskalten Ausdruck dieser Augen vor, sollte sie jemals das Pech haben, ihm in der Avenue Foch zu begegnen.

»Fräulein von Staufen, sagen Sie, was machen Sie in Paris?«, fragte Allgeier.

Sie zwang sich, ein albernes Kichern von sich zu geben. »Bis jetzt war ich sehr damit beschäftigt, all das zu genießen, was diese wunderbare Stadt zu bieten hat, aber ich möchte meinen Beitrag zu den Kriegsanstrengungen leisten und eine Arbeit annehmen. Sie haben nicht zufällig eine passende Stellung für mich?«

Wilhelm gab ihr unter dem Tisch einen Tritt gegen das Schienbein.

»Was sind Ihre Talente, schönes Fräulein?« Allgeier schmachtete sie an. Margarete nahm sich vor, sein Interesse für ihre Zwecke zu benutzen, bis der Kellner ihr das vereinbarte Zeichen gab, in das Séparée im oberen Stockwerk zu wechseln.

»Ich fürchte, ich kann nicht besonders gut tippen, aber ich könnte als Telefonistin arbeiten«, schlug sie vor. Sie wich weiteren potenziell gefährlichen Fragen nach ihrer Vergangenheit oder dem Grund ihres Aufenthalts in Paris aus, lenkte das Gespräch in sicherere Gewässer und erzählte von der Schönheit der Stadt, einschließlich des Eiffelturms und des Arc de Triomphe, wobei sie Blut und Wasser schwitzte.

Wilhelm kam ihr zu Hilfe, pries die Vorzüge der Stadt der Liebe an, und gemeinsam unterhielten sie Allgeier und Reiner, bis der Kellner endlich mit der Ankündigung kam, dass nun der Tisch oben für sie bereit sei. Sie hätte ihn vor Erleichterung am liebsten geküsst, wenn das nicht ihrer Tarnung geschadet hätte.

Als sie aufstanden, legte Reiner seine Hand auf ihre Hüfte und flüsterte ihr ins Ohr: »Sie erinnern mich an jemanden, sind Sie sicher, dass wir uns nicht schon einmal getroffen haben?«

Margarete hatte Schwierigkeiten, unter seiner unwillkommenen Berührung, die schreckliche Erinnerungen weckte, still zu halten. Irgendwie schaffte sie es zurückzuflüstern: »Ich bin sicher, dass ich mich an einen attraktiven und mächtigen Mann wie Sie erinnern würde.«

»Ich habe ein geräumiges Hotelzimmer mit einem Doppelbett«, sagte er und ließ dabei seine Hand über ihren Rücken wandern, bis sie auf ihrem Hintern liegen blieb.

Sie schloss für den Bruchteil einer Sekunde die Augen, atmete langsam ein und sagte sich, dass er sich ihr – oder irgendeiner anderen Frau – nie wieder aufzwingen konnte, wenn sie die bevorstehende Aufgabe gewissenhaft erledigte.

»Obersturmführer Huber!«, rief plötzlich jemand. Als Margarete sich zu der Stimme hin umdrehte, schlotterten ihr die Knie vor Entsetzen. Ludwig Greiner, der auf der Silvesterparty im Hotel Meurice so sehr von ihr angetan gewesen war, kam auf die Gruppe zu. Und sie musste ausgerechnet das gleiche Kleid tragen! Es würde sie garantiert erkennen.

Verzweifelt suchte sie nach einem Ausweg und flüsterte Reiner ins Ohr: »Ich muss mir dringend die Nase pudern, ich komme gleich nach.« Dann flüchtete sie in Richtung Toilette und lehnte sich über das Waschbecken, um sich aus lauter Angst zu übergeben. Nachdem sie ein paar Minuten gewartet hatte, schlüpfte sie aus der Toilette und hoffte, dass Reiner bereits mit den anderen beiden Männern oben war. Doch als sie die Treppe hinaufstieg, wartete Wilhelm auf sie.

»Du musst gehen. Diese ganze Scharade ist viel zu gefährlich.«

Sie schüttelte den Kopf. »Ich kann nicht. Aber du musst gehen. Sobald sich dein Bruder und Allgeier hingesetzt haben, werde ich mich nach Annegret erkundigen und du bietest an, sie zu holen.«

»Und was soll ich dann tun? Wir wissen beide, dass sie tot ist!« Er war so nah bei ihr, dass sie den Duft seiner Rasierseife riechen konnte. Wenn sie sich nur in seine Arme werfen und ihn anflehen könnte, sie an einen sicheren Ort zu bringen.

Doch leider gab es keinen sicheren Ort für sie, solange Reiner am Leben war.

»Bitte, du musst mir vertrauen. Alles wird gut werden. Und wir werden in Sicherheit sein.«

Die Erkenntnis blitzte in seinen Augen auf. »Das ist verrückt.«

»Es ist der einzige Weg.«

»Er ist immer noch mein Bruder. Das kann ich nicht zulassen.«

Sie bereute es bereits, ihn gewarnt zu haben, aber nun war es zu spät. »Ich hasse es, dass es so weit kommen musste, aber es war nicht meine Entscheidung. Es gibt Leute, die Bescheid wissen, und sie haben mich dazu gezwungen.«

Er lehnte sich gegen die Wand und schüttelte ungläubig den Kopf. Als er sie wieder ansah, schien er um mindestens ein Jahrzehnt gealtert zu sein. »Die Résistance. Ich hätte es wissen müssen. Gerald ist der Verräter. Und Paulette ...« Er schüttelte wieder den Kopf. »Sie haben das alles geplant. Ich war so dumm. Ich muss das verhindern.«

Sie legte eine Hand auf seine Schulter. »Das kannst du nicht. Niemand kann das. Wir werden von der anderen Straßenseite aus beobachtet, und es wird passieren, egal was du oder ich machen, aber du kannst dich selbst retten, indem du rechtzeitig verschwindest.«

»Wie konntest du dem zustimmen? Menschen umzubringen?«

Sie herrschte ihn an: »Wie konntest du damit einverstanden sein, Kommandant von Drancy zu werden? Dort werden jeden Tag viel mehr Menschen getötet!«

Die Verzweiflung war ihm ins Gesicht geschrieben. »Du hast recht. Ich verdiene es nicht zu leben. Aber du ...« Er sah sie mit so viel Liebe an, dass es ihre Seele berührte. »Versprichst du mir, dass du, wenn du überlebst, das Huber-Vermögen nimmst und damit Gutes tust?«

»Das kann ich nicht.«

»Du musst. Versprich es!«

Sie seufzte, denn sie hatte Annegret Huber nach diesem Abend für immer hinter sich lassen wollen. Nun jedoch bestand Wilhelm genau darauf, was auch Armand gesagt hatte. Sie konnte mit dem Geld so viel Gutes tun, es wäre geradezu unverantwortlich, darauf zu verzichten. Vielleicht war es für sie an der Zeit, das zu tun, was Wilhelm nie konnte: aufhören, nur an sich selbst zu denken und eine Rolle im Kampf für das Gute zu übernehmen.

»Ich verspreche es.« Sie wollte ihm gerade einen Kuss auf die Wange drücken, als Allgeier auf dem Treppenabsatz erschien. »Ah, da sind Sie ja, Fräulein von Staufen. Wir haben uns schon Sorgen gemacht.«

Sie antwortete nicht, sondern umklammerte ihre Handtasche fester und schritt anmutig die Treppe hinauf. Gerade als sie dachte, es könne nicht mehr schlimmer werden, betrat sie den Raum und entdeckte Ludwig Greiner neben Reiner. Nur Wilhelms Hand auf ihrem Rücken verhinderte, dass sie rückwärts die Treppe hinunterstolperte.

»Ich hoffe, ihr habt nichts dagegen, dass ich mir die Freiheit genommen habe, Ludwig zum Essen einzuladen. Er scheint ein großer Verehrer unserer Schwester zu sein.«

Ludwigs Gesicht strahlte auf, er ging auf Margarete zu und sagte: »Annegret, es ist mir eine große Freude, Sie wiederzusehen. Sie haben mich verzaubert.«

Margarete beobachtete, wie Reiners Gesicht erst bleich und kurz darauf dunkelrot wurde, während sein Blick zwischen ihr, Ludwig und Wilhelm hin und her wanderte, der immer noch hinter ihr stand, seine Hand beruhigend auf ihrem Rücken.

Mit einem Mal schien die Zeit langsamer zu vergehen, und sie hörte Reiners Stimme, die auf eine seltsam langgezogene Weise rief: »Wovon reden Sie? Diese Frau ist nicht meine Schwester.«

»Bitte, Reiner, das ist ein Missverständnis ...« Wilhelms Stimme schnitt durch das rauschende Blut in Margaretes Ohren.

»Du!« Reiner schien seinem Bruder eine Ohrfeige verpassen zu wollen, hielt sich aber im letzten Moment zurück und drehte sich zu Margarete um, die erstarrt dastand und nicht verhindern konnte, dass er bis auf wenige Zentimeter an sie herankam und sie wutentbrannt anstarrte. »Du! Warum bist du hier und wer bist du wirklich?«

Zu verängstigt, um ihre Stimme zu kontrollieren, sagte sie: »Ich bin Lieselotte von Staufen.«

Erkennen blitzte in seinen Augen, gefolgt von Rage. »Nein, das bist du nicht. Jetzt weiß ich, warum du mir so bekannt vorkommst. Du bist diese jüdische Schlampe, die für meinen Vater gearbeitet hat.«

In diesem Moment wusste sie, dass dies das Ende war.
Ihr Ende.

38

Wilhelm war wie versteinert. Sein schlimmster Albtraum war wahr geworden. Er musste sich zwischen seinem Bruder und Margarete entscheiden.

Sein eigen Fleisch und Blut gegen die Frau, die er liebte. Was auch immer er tat, er würde einen der beiden zum Tode verurteilen. Es war ein schreckliches Schlamassel aus dem er keinen Ausweg sah. Sekunden später gewann sein Herz die Oberhand und er stieß Margarete zur Seite, und stellte sich zwischen sie und Reiner, um sie mit seinem eigenen Körper abzuschirmen. Ohne nachzudenken, zog er seine Pistole, richtete sie auf Reiner und sagte: »Wenn sich jemand bewegt, ist er tot.«

Der Ausdruck auf Reiners Gesicht war fast schon komisch. »Das kann doch nicht dein Ernst sein, Wilhelm.«

»Ist es aber.«

»Komm schon, ich weiß, sie ist ein echter Hingucker und hat offensichtlich viele Nächte lang dein Bett gewärmt, während sie sich als unsere Schwester ausgab, aber es gibt genug schöne Frauen auf der Welt, besonders in Paris.«

»Ich liebe sie.«

»Du bist verblendet. Sie ist eine Jüdin, an ihr ist nichts Liebenswertes.«

»Margarete ist ein tausendmal wertvollerer Mensch als du«, rief Wilhelm und legte den Finger auf den Abzug.

»Wilhelm, ich mache dir einen Vorschlag. Du steckst die Pistole weg, und ich sorge dafür, dass dieses Flittchen auf Nimmerwiedersehen verschwindet. Danach redet keiner mehr über diese kleine Episode. Abgemacht?« Reiner sah Ludwig und Allgeier an, die beide zustimmend nickten. »Das Ganze bleibt unser Geheimnis und wird sich nicht einmal auf deine Karriere auswirken. Was meinst du?«

Wilhelm schwitzte heftig. Obwohl er seit vielen Jahren bei der SS war, hatte er noch nie jemanden umgebracht, und er wollte ganz sicher nicht heute damit anfangen. Andererseits hatte er nur einen Wunsch: Margaretes Leben um jeden Preis zu retten.

Er mochte sich nicht dazu durchringen können, seine Kameraden eigenhändig zu töten, aber er konnte warten, bis das Schicksal seinen Lauf nahm. Mit der gezogenen Waffe in der Hand sagte er zu Margarete: »Du verschwindest und tust, was du tun musst.«

»Nein, bitte. Das kann ich nicht.«

»Es gibt keinen anderen Weg. Geh. Jetzt. Bevor es zu spät ist.«

Kurz darauf hörte er, wie sie aus dem Raum schlich und die Tür von außen verriegelte. Sein Arm sank herab, die Pistole glitt auf den Boden, wo Allgeier sie mit einem gekonnten Hechtsprung auffing. Gleichzeitig stürzte sich Ludwig auf Wilhelm, drehte seinen Arm auf den Rücken und hielt ihn dort mit schmerzhaftem Druck fest.

»Kleiner Bruder, was war das für eine alberne Dummheit?«, sagte Reiner und wollte die Tür öffnen, um Margarete zu verfolgen, fand sie jedoch verschlossen vor. »Was zum Teufel ist hier los? Die Schlampe hat die Tür verriegelt!«

Er drehte sich um und rannte zum Fenster, riss die dicken Verdunkelungsvorhänge auf, nur um festzustellen, dass die Fenster mit Holzbrettern zugenagelt waren.

»Das ist eine Falle!«, brüllte er. Dann brach auch schon der Lärm von tausend Gewehren und Kanonen über sie herein. Feuerblitze und Explosionen erschütterten das Gebäude und ließen große Teile der Decke herabstürzen. Wilhelm sah Reiner einen kurzen Moment lang in die Augen, bevor er spürte, wie seine Lebensgeister ihn verließen. *Jetzt bist du frei, meine Geliebte.*

Lange nachdem sich der Staub gelegt hatte und die Deutschen begannen, in den Trümmer nach Überlebenden zu suchen, stand eine einsame Gestalt einen Block entfernt am Straßenrand. Tränen liefen ihr über das Gesicht.

»Wir müssen jetzt gehen«, rief ihr eine in dunkle Kleidung gehüllte Person aus dem Schatten zu.

Margarete nickte, und mit einem letzten Blick auf das Gebäude, in dem gerade ihr Herz zerbrochen war, so wie der Beton und der Putz unter der Gewalt der Bombe zerbröckelt waren, drehte sie sich um und machte sich auf den Weg in ein neues Leben. Sie würde es Wilhelm nie vergessen, dass er sein Leben für sie geopfert hatte.

Margarete stand am Fenster von Wilhelms Wohnung und blickte auf die Straße hinunter. Madame Badeaux hatte ihr schadenfroh mitgeteilt, dass Margarete nicht in der Wohnung bleiben konnte, da der Hauptmieter, für den die Wohnung beschlagnahmt worden war, tot war. Angeblich, weil sie eine Zivilistin war, in Wirklichkeit aber, weil sie zu den verhassten Boches gehörte. Natürlich hatte die Concierge das nicht laut ausgesprochen, dennoch war es ihr deutlich anzusehen gewesen.

Margarete nahm ein Streichholz, um die beiden Kerzen in den Kerzenständern anzuzünden. Ihr Herz war voller Trauer. Trotz all seiner Fehler hatte sie Wilhelm geliebt. Am Ende hatte er sich von seiner Verblendung losgesagt, indem er sein Leben opferte, um ihres zu retten. Ein Opfer, das sie nie vergessen würde.

So viele Menschen waren in diesem Krieg bereits gestorben, und Millionen litten noch immer. Nach Reiners Besuch in Paris wusste sie mit Gewissheit, dass Hitler plante, die jüdische Rasse auszulöschen und jede Spur ihrer Existenz zu tilgen. Die Erkenntnis, dass sie nichts tun konnte, um sein abscheuliches

Vorhaben zu verhindern, machte sie traurig ... Warum also fühlte sie sich schuldig?

Die Résistance hatte sie gedrängt, für sie zu arbeiten und wertvolle Informationen weiterzugeben, mit denen sie die Infrastruktur sabotieren und deutsche Soldaten töten konnten. Sie zitterte. So sehr sie die Nazis auch hasste, sie wollte nicht Gott spielen und entscheiden, wer leben durfte und wer sterben musste.

Ihr Verstand wusste, dass es das Richtige war, etwas, das den Krieg verkürzen und letztendlich Tausende von Menschenleben retten konnte. Aber ihr Herz wollte nicht mitspielen. Wie konnte sie weiteres Leid und Kummer verursachen? Witwen und Waisen zurücklassen? Familien auseinanderreißen? Andererseits, wie konnte sie tatenlos zuschauen? Musste sie nicht alles in ihrer Macht stehende tun, um die systematische Vernichtung ihres Volkes zu beenden?

Ich bin nur eine Person. Es wird sowieso keinen Unterschied machen.

Sie stieß einen langen Seufzer aus, weil ihr klar wurde, dass sie sich selbst belog. Armand und Paulette hatten sie gescholten, sie sei kurzsichtig, selbstsüchtig und sogar geradezu dumm, aber Margarete konnte einfach nicht tun, was von ihr erwartet wurde.

Nun stand sie am Fenster, den Koffer gepackt mit den Kleidern und der Statue, die Wilm ihr geschenkt hatte. Alle Wertsachen – bis auf die beiden Kerzenständer – waren verkauft, und sie war bereit, Paris zu verlassen und irgendwohin weit weg zu gehen, wo Hitler und sein Krieg sie nicht tangieren konnten.

Obwohl ... Wilms Worte hallten in ihren Ohren wider. *Versprichst du mir, dass du, wenn du überlebst, das Huber-Vermögen nehmen und damit Gutes tun wirst?*

»Tut man wirklich Gutes, wenn man andere Menschen umbringen lässt?«, fragte sie in den leeren Raum.

Ihr Gewissen antwortete. *Du kannst nicht einfach weglaufen und den Kopf in den Sand stecken.*

Als sie sich umdrehte und die leeren Wände betrachtete, dachte sie an die vergangenen Monate und erinnerte sich an all die Menschen, die ihr geholfen hatten und ohne die sie heute nicht hier stehen würde. Die Kerzen warfen flackernde Schatten an die Wände und eine plötzliche Einsamkeit überkam sie. Kein Mensch konnte allein existieren, da war sie keine Ausnahme. Vielleicht war es an der Zeit, die Freundlichkeit zu erwidern und anderen zu helfen? Um Wilhelms letzten Wunsch zu erfüllen?

Ihr Blick fiel auf das Telefon und sie hatte eine Idee. Sie war verrückt und sogar gefährlich, aber wenn es klappte, würde sie das gesamte Hubersche Vermögen erben und eine reiche Frau sein.

Eine Frau, die etwas bewirken konnte. Nicht, indem sie die Täter ermordete, sondern indem sie ihr Vermögen nutzte, um denen zu helfen, die in Not waren. Wie sie aus eigener Erfahrung wusste, war eine Flucht aus Deutschland kostspielig. Gefälschte Papiere, Zugtickets, Kleidung, Unterkunft, Essen … für alles brauchte man Geld. Und sie war in der Lage, genau das zu bieten. Ja, sie würde Juden in Not Geld geben, um ihnen die Flucht aus Deutschland zu ermöglichen.

Wie genau das geschehen sollte, wusste sie noch nicht, dennoch war sie fest entschlossen, Gutes zu tun. Wilhelms Opfer sollte nicht umsonst gewesen sein. Wenn sie auch nur ein einziges Leben retten konnte, so wie er das seine selbstlos geopfert hatte, dann hätte es sich schon gelohnt.

Sie ging wieder zum Fenster, wo die brennenden Kerzen den Raum in ein warmes Licht tauchten, beugte sich hinunter und pustete die Flammen aus. Dann verließ sie mit ihrem Koffer die Wohnung.

EIN BRIEF VON MARION

Liebe Leserin, lieber Leser,

ich möchte mich ganz herzlich dafür bedanken, dass ihr euch entschieden habt, *Ein Licht der Hoffnung* zu lesen. Wenn euch das Buch gefallen hat und ihr über alle meine Neuerscheinungen auf dem Laufenden bleiben wollt, meldet euch einfach unter folgendem Link an. Eure E-Mail-Adresse wird niemals weitergegeben und ihr könnt euch jederzeit wieder abmelden.

www.bookouture.com/bookouture-deutschland-sign-up

Die Idee zu Margaretes Geschichte kam mir, als ich gebeten wurde, einen Kurzroman für eine Anthologie zum fünfundsiebzigsten Jahrestag der Attacke auf Pearl Harbor beizusteuern. *Neugeboren aus der Lüge* erzählt ausführlicher von der Bombardierung, bei der die Huber-Familie umkommt, und von Margaretes Flucht mit Annegrets Papieren. Seitdem hat mich ihr Schicksal nicht mehr losgelassen, und ich war neugierig, was mit Margarete geschieht, nachdem sie bei Tante Heidi ankommt. Wird jemand die Wahrheit herausfinden? Was passiert? Wird sie verraten? Erpresst? Wie ist es, unter einer falschen Identität zu leben, das eigene Volk, die Familie, ja sogar die innersten Überzeugungen zu verleugnen?

Als ich meiner wunderbaren Lektorin Isobel Akenhead von Bookouture von der Idee erzählte, war sie sofort begeistert und gab mir den nötigen Stups, endlich einen kompletten Roman über Margarete zu schreiben.

Wie immer ist die Erzählung eine Mischung aus historischen Ereignissen und Fiktion. Alle Hauptfiguren, einschließlich Margarete, Wilhelm und Reiner, sind frei erfunden, dennoch habe ich mich bemüht, sie so realistisch wie möglich darzustellen. Ich war sogar mehrmals in Berlin und Leipzig, um die Orte an denen das Buch spielt zu besichtigen, bevor im Jahr 2020 Reisebeschränkungen verhängt wurden.

Das ist auch der Grund, warum ich nicht nach Paris fahren konnte (natürlich ausschließlich zur Recherche, denn wer will schon aus reinem Vergnügen nach Paris fahren ☺). Stattdessen musste ich mich auf meine Erinnerungen von früheren Besuchen verlassen. Glücklicherweise hat sich die wunderbare Genevieve Montcombroux, die heute in Kanada lebt und die Besatzung in Frankreich als Kind miterlebt hat, bereit erklärt, mein Manuskript auf historische Genauigkeit zu überprüfen. Sie half mir mit dem Lokalkolorit, indem sie mir unter anderem die Namen von damals existierenden Restaurants nannte.

Frau Montcombroux hat auch darauf bestanden, dass alle Pariser Mietshäuser damals eine Concierge hatten, und so entstand die neugierige Madame Badeaux.

Weil Margarete in der Universitätsbibliothek in Leipzig arbeitet (die allein schon wegen ihrer atemberaubenden architektonischen Schönheit sehenswert ist), musste ich natürlich das Thema der sekretierten Bücher ansprechen. Ihr wisst sicherlich, dass bereits im Mai 1933 öffentliche Bücherverbrennungen stattfanden. Anfänglich wurden diese nicht von den Behörden angeordnet, sondern zumeist von Studenten organisiert, die damit ihre Unterstützung des Nationalsozialismus zur Schau stellten.

Nach und nach wurden diese spontanen Aktionen institutionalisiert, indem Listen mit sogenannten verbrennungswürdigen Büchern erstellt wurden, die gesammelt und auf den

Scheiterhaufen gebracht werden mussten. Später wurden alle öffentlichen Bibliotheken aufgefordert, ihren Bestand zu durchforsten und alle verbotenen Bücher zu entfernen. Die wissenschaftlichen Bibliotheken, vor allem die an den Universitäten, wurden zwar auch in die Buchsäuberung einbezogen, mussten diese aber nicht verbrennen. Stattdessen wurden sie angewiesen, demoralisierende oder subversive Literatur auszusondern und in einem speziellen Raum aufzubewahren. Diese Bücher durften nur von akademischem Personal oder anderen vertrauenswürdigen Personen zu wissenschaftlichen Zwecken ausgeliehen werden.

Es mag euch überraschen, aber die Gestapo hatte tatsächlich ein nationales Hauptquartier in der Deutschen Bücherei in Leipzig, wo sie die Regeln überwachte und akribisch festhielt, wer welches Buch für welchen Zweck angefordert hatte. Allerdings ist es unwahrscheinlich, dass die Bibliothekare tatsächlich jede Woche dorthin gingen, um eine Liste zu übergeben, wie Margarete es tut.

Eine weitere Sache, bei der ich mir ein wenig schöpferische Freiheit erlaubt habe, ist das Datum des Bombenangriffs, bei dem die Familie Huber ums Leben kommt, denn ich wollte, dass er kurz vor dem Angriff auf Pearl Harbor stattfindet. In Wirklichkeit fand der (vorerst) letzte Angriff der Briten auf Berlin am 7. November 1941 statt. Bei diesem Angriff wurden 21 von 160 Bombern abgeschossen. Nach dem November-Desaster konzentrierte die Royal Air Force ihre Bemühungen auf leichtere Ziele, insbesondere auf das Ruhrgebiet, das näher lag und weniger gut verteidigt wurde. Erst im Januar 1943, als die Briten brandneue viermotorige Bomber wie die Avro Lancaster erhielten, flogen sie wieder Bombenangriffe auf Berlin.

Eines der moralischen Dilemmas, mit denen sich Margarete auseinandersetzen muss, ist die Frage, ob man Menschenleben gegeneinander aufwiegen kann. Da sie diejenige ist, die unterdrückt wird, glaubt sie natürlich, dass ihr Leben genauso wertvoll ist wie das von Annegret. Aber was ist, wenn sie entscheiden darf, wer stirbt und wer lebt? Kann ein Mensch dieses Recht überhaupt haben? Und stellt die Verurteilung eines Menschen zum Tode sie auf die gleiche Stufe wie die Nazis, die sie so sehr hasst?

Mein eigener Großvater philosophierte über diese Frage, als er ein Attentat auf Propagandaminister Goebbels plante, über das ich in der Trilogie *Liebe und Widerstand im Dritten Reich* geschrieben habe. Wie ihr aus der Geschichte wisst, wurde sein Attentat nie verwirklicht, jedoch nicht aus Mangel an Planung.

Als ich die Briefe meines Großvaters an seine Mutter las, bekam ich einen Einblick in seine Gedankenwelt und was er über dieses moralische Dilemma dachte. Er war zwar nicht religiös, glaubte aber dennoch an die Existenz einer höheren Macht und fragte sich, ob ein Mensch das Recht hat, einen anderen zu töten, auch wenn er damit möglicherweise tausend Leben rettet. Wird Schuld in Zahlen gewogen? Macht die Rettung vieler Menschen die Schuld für die Tötung eines Menschen zunichte? Ich glaube, er kam in dieser Frage nie zu einem endgültigen Fazit, aber er entschied, dass er die Verantwortung für sein Handeln übernehmen würde, und zwar nicht nur in diesem Leben, sondern auch im nächsten.

Genau das tut Margarete. Schlussendlich akzeptiert sie, dass man Opfer bringen muss, um den Krieg zu beenden, und ihre Hilfe beim Töten Anderer ist eines davon.

Ich hoffe, euch hat *Ein Licht der Hoffnung* gefallen. Wenn dem so ist, würde ich mich über eine Rezension freuen. Es interessiert mich sehr, was ihr denkt, und Rezensionen helfen neuen Leserinnen und Lesern ungemein dabei, meine Bücher zu entdecken.

Außerdem höre ich sehr gern von meinen Leserinnen und

Lesern – meldet euch über Facebook, Twitter, Goodreads oder meine Website.

Vielen Dank fürs Lesen!

Marion Kummerow

www.marionkummerow.de

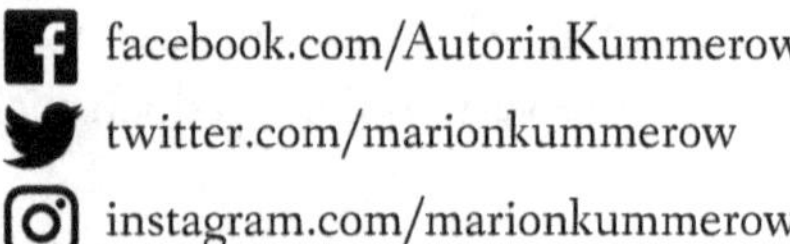
facebook.com/AutorinKummerow
twitter.com/marionkummerow
instagram.com/marionkummerow

9 781803 145914